Wilde In Love
by Eloisa James

社交界デビューは誘惑とともに

エロイザ・ジェームズ
岸川由美[訳]

ライムブックス

社交界デビューは誘惑とともに

主要登場人物

ウィルヘルミナ（ウィラ）・エヴェレット・フィンチ……社交界にデビューしたばかりの淑女
アラリック・ワイルド……公爵家の息子。探検家。作家
ラヴィニア・グレイ……ウィラの親友
ローランド・ノースブリッジ（ノース）・ワイルド……アラリックの兄
ダイアナ・ベルグレイヴ……ノースの婚約者
リンドウ公爵……アラリックの父親
レディ・ノウ……アラリックのおば
パース・スターリング……リンドウ公爵の元被後見人
プルーデンス・ラーキン……宣教師の娘

1

一七七八年六月二五日
ロンドン

のちにアラリック・ワイルド卿となる少年が有名人になるなどと考えた者は、イングランドじゅうを探しても、ひとりもいなかっただろう。

悪名をはせることになる、と考えた者は？　それならいたかもしれない。

海賊の活躍譚《たん》を創作して、イートン校の級友たちに面白おかしく聞かせたかどで、齢《よわい》一一歳にして停学処分を食らったときは、アラリックの父親自身が、おまえは将来ろくなものにならないだろうと彼に言った。

海賊の話をしたことが問題視されたわけではない——イートン校の狭量な教師たちを、酔いどれの船乗りとして登場させた描写が秀逸すぎたのだ。近頃ではアラリックも、イングランド人の独善性を風刺して描くのは避けているが、生まれ持った観察眼がなくなることはなかった。彼は観察し、重要な事実をまとめて書き留めた。中国にいるときも、アフリカのジャングルにいるときも。

アラリックは目に映るものを常に書き記した。彼の著作〈ワイルド卿シリーズ〉は、観察したものを記録したいというアラリックの衝動から生み出されたものであり、文章を書くことをはじめて学んだときから、著述は彼の生きる力となった。

アラリックがその著作で有名になるとは誰も思わなかったし、彼自身、考えたことはなかった。〈ロイヤル・ジョージ号〉内の寝台から体を起こしたときも、そんなことは頭をよぎりもしなかった。そのとき彼の頭にあったのは、ようやく家族と――八人のきょうだい全員、父である公爵とその妻は言うまでもない――再会できるという感慨だけだ。

何年も帰郷していなかった。長兄ホレティアスの墓碑を見なければ、その死をなかったことにできるとばかりに。

しかし、わが家へ帰るときが来たのだ。

一杯の紅茶が欲しかった。本物の浴槽で、湯気の立つ熱い風呂に入りたかった。煙混じりのロンドンの空気を胸いっぱいに吸い込みたかった。

ああ、リンドウ沼《モス》の上空に漂う泥炭の匂いすら懐かしい。リンドウ・モスとは、アラリックの父親の居城から東へ数キロにわたって広がる沼地のことだ。

舷窓にカーテンを引いていると、船乗り見習いの少年がノックをして入ってきた。「旦那様、外はひどい霧ですが、船はもうテムズ川をさかのぼってます。じきにビリングズゲート波止場だって、船長が言ってます」少年は興奮して目を輝かせた。

甲板に出たアラリックは、〈ロイヤル・ジョージ号〉の船首で両手を腰に当てて立っているバーズリー船長を見つけた。船長のほうへ向かいかけ、アラリックは驚いて足を止めた。霧の向こうに見える波止場が、子どもの玩具《おもちゃ》さながらにキラキラ光っていたからだ。ピンクにパープル、まぶしいブルーのかたまりらしきものが、船が埠頭《ふとう》へ近づくにつれて個々に分かれていく。

それは女性たちの姿だった。

波止場に女性たちがひしめき合っている——いや、より正確に言うなら〝貴婦人たち〟だろう、頭上で揺れる羽根飾りとパラソルからすると。その光景を眺める船長に加わりながら、アラリックは口の端に笑みを浮かべた。

「いったいなんの騒ぎだ？」

「どこぞの王子様か、高貴なご身分の船客が乗ってるもんと勘違いしてるんでしょうな。『モーニング・クロニクル』紙に掲載される乗客リストは適当なんでね。この〈ロイヤル・ジョージ号〉は王族の血は一滴たりとも運んでないと知ったら、さぞがっかりすることでしょうよ」船長はうんざりしたように言った。

アラリックは父方を通して英国王室の血を引いているのだが、大笑いした。「いやいや、船長は貴族的な鼻をしているぞ。ひょっとするとあの淑女たちは、船長が知らなかった血族を発見したんじゃないか」

船長はうめいた。波止場が近づき、今や貴婦人たちの群れがはるか奥の魚市場まで埋め尽くしているのが見て取れる。霧を透かして船を見ようと、伸びあがっては縮むさまはさながら色付きの浮標《ブイ》だ。かすかに聞こえる悲鳴は、ヒステリーとは言わないまでも、興奮の表れだろうか。

「こいつは大騒動だな」船長がぼやく。「埠頭があんなじゃ、どうやって上陸しましょうかね？」

「この船はモスクワ発だから、ロシアの大使が乗船してると思っているのかもな」アラリックは港湾労働者が櫓櫂《ろかい》船を漕《こ》いで接近するのを眺めた。

「なんでロシア人を見に女たちが群がるんです？」

「美男子で通っていたロシア大使のコチュベイは——」アラリックは言った。櫓櫂船が船の側面にどんと音をたててぶつかる。「イングランド駐在中は閉口したと述懐していた。この国のご婦人たちは彼をギリシア神話の美少年アドニスと呼び、夜中に寝室にまで忍び込んできたそうだ」

だが、船長は聞いていなかった。「おい、あの女たちは波止場で何をしてるんだ？」櫓櫂船からよじのぼってくる港湾労働者に向かって、声を張りあげる。「渡り板をかけられるように女たちをどかせろ。魚がお上品な餌にありつくことになっても、おれは知らんぞ！」

男が甲板にどすんとおり、目を丸くした。「いや、たまげたな！　ほんとにいなさった！」

思わず口走る。

「当たり前だ、おれはここにいる」バーズリー船長は一喝した。

しかし、男が見ているのは船長ではなかった。

彼はアラリックを凝視していた。

ロンドン
キャヴェンディッシュ・スクエア

ミス・ウィルヘルミナ・エヴェレット・フィンチはお気に入りの趣味にふけっていた。読書だ。肘掛け椅子の上で体を丸め、ヴェスヴィオ山の噴火を目撃してその情景を記した、小プリニウスの書簡集を繰る。

それはまさに、彼女が一番好むたぐいの語り口だった。率直かつ正確。衝撃的な詳細は読者の想像力にゆだねて、あえて省く。火山の爆発で発生した雲状の噴煙が、傘のようにぐんぐん広がり上昇していく描写は圧巻だ。

ドアが勢いよく開いた。「マダム・ルグランドから新しいボンネットが届いたの！」親友のラヴィニアが大きな声で報告する。「どうかしら？」

ウィルヘルミナ――ウィラは眼鏡をはずして顔をあげた。ラヴィニアがくるりとまわってみせる。「完璧ね。黒い羽根飾りをつけたのは名案よ」

「これで重々しさが加わるでしょう」ラヴィニアはうれしそうに言った。「哲学的とまでは言わなくても威厳が出るわ。眼鏡をかけたときのあなたみたいに！」

「わたしの眼鏡は、あなたの羽根飾りみたいにすてきではないわよ」ウィラは笑った。

「今は何を読んでいるの？」ラヴィニアは、ウィラが座っている椅子の肘掛けに浅く腰かけた。

「小プリニウスの書簡集で、ポンペイを埋没させた噴火について書かれた箇所よ。想像してみて。彼のおじだった大プリニウスは生存者を救出しようと噴煙の中へ飛び込み、甥にも一緒についてこいと言ったの」

「ワイルド卿も、噴煙の中へ迷わず飛び込むんでしょうね」ラヴィニアがうっとりしたように言う。

ウィラはあきれた顔をした。「それでは彼も、煙を吸って死んだ大プリニウスのようにそこで絶命する運命ね。ワイルドという名前からして、危険に飛び込むたぐいの人だと言わざるをえないわ」

「だけど、人を助けるために危険に飛び込むんでしょう」ラヴィニアは指摘した。「その点は批判できないはずよ」ほかの何より愛してやまない、かの探検家をウィラに小ばかにされるのには慣れっこだった。

〝ほかの何より〟に新しい帽子は含まれないけれど。

〝ほかの何より〟からはウィラも除外される。

「リンドウ城でのハウスパーティーにボンネットが間に合って本当によかった」ラヴィニアは言った。「それで思い出したわ、荷物はもう馬車に載せてあるの。お母様は昼食後には出発したいそうよ」

「いけない、そうだったわ！」ウィラは椅子から飛びあがり、眼鏡と本を小さな旅行鞄《かばん》にしまった。

「ワイルド卿の生家を見るのが楽しみよ」ラヴィニアが幸せそうにため息をつく。「向こうに着いたら、子ども部屋へ忍び込もうと思ってるの」

「なんのために？」ウィラは尋ねた。「何か記念になるものを失敬するの？　彼の幼少時代の玩具とか？」

「お城の庭師たちは花壇を荒らされて困ってるんですって」ラヴィニアはくすくす笑った。「お城の花を押し花にして、彼の本にはさむのが流行っているのよ」

　もしワイルド卿本人が登場したら、どんな大騒ぎになるかしら？　ウィラには想像もつかないが、当の男性はイングランド内ではもう何年も姿を見られていない。ロンドンの版画店では、彼が巨大イカと取っ組み合ったり、海賊と戦ったりする絵が飛ぶように売れているから、今も世界のどこかで冒険に明け暮れているのだろう。

　自分ひとりを残して国じゅうが――少なくとも国の半分を占める女性全員が――〝ワイルド熱〟に感染したかに思えるときがある。

　終わったばかりの先の社交シーズン中、若い淑女たちは、これから結婚して生涯をともにするかもしれない男性たちのことはそっちのけで、『ワイルドのサルガッソー海』などという本の作者についてばかりおしゃべりしていた。

『ワイルドのサルガッソー海』？　『ワイルドの海賊海域』？

そんな本、鼻であしらってやるわ。

現実のワイルド卿は、ほかの男性たちとなんら変わりないはずだ。ウイスキーの匂いを漂わせ、げっぷをし、たまにいやらしい目つきで女性の胸を見るのだろう。

ウィラはラヴィニアの腕を握った。「じゃあ、行きましょう。子ども部屋に忍び込むためにリンドウ城へ出発よ！」

2

一七七八年六月二八日
午後の遅い時間
チェシャー州、リンドウ城
リンドウ公爵の領地

生家の長い階段のひとつをおりながら、アラリックは深い満足感を噛みしめた。隣には兄のローランド・ノースブリッジ・ワイルド卿――兄の好む呼び方をすれば〝ノース〟――がいる。

跡取りとその控え。宮廷人と探検家。公爵の最愛の息子と不肖の息子。

今や悪名高き不肖の息子らしいが。

アラリックとノースは背丈も同じ、容貌も同じ、顎の形まで同じだった。だが、ふたりの類似点はそれだけだ。わざとそうしようとしても、これほどかけ離れた性格にはなれなかっただろう。

「女帝とベッドをともになどしてない」階段をおりたところで、アラリックは言った。城の玄関広間で足を止め、金箔《きんぱく》で縁取られた姿見に向き直り、髪粉のかかった古いかつらを頭にのせる。鏡に映る自分の姿に、彼は顔をしかめた。「やはりロシアの宮廷へ引き返したほうがよさそうだ。少なくとも、こんな奇っ怪なものをかぶる必要はないからな」

「本当に、あの噂はまったくのでたらめなのか？」ノースが食いさがり、弟の肩口へ歩み寄った。「出版者のジョゼフ・ジョンソンが〈イングランド、ロシアを席巻《せっけん》す〉と題のついた版画絵を売っているが、エカチェリーナ二世の寝室で彼女とよろしくやっている男の風貌は、どう見てもおまえだったぞ」

鏡の中でふたりの目が合い、ノースはぎょっとしてあとずさりした。「なんてひどい格好だ、そんなかつらしかないのか？」弟の頭にのっかっている巨大な毛玉をにらみつける。

「晩餐の席で父上は喜ばれないぞ。ああ、ぼくだって見るのも不快だ」

驚くべきことではないな、とアラリックは思った。ノースがかぶっているのは白雪でこしらえた巨塔みたいな代物で、そのせいで粉まみれのオウムと派手なニワトリをかけ合わせたような姿に見える。兄に会うのは五年ぶりとはいえ、最初は誰だかわからなかった。

「波止場からまっすぐ来たんだ。だが従者のクワールズをロンドンへ使いに出したから、二、三日もすれば新品のかつらを買ってくる。もっとも、兄上のかつらの優雅さには遠く及ばないだろうがね」

ノースは袖口を整えた。シルク地でピンク色の袖口だ。「むろん、そうだろう。このかつらはパリで作らせたものだ。それに、シャープの店のキプロス髪粉でも最高級品を振りかけてある」

そのときリンドウ城の執事、プリズムが玄関広間にやってきた。彼は〝貴族が間違いを犯すことはない〟という信念を貫くたぐいの執事だ。ワイルド家に仕えていると、この信念を揺るがす出来事には事欠かないものの、彼はそういうことはさらりと無視できるのだった。

「ローランド卿、アラリック卿」プリズムは挨拶した。「何がご用はございますか？」

「やあ、プリズム」アラリックは応じた。「兄はぼくを婚約者にどうしても紹介したいと、公爵夫人のお茶会にお邪魔する気でいるんだ」

「それはご婦人方も驚かれ、また喜ばれることでしょう」プリズムはごほんと咳《せき》をし、アラリックの予期せぬ名声に困惑を覚えていることをさりげなく示した。

「ぼくも困惑しているよ」アラリックは執事に告げた。波止場では押し合いへし合いする女性たちに船長の帽子を投げて、逃れることができた。女性たちはアラリックの名前を叫びながらも、人波をかき分けて進む男が彼だとは誰も気づかず、見知らぬ人だと思って通してしまった。

「少し待ってくれ」ノースは入念に結ばれた首巻き《クラヴアット》を鏡に映して確かめた。「心の準備をしておくんだな、アラリック。あの部屋にいるご婦人たちは全員、おまえの冒険が描かれた版画絵を少なくとも一枚は持っているだろう」

「父上からは、〝おまえがイングランドを離れていた数年のあいだに、おまえの絵のせいで国じゅうが散らかった〟と言われたよ。いや、〝おまえの絵が国じゅうを汚した〟だったかな」

「こういう形で息子のことが噂されるのを、父上は快く思っていらっしゃらない。息子の肖像版画が大流行していることは言わずもがなだ。こうも騒がれるのは、われわれみたいな身分の者にはあるまじきこととお考えだ。レディ・ヘレナ・ビドルを覚えているか？　彼女の屋敷の壁は、おまえの絵で埋め尽くされているという話だ。おまえが部屋へ入っていったら気絶するかもしれないぞ」

アラリックは悪態をのみ込んだ。ヘレナ・ビドルには五年前にも、すでに追いかけまわされていた。

「彼女は今では未亡人だ」兄はそうつけ加えると、耳にかかるかつらの巻き毛をねじりはじめた。

この調子では、鏡の前からあと一時間は動きそうにない。「兄上の婚約者に会うのが待ちきれないよ」アラリックは促した。

ノースは気分の如何《いかん》にかかわらずいかめしい表情を装えるのだが、このとき、彼の頬はゆるんだ。「室内で最も美しく、最も優雅な女性を探すんだな。それがぼくの婚約者だ」

留守にしていた数年のうちに、兄が孔雀《くじやく》のごとく派手な男に変貌していたとしても、それがなんだ？　兄が恋に落ちたのは明々白々ではないか。

アラリックは片腕でノースを乱暴に抱きしめ、非の打ちどころなく結ばれた兄のクラヴァットを危険にさらした。「兄上が幸せで、ぼくもうれしいよ。ほら、かつらをいじるのはやめにして、ぼくをその麗しの淑女に紹介してくれ」

プリズムが緑の大広間へと続く両開きの大扉を開けた。中には公爵が主催するハウスパーティーの客のうち、女性だけがお茶に集まっている。室内はアラリックが毛嫌いするものでいっぱいだった。シルク、かつら、ダイヤモンド――それに平凡な顔、顔、顔。

女性は好きだ。だが、くすくすと笑い、ファッションのことだけを話すよう育てられた貴婦人方はどうだ？

いいや、遠慮させてもらおう。

継母である公爵夫人を含め、部屋の中には合わせて二〇人の貴婦人がいたが、ノースの視線は腰に巨大な詰め物が少なくとも三つは入ったレディのほうへまっすぐ飛んだ。ほかの女性たちも尻に何か入っているものの、この女性の尻は誰よりも巨大だ。

どうやら今の流行は、尻がでかければでかいほどいいらしい。

「あれが彼女だ」ノースが低い声でささやいた。まるで王室の誰かを目にしたかのような口調だ。

着衣の分量で身分が決まるのなら、なるほどミス・ベルグレイヴは玉座にふさわしいだろう。彼女のペチコートには誰よりもたくさんのリボンが、前開きのドレスには誰よりもたくさんの襞《ひだ》飾りがついている。しかも頭の上には果物入りの籠がのっかっていた。

アラリックは眉根を寄せた。兄は本気であんな女性と結婚するつもりなのか？

「ローランド卿……そしてアラリック卿でございます」プリズムがふたりの名前を告げた。

アラリックがいることに気づいて、女性たちが息をのむ音がはっきりと聞こえた。彼は歯を食いしばった。兄に顔を向ける。「あとでビリヤードはどうだ？」

ノースが目配せをする。「おまえから金を巻きあげる機会はいつでも歓迎するよ」

逃げることもできず、アラリックは部屋へ足を踏み入れた。


偉大なる探検家の名前が告げられたとき、幸いなことに、ウィラはたまたま扉のほうへ顔を向けていた。おかげで室内にいるほぼすべての女性たちがそうしたように、あわてて振り返って紅茶をこぼすという失態を演じずにすんだ。

けれども彼女たちに非はない。ワイルド卿の絵姿はイングランドじゅうで寝室の壁という壁に貼られているものの、まさか彼に会えるとは誰も予期していなかったのだ。当の本人を前にして、ウィラの右隣の女性ははっと胸を押さえ、失神するかに見えた。

ラヴィニアがお茶に遅れたのは、まさしく悲劇だった。この知らせを聞いたら、彼女は時間にだらしない自分の性格にさぞ腹を立てることだろう。

男性は右も左も見ることなく大広間へ進み出た。足に履いているのは、一般的に紳士が屋内で着用する室内履きではなく、頑丈そうなブーツだ。

指輪はしていない。かつらはカールがかかっていないし、洗練されてもいない。

ウィラは扇を広げ、『ザ・モーニング・ポスト』紙に〝男らしさの見本〟と称された男性をとくと観察した。彼が〝ファッションの見本〟でないのは一目瞭然だ。

この男性は別の世紀に生きていたほうがしっくりくるように見える——たとえば、紳士が幅広の剣で戦った中世とか。なのに彼が生まれついたのは、紳士の靴のつま先にバラの花飾りがついている時代だ。

その瞬間、室内を支配していた静けさが破られ、いっせいにおしゃべりが始まって、ひとつ以上の黄色い歓声があがった。

「傷跡があるわ！」ウィラのうしろで誰かが叫んだ。

ウィラもそのときになって、男性の日に焼けた片方の頰に薄い白線が走っているのに気がついた。折れ曲がった傷跡は醜そうなものなのに、なぜかそうは見えない。

彼がいかにしてその傷を負ったかについては諸説あるものの、どうせ屋外便所に落ちて顔を角にぶつけたんでしょう、とウィラはにらんでいた。

ラヴィニアの遠縁に当たるダイアナ・ベルグレイヴ——アラリック卿の未来の義姉——はそれまで憂鬱そうに窓の外の庭園を見つめていたが、急いでウィラのほうへやってくると、婚約者に背を向ける位置に立った。「ローランド卿はわたしに気づいたかしら？」ひそひそと尋ねる。

ふたりの兄弟は継母の手にキスをして、それから……。

まっすぐこちらを向いた。

ウィラはため息をつきかけた。だが彼女は何年も前に、〝ウィルヘルミナ・エヴェレット・フィンチはため息をつかない〟とルールを定めていた。けれどもため息をつく状況があるとしたら、それは若い淑女――たとえばダイアナ――が未来の夫に幻滅するあまり、彼を避けられるのならなんでもする、というときだろう。

「ええ、気づいたわ」ウィラは教えた。「背中を向けても隠れたことにはならないわよ。あなたは誰よりも大きなかつらをかぶっているんですもの。伝書鳩が巣に戻るみたいに、こちらへ向かっているわ」

兄弟が近づくのを見つめ、ふいにウィラはワイルド卿の絵が無数の寝室の壁を飾っている理由をはじめて理解した。彼には何か、はっとさせられるものがある。

なんて大柄なのだろう――それにまるで蛮族のように活力があふれている。

そんな相手と一緒に暮らすのは居心地が悪いに違いないわ。ウィラは自分にそう言い聞かせた。彼女が持っている版画絵は一枚きりで、それはソクラテスのものだった。思慮深く、理知的な哲学者の太腿は、彼女のそれと同じくらい細かったはずだ。

「ウィラ、お願い、あなたが相手をして」ダイアナがささやいた。「わたし、朝食の席ではローランド卿のお相手をしたから、もうたくさんよ」

ウィラが返事をするよりも早く、ダイアナの婚約者はこちらへたどり着いた。「ミス・ベルグレイヴ、ぼくの弟をご紹介しよう。アラリック卿、ロシアから戻ってきたばかりだ」彼はダイアナに話しかけた。

青果店の売り物の半分を頭にのせたままお辞儀をするという離れ業をダイアナが披露する

あいだ、ウィラはアラリック卿の頬骨は彫像のようであることを発見した。唇の形はイタリアの高級娼婦《しょうふ》からも賛美されることだろう。瞳はダークブルーで……。

ああ、それに鼻筋はまっすぐだ。

すべての版画店に貼り出されている彼の肖像画と比べたら？

実物のほうがはるかに魅力的。

その肩幅にしては驚くほどのしなやかさで、アラリック卿はダイアナにお辞儀をした。上着は肩のところがぴんと張りつめている。これほど筋肉のついた体なら、折り曲げるのが大変そうなものなのに。

それに公爵の息子なら、もっといい仕立屋を雇いそうなものだ。

「お目にかかれて光栄です、ミス・ベルグレイヴ」アラリック卿はダイアナの手にキスをした。「あなたをわが一族にお迎えするのを心待ちにしています」

ダイアナがぎこちない笑みを浮かべる。

ローランド卿が自分のほうを向いたとき、ウィラはうしろへさがりそうになった。アラリック卿があまりに大柄なせいで、まわりの空気を彼がすっかり吸いあげているような、ばかげた錯覚に陥る。

それは少なくとも、かすかな息苦しさの説明にはなるけれど。

ローランド卿が未来の妻とふたりきりで語り合うべく、すぐにダイアナを脇へ連れていってしまい、ウィラは探検家とともに残された。「アラリック卿、お近づきになれてうれしく存じます」彼女はそう言って片手を差し出し、挨拶のキスを待った。

ウィラが学んだ上流階級向けの女学校は、社交界で気まずい場面に遭遇した際の礼儀作法を教えるのが上手だった。たとえばこの場合、ウィラは自分の背後で固唾《かたず》をのんでアラリック卿との対面を待っている淑女たちの輪が存在しないかのようにふるまわねばならない。

不思議なことに、彼も背後の女性たちがまったく目に入らないかのようだ。ウィラの手を唇へと運びながら、アラリック卿の笑みは彼女ひとりに向けられていた。「こちらこそ」彼がささやいた。

そのかすれた深い声は、アラリック卿が身につけているものと同様にふつうとは違っていた。それは宮廷人の声ではなかった。ウィラの求愛者たちの大半を占める青くさい若者の声でもない。それは大人の男の声だった。

彼は手の甲に口をつける代わりに、軽く曲げられたウィラの指先を口まで持ちあげ、目を合わせたまま唇を触れた。

手袋をつけていなかったことは、ぴくりと刺激を受けて肌が目覚めた説明にはならない。ウィラは自分の唇が笑みを描くのを感じた。それは初対面の相手に挨拶をするときの、いつもの穏やかな表情とはまるで違う。

「イングランドへお戻りになったばかりだそうですね」彼女は急いで手を引っ込めて言った。「海外をご旅行されているときは、どんなものが懐かしくなるんですの？」

アラリック卿の瞳は濃いまつげに縁取られ、青い色はたそがれた空を思わせた。

容貌の美しさは、たまたま端整な顔立ちに生まれついたというだけだ。でも、瞳はどうだろう？　それはまた別の話だ。美しい瞳は感情をたたえている。

「家族が懐かしかったですね」彼は言った。「そのあとはシラミのついていないマットレス、ブランデー、気の利く使用人、ハムと卵のおいしい朝食。ああ、それに淑女との語らいかな」

「女性たちから崇拝されるのは気分がいいものでしょうね」女性の順番がハムと卵よりあとだったことに、ウィラはむっとして言った。

アラリック卿の口がねじれて苦笑いが浮かぶ。「崇拝というほどではないですよ。自分の著作を読者のみなさんに楽しんでいただけて、幸運だと思っています」

ウィラはかすかな軽蔑の念を視線ににじませた。へりくだってみせるなんて、しらじらしい！　「モンテーニュが人食い人種について書いた随筆は興味深く読みましたけれど、だからといって彼の肖像画を部屋に掲げる気にはならなかったわ」

アラリック卿は心持ち驚いたように見えた。これまで自分の言葉に異を唱えられたことがないの？　それとも自分の肖像画がおびただしい数の寝室にまつられている事実を知らないのかしら？

「次はどちらへご旅行されますの？」話題を変えて尋ねる。

「まだ決めていません。どこかお勧めの場所がありますか？」

「あなたがすでに渡航された国を存じあげないので」ウィラは認めた。「あいにく、わたしはワイルド卿の旅行記を読んだことのない数少ないイングランド人のひとりですわ」

　彼のなかば閉じられたまぶたが少し開き、弧を描く口の端がさらにあがった。「旅行記というほどのものではありません。それに、ぼくの本に興味がないのはあなたひとりではないはずだ」

　肩をすくめたいところだが、それはため息をつくのと同じで、胸にしまっておいたほうがいい感情を表に出す品のない仕草だった。「あなたのご本を読んだことのない方に、お目にかかったことがありません」ウィラは指摘した。「あなたは長いこと留守にされていたけれど、ご自分の著作が広く読まれていることはすぐにわかりますわ」

「小説のほうがお好きですか？」アラリック卿がきく。

「いいえ、なんであれ、作り物の話には心を引かれません」彼にじっと顔を見つめられて、ちょっぴり頭がくらくらしてきた。

　いやな人。

「ぼくが描く出来事は作り物ではありませんよ」アラリック卿はかすかに笑いを含む声で言った。

「ええ、もちろんですわ」ウィラはあわてて応えた。そのあと、こらえきれずにつけ加える。「けれど友人のラヴィニアから聞いた話によると、あなたの冒険譚は実際よりも大げさになりがちのようですわね」

「いや、そんなことはありません」アラリック卿はいっそう楽しげに見えた。「今は何をお読みになっているんです？」

「小プリニウスからタキトゥスへの書簡です。でもその本は脇へ置いて、あなたのご本をどれか読もうかしら。どこから読みはじめるのをお勧めになります？　やっぱり人食い人種とのくだり？」

彼の片方の眉がさっとあがる。「人食い人種？」

「ああ、そうでしたわね」ウィラは思い出して声をあげた。「人食い人種はお芝居でしか登場しないと、ラヴィニアが言っていました」

文章の終わりにピリオドを打つように、その言葉で彼の楽しげな表情は終わった。眉根が寄る。「お芝居ですって？」

「『ワイルドの愛』ですわ」ウィラは答えた。アラリック卿の半生を描いて大成功した劇のことを当の本人が知らないとは驚きだ。

「察するに、その綴《つづ》りはEのついたわが一族のWILDE《ワイルド》なんですね」彼は浮かない顔つきになった。「その芝居では、具体的には何が起きるんです？」

「ご想像はつくと思いますけれど、あなたはひとりの淑女と出会います」ウィラは教えた。アラリック卿は困惑の表情を深め、それを眺めているのがなんだか楽しい。

ローランド卿が咳払いをしたので、ウィラはどきりとした。どうやらダイアナに逃げられ、こちらへ加わることにしたらしい。「伝えるのを忘れていたが」彼は弟へにやりと笑いかけた。「われわれもおまえの劇を観るためにわざわざロンドンまで繰り出したんだぞ、アラリック。ノウおば上など、劇場の前で販売されていたロケットをひとつ残らず買い占めてしまった」

アラリック卿がいぶかしげな顔をした。

「劇中であなたが婚約者に渡したロケットを模したお土産よ」ウィラは説明した。

「ぼくは恋に落ちるだけじゃなく、婚約するのか？」

「彼女はおまえにとって、ただひとつの真実の愛だそうだ」ローランド卿の笑みがさらに広がる。「おまえは愛をうたった詩を次々と書いては読みあげ、第一幕はほぼそれだけで終わる。それからようやく愛のしるしにロケットを彼女に渡すんだ。見てみろ、女性たちはみんな身につけている。クリスマスにジンジャーブレッドのクッキーでも配るように、ノウおば上が昨日ばらまいたんだ」

「ばかげているにもほどがある。ぼくは婚約なんてしたことがないし、詩だって一編も書いたことがない。その笑劇では、ほかに何が起きるんだ？」

「お気の毒だけれど、あれは笑劇ではなくて悲劇よ。何しろあなたの愛する人は、最終的に人食い人種の手で料理されてしまうんだから」ウィラはこらえきれず、ローランド卿とともに笑った。

「会ったこともない婚約者が死んだと聞かされても、さほど悲しみは感じないな」アラリック卿がしみじみと言う。

「これはぼくからの助言だが」彼の兄が言い添えた。「おまえは朝食をとらずに、水への恐怖を克服すべきだったんだ。そうすれば、宣教師の娘を人食い人種から救うのに間に合っていたはずだ」

アラリック卿の全身が凍りついた。「〝宣教師の娘〟とはどういう意味だ？」

ウィラは反射的にうしろへ一歩さがった。ふいに彼の姿が、飛びかからんとする肉食獣のそれを思い起こさせたからだ。もっとも、彼女を除いてそのことに気づいた者はいないようだった。

小さな会話の輪からウィラがはずれるなり、しびれを切らした淑女たちがどっと詰め寄って、肘で彼女を押し出した。

ここは振り返ることなく退室すべきで、ウィラはまさにそうしかけた。けれども部屋の中ほどで首をめぐらせると、間の悪いことにアラリック卿がこちらを見ていた。

彼は女性から名残惜しげなまなざしを送られるのに慣れているのだろう。その証拠に、目が合うと口の片端が持ちあがった。

退散するわたしをあざ笑っているの？

ウィラはついと顔を前へ向けた。アラリック卿は上流社会を上流社会たらしめる礼儀作法になんの関心もないことを、これ以上ないほどはっきり示してみせた。

あの男性は上流社会に対する脅威だ。

魅力的ではあるけれど、脅威であることに変わりはない。

3

宵の口
ビリヤード室

「兄上がシルクを着ているところなど、ぼくは見たことがなかった。ピンクのシルクは言わずもがなだ」アラリックは言った。ビリヤード台に寄りかかり、兄が慣れた手つきで無造作に赤い球をポケットに落としてはゲームを続行するのを眺めている。「用心しないと公爵くさくなるぞ。ホレティアスを覚えているか？」

長兄のホレティアスは生前、公爵領の後継者であることをむやみに鼻にかけていた。半ズボンをはいていた頃から、すでに偉そうだった。いや、おそらくおむつをつけていた頃からだろう。

「〝公爵くさい〟などという言葉は存在しない。それにこれは英国貴族の服装だ」ノースがそっけなく応じた。「おまえもイングランドに戻ったからには、自分の地位に見合った格好をするんだな」

「ひげは剃《そ》ったよ」アラリックは言った。

ノースは白い球を赤い球にぶつけて、またもやポケットに入れた。「兄もそうだったように、公爵になろうという人間は知らぬ間に毒でも嗅がされ、傲慢になってしまうのかもしれない。たまに自分で自分に驚くのはたしかだ」

「まだ、ぼくの番にならないのか？」アラリックはフランス産のブランデーをぐいとあおった。

「まだだ」

「そのかつらをかぶると、兄上はアフリカ産のオウムと派手なニワトリをかけ合わせたように見えるよ」

ノースは球突《キュー》き棒をくるりとまわし、細い先端を使って手球を台の縁に当ててはね返らせた。球は別の球にぶつかって、最後は赤い球に当たったが、珍しいことにポケットをはずした。「ホレティアスは死んだ。ぼくは成長する必要があったんだ」

いつもの悲しみが胸を突くのを、アラリックは払いのけた。「兄上は左右の耳に巻き毛が三つずつ垂れさがっている」彼は指摘した。「手首のひらひらした襞飾り、それに金の刺繡《ししゆう》で飾りたてられた上着を足すと、その結果は成長という言葉だけでは説明できない」

「おまえの服飾談義に興味はない」ノースは言った。「おまえはぼくの衣装を批評するのに忙しいようだから、このまま続けていいか？」

「どうぞ」アラリックはそう答えると、ブランデーをもうひと口飲んだ。「衣装だけじゃない。ぼくが五年前に旅立ったとき、兄上は頭にかつらをのっけておらず、右ポケットには豊満な踊り子が、左ポケットには気まぐれなイタリア人の歌姫が入っていた。それが今や結婚するときた」

ノースが台に身を乗り出し、キューを構える。「人は変わる」

「ヒール付きの靴を履いてるのか」兄の足元が目に入り、アラリックは言った。「おいおい、しかも黒でさえないじゃないか」腰を折ってのぞき込んでから、不快そうに続ける。「長靴下は縞《しま》模様、それにヒールは黄色。黄色だ」

「これが最新の流行だ。おまえが出発したのは一七七三年で、今は一七七八年。流行は変わる」ノースは赤い球を沈めた。

「兄上は気障《きざ》なめかし屋に変わってしまったな。兄上が銀製のでっかいバックル付きの靴を履きはじめても、もう驚かないぞ」

兄が背を起こす。「アラリック」その声は危険なほど静かだった。子どもの頃なら、このあと弟を床に叩きのめそうとするときの声音だ。

しかし、昔からアラリックは獣をつつくのを――この場合は、記憶にある自分の兄とは似ても似つかぬ男をからかうのを――やめられない質《たち》なのだ。「結婚式に履く靴は真っ赤なヒール付きかい？　もちろん口紅を塗って、ほくろもつけるんだろう？」

ノースは不気味なほど弟とよく似たダークブルーの目を、すっと細めた。「おまえのほうは鍛治屋のような格好で式に参列するんだろうな。何しろ今の身なりがそうだ」

「クワールズが聞いたら深く傷つくよ」アラリックの従者はシルクも、ヒールも、襞飾りも、口紅も拒否する主人を相手に最善を尽くしていた。

　ワイルド家はいかなる基準に照らしても大家族だが――父の三番目の妻は、さらに次の子の出産を間近に控えている――ホレティアスとアラリック、それにノースは最初、三兄弟として育った。

　お互いのことならなんでも知っていると昔は断言できた。ホレティアスは尊大だが誠実。アラリックは冒険好きで向こう見ずになりがち。ノースは放蕩《ほうとう》者で、なかば常軌を逸している。

　それが今や放蕩者らしさはどこにも見当たらず、別の方向へ完全に常軌を逸していた。気取り屋、派手者、流行りもの好き。そしてもうじき結婚する。

　アラリックには、とうてい信じがたかった。

　こんなことがありうるものか。

「ミス・ベルグレイヴの名前は？」アラリックは尋ねた。未来の義姉とは、ほとんど話ができなかった。ひとつには、彼の著作を読んだことのない辛辣な女性に気を取られたせいだ。

　だが、彼女は魅力的だった。繊細な作りの顔にふっくらとした唇。あの唇が弧を描くと男の本能が刺激されて、彼女を抱くさまを想像してしまう。もっとも、彼女が浮かべていたのは憫笑《びんしょう》だ。アラリックのことは、よくてもただの物書き、悪くすれば気ままな怠け者と明らかに決め込んでいた。

それも嘘つきの怠け者だ。ワイルド卿の冒険譚と称して、妄想を語るほら吹き。

しかし、あの冷ややかな笑みはどうでもいい。彼女を見つめていると、女性がかつらをかぶるのも悪くないと思えた。

恋人となった者だけが、かつらの下に隠された髪を見ることができるのだから。それは秘密の喜びだ。

ところが『ワイルドの愛』とかいうくだらない劇のことをアラリックが知ったところで、それを観た女性たちが押し寄せてきた。しかも彼女たちは、アラリックの暮らしはそのばかげた芝居と似たようなものだと信じ込んでいる様子だった。

「ぼくの婚約者の名前はダイアナだ」ノースは微笑んだ。無意識に浮かんだその笑みが、兄の目に光を灯す。

「ダイアナだって？　なんだ、それならもう実質的に家族の一員じゃないか」アラリックはそう言いながら、劇のことを頭から振り払った。

彼らの父親は、すべての子どもに戦士にちなんだ名前をつけていた。幼い頃はノースとふたりで、〝われこそは西ゴート族の王アラリック一世なり〟〝わたしはシャルルマーニュ大帝の筆頭聖騎士《パラディン》ローランだ〟とそれぞれ名乗りをあげて戦いごっこをしたものだ。気位の高いホレティアスはそんな子どもっぽい遊びにはつき合わず、〝ぼくはたったひとりで大群相手にローマを守った英雄からもらった名前だからな〟と弟たちを見下した。

「女児が生まれたらダイアナとはつけないよう、公爵夫人に伝えてある」ノースが言った。

「そのうち適した名前の在庫が枯渇しそうだな」アラリックはきょうだいの名前を挙げていった。「兄上にぼく、ホレティアスは母上の子ども。二番目の公爵夫人の子どもがレオニダス、ボーディシア、アレクサンダー、それにジョアン。三番目の夫人の子はスパルタカス、エリック、それから誰であれこれから生まれてくる子」

「ヴィオラを忘れているぞ」ノースが指摘した。ヴィオラは現公爵夫人が最初の結婚でなした娘だ。アラリックたちの父親はふたたび独り身となった数年後、三番目となる現在の妻と出会った。

「ヴィオラは戦士の名前じゃない、名づけたのが父上ではないからな。ぼくが言いたいのは、狩猟の女神ダイアナなら、わが家の一員にぴったりだってことだ。彼女について話してくれ」

「どれほど美しい女性かは、もう見ただろう」ノースの表情がやわらぐ。「ダイアナはロンドンで指折りのおしゃれな淑女だ。それに公爵家に多大な持参金をもたらしてくれる」

「金は必要ないだろう」アラリックは言った。「それとも状況が変わったのか？」

「状況は変わっていないが、金はいつでも役に立つ」

「たしかにね。彼女の趣味は？」

ノースは虚を突かれた顔だ。

「おしゃれのほかに」アラリックは促した。「彼女は面白い女性かい？」

「ぼくには面白い妻は必要ないし、望んでもいない」ノースは赤い球をポケットから取り出した。「実際、面白い妻など、ぼくのような男には有害になる」

「兄上のような男には、か」アラリックはつぶやいた。「なあ、今の兄上はいったいどういう男なんだ？」

ノースの口が引き結ばれて細い線になる。「おまえは世界じゅうを旅してまわり、ワイルド卿と自称して、ピグミー族や野生の象を追うことができるだろうが、ぼくは違う。地所の管理には膨大な労力を要する。父上はウェールズに六つ目の物件を購入されたところだ」

「知らなかったんだ、兄上がぼくを必要としているとは」アラリックは腹を殴られたように感じた。

「必要とはしていない」ノースは言下に否定した。「おまえがアフリカで太陽に焼かれていようと、サンクトペテルブルクで凍えていようと、ぼくの知ったことではない」

だが、兄は弟の身を案じていたのだ。そして今も案じている。

くそっ、ぼくは愚か者だ。

アラリックはグラスを置いた。「長いこと留守にしてすまなかった。それに公爵領に加えて、ぼくの地所の管理まで兄上に任せきりにしていた」

「ああ、おまえの地所のことだが、屋敷の警備に数名ほど雇ったのを伝え忘れていたよ。それでもこそこそ忍び込んで、れんがを盗む者がいて弱っている」

「なぜそんなことを？」

「お土産とか、愛の記念とか？」兄は肩をすくめた。「ぼくにわかるものか」

アラリックは悪態をのみ込んだ。高い生け垣をめぐらせれば侵入できないだろう。生け垣と、念のために猟犬を二、三匹放すか。

「ワイルドの記念品は、いい商売になるらしい」ノースが続けた。「れんがの一部はロンドンで店先に並ぶんだろう」

「あのいまいましい芝居のせいか」アラリックは吐き捨てるように言った。「上演を中止させなければ」しかし、今すぐロンドンへ発《た》つわけにはいかなかった。長きにわたる不在のあとだ、父からは数週間、少なくとも継母が出産するまではリンドウ城に滞在するよう言われている。

「誰かの半生を舞台化するのは法律違反ではないだろう。『ワイルドの愛』には観客が芝居に求めるものがすべて詰まっている。はらはらするストーリー、涙、そしてたくさんの笑い。入場券は数カ月先まで売り切れているそうだ」

「ジュリアス・シーザーの劇ならともかく、ぼくはまだ生きてるんだぞ。自分のことが面白おかしく舞台で演じられたら、兄上だってどんな気がする？」

「自分のことを本に書いたのはおまえじゃないか」ノースが言い返した。

「ぼくは本を書いたんだ。芝居を書いたんじゃない。ぼくの著作は事実に基づいている。そしてぼくは人食い人種など、会ったことも見たこともない」アラリックはグラスに残ったブランデーを喉に流し込み、焼けつく感覚を歓迎した。

劇に宣教師の娘が登場するのは偶然だろう。劇作家が『ワイルドの愛』などという平凡な題名で嘘っぱちの冒険を創作し、小銭を稼ごうとしたのだと想像がつく。だが、いったいなぜ宣教師の娘を出すことにしたんだ？

アラリックが知っている宣教師の娘はひとりしかいない。一方的に彼に熱をあげたその娘、ミス・プルーデンス・ラーキンのせいで、彼は貞淑な若い淑女に近寄らないようになったのだ。実際、彼は淑女と人食い人種をだいたいひとくくりにしていた。どちらもがつがつしていて、イングランド人男性に目がない。

しかし芝居も、れんがを盗む読者も、先ほどのノースの発言と比べれば重要ではない。

「地所の管理を兄上に任せきりにして悪かった」アラリックは歯を食いしばった。「また別の船に乗り込むほうが、城に戻って、ホレティアスが沼で溺死するところを想像するよりも楽だったんだ」城の東側に広がる広大な湿地帯、リンドウ・モスの方向へ頭を動かしてみせる。

「そう感じるのは自分ひとりだと思ったのか？　ホレティアスが恋しいのはみんな同じだ。でもみんな、おまえのことも恋しかったんだ」ノースの手球は台のクッションにぶつかって回転し、惜しくもポケットをはずした。「ぼくはおまえの最新作を読んだが、それは何もおまえを崇拝する集団のひとりだからではない。自分の弟がどこで何をしているのか、少しはわかっておきたかったからだ」

「すまない」アラリックは言った。髪に手を差し入れて撫でつける。「くそっ、本当にすまなかった」

「ホレティアスがいたら、おまえの最新作を大いに気に入ったことだろう。おまえを自慢してまわったに違いない。あの芝居にも毎夜、家族を引きずって行っただろうな」ノースに力任せに突かれ、球は縁を越えて床に転がった。

「おまえの番だ」兄が顔をあげて告げた。

その言葉が示すものは、ひとつだけではないようだった。

4

その夜

アラリック卿が客間へ姿を現した瞬間、ラヴィニアの目は真ん丸になった。「彼、肖像画よりもさらにキュートだわ」

「キュート？」たちどころに淑女の輪に取り囲まれた男性を、ウィラは一瞥《いちべつ》した。彼女の目には、アラリック卿はバラの茂みに囲い込まれたトラに見えた。あんなもので獣は閉じ込められない。

「いいえ、キュート、ではないわね」ラヴィニアは訂正し、恥じることもなく舐《な》めるような目つきでアラリック卿を見つめた。「キュートと呼ぶには大柄すぎるわ。顎もがっしりしすぎている」

要するに〝がっしりしている〟のだ。彼の顎は頑固そうだとウィラは思った。それは花婿候補には不適格と判断済みの性質だった。頑固さは、結婚生活がうまくいかない元凶となる。

アラリック卿が魅力的なのは、王立動物園で飼育されているトラが魅力的なのと似たようなもので、眺める分にはいいけれど、家に連れ帰ろうとは夢にも思わない。

ウィラは身を乗り出して、ラヴィニアの耳にささやいた。「個人的には、彼の顎よりパンタロンのほうが気になるわ。破れてしまわないかしらね」アラリック卿の腿の筋肉は、シルクの生地をぴんと引っ張っている。

上品な着こなしではないものの、目を奪われた。

「ウィラ！」ラヴィニアは笑いを喉に詰まらせながらも扇を開き、それに隠れて彼の下半身へと視線をさげた。「ああいうぴったりしたズボンが流行っているのなら、わたしもロシアへ行こうかしら」

「これまで腿については特に考察したことがなかったわ」ウィラは思案げに言った。「あなたのお母様がこの前お夕食に出されたカエルの脚は、しげしげと眺めてしまったけれど」

「カエルですって？」ラヴィニアが小さな悲鳴をあげる。「彼はカエルとは全然違うわ。カエルは緑色でぬるぬるしているじゃない」

「そして立派な太腿の筋肉を持っている」ウィラは指摘して笑った。

「アラリック卿と同じ屋根の下にいるなんて信じられない」ラヴィニアは胸でも苦しいかのようにささやいた。「彼がロシアの大草原で消息不明になったと『ザ・モーニング・ポスト』が報じたのは、つい先週よ。わたし、そんなはずはないと信じていたわ。彼ほど経験豊富な旅人が、悪天候に負けるわけがないもの」

「あなたが持っている版画絵には、彼が北極で暴風雪に巻き込まれているものがあるわよね」ウィラは言った。

「あれは家に置いてきたわ」ラヴィニアが返す。「ここへ持ってきたのは、彼が船の舵《かじ》を取って海賊船から逃れる絵、一枚だけよ。『ワイルドの海賊海域』の一場面なの」

ウィラは鼻にしわを寄せた。「その題名は、わたしが彼の本を読まない理由を示すいい例よ。それって、どういう意味なの？　彼が海賊海域をひとりで所有しているってこと？」

「そうじゃないわ。彼の船は海賊が隠れ家にしている諸島に迷い込んでしまうの」

ウィラは笑い声をあげた。「あなたの版画絵を持ってきて、本人とよく見比べましょう。アラリック卿にお願いして、舵の代わりに馬車の車輪を持ってもらったらどうかしら。あなたの絵にお金を払う価値があったかどうかがわかるように」

「それには崇拝者たちをかき分けて、彼に近づかなくちゃ」

「ちょっとやそっとでは、かき分けられそうにないわ」ウィラはラヴィニアの腕に自分の腕を絡め、アラリック卿とバラの生け垣のように彼を取り巻く崇拝者たちとは反対の方向へ引っ張った。

彼が現れるなり、室内には飢えた表情が伝染病のごとく広がり、ウィラはうんざりしていた。淑女の大半はどう見ても狩りのための服装をしている。胸元が開きすぎて、おなかまで見えそうな胴着《ボディス》。空から黒いシルクの雨が降ったのかと思うほど、顔のあちこちに貼りつけられたほくろ。

少し意外なことに、アラリック卿は女性たちから浴びせられる称賛を楽しんでいる様子ではなかった。むしろ、いやがっているみたいに見える。

ウィラはこのばか騒ぎに関わるつもりはなかった——ラヴィニアのことも、似たような崇拝者のひとりだと彼に思われてなるものですか。もしラヴィニアが彼との結婚を心に決めたら？　それはいい考えとは思わない。ラヴィニアは彼に熱をあげているからだ。ウィラの持論として、女性は夫を熱烈に愛するべきではなかった。夫を愛しすぎれば、多すぎる権力を相手の手にゆだねてしまうことになる。

「こんばんは、ミスター・ファンブル」ウィラはふたりの前を横切りかけた若い男性に微笑みかけた。

相手がお辞儀をした。「こんばんは、ミス・フィンチ」それから熱いまなざしを転じる。「ご機嫌うるわしく、ミス・グレイ」昨日会ったとき、彼はひと目でラヴィニアの魅力に屈した。

一方ラヴィニアは、部屋が暑いというふりをして、ひらひらと揺らす扇の陰からアラリック卿を盗み見ている。

「朝食の席で『モーニング・クロニクル』紙をご覧になりました？」ウィラは尋ねた。「数日遅れになりますけれど、今朝テーブルに数部ほど置かれていたでしょう」

ミスター・ファンブルは心もとなげに目をしばたたいた。「今朝は公爵閣下より狩りへ招待されていましたが、第一面は読みました。まあ、だいたいは。ところどころですが」

ウィラは〝勲爵士団における煩雑な手続きを回避する法案〟が提出されたという話題を持

ち出したが、ミスター・ファンブルは明らかに興味のない様子だった。しかしながら、アカギツネの習性に関してはすこぶる興味があるらしく、彼がキツネの掘るトンネルについて熱弁を振るっていたところに、ラヴィニアが割り込んできた。

「レディ・ノウがうしろにいらっしゃるわ、ウィラ」彼女は叫んだ。「アラリック卿もご一緒よ。わたしたちに声をかけようと、彼の腕を引いてこっちへ来るわ！」

「お話し中にごめんなさい」ウィラはミスター・ファンブルに詫《わ》びてうしろを振り返った。リンドウ公爵の姉妹であるレディ・ノウは骨太の女性で、皮肉の利いた機知に富み、彼女が笑うと誰もがつられて笑ってしまう。公爵夫人は出産間際なため、レディ・ノウが代わりに女主人役を務めていた。凛々《りり》しい眉と高い身長はワイルド家の特徴だ。

その長身を利用して、レディ・ノウはアラリック卿にまとわりつく淑女たちのあいだを突っ切り、前進していた。まるで子ガモをうしろに従え、岸へと泳ぐお母さんガモだ。

ウィラのかたわらにたどり着いたところで、レディ・ノウはぞろぞろとついてきた淑女たちをじろりとにらみつけた。その形相に、ミス・ケネットとレディ・エイルズベリーがたまらず一歩あとずさりする。レディ・ヘレナ・ビドルはなかなか手ごわく、アラリック卿の反対側の腕を放そうとしない。

「レディ・ビドル」レディ・ノウがすごみのある声で告げた。「わたくしの甥から手をお離しなさい。わたくしは待っているのですよ」

「でも、久しぶりの再会ですの」レディ・ビドルは声までもすがりつくようにして言った。

「ワイルド卿とは長らくお目にかかっていなかったんですから！」

「ワイルド卿というのは架空の人物です」レディ・ノウがぴしゃりと言う。「ですから、ご自分の想像の中でお好きなだけ再会なさい。どうせ以前に会ったことがあるのも想像の中のことでしょう。わたくしは甥のアラリック卿を、こちらのお嬢さんたちに紹介したいのです」

ロンドンから遠く離れたこの地では、レディ・ノウは女王にも匹敵する存在だった。そのためレディ・ビドルは負けを認めて、うしろへ数歩さがった。

「ミス・ウィラ・フィンチ、それにミス・ラヴィニア・グレイ」レディ・ノウが呼びかける。「アラリック・ワイルド卿を紹介しましょう。アラリック、わたくしの家族は別として、このおふたりは若い淑女たちの中でもわたくしのお気に入りです」

「こんばんは、アラリック卿」ウィラは挨拶をして、レディ・ノウに説明した。「甥御さんとは、お茶の時間にお目にかかりました」

「お会いできて本当に光栄ですわ、アラリック卿」ラヴィニアが言った。「わたし、あなたの著作に夢中になっていますの」

ラヴィニアがとっておきのまばゆい笑みを輝かせると、大半の男性はとろんとした顔つきになるものだが、驚いたことにアラリック卿はそうならなかった。ひょっとして鈍いのだろうか？

だったら、ラヴィニアの魅力と美貌の総攻撃に遭うといいわ。

「ミスター・ファンブルから、午前中の狩りのお話をうかがっていたところなんです」ウィラはレディ・ノウのほうへ体を向けて、ラヴィニアが探検家を自由に魅了できるようにした。

「申し訳ありませんでしたわね」レディ・ノウがミスター・ファンブルに謝った。「あなたが乗った馬がすべて悪いんです。公爵も、あんな扱いづらい馬は厩舎《きゅうしゃ》から処分すればいいものを」

どうやらミスター・ファンブルは落馬《タンブル》したらしい。なかなかいい韻が踏めたけれど、これは口に出さずにおかなくては。淑女然としたおしゃべりに対する反抗心が、なぜかむくむくとわいてしまう。社交シーズン中の反動が、今頃になって出てきたのかしら？

数カ月のあいだ、ウィラはラヴィニアとともに人前では淑女の鑑《かがみ》のごとくふるまい、猥談《わいだん》やその他の話は屋敷に帰るまで我慢するか、我慢しきれないときには婦人用の控え室でひそひそとおしゃべりをした。

それが今はみずからに課したルールに逆らい、ため息をつき、肩をすくめ、反論したい気分になっている。ルールのおかげで、はじめての社交シーズンは大成功に終わったというのに。衝動に屈すれば悲惨な結果が待っている。ウィラが読書の最中は眼鏡をかけ、下品な冗談が大好きだとは想像だにしていない大半の求愛者にとって、〝本物〟の彼女は歓迎すべからざる衝撃となるだろう。

「そのとおりです」ミスター・ファンブルはこわばった口調で言った。「ぼくが乗った馬は指示をまったく聞こうとせず、まともなポニーであれば飛び越えられる生け垣も頑として拒んだんですから」

「おけがはなかったんですよね？」ウィラは顔に同情の色を浮かべて尋ねた。

「真っ逆さまに濠《ほり》に落ちたんですよ」レディ・ノウが答える。「おかげでけがをせずにすんだんでしょう」

ミスター・ファンブルはこれをはなはだしい侮辱と受け取り、むっと顔をしかめて、足音も荒くその場から離れた。

ラヴィニアにちらりと目をやると、こちらも思ったようにはうまくいっていなかった。ウィラの親友は、いとしい彫像を見つめるピグマリオンもかくやとばかりに、アラリック卿を凝視している。

それも無言で。

彫像であれば無言で凝視されても気にしないが、アラリック卿は落ち着かなげだった。

レディ・ノウもそれに気づいたようだ。「あなたの兄上から聞いたけれど、あなたは人食い人種にはひとりも会ったことがないそうですね、アラリック」彼女は言った。「『ワイルドの愛』はすばらしい劇でしたよ。わたくしは最初から最後まで、引き込まれっぱなしでした」

アラリック卿のまなざしが暗くなる。「おば上をがっかりさせて申し訳ありませんが、ぼくは人食い人種とは面識がありません」

「ええ、本当にがっかりです」レディ・ノウは嘆いた。「ちゃんと探せば、人食い人種のひとりやふたり見つかるでしょうに。わたくしだったら、ひとりぐらいは追いかけていたところだわ。『ワイルドの愛』があなたの読者に期待させるのは、まさにそういう劇的な物語なんです。探検家は臆病であってはなりません」

ウィラはアラリック卿の力強い顎の輪郭を眺めた。臆病さが彼の意志をくじくことは、とてもなさそうに見える。ついでにいえば、人食い人種が彼に不意打ちを食らわせることもできそうには見えなかった。

ラヴィニアは会話も耳に入らないらしく、夢見るようなまなざしでアラリック卿の横顔を見つめている。

まわりに気づかれないように、ウィラは親友をつねった。彼はただの男性だ、どれほどたくさん本を書いていようと。

どれほど美しく、力強く、裕福だろうと。

それに魅力的だろうと。

彼はただの男性でしかない。

「それについては今日の午後、ラヴィニアと興味深い議論を交わしていたんです」ウィラは言った。「異なる部族に属する人食い人種同士が結婚するとして、もし相手が自分の親族を食べたことがある場合、果たしてその結婚は許されるんでしょうか」

「なんと恐ろしい」レディ・ノウが叫んだ。「わたくしなら、自分の身内を腹におさめた者となど断じて結婚しません」

「ハムレットによると」ラヴィニアは、彼女のほうがピグマリオンの彫像であったかのように息を吹き返して言った。「どこもかしこも、わたしたちの先祖の塵《ちり》だらけなんでしょう。それはつまり、今わたしたちが飲んでいるシェリー酒のグラスにも入っているということだわ」

「それはなさそうね。わたしたちの先祖はスペイン人ではないもの」ウィラは指摘した。

「自信を持って言うわ、わたしたちが飲んでいるのはスペイン産のアモンティリヤードよ」

「わたくしにはスペイン人の大おばがおりました」レディ・ノウがにっこりしてグラスを掲げた。「身内を食べることについて、考えを改める必要がありますね。マルガリーダおばに乾杯！」

「塵ではなく、形のある身内だった場合はいかがかしら？」ウィラは尋ねた。

なかば閉じたまぶたの下で、アラリック卿の瞳が輝く。けれども、彼は何も言わなかった。この人はいったい何を考えているのかしら？

「アラリック卿」ウィラは――もう一度――尋ねてみた。「反目し合う人食い人種の部族同士が結婚できるかどうか、あなたはどうお考えですの？」

「それは部族によって異なるでしょう」彼が答える。「それぞれの部族がなぜ人食をするのかが鍵となる。犬の肉を例に挙げると、珍味と見なす文化がある一方で、犬を食べるなど滅相もないとする文化もある」

「それはつまり、人食は敵を始末し、そのうえおいしいお肉にありつける一石二鳥の行為ということかしら？」ラヴィニアは続けた。「そんなふうに考えたことはなかったわ」

「ふたりとも、なんと悪趣味な！」レディ・ノウが悲鳴をあげる。「うら若き淑女がいったいどうしたのです？　わたくしの若い頃は、お裁縫についてなら知らないことはありませんでしたが、そのほかのこととなるととんと無知なものでしたのに」

「神聖とされる動物は、神の生まれ変わりとして決して食べない文化もある」アラリック卿は言葉を差しはさんだ。「別の文化では、その動物が毎日のように食卓にあがる」

強烈な欲求がウィラの心を支配し、彼が間違っていることを証明したくなった——とにかく、なんでもいいから。あいにく神聖な動物についてはなんの知識もない。

「わたしの父は飼っている猟犬を神聖視していましたわ」ラヴィニアが言った。「けれど母は、夕食のとき父の椅子のまわりに猟犬が集まるのを毛嫌いしていたんです。神聖なものといえば、アラリック卿、先ほどのお話からすると、このロケットは失われた愛のしるしではないってことかしら？　これはレディ・ノウがおやさしくも、わたしにひとつくださったものです」胸にさげたロケットを持ちあげる。

「残念ながら、そのロケットにはなんの意味も持たせることはできません。ぼくのおばにはあと先を考えずに浪費する癖があるということを除いては」

レディ・ノウが大げさにため息をついた。「よくご覧なさいアラリック、両面に美しい彫刻が施された、すてきなロケットじゃありませんか。みなさん、たいそう気に入ってくれましたよ」

「あなたもお持ちに？」ウィラに問いかけるアラリック卿の声は不愉快そうな響きだ。ふつうの人なら、彼に非難されたと思うだけで恐怖に震えあがるのだろう。ならば、新たな反応を彼に見せてやるわ。

「わたしには資格がありませんでしたから」ウィラは太陽のごとく笑みを輝かせた。

彼が眉をひそめる。「資格というのは？」

「崇拝者であることです」彼女は教えた。「ロケットを大量購入されたことをレディ・ノウが公表すると、取り合いになりかけたんです」

「ええ、縄張り争いをするブルドッグみたいに」笑いに目を輝かせて、ラヴィニアが合いの手を入れる。「アラリック卿、このロケットは本当に苦労して勝ち取ったものなんですよ」

「わたくしがルールを決めなくてはなりませんでした」レディ・ノウが説明した。「すべてのロケットは真の崇拝者の手に渡りました。先に自分で購入していた方もいましたけどね」こほんと咳払いする。「ヘレナ・ビドルは本物の金で作った複製品をお持ちでしたよ」

「どんなルールになさったんですか？」アラリック卿はぎりぎりと歯嚙みしていた。

お気の毒に……。そんな思いがウィラの胸をよぎりかけた。でも有名になって騒がれるのがそれほどいやなら、そもそも自分のことを本に書かなければいいのだ。

「レディ・ノウはクイズ大会を開いたんです」今度はラヴィニアが説明した。「問題はどれも、あなたの著作から出題されました。それにもちろんお芝居からも」

「驚きました、おば上」彼が言った。「ぼくの本をそれほど入念に読んでいらっしゃるとは」

「いいえ、わたくしが問題を考えたのではありません」レディ・ノウは悠然と応じた。「それは育児棟に任せました。子どもたちはあなたになりきって、冒険ごっこばかりしていますからね。みんな、あなたの本を丸暗記していますよ」

アラリック卿はさらに驚いたようだ。「弟や妹たちがぼくの本を読んでいるんですか？今朝、育児棟を訪ねたときは、誰もそんなことは言いませんでしたが」

「それは帰宅した初日に兄を煩わせてはならんと、あなたのお父上から厳しく言われていたからです。ええ、あの子たちは一言一句そらんじていますよ。気の毒な家庭教師は子どもたちが寝る前に、何度も繰り返し本を読まされていました。そういえば、それも彼女が辞めてしまった理由のひとつかもしれませんね。新しい人はまだ見つかっていないんですよ」

ウィラはまたも笑いをのみ込んだ。アラリック卿は、ここから一番近い港へ逃げようかと思案しているかのごとき顔つきだ。船の行き先は人食い人種の国かしら？

「子どもたちはお芝居を観ていませんが、レオニダスがこの前オックスフォードから帰宅した際に、自分が観た内容をこと細かに話してやったんです」レディ・ノウは続けた。「人食い人種にとらえられる直前に愛の告白をする場面では、ベッツィーはいささか大げさながら、宣教師の娘を見事に演じてみせます」

アラリック卿はそれとなく体重を移し替えた。このやりとりのすべてに心底いらだっているのだろう、とウィラは推察した。自分の弟と妹たちの話に、ロケットのことに、そして何よりも芝居自体に。話題が芝居のことになるたび、彼の額には深いしわが刻まれる。

なのに彼は礼儀正しすぎて、おばの前では怒りを爆発させられないのだ。なんだかかわいい。

「『ワイルドの愛』と宣教師の娘の悲惨な死と、どちらをより不愉快に感じていらっしゃるの？」ウィラは彼に尋ねてみた。

「どちらも同じひとつのものだ」アラリック卿が答える。「両方とも、ぼくがいないあいだに雑草のように出てきた」

「それではまるで、あなたが知らないあいだに目のまわりに青あざができていたと主張するようなものだわ」彼の顎の筋肉がひくひく動くさまを楽しみながら、ウィラは言い返した。

「闇の中を走ってドアに衝突したら、そんなこともあるでしょうけれど」

「実際、ぼくが知らないあいだに起きたんだ。それどころか、ぼくはこの国にいさえしなかった。兄から聞いた話では、劇を書いた者は名乗り出る勇気もないそうじゃないか。彼が何者かは誰も知らない」

「公演を打ち切らせようとお考えですの？」ラヴィニアが尋ねる。「でしたら事前に知らせていただけると助かります。わたしの母は、まだ観劇を許してくれなくて」

彼は問いかけるようなまなざしをウィラに向けた。

「レディ・グレイは、あなたが婚約者への激しい思いを熱い言葉で言い表すのを批判されているんです」ウィラは説明した。

それが意味するところを理解して、アラリック卿はしぶい顔をした。「存命中の者に関する舞台の上演は非難に値する。内容が誤りばかりで、明らかに低劣なものであればなおさらだ」

ラヴィニアはウィラに顔を振り向けた。「ロンドンへ戻ったらただちに、どうしても劇を観に行かせてとお母様に泣きつきましょう」

「入場券一枚につき一〇ギニー以上しますよ」レディ・ノウが警告する。

「育児棟へ行くのはどうかしら?」ウィラは提案した。「主人公を直接知っている俳優たちに演じてもらうの」

「あの舞台をまるっきりのでたらめと呼ぶのは公正ではありませんね」レディ・ノウは甥へ語りかけた。「第一幕はふたりの少年が剣で戦いごっこをしているところから始まります。王様とパラディンになりきっている、あなたとノースですよ。わたくしの目に焼きついている光景のままでした」

「なるほど」

静かな声を発する男性が、大声を発する男性よりも危険が少ないとはかぎらない。ウィラはそう発見しつつあった。

アラリック卿は芝居に腹を立てているのだと思っていたが、自分の人生で本当にあった出来事が舞台で演じられているのを聞いて、彼の表情は険悪そのものになった。

「なんて顔をしているんです！　あなたは文句を言える立場ではありませんよ」レディ・ノウがたしなめる。「『ワイルドのアンデス山脈』は発売初日に一冊残らず完売です。あなたの本の成功は『ワイルドの愛』のおかげもある、とみんなが言っていますよ」

ああ、よりによってそんなことを。

「崇拝者が多すぎるのも大変でしょうね」ウィラは話題を変えようとして言った。

その瞬間、アラリック卿はあきれるほどの美男子というだけではないことに気づいて、彼女の心は乱れた。彼の目はほとんど……抗《あらが》いがたい。

そう思うと、ちょっと胸が悪くなる。

彼は悪名高い男性だ。

イングランドじゅうが知っている男性。一方、ウィラはあくまで私生活を大事にしていた。

それが今はこんなふうに、ラヴィニアがなけなしの小遣いをはたいてアラリック卿の版画絵を買ったのと同じ情熱をもって、彼に微笑みかけている。

「レディ・グレイがわたしたちをお探しではないかしら」ウィラは言った。

アラリック卿は室内に視線をめぐらせはしなかった。けれどもその表情は、ラヴィニアの母親がこの会話をさえぎりたければ娘のかたわらに姿を現したはずだと言いたげだった。

彼は女性のほうから会話を打ち切られるのに慣れていないのだろう。

「がっかりだった？」アラリック卿とそのおばの耳に入らないところまで離れると、ウィラはラヴィニアに尋ねた。「あこがれの人って、実際に会ってみると往々にして失望するものだわ。わたしがオックスフォードの哲学者、ミスター・チャジブルに心底幻滅したのを覚えているでしょう」

「あなたは彼の黒々とした耳毛にがっかりしたんだったわね」ラヴィニアが応える。「でも、アラリック卿の外見に少しでもがっかりするところがあった？　わたしは見つけられなかったけど」

「なかったわ」ウィラは認めた。それどころか、彼の野性的な魅力が発する衝撃をまだ全身で感じている。

予想外のことだけれど、単にわたしもひとりの女というだけよ。ウィラはそう自分に言い聞かせた。

あと二、三回も言い聞かせたら、本当にそうだと信じることができそうだ。

「残念だけれど、彼はわたしには男らしすぎるわ」ラヴィニアが思案顔で言った。「完璧すぎる」

「彼は完璧ではないわよ」ウィラは反論した。「額にも頬にも傷跡があったわ。あなた、見なかったの？」

「身体的に完璧という意味じゃないわ。彼は理知的でありながら、どこか荒々しいとさえ感じさせる。彼を熱烈に愛するつもりでいたのに、その気持ちがなくなってしまったの」ラヴィニアはしょんぼりした。

「それでよかったのよ。何も探検家の妻になりたいわけではないんでしょう？　テムズ川でひどい船酔いをしたのを思い出して」

「そのとおりね！」生来の楽観的な性格が頭をもたげて、ラヴィニアは言った。「これまで集めた彼の版画絵をもらってくれる人を見つけなくちゃ。わたしはもういらないわ」鼻にしわを寄せる。「本人に会ってしまうと、寝室の壁にその人の肖像を飾るのも奇妙に感じるものね」

ウィラはこれまで一度も、ワイルド卿の版画絵を買おうと思ったことはなかった。アラリック卿の、と言うべきだろうか。

だからもちろん、ラヴィニアが持っている版画絵も欲しくなどない。「そうね」ウィラは言った。「引き取り手は簡単に見つかるわよ。さあ、ミセス・グレイを探しに行きましょう」

「ねえ、それは口実だと彼は気づいていたわよ」ラヴィニアが言う。「あなたは彼の著作をたいしたものではないと思っているんでしょうけれど、ワイルド卿の旅行記はあなたが考えている以上に面白いと請け合うわ」

「きっとそうでしょうね」ウィラは応えて、その話は終わりにした。

従僕が甘ったるいラタフィアのグラスをトレイにのせて差し出した。「若いレディもシェリー酒をおかわりできればいいのに」ラヴィニアがため息をつく。

「社交シーズンは終わったんですもの、少しぐらい楽しみましょう」ウィラは従僕にシェリー酒を取りに行かせた。

「そんなこと言って、お母様に聞かれたら大変よ」ラヴィニアは心からうれしそうだ。

「ラタフィアが嫌いなのはあなただけじゃないってこと。あの飲み物に対するわたしの気持ちは、ダイアナのローランド卿に対する気持ちと同じよ」

「振り返ってダイアナを見てごらんなさい。彼女、苦悶《くもん》の色を浮かべているわ」

発想が貧相なウィラと比べて、ラヴィニアは想像力がたくましいため、ウィラは親友の言うことは話半分に聞く癖がついていた。言われたとおりに振り返り、客間の奥にいるダイアナへ視線を向けてみる。

ダイアナはラヴィニアの遠縁に当たり、社交シーズン中はともに多くの時間を過ごしたものの、なぜかウィラはダイアナと親しくなれた気がしなかった。今、ダイアナは青ざめて見えた。もっとも、彼女は陶磁器のような肌をしている。ローランド卿がダイアナにひと目惚《ぼ》れしたあと、それには彼女の肌の美しさがひと役もふた役も買ったに違いないと誰もが噂し合ったほどだ。

「たぶん枕が変わって、よく眠れなかったんでしょう」ウィラは言った。

ラヴィニアが首を横に振る。「本当に不公平だわ。彼女にその気がないのは一目瞭然なのに、ローランド卿をものにするなんて。どこかの次期公爵が、わたしの肌にも恋してくれないかしら。ああ、それって純粋な恋よね。思うんだけど、わたしに求愛してきた男性の大半は、もっと不純な動機だったんじゃない？」

ウィラは心の中でうなずいた。ラヴィニアの求愛者たちは彼女の胸から目をそらすのに苦労していたし、それは無理もなかった。「朝食の席でローランド卿がダイアナと話すのを観察したけれど、彼の動機は明らかに純粋ではなかったわ。ずいぶん物欲しげな目をしていたもの」

「ありがとう！」ラヴィニアはシェリー酒を持って戻ってきた従僕に礼を言った。『ダイアナ自身ではなく、彼女のかつらを物欲しげに見ていた可能性は排除できないわよ』鼻にしわを寄せてウィラに言う。「わたしはあそこまで衣装に凝る男性は我慢できないわ」

ローランド卿は金色のヒールから縦長のかつらまで、たしかにめかし屋そのものだ。今夜の上着は銀色のシルク地にサクランボの柄が織り込まれていた。その組み合わせは大方の男性を女っぽく見せるだろうけれど、彼の場合は黒々とした凛々しい眉に助けられている。それどころか、ふわふわのかつらは不思議なことに彼をより男性的に見せる一方だ。

「彼、口紅をつけているんじゃないかしら」ラヴィニアがつけ加える。

ローランド卿の唇は深い赤みを帯びているが、もとからなのかもしれない。「彼ならそうするだけの度胸があるでしょうね」ウィラは認めた。「あんなに丈のあるかつらをかぶった男性ははじめて見るもの」

「きっとパリで買ったのよ」ラヴィニアが言う。「お母様はああいうかつらはお嫌いよ――彼がわたしの肌に恋したら、その意見もころりと変わるでしょうけれど。でも、彼には似合うと言わざるをえないわね」

ローランド卿は美しい動物だ。近づく女性は誰でも、思わず彼に見惚れてしまう。

彼の弟も同じくらい美しい。だがアラリック卿のほうは、飼い慣らされていない危険な動物だった。兄弟はどちらも端整な顔立ちをしている。ただ同じ形の顎でも、アラリック卿のほうはより険しく、より頑固に見えた。

彼の人生に関わる者にとっては、より面倒なことだろう。ウィラは心の中で思った。たとえば彼の妻となる者にとっては。その役目に立候補するつもりが自分にはいっさいなくてよかった。

「シェリー酒を飲み終わるまではお母様のもとへ行けないから、ダイアナとお話ししましょう」ラヴィニアが言った。「彼女はあそこにひとりでいるわ。またしてもね」

その言葉のとおり、ダイアナは室内に背中を向け、暗い窓を凝視していた。話しかけられたくないのが明らかなほど一心に。

「わたしは婦人用の控え室へ行ってから加わるわ」ウィラは言った。「考えてもみて、彼女の気が変わって結婚を取りやめにしたら、どんな大騒ぎになるかしら。このハウスパーティーはすべて彼女の婚約祝いとして開かれたものなのに」

「ウィラ、あなたは生まれついての哲学者かもしれないわ――人は何をもって哲学者となるのか、わたしにはいまだにわからないけど――でも、わたしは人相が読めるの」ラヴィニアが言う。「市場で占い小屋を出せばもうかるわね。いいこと、わたしの親戚の顔には苦悶の相が出ているわ」

なるほど、ダイアナの顔つきは奇妙なほど悲劇的だ。まるで麻袋を着て灰をかぶるほうが、襞飾りのついたパリ製のドレスを着ているよりもましだというかのように……かつらにピンで留められた大量の果物は言うまでもない。

「彼女の目はバセット・ハウンドの目に似ているわね」ウィラは思案しながら言った。「あの犬種は骨をひとり占めしていても浮かない顔でしょう」

「ローランド卿は、きっと立派な骨を持っていらっしゃるわ」ラヴィニアが真顔で応える。

ウィラは笑いをのみ込んだ。「そんなの、あなたにはわかりっこないじゃない。小枝みたいにか細い骨をしているかもしれないわよ」

「ねえ、ウィラ、もしダイアナが婚約を解消したら、わたしが次期公爵夫人に立候補して、あの男性のありのままの姿を見るわ。ありのままって、かつらの下という意味よ、もちろん」

「剃りあげた頭があるだけよ」ウィラはそっけなく告げた。「つるつるの頭がね。か細い骨にお似合いでしょう」

「ウィラ！」

5

「わたくしが紹介した若いレディたちの印象はどうでしたか？」レディ・ノウはささやき、アラリックに笑みを投げかけた。「あのふたりが今期の社交シーズンの花だったことは、誰もが認めるところです。唯一はっきりしないのは、どちらがより多く結婚を申し込まれたかでしょう」

返事をする間もなく、アラリックは崇拝者たちに取り囲まれていた。おばはロイヤル・アスコット（アスコット競馬場で開催される王室主催の競馬）で出走馬の名前を読みあげるかのごとく、女性たちを次々と彼に紹介した。

邪魔が入って助かった。おばの質問になんと答えるか、まったくわからなかったのだ。

アラリックは腹に鋭い一撃を食らったかのように感じた。

なぜかウィラ・フィンチは彼の関心をかきたてた。彼女に関するすべてを知りたくてたまらない。彼女が何を考えているか、なぜそう考えるのか。ウィラは自分の考えを胸にしまっているかに見えた——それを掘り出したい。ひとつ残らず。彼女の心の言語を学んで解読したい。

礼儀正しいふるまいの中に猜疑心《さいぎ》が透けて見えるイングランド女性に、これまで会ったことがあるだろうか？　アラリックの著作だけではなく、彼自身をウィラは怪しんでいた。彼のことが嫌いなのだ。彼を見るだけで、つんと上を向いた小さな鼻にしわが寄っていた。

率直に言って、ウィラは雄牛の目の前で赤い布切れをひらひらさせたようなものだ。アラリックの中の野蛮な男は、かつらをかぶるのを嫌悪する男は、狩りの匂いを嗅ぎつけていた。

ウィラ・フィンチはまつげの下から秋波を送りはしなかった。彼女はサイン入りの本を求めなかった。彼女は求婚も、赤ん坊も求めていない。

彼女はレディ・アラリック・ワイルドとなることにみじんも関心がない。

アラリックと関わりたくないのだ。

どうも自分は彼女から、サーカスの客引きと同類だと思われている気がする。荷馬車の中に双頭の巨人がいると吹聴《ふいちよう》して、客から半ペニーをせしめようとするたぐいだ。

一度ウィラがちらりと向けたまなざしは、彼の旅行記はどうせほら話だろうと考えていることを匂わせた。

それにもうひとつ。彼女はくすくす笑いはしないようだ。まさに今、くすくすと笑う女性たちに取り囲まれているアラリックには、それが好ましく思えた。

それに加えて、あの美しさだ。頬から顎にかけてのなめらかな曲線だけではない。何百人もの詩人気取りから歌を捧げられたに違いない、大きな瞳だけでもない。

ウィラの美しさは各部分を足した総和をはるかに超越している。まつげ、白い肌、弧を描く眉――。

長い脚と驚くほど深い胸の谷間。彼女の友人、ラヴィニアの胸とはまったく違う。ラヴィニアは男が正真正銘の詩にうたう胸を持っている。かわいらしい目をうたった三文詩とは対照的に。

だが、ラヴィニアの胸はぼくには合わない。ウィラの胸のなめらかなふくらみは、この両手にちょうどおさまることだろう。

ウィラの胸は完璧だ。

彼女の胸を思って体がこわばりながらも、アラリックは誰かのお世辞の言葉を受けて機械的に応えた。

ウィラはまわりから少し距離を置いており、そんなところがどうしようもなく男心をそそるのだ。それにあの顔立ちと体つきを合わせたら、上流社会の哀れな男たちが心の平衡を保てる見込みはない。

差し出された手にキスをし、さらにお世辞をもらいつつ――もっとも、そのほとんどは彼の著作ではなく恋する愚か者として描かれた舞台上の彼に向けられたものだが――アラリックはウィラと、そう、たとえば海賊に対する興味の違いを考えてみた。興味深いのはどちらも同じだが、興味の種類はまったく違う。

ひとつに、彼は海賊にキスをしたいと思ったことは一度もなかった。

ウィラ・フィンチなら、あの小生意気な口をキスで黙らせてから、もう一度しゃべらせてみたいと思う。

　その想像にアラリックはめまいを覚え、続いて吐き気に襲われた。ぼくはいったい何を考えているんだ？

「ワイルド卿」女性に呼びかけられ、アラリックは途中から話を聞いていなかったことにはっと気がついた。

「失礼しました」彼は詫びた。「ご先祖が東インド会社にいらっしゃったというお話でしたね」

　相手がうなずく。「彼の日記がありますの。主人とわたくしは、それを本にできる方はあなたをおいてほかにいないと考えておりますわ。彼は恐ろしく勇敢でした。それはもうびっくりするくらいに。わが家の気質ですのよ。わたくしの息子も、その血を色濃く引いています」

　アラリックは、金をもらって文章を書くことはやっていないと説明しかけてやめた。

「ご子息も東インド会社の一員ですか？」

　女性がさっと気色ばんだ。「わたくし、成人の息子がいるような年齢ではございません！」

「マーガレット、坊やはまだ六歳でしたね」レディ・ノウが見かねて言葉をはさむ。「ご先祖譲りの勇敢さを示すには、まだ早すぎると思いますよ」

　そこからあとは、アラリックは注意を払うのをやめた。ウィラは自分の美貌に無頓着なのではないだろうか？　年配の者たちからどう思われるかに対しても。ああ、むしろその逆ではないか？

ウィラは褒めそやされるのにうんざりしているのだ。社交シーズン中、彼女に求愛した男たちはみな、あの瞳を称《たた》える詩を書いたに違いない。彼女は甘い笑みを向けながら、心の中では相手を道化者と見なし、その後は相手が何を言おうと無視したことだろう。

おばが彼の脇腹をつついた。「ミス・ハヴァロックがおききしたいことがあるそうですよ、アラリック」

「人食い人種にはどのような罰を与えたんですの？　舞台では、なぜか結末が語られませんでしたわ」ミス・ハヴァロックが甲高い声で尋ねた。会ったこともない人食い人種の一族を、彼が丸ごと全滅させた話を聞けるものと期待しているらしい。

アラリックの笑みが薄れて渋面に変わる。「人食い人種と遭遇したことは一度もありません、ミス・ハヴァロック。あの芝居は、ぼくとは一面識もない何者かによって書かれた空想です」

ミス・ハヴァロックは納得していない様子で話を先へ進めた。「でしたら『ワイルドの海賊海域』の第六章で、本当のところは何が起きたんです？」

「本に描かれているとおりです」彼は言った。「ぼくにはたいした想像力はありません。起きたことを書くのみです」

「まあ、そんなことをおっしゃって！」ミス・ハヴァロックは訳知り顔で微笑んでみせた。

「わたしでしたら大丈夫ですわ、ワイルド卿。真実に尻込みなどいたしません。ちゃんと知っておりますのよ、原住民はココナッツの殻で局部を隠していただけなんでしょう」

アラリックはうめきそうになるのをなんとかこらえた。

「読者に衝撃を与えないよう、本の中では衣服を着させたんですのよね」ミス・ハヴァロックは言い張った。「わたしのおじは地球の反対側へ行ったことがありますの。原住民は裸同然だと言っておりましたわ」

「太平洋には無数の島があって」アラリックは言った。「身につけているものもさまざまです」

そこで背を向け、部屋の反対側にいるウィラ・フィンチのあとを追うつもりはまったくなかった。

そんなことをするのはばかげていると結論を下したちょうどそのとき、彼女がドアの外へ消えるのが目に入った。


ウィラは婦人用の控え室にとどまり、自分にしっかりと説教をした。一四件もの結婚の申し込みを拒んだのは――うちひとつは未来の侯爵からだった――レディ・ビドルのまねをするためではない。

言い換えると、アラリック卿に見とれるためではない。

問題は、彼はウィラの一番悪い側面をくすぐることだった。社交界デビューに当たり、彼女とラヴィニアが一連の鉄則をみずからに課した理由のひとつは、正しくふるまうのはどちらにとっても容易なことではないとよく自覚していたからだ。

ウィラが見たところ、ラヴィニアが〈ワイルド卿シリーズ〉に熱中したのは、著者よりも、そこに記された自由に心引かれたせいだった。ワイルド卿は行きたいところならどこへでも行けて、実際に行った。誰とでも話をすることができた。

若い淑女はそうはいかない。

ウィラは彼の本を退けていた。けれど上流社会の堅苦しさなどどこ吹く風とばかりに、客間を横切る当の男性自身のことは？　彼女はまるで潮が引くかのように、アラリック卿のいるほうへ引っ張られるのを感じた。

はっとして、鏡をぼんやり見つめている自分に気がついた。嚙みしめていた唇が、濡れた赤い色に変わっている。もうたくさん！

ウィラは廊下に出るドアを開けた。

足を踏み出し、そこで凍りつく。

アラリック卿が目の前の壁に寄りかかっていた。婦人用の控え室に入る順番を待っているだけのように、何気ないそぶりで。

彼が顔をあげると、生々しいほどの男らしさがすべてウィラひとりに向けられた。彼女はさりげなく挨拶するのにも、持てるものすべてを使わなければならなかった。「またお会いしましたわね、アラリック卿」

彼は背中を起こして悠然と笑みを浮かべた。「ミス・フィンチ」

「何かわたしでお役に立てますかしら」なんとかそう言って、声がうわずらなかったのを誇らしく思う。ウィラ・フィンチは決してうわずった声を出さない。ため息をつくこともない。それに……。

ルールを唱えて気持ちを静めようとしていると、背後でドアがばたんと閉まり、薄暗い廊下にアラリック卿とふたりきりになった。

「さあ、どうだろう」彼は好奇心をたたえたまなざしでウィラを見おろした。

頬がじわじわと赤くなるのを感じる。ウィラ・フィンチは決して赤面しない。決してため息をつかない――。

「イングランドに帰還したことで、おかしな副作用が出ているようだ」アラリック卿がほとんどひとりごとのように言った。

「もちろんお気持ちはわかるわ、客間は女性でいっぱいですものね」そう応じてから、すぐに言い直す。「人で。客間は人でいっぱいですもの。これまでは――これまではひとりの時間が多かったんでしょう、海賊船の上では」

ウィラは心の中でうめいた。海賊船の上ですって？　ばかみたいな物言いだわ。

「海賊船に乗ったことはないと言ったら驚くかい？」

「ええ、そうですわね」あわてて答えた。「海賊たちがイングランドの船舶に乗り込んでくるのであって、その逆ではないわ」

アラリック卿の瞳に浮かぶ笑みが深まった。「白状すると、女性が相手の場合は、ぼくも海賊と同じ傾向にある」

それはつまり、女性は船で、彼はそれに乗り込むということ？　乗り込む？　ウィラは頬が燃えあがるのを感じた。赤面しないというルールは、この際どうでもいい。そんなみだらな話をわたしが歓迎するなどと、アラリック卿はどうして考えたのだろう？　わたしはヘレナ・ビドルではない。

彼をきっとにらんで立ち去ろうとしたが、その前に腕をつかまれた。「すまない、品のない軽口を叩いてしまった。外国暮らしが長すぎたようだ」

ウィラは同感だったので黙っていた。

「きみの貞節を汚すつもりはない」アラリック卿の深い声はいらだたしげだ。「ぼくは言葉に気をつけることに慣れていないうえに、軽口を飛ばす悪い癖がある。そう、すべては言葉の遊びだ」

それなら彼は上流社会には属さない。イングランドの紳士淑女がやることがひとつあるとしたら、それは言葉に気をつけることだからだ。

アラリック卿が長年世界を放浪して過ごしたのは、口から出る言葉が暗示することすべてを四六時中気にしなくていいからかもしれない。そう思い当たるなり、ウィラはみぞおちに奇妙な感じを覚えた。羨望と批判、それに警戒心がまぜこぜになった感覚。

「作家は言葉に気をつけるものだと思っていたわ」アラリック卿の謝罪をそれとなく受け入れて、彼女はささやいた。

彼の指がウィラの腕を滑り落ち、肌に熱いざわめきを残す。

「言葉を磨いて自分の体験を書きつづるのは楽しいものだが、ああいう崇拝者たちを得ようとは思ってもいなかった」彼はそっけなく言った。

「あなたの読者でしょう？」

「客間で紹介された女性たちの大部分は読者ではない。彼女たちは、ぼくの本とはなんの関係もない劇の登場人物に熱をあげているようだ」アラリック卿のまなざしは恨めしげだが真剣だ。「言っておくが、うれしいものではないよ」

ウィラは、薄暗い廊下でアラリック卿がどれほどそばに立っているかを意識しないようにした。彼はミントの香りがする。

「長らくイングランドから離れていて、たくさんのルールを忘れてしまったが、大切なものは頭に刻まれている。たとえばこれだ」彼はウィラの手を取り、彼女の指を自分の唇へと持ちあげた。「このルールは好きだ。なんとすてきな女性への挨拶だろう。別れの挨拶にも、詫びにもなる」

アラリック卿の唇が手に触れ、ウィラは全身に衝撃が走るのを感じた。身が縮むような恥ずかしさがそれに続く。こんな有名人の魅力に負けるものですか。本人が女性たちに崇拝されるのを喜んでいようといまいと。

手を引いて冷ややかにうなずく。「わたしは失礼させていただきます、アラリック卿」ウィラは彼の脇をすり抜け、安全な客間と青くさい求愛者たち――彼らはみな社交上のルールを一〇〇以上すらすらとそらんじることができるし、時間を与えられればその三倍は言える——のもとへ向かった。

背中にアラリック卿の視線を感じたが、彼女は振り返らなかった。

6

　ダイアナとラヴィニアは窓辺にたたずみ、ともに外を見つめていた。ウィラは鼓動の高鳴りも頬のほてりも無視して平静を装い、ふたりのほうへ進んだ。

「何を見ているの？」自分も外の芝をのぞいて、ウィラは尋ねた。ダイアナがすすり泣きのような音をたてる。はっと気がつくと、ダイアナの肩は小刻みに震え、ラヴィニアがそれを部屋にいる人たちから隠すように立っていた。

　ウィラは巾着袋から急いでハンカチを取り出した。「何かあったの？」

「いいえ、何も」ダイアナはあいまいに言い、ハンカチで目元を押さえた。「疲れすぎただけよ。昨日は夜を通して馬車に揺られたから。公爵閣下への非礼に当たると、母は到着が遅れるのを避けようとしたけれど、どうしてもロンドンで用事があって。それでレディ・グレイがわたしの付き添い役《シャペロン》を務めてくださるでしょうと、メイドとわたしを先に行かせたの。くたびれる旅だったわ」

　どうやらダイアナとその母親は、ハウスパーティーというものをよく理解していないらしかった。遅れて来ることなど誰も気にしない。パーティーが始まってから二週間後に姿を見せる者も、たまにいるほどだ。

もっとも、今は亡きダイアナの父親はラヴィニアの遠縁だったとはいえ、母方の祖父はロンドン市長を務めた商人だ。それは誰もが如才なく見過ごすふりをして、その実、ひっきりなしに話題に挙げている事実だった。

ひと目惚れに身分違いの恋が加わればよりロマンティックなので、ローランド卿の婚約の話になると、裕福な食料雑貨商だったダイアナの祖父のことが必ずと言っていいほど口の端にのぼる。

「レディ・グレイはほとんどいつも遅刻なさるわ」ウィラは慰めようとして言った。

「だからこのハウスパーティーでは、実際よりも三日も早い日にちを伝えておいたのよ」ラヴィニアがそう言って、ダイアナの右の肩甲骨をさすった。「さもなければわたしたちは今から一週間後に到着して、あなたはシャペロンが誰もいなかったかもしれないわね」

ダイアナは震える口元を笑みの形にした。「母は、パーティーの初日にわたしが絶対にいなくてはいけないと考えていたわ。ローランド卿に見限られるのを恐れているの、わたしたち親子は社交界の最上階級には属さないからって。母は本当のわたしを隠そうとばかりしているのよ」自分のかつらを身ぶりで示す。

「そのかつらであなたを隠すつもりなの？」ラヴィニアが尋ねた。「どうやって？　むしろ、あなたをより目立たせていると思うけれど」

「ええ、わかっているわ」ダイアナが悲しげに言う。「村祭りに出品される巨大カボチャになった気分よ。今日の午後に着ていたドレスなんて、腰に洗濯桶《おけ》をくりつけているみたいで、腰をおろすこともできなかった。立ちっぱなしでマフィンを食べてばかりいたから、胸焼けがするの」

「すべての衣装はある意味、自分を隠すためにあるんでしょうね」ウィラは思案しながら口にした。「ラヴィニアをご覧なさい」

ダイアナは彼女の青いドレスに目をやった。

「わたしのボディスは極端に小さいでしょう」ラヴィニアがヒントを出す。

「彼女の顔は隠れているも同然よ。だって殿方は彼女の胸に目が釘づけになって、ほかを見ることはできないんですもの」ウィラは説明した。

「わたしのポロネーズ・ドレスの襞ひとつのほうが、あなたのボディス全体よりも布面積が大きそう」ダイアナは少し元気を取り戻したようだ。

「このドレスを注文したとき、わたしの母は不満げだったわ」ラヴィニアが言った。「レディ・グレイがヒステリーを起こしたことを考えると控えめな表現だ。「だけどドレスが殿方に与える効果を見たあとでは、母も考えを改めたのよ」

「わたしの母もドレスを選ばせてくれればいいのに」ダイアナがこぼす。

「もうすぐ既婚女性になるんですもの、結婚後は好きなものを自由に着られるじゃない」ウィラは指摘した。「ロンドンで暮らすの？　それとも、このリンドウ城で？」

「全然わからないわ」ダイアナの声音は、その話題に触れてほしくないと語っていた。「さつきワイルド卿と――アラリック卿とお呼びすべきかしら、話をしていたでしょう？　わたし、あの方にあまり好かれていない気がして」

「彼は態度がそっけないから」ウィラは言った。「あなたの思い過ごしではないかしら？　彼はすぐに顔をしかめるけれど、わたしは自分が嫌われているとは感じなかったわ」

それどころか、アラリック卿にすっかり気に入られたのではないかと胸騒ぎがした。

「ローランド卿は、弟君があの劇にたいそう憤慨しているとおっしゃっていたわ」ダイアナが言った。「どうやら『ワイルドの愛』は、彼の著作と似たり寄ったりのようね。言ってみれば作り事でしょう」

「話の筋は劇作家によって手を加えられているかもしれないわ」ラヴィニアが弁護する。「それに宣教師の娘は、劇を盛りあげるためにつけ加えられたんでしょう。でも、本に描かれたアラリック卿の冒険に誇張はない。これはたしかよ」

部屋の奥では、アラリック卿が首を傾けてヘレナ・ビドルのおしゃべりを聞いている。レディ・ビドルは体を密着させ、彼の脇の下に胸がほぼ入り込んでいた。

「彼女、あの方をベッドに誘い込むのに成功するかしら？」ダイアナはそう言ってから、あわてて口を押さえた。「ごめんなさい。わたし、こういう場に慣れていなくて――」

「いいのよ」ラヴィニアが安心させた。「わたしたちはどちらもできれば夫に誠実でいるつもりだけれど、婚姻よりも創意あふれる取り決めがあるのを知らないふりはできないわ」アラリック卿とレディ・ビドルをまじまじと眺めて言い添える。「いくら未亡人でも、ずいぶん積極的ね」

くだんの淑女はアラリック卿の腕にしがみつき、片方の手で胸を押さえて目を大きく見開いている。

「彼から冒険の話でも聞いているんでしょう」ウィラはレディ・ビドルに対して理屈抜きの嫌悪感が燃えあがるのを感じた。

「彼の寝室の場所を聞き出しているのかも」ダイアナが言う。

ラヴィニアは頭を振った。「そこまで女性の趣味が悪いのなら、彼を崇拝するのは絶対にやめにしなきゃ」

ダイアナがたてた笑い声は、抑えられた小さな音でしかなかった。「あなたにできるかしら？」

「ええ、できるわ」ラヴィニアは断言した。

「ローランド卿はいずれ、わたしを崇拝するのをやめるでしょうね」ダイアナが言った。

率直な言葉に、ウィラは驚いて何も言えなかった。

当然ながら、ラヴィニアは違う。「あなたのために、そうならないよう願うわ。わたしは自分の夫から崇拝してもらうと決めているの。それで多くの問題を防げるもの」

「気持ちを分かち合っていない相手と結婚しても気づまりよ。どちらにとっても窮屈だわ」ダイアナが言う。

三人は無意識に彼女の婚約者のほうへ視線を向けた。この距離からだと、ローランド卿はフランスの仕立屋の看板に見える。

「そのうち、あなたも彼を愛するようになるわよ」ラヴィニアが言った。「ローランド卿はとても男前ですもの。ほかはともかく、朝食の席で目の保養になるわ」

「それに寝室でもね」ウィラはつけ加えた。

「ウィラ！」ラヴィニアが息をひそめて叱責する。

ダイアナがふたりにいぶかしげな目を向けた。

「人前で不適切な話題は避けるよう、ラヴィニアはわたしに釘を刺しているの」ウィラは説明した。「だけど想像してみて、あなたたちふたりの子どもはどんなにかわいいかしら」

「わたしの母は、父の死を一年以上嘆いたわ」ラヴィニアは言った。「だけど結婚して最初の一年は、夫に対して嫌悪感しか抱けなかったんですって。嫌悪感よ」

「それはなぜなの？」ダイアナが尋ねる。

ラヴィニアは笑った。「馬くさかったから。父は厩舎に入り浸っていたの。母は定期的にお風呂に入ることを父に教え、父は母に乗馬を教えた。そのあとは、お互いを愛するようになったというわけね」

「そう簡単にいくとは思えないわ」ダイアナは言った。

「ほかにどなたか、いとしい方でも？」ラヴィニアが問いかける。

「いいえ！」ダイアナはそう言ってから、ふたりに哀願した。「ハウスパーティーが終わるまでの六週間、ふたりともずっとリンドウ城に滞在してもらえないかしら？」声がかすかに震えている。

「来週は二、三日ほどマンチェスターへ出かける予定になっているわ」ウィラは告げた。「あなたも同行すべきでしょうね、そのときまでに、あなたのお母様が到着されたら別だけど。レディ・グレイがご友人を訪問されたがっているの」

「あれを見て」ダイアナがひそひそと言う。アラリック卿がほとんど小走りに近い足取りで、兄のほうへと部屋を横切っていた。「彼、逃げ出したわ！」

三人が見ていると、兄弟は部屋の中央で合流した。アラリック卿は笑みで顔を輝かせて、兄の肩に腕をまわした。

「すてきな筋肉よね」ラヴィニアが言う。「あなたの未来の夫にも筋肉があるわ、ダイアナ。彼は山のぼりさえしないのに。あなたはすごく幸運よ」

「それを忘れないよう心がけるわ」ダイアナが返す。「アラリック卿の暮らしぶりは本当に大変そうよね。北極の氷原に、海賊、人食い人種。しかも午後のお茶はないんでしょう？」

「ほんと、そうね」ラヴィニアはふいに常識に立ち返って認めた。「彼の著作は大好きだけれど、彼になりたいとは思わないわ。彼と結婚したいとも思わない。ウィラ、もし彼があなたに恋したら、あなたはどうするの？　あなたには誰もが熱をあげるわ」

ラヴィニアとウィラはこのハウスパーティーへ来る前にはじめての社交シーズンを終えたばかりで、シーズン中はどちらも情熱的に崇拝され、求愛された。

アラリック卿が自分の前に片膝をつく姿を想像し、ウィラの鼓動は一拍飛んだ。「あの男性たちは誰も本気でわたしを愛してはいないわ。率直に言うと、あなたのこともね、ラヴィニア、お互いにちやほやされはしたけれど。彼らはわたしたちのことをなんにも知らないのよ」

「アラリック卿はすばらしい夫になるでしょうね」ダイアナが声を低めてつけ足した。「彼は公爵領に匹敵する広さの地所をお持ちだと耳にしたの。州で最大級のリンゴ園があるんですって」

リンドウ城が数キロにわたって広がっていることを考えると、〈ワイルド卿シリーズ〉はウィラが想像したよりもはるかにもうかるのだろう。「少なくとも、リンゴの木のうち一本はラヴィニアに所有権があるわね。彼の肖像版画をあれほど買い込んだんですもの」ウィラはからかった。

扇で叩こうとするラヴィニアからウィラが笑いながら体を引いたとき、リンドウ公爵がおなかの大きな公爵夫人を椅子から立ちあがらせ、それが食事が供される上階の大広間へ移動する合図となった。

「わたしたちと一緒に座らない？」ラヴィニアはダイアナを誘った。「わたしたちは部屋の奥のほうに座ると思うわ。エジプトの象形文字《ヒエログリフ》を転写している学者と小さめのテーブルに同席させてほしいと、ウィラが執事に頼んでおいたの」

「ヒエログリフって不気味な響きだけれど、とても興味深い学問なのよ」ウィラは請け合った。

「レディ・グレイと同じテーブルではないの？」ダイアナは不安げだ。「母がいたら認めないわ」

　そのとき彼女の婚約者が振り向き、こちらへ向かってきた。

「学者の方と話すのはきっと勉強になるわね」ダイアナはせかせかと戸口へ歩きだした。

　あと少しで逃げきれるというところで、ローランド卿が三人の前にまわり込んできた。

「ぼくと弟がみなさんを上階へご案内します。晩餐をご一緒してもよろしいでしょうか？」

　その声の響きは、彼ほどの身分の男ならふだんは表に出さない感情をありありとさらしていた。ダイアナがそれにぞっとしたのは明らかだ。彼女は全身を硬直させた。

「今夜は先約があるんです」ラヴィニアは明るい笑みをふたりに向けた。「みんなで教養を高めることになっていますの」

　アラリック卿はウィラを見つめている。そのまなざしは、彼女を満足させると同時に不安にさせた。「教養なら、ぼくも常に欲している」彼が言った。「今夜はどなたから教えを仰ぐんですか？」

「公爵家の図書室で作業をされているオックスフォード大学の若き研究員、ミスター・ロバーツと同席することにしています」ウィラは説明した。

「ロバーツというと、エジプト学者の？」アラリック卿が確認する。

　ウィラはうなずいた。「ヒエログリフとエジプトのアルファベットに関する彼の研究について、お尋ねしたいと思って」

「ヒエログリフって何かしら?」ダイアナは質問をしながらも、ウィラの反対側へじりじりとまわり、自分の婚約者から遠ざかった。

「小さな絵を用いた文字よ」ウィラは説明した。「わたしとラヴィニアは、その文字で埋め尽くされた古代エジプトの巻物を展覧会で拝見したの」

「かねてからヒエログリフには興味があったんだ」アラリック卿が言う。「ノースも」

彼はダイアナに見とれている兄を肘でついた。「ああ」ローランド卿がつぶやく。「実に魅力的だ」

「ぼくの考え違いでなければ」アラリック卿はつけ加えた。「ロバーツはぼくが家に送った大量のパピルスを調べているのではないかな。ぼく自身はパピルスのことをすっかり忘れていた。学者を招いて解読させるとは、父上のやりそうなことだ」

「ヒエログリフは解読不可能よ」自分を止める間もなく、ウィラは反論していた。「現段階では、エジプトのアルファベットの謎は解けていないわ」

「一本取られたな」うつむけられたダイアナの瞳を鑑賞していたローランド卿は、ふいにわれに戻って弟の背中を肘でつき返した。

「ぼくは過去よりも現在に興味がある」アラリック卿が言う。「だが、パピルスに関する学者の見解には興味を覚えるな。ぼくにあれを売った老人は、ピラミッドのひとつから見つけたものだと保証した」

「そろそろ大広間へ向かいましょう」ウィラは言った。アラリック卿の背後にレディ・ビドルがぐんぐん迫っていた。地平線上にもくもくとわきあがったかと思うと、あっという間に頭上を覆う黒雲のようだ。

眉間のしわから判断するに、レディ・ビドルはウィラのことを好ましからざる人物と判断したらしい。

ウィラはアラリック卿の肩越しに笑みを投げかけた。

黒雲からゴロゴロと雷鳴が聞こえはじめる。

アラリック卿は不審げに目を細めたが、振り返りはしなかった。

「それでは淑女のみなさま、ぼくは晩餐でみなさんと同じ席にするよう、プリズムに申し渡してきます」ローランド卿はお辞儀をした。

「すばらしい考えだ、ぼくも一緒に行こう」アラリック卿は陽気に言うと、別れの挨拶もなしに向きを変えて歩きだした。

レディ・ビドルはわずかに遅かった。憤然として足を止めるさまは、横から飛び出した馬車に行く手を阻まれて急停止する馬を思わせた。

ダイアナ、ラヴィニア、それにウィラの全員がお辞儀をした。

「あなたたち三人って、わたしたちはほかの方々とは違いますのよって態度ね」レディ・ビドルはぎょっとするほどぶしつけに切り出した。「まるで彼のことなど求めていないみたいに。ハンサムな獣である彼を、誰もが求めている。これが事実よ」

「何をおっしゃっているのかしら」ダイアナはいずれ公爵夫人となる女性に見事になりきり、

冷ややかに返した。

「実を言うと、わたしは気持ちが変わったんです」ラヴィニアはにらみつけてくるレディ・ビドルに対しても、いつもの親しみやすさをただちに発揮して言った。「今では彼は実在の人物として見えるわ。わたしの言っていること、意味が通じるかしら？」

「アラリック卿は獣ではないわ」ウィラはわざわざ彼をかばう自分に心の中で首をひねった。

レディ・ビドルが笑い声をあげる。「彼は原始的よ。そこがぞくぞくするんじゃない」彼女の唇がねじ曲がった。「あら、わたしったら、どうしてあなたたち相手に説明しているのかしら。生娘なんて退屈でしかたないのに。彼があなたたちに退屈していないとは思わないことね、実際に退屈しているんだから」

「ええ、そうでしょうね」ウィラは平静な声を保った。「それでは失礼させていただきます、レディ・グレイがわたしたちを探されていますから」

「とんでもなく失礼な女性だったわね」大広間へと階段をあがりながら、ダイアナが言った。

「わたしが結婚したら、あんな方は無視するわ」

「わたしはウィラが彼女に挑戦するのを見てわくわくしたわ」ラヴィニアがウィラに向かって目をきらめかせた。「あなたはレディ・ビドルに決闘を申し込んだのよ。まあ、それに近い行動だったわね」

「そんなことはもちろんしていないわ」ウィラは驚いて声をあげた。

「片方の眉をつりあげたでしょう」ラヴィニアが得意げに言う。「わたしは見たんだから！

あれが挑戦のしるしよ。あなたの表情はこう言っていたわ――わたしはアラリック卿に求愛され、それに応じるか思案中よ、と。それにあなたは彼をかばったじゃない！」

「そうだったかしら？」ウィラは言った。かばうことが挑戦することになるのかは決めかねた。

「ええ、そうだったわ」ラヴィニアは言いきった。「あなたが男なら、香り付きの手袋を相手の頬に叩きつけて、ひとけのない野原で会おうと決闘を申し込んでいたところね。夜が明ける頃、あなたは自分の――」

「〝愛する者を守るため〟とは言わないでね」ウィラは注意した。

「言わないわよ。あなたは自分のほうがレディ・ビドルよりも彼にふさわしいことを示さなければならないの。そして、もちろん勝つのはあなた」

「勝っても特にうれしくはないわね」ウィラはヘレナ・ビドルの目を思い返して言った。小さくて貪欲《どんよく》そうな目だった。

「有名人のワイルド卿に求愛されたいとは思わないの？」ダイアナがラヴィニアの横から顔をのぞかせて尋ねた。「わたしの義理の妹になるのよ」

「ごめんなさい、それでも遠慮するわ」ウィラは答えた。

ワイルド卿が目の前で片膝をついて求愛するところなんて想像できない。彼は探検家だ。レディ・ビドルに体を寄せる男性。エジプトのピラミッドについて知識豊かに語り、絵に描かれた自分の横顔に対してではないにしても、自分の著作への賛辞を待っているように見える男性。

だけど、アラリック卿ならどうだろう？

それはまた別の話だ。彼が目の前に片膝をついているさまを、わたしの寝室にいるさまを想像するだけで、体じゅうがほてってくる。

アラリック卿は自分の私生活が舞台上で演じられることに激怒していた。彼は押し寄せる崇拝者たちを求めていない。彼は下手な軽口を叩き、ウィラを抱きあげたがっているように見えた。

抱きあげて、自分の寝室へ運びたがっているように。

「どんなにたくさんの女性たちがワイルド卿に夢中になっているか考えてみて。あなたはその中の勝者になれるのよ」ダイアナはあきらめない。

ウィラは自分のルールを破り、肩をすくめた。「興味がないわ」

「ウィラ！」ラヴィニアが小声で注意する。

アラリック卿が階段の上から三人を見おろしていた。明らかに話が聞こえる距離だ。ウィラははっと立ち止まった。手すりの上で手が凍りつく。

彼は口を開いて何か言いかけたが、無言のまま廊下を歩み去った。

「間が悪かったわね」ラヴィニアがささやいた。

ウィラは唇を嚙んだ。まさか彼に聞かれるなんて。けれど嘘は言っていない。自分の夫が女性たちに追いかけられ、キツネが尻尾を引きずった跡を犬がくんくんするみたいに、足元を嗅がれるのはいやだ。

わたしはキツネの尻尾となんて、絶対に結婚しない。

これでは意味不明ね、と自分で言い直す。わたしはヘレナ・ビドルが言うところの〝誰もが求める男〟とは結婚したくない。彼を原始的と呼ぶのは間違っている。でも、たしかにアラリック卿にはぞくぞくさせられた。

ソクラテス相手にぞくぞくする人はいないわよ。ウィラはもう一度、そう自分に言い聞かせた。

どんな男性と結婚すれば幸せになれるのかは、あのソクラテスの肖像画がまっすぐ指し示してくれる。

7

ラヴィニアの母親、レディ・グレイは、高祖父たちが国王と親しい仲だった者の大らかな自信を持っていた。「ええ、どなたとでもお好きな方とお食事をしてかまいませんよ。だけど、なぜそんな風変わりなことをしたがるのかしらね」ため息をついたあと、手を払って娘たちを行かせる。

レディ・グレイに聞こえないところまで離れるなり、ダイアナは頭痛がするとかなんとかぼそぼそ言って、自分の寝室へ逃げ帰ってしまった。よって、プリズムはラヴィニアとウィラを大広間の一番端にある小さなテーブルまで案内し、執事たちが実にうまくやるように、勝手な席替えに対する不満を無表情な顔の下に隠しながらも、不本意であることをそれとなく示した。

ウィラたちが近づくと、若い学者のミスター・ロバーツは、ばね仕掛けのように勢いよく立ちあがった。彼はビリヤードのキュー並みに細く、背中に垂らした髪が結ばれている昔風のかつらをかぶっていた。ところどころ、かつらの下から砂色の地毛がはみ出しているさまが、綿毛が半分飛んだタンポポのようだ。

彼の目が畏敬のごとき表情をたたえて見開かれたことに、ウィラは驚いた。その日、リンドウ公爵に紹介されたときは落ち着き払っていたのだが。でもミスター・ロバーツはウィラに反応しているのではなく、すぐうしろにぬっと現れたアラリック卿に反応しているのだと、彼女は気づいた。

「こんばんは、淑女のみなさま」アラリック卿はお辞儀をした。「申し訳ないが、兄は抜きにしての食事となります。ミス・ベルグレイヴが今夜はもう部屋にさがられたと知ると、兄はヒエログリフへの興味を失ってしまいました」

「アラリック卿、ミスター・ロバーツをご紹介します」ウィラは言った。

学者の目は小皿さながらに真ん丸になっている。どうやらワイルド卿の著作は大学で評判が高いようだ。「こ、光栄で……」ミスター・ロバーツは言葉に詰まった。

興味深い反応ね。

流行の旅行作家など、学者は見下すものだと思っていたけれど、この作家は違うらしい。ミスター・ロバーツは、あなたの著作は一冊残らず読んでいます、と明かした。

ウィラが眺めていると、ミスター・ロバーツの盛大な賛辞に、アラリック卿は丁寧ながらも無気力な声で応じた。実際、表情のない仮面が顔に張りついたかに見える。

本を書いたのは彼だ。なのになぜ、アメリカ大陸で起きた出来事の裏にある〝本当の話〟をミスター・ロバーツに尋ねられて、話そうとしないのだろう？　のみならず、アラリック卿は本に記したこと以外に〝本当の話〟はないと、礼儀正しいがよそよそしい声で言い張っている。

ウィラの右側に座るミスター・ロバーツの表情を見ると、明らかに信じていなかった。アラリック卿の傷は屋外便所に落ちてできたものだとウィラが決めつけていたように、ミスター・ロバーツも端《はな》から自身で結論を出していたのだろう。

そしてアラリック卿がなんと言おうと、ミスター・ロバーツは本当の話は別にあるのだという考えを変えなかった。

自分でも驚いたことに、ウィラは気がつくと著者を信用していた。本の中で描いた出来事を淡々と静かに述べるその口調が、彼女を信じさせた。

アラリック卿にはいらいらさせられるけれど、事実を告げているように聞こえる。彼なら文章を派手に飾ることも、劇的な演出のために登場人物を追加することもないだろう。

人食い人種もなし。それはつまり、宣教師の娘もいないということだ。そう思い至ったとき、なぜかウィラはほっとした。

四人全員が着席し、アラリック卿がテーブルをはさんだ向こう側からウィラを見つめて言った。「同席するよう誘っていただき、心からうれしく思うよ、ミス・フィンチ」

これはあからさまな挑発だ。ウィラは彼を誘ってなどいないのだから。それになんてずうずうしい微笑みなのだろう。ウィラはテーブル越しに話をしてはならないとしつけられており、彼にはうなずくだけにして、ミスター・ロバーツに顔を向けた。

「エジプトで発見されたパピルスの巻物に関して、あなたが『ザ・ジェントルマンズ・マガジン』に発表された論文にはとても興味を引かれました。ヒエログリフの解読には進展がありまして？」

ミスター・ロバーツがけげんそうな目を向けた。「『ザ・ジェントルマンズ・マガジン』に掲載されたぼくの論文を読まれたのですか？」

「ええ」簡潔に答えた。立派な学者でも、英語を理解するのに苦しむことがあるらしい。「巻物に進展はあったんですか？」

相手は顔をしかめた。「古代文献学が良家に生まれた淑女の興味を引くとはとうてい思えません。てっきりあなたは、ぼくのエジプト旅行について話をしたいものだと思っていました」アラリック卿に顔を向ける。「あなたもそう思われませんか、閣下？」

「自分の研究に少しでも通じている方と知的な会話ができるなら、ぼくは大歓迎だ」アラリック卿はウィラへ視線を滑らせた。その目に笑いがきらめく。「ぼくの本を一ページも読んだことがないと自慢する方々の相手をするよりも楽でしょう」

ウィラは笑みをのみ込んだ。

ヒエログリフについて淑女たちと話をするのは気が進まなかった学者も、単刀直入な意見をもらったあとは、いくつか重要な発見に至ったと思われることを認めた。

「最も意見が分かれるのは、個々のヒエログリフが表すのは意味なのか、それとも音なのかという点です」

「あなたのお考えは？」ウィラはきいた。

ミスター・ロバーツは雄のチャボのごとく胸をふくらませると、ウィラの頭越しにアラリック卿に告げた。「ぼくは、個々のヒエログリフは意味を表していると結論づけました」

「ヒエログリフの例をひとつ挙げていただけるかしら？」ラヴィニアが頼んだ。「パピルスの展覧会では、あまり注意を払わなくって」

「あいにく、ここには書くものがありませんね」ミスター・ロバーツの顔つきは、どのみちそんな謎を女性に解けるわけがないと考えていることを示していた。

「それなら問題ない」アラリック卿はえんどう豆のスープが入ったボウルを持ちあげた。下に敷かれた白い皿に、とろみのある緑色の液体をこぼす。「ここにヒエログリフを書けばいい」

ミスター・ロバーツはナイフを取りあげ、形を描いた。

「それなら知っているわ」ラヴィニアがうれしそうな声をあげる。「黄金の偶像ね、エジプト人が崇《あが》めたてまつる像でしょう。いいえ、赤ん坊だわ。ええ、どう見ても赤ん坊よ。王冠をかぶっている」

想像力豊かなラヴィニアらしい。ウィラには赤ん坊は見えなかった。王冠も。

アラリック卿は反対側から見ているせいか、眉間にしわを寄せている。「白鳥かな？」

「惜しい」ミスター・ロバーツはそう言ってウィラのほうを向いた。

「アヒルでしょう」彼女は言った。「ミスター・ロバーツは――それに古代エジプト人も絵がお上手だと言わなければなりませんけれど、アヒルがなんの意味を表すのかは想像しがたいわ」

「ぼくは、アヒルは自分の子どもを大切にするので、このヒエログリフは〝息子〟を意味するという仮説を立てています」

つかのま沈黙が流れた。「ミス・フィンチ」アラリック卿がようやく口を開く。「ミスター・ロバーツの意見をどう思う？」

「わたしにはぴんとこないけれど」食事の席での作法は脇に置いて、ウィラは直接返事をした。「でもそれは、ミスター・ロバーツほどアヒルに詳しくないからでしょう」

「アヒルを研究したところで違いがあるとは思わないが」アラリック卿はゆったりした口調で言った。「古代エジプト人には知られていなかった動物は別としても、動物の形をした文字なら、どれでも親の愛情を意味することができるのではないかな」

ミスター・ロバーツはしきりにまばたきしはじめた。「古代では、アヒルは子どもをよく世話することで特に知られていたんです」

「大英博物館に展示されていた巻物には、たくさんの猫がいるのに気がついたわ」ウィラは言葉をはさんだ。「あれは何を意味すると思われますか？」

「ぼくは〝娘〟に一票」ミスター・ロバーツが考えをまとめるよりも先に、アラリック卿が言った。

「わが家の厩舎に住み着いている雄猫には数百匹も子どもがいるはずだけれど、子猫たちには見向きもしないわ」ラヴィニアが言う。「母猫でさえ、世話をするのは子どもがネズミをつかまえられるようになるまでよ。あなたの意見とは矛盾しますわね、アラリック卿」

ミスター・ロバーツは会話の流れにまごついている。「古代ギリシアで〝アヒル〟の文字は――」

アラリック卿がさえぎった。「淑女のみなさん、アヒルは自分の巣からキツネを引き離すため、けがをしているふりをするのはご存じだろうか？　アヒルは食べられる危険を冒して、自分の命よりも子どもを守るんだ」

今度はミスター・ロバーツの側につくのね。ウィラはかすかな憤りを覚えた。アラリック卿にとって、この議論はただのお遊びなのだ。

「そういう行動については読んだことがあります」ウィラは言った。「でもミスター・ロバーツは、アヒルの図形は犠牲を意味するとはおっしゃらなかったわ。〝息子〟と定義したからには、彼にはそれを裏づける理由があるはずです」

ミスター・ロバーツの苦々しげな表情は、ウィラがいかに敬意をこめて話そうと、彼がこの会話を楽しんでいないことを物語っていた。こういう態度には慣れている。男の体の部品がひとつ多いのは、脳がより大きいことの現れである――そんな思い込みを紳士が克服するのに、優に三〇分かかることがあった。

社交シーズン中、ウィラとラヴィニアが紳士に質問はしても反論はしないと決めた理由のひとつはそれだった。男性は自分の間違いを証明されるのを、うんざりするほど恐れるものだ。

ウィラはミスター・ロバーツに再度励ましの笑みを送った。「あなたの興味深い仮説について、わたしたちがあれこれ言うのをお気になさってはいませんわよね」

「ウィラは博識な紳士をいつも困らせるんですよ」ラヴィニアが言う。「女学校の校長先生から教えられたことも、彼女を引き止める役には立たないんですから」

「〝アヒル〟を〝息子〟と結びつける理由を、ぜひお聞かせください」ウィラはラヴィニアを無視して続けた。

アラリック卿は椅子に寄りかかってウィラを見ていた。その顔に浮かぶ微笑に、彼女はどうしようもなく心をかき乱された。胸に熱いものが広がり、下腹部が——。

いいえ、そんな反応は受け入れられない。男性に影響などされないわ。

ミスター・ロバーツはというと、女性ふたりから自分の結論を疑問視された事実に、まだまごついているらしい。

「〝アヒル〟を意味するギリシア語について、何かおっしゃるところではなかったかしら？」ウィラは促した。「その単語は〝ペネロペ〟で合っています？」

アラリック卿が大笑いした。「きみたちの校長はどんな人物だったんだ？」

「わたしたちが文芸サロン〈ブルーストッキング・ソサエティ〉に属しているかとお尋ねなのかしら？」ラヴィニアは問い返した。「わたしたちでは入会させてもらえないわ。ふたりともダンスがあまりにも好きだし、わたし自身は少しもまじめではないから」

ウィラは意地悪な衝動と格闘していた。テーブルの下でアラリック卿を蹴ろうか、それともギリシア語に明るいと彼に信じ込ませてやろうか。

ギリシア語はちんぷんかんぷんだけれど。

「ギリシア語は読めません」彼女は認めた。「だけどギリシア神話では、息子が欲しかったイカリオスは生まれたのが娘だと知って海に投げ捨て、それをアヒルの家族が救ってあげます。そこから、子どもはアヒルを意味する〝ペネロペ〟と名づけられるわ」

「感動的な話ね」ラヴィニアが言う。「アヒルの家族が羽をばたつかせて、クワッ、クワッと大騒ぎしているさまが目に浮かぶよう」

「あなたが酷評しているお芝居を書くことができるのは、わたしが知っている中ではラヴィニアぐらいよ」ウィラはアラリック卿に言った。「彼女は並外れた想像力の持ち主なの」

アラリック卿がにやりとする。「ミス・グレイ、『ワイルドの愛』という題の嘆かわしい笑劇を書いたのはきみだろうか？」

「そうだったらよかったんですけれど」ラヴィニアが言った。「それなら母も、わたしたちに舞台を見せざるをえなかったと思いません？」

ミスター・ロバーツはぽかんとして、ふたりの顔を交互に見ている。

「ご自分で書いたのなら、レディ・グレイも大丈夫だと思われたことでしょう。あなたのうら若き女性らしい純真さが、刺激的な詩に汚されることはないと」アラリック卿は同意した。

彼はラヴィニアに向かって話しながらも、ウィラを見つめていた。

ウィラは視線をそらし——簡単な動作のはずなのに難しかった——学者のほうへ顔を戻し

た。「もう一度お尋ねしてもよろしいかしら、ミスター・ロバーツ。ペネロペがアヒルに助けられたことが、エジプトのヒエログリフに関するあなたの考えにどのように影響しましたの？」

8

アラリックはあの不快な感覚をふたたび味わっていた。それは船酔いのような肉体的な心地悪さを伴った。

もしくはブランデーを飲みすぎたような。

あるいは突然の発熱のような。

彼が椅子の背に寄りかかってそのことを熟考するかたわらで、オックスフォードの若い道化は、ペネロペと名づけられた神話の娘と、豆のスープで描いたアヒルの図形とのつながりをウィラに説明すべく、四苦八苦していた。

ウィラは当たり障りのない言い方で、エジプト人がヒエログリフを考え出してから数千年後に始まったギリシア文明が、いかにしてエジプトの表記法に影響を与えることができたのか理解に苦しむと述べ、ロバーツの努力に水を差した。

哀れロバーツは、今やへどもどするばかりだ。

もとから論理的な見解があったかどうかは疑わしいが。

「理解できた気がするわ」ロバーツが自分の仮説は別の言葉を使えばもっとましに聞こえる

のではないかと、はかない希望を抱いて三、四回説明し直したあと、ミス・グレイは言った。

「ペネロペの神話は学者たちが考えているよりもさらに古いと、あなたはお思いなのね」

ミス・グレイの知性は友人のそれに迫り、美しさでも引けを取らない。

ぼくが旅に出ているあいだに、英国淑女たちはいったいどうなってしまったんだ？

ヘレナ・ビドルはアラリックが覚えているとおりに好色で愚かだが、ミス・グレイとミス・フィンチは、彼女とは……古代エジプト人と古代ギリシア人ほど隔たっている。

何かに興味を引かれると、ウィラ・フィンチの青い瞳は藍色へと深まる。

ロバーツは、ふたりの女性が自分以上とは言わずとも自分に劣らず理知的であることを、ようやく理解した。彼がミス・グレイに返事をしようと身を乗り出したとき、袖がウィラのむき出しの腕をかすめた。

原始的な直感は、一度ならずアラリックの命を救ってきた。〝逃げろ〟という直感は強力だ。そして、とても役に立つ。

では、今この胸にある感情はどうだ？

同じく強力ではあるけれど、それほど役には立たない。

アラリックはロバーツをねめつけた。相手はおずおずとこちらを見ると、鼻先にたいまつを突きつけられたかのようにあわてて身を引き、ウィラの腕のそばから離れた。

役に立つ感情ではないにしろ、効果的ではあるかもしれない。

アラリックは新たな状況を見極めるのに慣れていた。危険が生じたら、不必要にあわてることなく撤退する。何度かは——真っ先に頭に浮かぶのはエカチェリーナ二世からのお招きだが——記憶に残る体験となったであろう機会を、用心のために拒絶した。

別の例を挙げると、『ワイルドの愛』での描写がどうであろうと、アフリカ旅行中、人食い人種の縄張りに足を踏み入れることは意識的に避けていた。彼らは村への闖入者《ちんにゅう》は歓迎しない輩《やから》のようだった。

だが、頭の位置がアラリックの腰にも届かない気さくな男たちとは交流を持った。この五年間で、巨大な白鯨、中国の万里の長城、それにオーロラを目撃した。

そして今、彼はミス・ウィラ・フィンチと出会った。

彼女はつんと上を向いた鼻と、やたらと大きな目、それに豊かな髪を持っている。今夜はかつらをつけていないが、白雪色の髪粉にすっぽりと隠れて、本来の色は判然としない。手がかりとなるのは眉だ。彼女がドレスを脱いだとき、波打ちながらその肩に落ちるのは、おそらく黒みがかった髪だろう。

アラリックはウィラのドレスまで気に入っていた。緑色ではあるけれど。緑は昔から好きではない。しかし、彼女がまとうと……美しい。

今、彼女はこの世で最も甘く、最も理性的な声で、アヒルのヒエログリフがDの音を示す可能性はないかとロバーツに質問していた。

ロバーツはアラビア語にコプト文字、ギリシア文字について、しどろもどろにしゃべりだし、ウィラはあの見る者を落ち着かなくさせる目を相手の顔にじっと据えた。アラリックが向かいに座っているのを忘れたかのようだ。

自分がうぬぼれているとは思わないが、その気になれば既婚、未婚を問わず、このハウスパーティーに来ている女性をいくらでもベッドへ連れていけることは重々自覚している。ウィラ・フィンチはその中に含まれない。彼女は見るからに品行方正な若い淑女、生娘だからだ。

その言葉はアラリックの下腹部にゆっくりと火をつけた。彼女は生娘だ。ほかの男に触れられたことはない。キスの経験もないのだろう。そういう顔つきをしている。

当然ながら、アラリックが彼女とベッドをともにすることはない。彼は結婚に興味がなく、ウィラのほうは結婚、結婚と、全身に書いてあるかのようだ。

だが彼女にはじめてキスをするのが、ぼくであってはならない理由は見当たらない。

今、ウィラはオックスフォードの学者のほうへ身を寄せて、ヒエログリフは実は魔法の呪文か、魔法の呪文を試みたものだろうかと議論している。彼女は魔法を信じておらず、それは意外でもなんでもなかった。

ウィラがアラリックに嫉妬の火花を散らさせようとしているのなら、それは成功していた。しかも彼女は、アラリックがここにいるのを忘れているふりをまだ続けている。こちらは物乞いのごときあつかましさで、彼女を見つめているというのに。

いや、物乞いとは違う。ぼくは物乞いではないし、物乞いになることもない。

さすがにロバーツの講釈も長すぎだ。

そのとき従僕が岩のまわりを洗う水流のように彼らの脇からまわり込み、エジプトのアヒルが描かれた皿も含めて、卓上にあったものをすべてさげていった。

ウィラ、ミス・グレイ、それにロバーツは一瞬も話をやめなかった。ふたりの淑女はインテリ女性ではない。ギリシア語に対して熱い学習意欲を示すわけでも、ストア哲学について講義をするわけでもない。

だからなおさら、アラリックにはふたりが魅力的に思えた。彼女たちは好奇心と知性に導かれて生きている。そう気がつくと、危険な状況に足を踏み入れつつあるような気分になった。ゆえに彼は黙したまま、鬱々と会話を傍観した。

細い眉から頬の曲線まで、ウィラ・フィンチがこよなく美しいことは、どんな男も同意するだろう。だがアラリックを男子生徒のような気分にさせるのは、彼女が内に秘める部分だ。

彼女をつついて、おさげを引っ張り、リンゴを差し出したい。そう思うとふいに嫌気が押し寄せ、アラリックは視線を引きはがして――ヘレナ・ビドルと目が合った。

彼のあとを追うように部屋へ入ってきたのだろう、ヘレナはすぐ隣のテーブルに陣取っていた。彼女の笑みは何ひとつ秘めていない。彼女の向かいに座る別の女性は、満面に喜色をたたえて微笑んできた。

いっそヘレナとベッドをともにしようか。ああ、冷笑を浮かべた若い淑女に無視されるよりはましだ。

アラリックは立ちあがると、会話に割って入った。「ミス・フィンチ、ミス・グレイ、ミスター・ロバーツ、失礼させていただきます。今夜はデザートを食べる気分ではないので」

ウィラが困惑顔で視線をあげた。それから愛想よく微笑んでこくりとうなずくと、そのままロバーツに顔を戻した。

アラリックの存在を本当に忘れていたのだ。

そう、彼がテーブルにいようといまいと、どうでもいいのだろう。ロバーツとの議論に戻ったすばやさから考えると、もしこの学者が問答から逃れようとしたら、彼女ははるかに落胆していたに違いない。

背後から兄が近づいていたとき、アラリックはテーブルからヘレナ・ビドルのほうへ足を踏み出していた。なんとかしなければ……。

ウィラ・フィンチの手をつかんで部屋から引っ張り出し、彼女にとってはじめてのキスを与えたいという、この腹立たしい思いをなんとか追い払わなくてはいけない。

ヘレナ・ビドルとベッドをともにすれば、いまいましい生娘を頭から締め出せるだろう……求愛や、それに類するばかげたことをしでかす前に。

ノースが彼の肩に腕をまわした。「一緒に来てくれ」

アラリックが横取りされると見るや、ヘレナは椅子から飛び出し、彼の腕をしっかとつかんだ。「新鮮な空気が吸いたいと思っていたところですわ」かすれた声で言う。それはいかなる男も満足させられる自信がある、男慣れした女の声音だった。

だが、ノースはかぶりを振った。「ご容赦ください、レディ・ビドル。弟のレオニダスが今しがた戻ってきたところで、アラリックに会いたがっているのです」

ヘレナは譲歩して、親しげにささやいた。「それでは明日を楽しみにしましょう」食べてしまいそうな目つきで、アラリックに向かって告げる。「わたしはこちらのお城にひと月以上滞在しますの。またすぐに外国へお逃げになりはしませんわよね？」

大広間を出たところで、アラリックは兄に問いかけた。「レオニダスはどこに？」

「ビリヤード室だ」ノースが答えた。「またもやオックスフォード大学で停学処分を食らった理由はそれだろう。去年はどこかのばかな若造に勝って、二五ポンドせしめたのが理由だった」

「ビリヤード？　今日の午後はずっとビリヤードをしたじゃないか！　兄上はまだ飽き足りないのか？」

「ぼくはビリヤードに飽きることはない」ノースは返した。「それにいいか、ぼくはおまえが後悔するようなことをする前に救ってやったんだ」

「ぼくは後悔などめったにしない」アラリックは言った。

ノースが笑い声をあげる。「長テーブルからずっと見ていたぞ。ヘレナ・ビドルと逢《あ》い引きなどしたら後悔することになる。おそらく、そのあと一生な」

9

明くる日の午後遅く

「悪かった、謝るよ」アラリックはブランデーのグラスを置くと、ドアへ向かう兄のあとを追った。「ばかなことはしないでくれ、兄上！」

「わが家には、ばか者の血が流れているんだ」ノースがやり返した。しかしビリヤード室を出る前に、背中をこわばらせて足を止める。

「ばかなのはぼくだよ。ミス・ベルグレイヴは兄上を熱烈に愛しているさ。今この瞬間も、友人たちに兄上の眉についてささやいているだろう。たぶん、ぼくの前で気づまりだっただけだ」

「なぜそう思う？」ノースは冷淡に言いながら振り返った。「悪名高きワイルド卿は淑女たちを萎縮させるからか？　昼餐会で彼女は萎縮しているふうだったか？」

いや、そんなふうではなかった。

実のところ、ダイアナ・ベルグレイヴはアラリックのことはなんとも思っていない様子だった。彼には興味がないと友人に話したときのウィラ・フィンチと同様に。

「彼女がぼくの崇拝者じゃないらしいのはありがたい」アラリックはしぶい顔で言った。「そうだったら、こっちが気づまりだった」

兄は鼻を鳴らした。「このハウスパーティーにワイルド卿が出席していると知っていれば、国王と王妃がいらしていたかもしれないとわかっているのか？『ワイルドの愛』は去年のクリスマスの季節には、宮廷で御前上演されている」

「ちやほやされるのは苦手だ」アラリックはこわばった声で言った。「王族からだろうと、それ以外からだろうと」

ノースが微笑む。「ダイアナにちやほやされる心配はないよ。彼女はゆくゆくは公爵となるぼくに対しても、そんな態度は取らない」

それはすでに知っていた。アラリックに話しかけられるたび、未来の義姉は紅茶に虫を入れられでもしたかのような顔をする。挨拶のときは、わずかに触れただけで手を引っ込められた。

それより問題なのは、彼女はノースに対しても同じ態度を取っているように見えることだ。

「ダイアナは、おまえのアフリカ旅行記は眉唾ものだと考えている」兄は話を続けていた。

「ぼくに虚言癖があると考えるのは、彼女がはじめてじゃない」アラリックは言った。「出歩くときには誰もがかつらをかぶりたがるものだと、イングランド人は信じたがる。そうではないとじゅうぶんな証拠を見せられてもね」

ノースは弟に向かってにやりとした。「一度、ダイアナにこう尋ねられたよ。おまえの次の本には、自分の頭を小脇に抱えた部族や、巨大なトンボにまたがった部族が出てくるのかとね。要するに、彼女はおまえの信者ではないんだ」

悲しいかな、それはアラリックが今日に至るまで耳にしたダイアナ・ベルグレイヴに関する噂の中では、最もすばらしいものだった。「兄上と彼女はどうやって出会ったんだ?」

「舞踏室で彼女が部屋の隅に座っているのを、ぼくが見かけた」

なるほど。あれほど華やかないでたちにもかかわらず、ミス・ベルグレイヴにはいかにも壁の花という雰囲気がある。

「兄上に紹介されたとき、彼女はどんな反応を?」

ノースは首をめぐらせ、ふたりの視線がぶつかった。「ぼくは公爵家の跡継ぎだ」きっぱりと言う。「彼女の祖父はロンドン市長だった商人だ。歓喜するよりほかに反応のしようがあるか?」脇に置いていたキューを持ちあげ、狙いを定めるふうもなく赤い球をポケットに叩き入れる。

アラリックは首を横に振った。「ないね」

「彼女は笑っていた」ノースが言った。

アラリックの頭に浮かぶ未来の義姉は常に浮かない顔をしており、笑っているところは想像しがたかった。

「ぼくは彼女をひと目見て、自分のものにしたいと思った」ノースは告白した。

アラリックは啞然《あぜん》として口を開け、ふたたび閉じた。

なんてことだ。

どうやら愛とは感染症のようなものらしい。脳の疾患だ。

「ぼくにはわかった」ノースは熱に浮かされているかのような声で続けた。「彼女を自分のものにしなければならないと」

もしアラリックが愛の魔法やその手のものを信じていたら、兄はそれにかかったのだと考えたところだ。ただし、それではミス・ベルグレイヴが魔法をかけたことになり、詰まるところ、彼女は実際にはノースと結婚したがっているという話になる。

「おまえはそんなふうに感じたことはあるか？」ノースが尋ねる。

「もちろんないさ」アラリックは断言した。「ぼくにはそういう感情が欠如しているようだ」

ノースはキューをくるりとまわした。つややかな木肌が光を反射する。「いいや、それもわが家に流れている血だと思うぞ。父上を見てみろ」

アラリックは肩をすくめた。「父上がなんだ？」公爵の三番目の妻、オフィーリアは、明るい赤毛にとがった顎、それに激しい気性の持ち主だ。アラリックは彼女に好感を抱いていた。オフィーリアと彼の父親は、喧嘩《けんか》はするが愛情で結ばれた夫婦に見える。

「遠い昔、とある部屋に入った父上は、ソファに横たわって三人の求愛者から扇であおがれる女性の姿を目にした。その瞬間、自分はこの女性と結婚すると父上は直感したそうだ。そこで求愛者たちを押しのけ、扇を投げ捨てて、彼女に口づけした。それがわれわれの母上との出会いだ」

アラリックは笑い声をあげた。彼とノースの母親、最初の公爵夫人の肖像画は階下にかけられている。自分のおぼろな記憶も合わせると、母は父に自分を追いかけさせて楽しむ、美しきいたずら娘だったのだろう。

「父上の求愛法をまねるのはどうかと思うな」アラリックは言った。「二番目の夫人は出奔したんだぞ。先妻の子ども三人はもちろん、自分の子ども四人も残して」

「母上の死後、父上は現実的な決断を下し、三人の息子に母親を与えることにした」ノースは間を置いてから、そっけなくつけ足した。「あいにく、父上はよき母親となる女を見る目はなかったんだ」

アラリックは兄とともに大笑いした。二番目の公爵夫人は母性のかけらも持ち合わせていなかった。彼女は子どもたちをまるで捨て猫のように育児棟に置き去りにし、その後は、自分が腹を痛めた子も含めて、子どもにはいっさい関わろうとしなかった。

四番目の子どもを産んだあと——結婚から六年後だ——彼女はプロイセンの伯爵と駆け落ちした。国会は個別的法律を通過させ、審議なしに彼らの父親の離婚を成立させた。

「父上の人を見る目はいささか怪しいが」ノースは言った。「オノィーリアには、われわれの母親に対して感じたのと同じ、たしかなものを今も感じているそうだ。つまり、一番目と三番目の結婚はどちらも成功というわけだな」

「できればその手の〝たしかなもの〟とは、ぼくは永遠に関わりたくない」アラリックは言った。「男が愛によってこうも変わってしまうのなら」兄の衣装のほうへ手を振る。「兄上が派手なめかし屋に変身した原因は彼女だろう？」

兄の顔に、はじめてかすかな戸惑いの色が見て取れた。「ダイアナはおしゃれだ。彼女は服装にこだわりがある」

「兄上は彼女の心を射止めるために、黄色のハイヒールを履いている」

「次期公爵に求婚されて、ダイアナは応じるしかなかった。だからぼくは彼女にとって、もっと――もっと魅力的な婚約者になりたかった。それだけだ」

「そこまで想われているんだ、ダイアナ・ベルグレイヴは幸運な女性だよ」アラリックは言った。「文句なしに幸運だ」

彼女はそれを気づかずにいるとしても。

だが、その考えは胸にしまっておこう。

「ところで、おまえの番だぞ」ノースはまたもキューをくるりとまわした。

「拳闘でひと勝負しないか？」アラリックは尋ねた。「今日は乗馬もしたが、まだ体がなまっている」

「絶対にごめんこうむる」ノースは弟をじろりと見た。「自分のほうが有利だと確信して、そんな提案をしているんだろう。さては船上で船乗りを相手に体を鍛えていたな」

「兄上もシルクを重ねた下には、まだ筋肉のひとつやふたつはあるんじゃないか。そういえばパースはどこにいる？　兄上のようにすっかり変わったのでなければ、あいつはいつだって拳闘の相手にちょうどいい」

パース・スターリングはかつては公爵の被後見人で、五歳のときからアラリックたちとともに育った。ホレティアス、ノース、アラリック、そしてパースの四人は、地所内の鍛冶屋のせがれから村の肉屋のせがれと、さまざまな少年たちを引き連れて、何年ものあいだ領地内を遊びまわったものだった。パースは彼らの兄弟も同然で、短気なクマのような兄弟だが、名前以外はあらゆる意味でワイルド家の人間だ。

「今日、到着するはずだったんだが。明日には来るだろう」ノースは球をポケットへ落とした。「拳闘はあいつとやってくれ」

「パースが卵形のかつらをかぶって登場するのを覚悟しておくべきか?」アラリックは念のために確認した。

ノースが笑い声をあげる。「あいつは自分の帝国を築くのに忙しくて、流行を気にする暇はない。おまえはまだ、あいつの主要株主のひとりなのか?」

「もちろんだ。自分の地所の購入には、最初の投資からの利益を充てた。あいつは今、何に目をつけているんだ?」パースはもともと中国で貿易に着手したが、巨大な利益を生み出す事業をめざとく見つける才能があった。パースの事務弁護士からの書簡は世界各地をめぐってアラリックを追い、パースがどれだけ利益をあげたか、逐次情報を伝えてきた。

「機械式織機だ。ああ、それに銀行設立の話をしていた」

「機械式織機か」興味を覚えて、アラリックはつぶやいた。「兄上は見学を?」

ノースがうなずいた。「パースはここから西にある、おまえの場所からそう遠くない地所を購入した。納屋に織機を設置し、男たちを作業に当たらせている。地所の屋敷は焼失したから、鋳鉄製のバルコニーがついた屋敷を自分で設計し、建造している最中だ」

アラリックは兄の口調に一抹の羨望を感じ取った。「兄上は城住まいに不満はないんだろう?」周囲を見まわす。これから夏に入るこの時期でさえ、石壁はやや湿っぽい。ここは古い書物や犬のような匂いがする。わが家の匂いだ。

「自分で屋敷を建てるのが夢だっただけだ」ノースは苦笑いした。少年の頃の兄は、いつの日か自分で建築する建物を描き、何時間も過ごしたものだった。

「跡取りであっても、屋敷の設計ができないことにはならないだろう。兄上のために、パラッディオとかいう男の建築作品集を買ってきたよ」

「それはアンドレア・パラッディオだな」ノースは言った。「ありがとう。屋敷を設計する暇はなかったが、搾乳場が嵐で倒壊したから、新しいやつはぼくが設計したんだ」抑え込まれた苦々しい響きに、アラリックははっとした。

彼は沈黙し、兄が戦場で作戦計画を練るようにビリヤードをするのを眺めた。責任が夢を押しつぶすこともある。

アラリック自身は、何年も世界じゅうを探検して過ごした。

わが家に腰を落ち着けるときが来たのかもしれない。

責任を引き受け、これからの一〇年は兄の自由にさせるべきときが。そうすればノースは自分の屋敷を建てることだろう。妻がかつらをかぶったまま入れるほど、天井の高い屋敷を。

「ぼくは今はここにいる」アラリックは簡潔に告げた。「領地の仕事はぼくが引き受けよう、父上とともに働くのも含めて。兄上はなんでも好きなことができる。世界一周の旅に出るのは、未来の奥方から反対されるかもしれないが」

ノースがアラリックの目をとらえた。「おまえの申し出はありがたいが、これはぼくの責任だ。いつか公爵となるのは、このぼくだからな。父上がすべてをやることはできない、管財人が三人いてもだ。近頃、父上は議会で過ごす時間がますます増えている。それにおまえは旅を愛しているじゃないか」

「ぼくたちはどちらも嫡男として生まれたわけじゃない」アラリックは反論した。「公爵となるのはホレティアスだった。ホレティアスなら、跡継ぎとしての仕事を楽しんでやっただろう。だが、ぼくはもうこれ以上、兄上ひとりに任せきりにはしない。ふたりで仕事を分け合おう。ぼくは先に自由を享受したから、次は兄上の番だ。旅にはまたあとで行けばいい」

「だめだ」ノースは断じた。「おまえの気持ちはうれしいが、これはぼくの務めだ。ほかの誰にも押しつけはしない」

ノースは背中を向けると、凝った装飾のキューをドアの横のホルダーに立てかけた。アラリックは兄の広い肩を見つめた。背筋がざわりとする当惑を覚える。兄には、どこか壊れかけているようなもろさがあった。

華やかに着飾り、暗い顔をした未来の義姉に対して嫌悪感がこみあげたが、その感情を振り払った。おそらくダイアナ・ベルグレイヴは、兄の苦悩の表れであって、原因ではない。

英国紳士は抱き合うことはしない。それは子ども部屋でも、そのほかの場所でも、口に出されることはないルールだ。上流階級の不文律。男同士の絆を形成する自制心そのもの。

だがアラリックが発見したように、その規則は世界の多くの場所ではくだらないと見なされていた。彼は大股で兄へ歩み寄ると、両腕で乱暴に抱きしめた。

ノースは一瞬立ちすくんだが、やがてしぶしぶながら弟の体に腕をまわした。「異国の慣習をわが家へ持ち込むつもりか？」皮肉めかしてささやく。

「ホレティアスがここにいたら、ぼくたちふたりで彼を抱きしめていただろう」アラリックは言った。

事実、そうだったに違いない。互いに思いをはせ、ふたりのあいだの空気が揺らいだ。ノースの腕に力がこもり、その後ふたりはともに体を引き離した。

10

明くる日
ピーコック・テラス

ウィラは心を決めた。アラリック卿には、パーティーに来ているほかのすべての男性たちとまったく同じように、礼儀正しく接しよう。それ以上でも、それ以下でもなく。

つまりそれは、花婿にはまるでふさわしくない相手に対する態度と同じだ。

たとえば既婚者。もしくは歯なしの男。もっとも、歯がなければしゃべることさえ難しそうだけれど。

アラリック卿は自分の名声と読者、そして探検と結婚している。だから彼のことは既婚者と考えればいい。手を出すことも、出されることも禁止。

あいにく、ウィラはあたたかみのあるダークブルーの瞳に弱いようだった。アラリック卿に見つめられるだけで、全身が目覚めてしまう。彼のまなざしは息もできないほどの悦びを約束し、感情を波立たせた。

けれど、そんな理由では、分別のある者は結婚はしない。

ゆうべラヴィニアはアラリック卿と二度ダンスをし、彼がターンの方向を一度間違ったこととと、たき火を取り囲んで踊る話で楽しませてくれたことを報告した。ウィラは彼から三度ダンスを申し込まれ、そのたびに先約があるとか、婦人用の控え室に行くなどの口実をひねり出した。

同じ部屋にいるときは、いつも彼の存在を感じた。それはガタガタと走る馬車が脇をかすめ、強い風と危機感をもたらすのに似ていた。

だが、おびえたウサギのように彼から逃げまわって、丸ひと月を過ごすわけにはいかなかった。それでは淑女らしくない。ウィラらしくない。

彼女の寝室の入り口からラヴィニアが顔をのぞかせた。「自分がこんな台詞を口にするなんて信じられないけれど、今回はわたしではなくあなたが遅刻よ！　お茶の時間になったわ。殿方たちが、あなたはどこにいるのかと大騒ぎしているわよ」

「ふん！」ウィラは言った。「殿方たちが探しているのはあなたでしょう。『レディのための覚書』にもあったわ、男性に最も人気があるのは金髪だって」

ラヴィニアがくすくす笑った。「あなたの黒い眉は瞳を際立たせるわ。そして、その瞳の色は――再度引用させてもらうけど、〝ヴィーナスの瞳と同じヤグルマギクの青〟じゃない」

「神話上の女神の瞳の色なんて、誰にもわかりっこないわよ」ウィラはそう言うと、ラヴィニアの脇をすり抜けて廊下に出た。「それ以上に、ノアランド卿はどうしてそんな詩でわたしがなびくと考えたのかしら？　わたしのことを何も知らないのね。彼、あなたの瞳のことは〝パンジーのようだ〟と言わなかった？」

「彼はあなたに青い目の子猫を贈るべきだったわね、あなたの青い瞳に詩を捧げるのではなく。覚えてる？　わが家で暮らすことになったばかりの頃、あなたはたいそう猫を欲しがったわ」

ウィラの笑みは薄れた。愛する両親が亡くなり、ラヴィニアとともに暮らしはじめた最初の一年は、幸せな思い出ではなかった。

「お母様があなたに猫を飼わせてあげればいいのにって、わたしはずっと思っていた」階段をおりながら、ラヴィニアは言った。

「いいのよ。どうせ学校へ連れていくことはできなかったんだから」グレイ家に引き取られてほどなく、ウィラはラヴィニアとともにクイーン・スクエアにある上流階級の子女向けの女学校へ送られた。レディ・グレイは、被後見人の子どもや子猫にまとわりつかれることを許すほど寛大ではなかった。

「お母様は室内で動物を飼うのがお嫌いだけれど、あなたは例外にしてくれればよかったのよ」ラヴィニアが思い出をたぐりながら言う。「でも、あなたは二度と子猫を欲しがらなかったわね。どうしてなの？」

そうしたのは非常に合理的な理由からだった。九歳のみなしごに必要なのは、ペットよりも母親の代わりだ。ウィラはレディ・グレイをすばやく見極めて、完璧な娘に生まれ変わった。

いくぶん皮肉なことに、レディ・グレイに気に入られたウィラの適応性は一〇年後、彼女を結婚市場での成功へと導いた。紋章学の複雑な構造であろうと、サギの巣作りの習性であろうと、男性の関心事ににこにこして話を合わせていると、相手はたちどころに求愛してくるのだから、おかしなものだ。

「いつの日か犬か猫を飼うわよ」ウィラは言った。「それより、あなたのお母様が猫をうっとうしがるように、わたしも求愛してくる人たちがうっとうしく思えてきたわ」

「求愛者全員が？」図書室へ入りながら、ラヴィニアが目をきらめかせる。「アラリック卿も含めて？」

「彼の態度を気にしているの？」ウィラは親友の手を取って立ち止まらせた。「わたしにはかまわないよう、彼に言うわ。あんな悪名高い男性と結婚する気は、もちろんみじんもないんですもの」

「ほんと、不公平よね」ラヴィニアは明るく言った。「わたしは何年もワイルド卿にあこがれてきて、一方、あなたは彼のことを小ばかにしていた。彼が部屋に入ってきて、わたしを見るなり恋に落ちるところを空想したものよ。ところがわたしはお茶に遅れ、彼はわたしではなく、あなたを目にした」

ウィラは唇を噛んだ。「ごめんなさい」

「ばかを言わないで」ラヴィニアは笑いだした。「時間どおりにわたしがそこにいても、彼はきっと見向きもしなかったわ。それより問題は、彼のそばにいても、わたしの頭がちっともくらくらしないことよ。以前は壁に貼っている彼の肖像画をちらりと見るだけで、めまいがしたのに」

「彼に熱烈な愛情を抱いていたんでしょう」ウィラは言った。

「そうなのよ、でも、その愛情がびっくりするほどあっという間に消えてしまったの。わたし、頭のかたいオールドミスで終わるんじゃないかしら。ちょっと心配になってきたわ。田舎の小さな家に猫四匹と暮らして、夫はなし」

ウィラは苦笑した。「わたしの心配も同じよ。そうなったら、夏はワイト島に家を借りて一緒に過ごしましょう」

「あなたはオールドミスにはならないって気がするけれど」ラヴィニアは言った。

彼女はウィラを背の高い扉の奥へと引っ張り、図書室からピーコック・テラスに出た。そこは城の南側に面し、石畳のテラスの向こう側には芝生が広がっている。その日の空は小さな雲がひとつふたつあるだけで、青く澄み渡っていた。

「あれは湖面を漂う白鳥だわ」ラヴィニアが雲を指さして言った。

ウィラは視線をあげたが、彼女の目には雲は隠れようとするカニか密偵の形に見えた。くだらなすぎて言わずにおいた。ウィラの空想の翼はニワトリ並みだ。

「白鳥はともかく」ラヴィニアが言った。「孔雀《ピーコック》はどこにいるの？」

たしかに、広々とした芝地の上には一羽の孔雀も見当たらない。彼女たちのほかには一〇数名ほどの淑女と、それと同じくらいの数の紳士が、テラスのあちこちに置かれた小さなガーデンテーブルのそばに立ったり座ったりしていた。女性たちはスパンコールと刺繡がキラキラ輝く色とりどりのドレスをまとい、かつらには色付きの髪粉を振りかけて、羽根飾りをつけている。ウィラの想像力はまたもや、それを動物の世界になぞらえてみせた。

「孔雀は必要ないわね」ラヴィニアにそっと言う。「オウムがこんなにたくさんお茶に集まっているんですもの」

アラリック卿の姿はどこにもない。ますます好都合だわ、とウィラは心の中でつぶやいた。レディ・ノウは銀製の巨大なティーポットで手ずから紅茶を注ぎ、お仕着せ姿の従僕ふたりにティーカップを運ばせていた。

ふたりがやってくると、レディ・ノウは顔をあげた。「あら！　ふたりともどこにいるのかと思っていたんですよ。ウィラ、とてもすてきなドレスね」

その日の朝食の席で、レディ・ノウは〝ミス〟こそ英語の中で何より不愉快な単語であるという持論を披露し、ダイアナとウィラ、それにラヴィニアのことは名前で呼ぶと宣言していた。

ウィラは笑みを大きくした。「ありがとうございます！　お褒めいただいて本当にうれしいですわ。ラヴィニアからはボディスに金のレースをつけるべきだと言われたのですけれど、わたしはそうは思わなくて」

「あなたの美的感覚はすばらしいわ、ラヴィニア、だけどこの場合は間違いでしたね」レディ・ノウはまたも宣言した。「金のレースは貧乏学者の気難しい妻を連想させます」

レディ・ノウの宣言の大半と同様、これには明確な根拠はなく、よって反論する者もいなかった。

「あなたたちにミスター・パース・スターリングを紹介しようと思っていたんですよ。わたくしにとっては自分の甥と同じくらい大切な存在です」レディ・ノウは腰をあげた。「パース！」

「ノウおば上」深みのある声が応えた。

ミスター・スターリングは力強い顎の持ち主だった。鼻は貴族的で、髪にはまんべんなく粉がまぶされている。装いは完璧な紳士そのものだ。

それでいて、彼には海賊を思わせる雰囲気があった。あるいは密輸人。肌のせいね。レディ・ノウに紹介されながら、ウィラは考えた。太陽のぬくもりを感じさせる色合いの頬は、海や畑で働く男たちのものだ。並外れて……。

当の紳士が目の前でお辞儀をし、彼女の物思いは途切れた。貴族然とした優雅な所作だ。

やっぱり海賊ではないわね。

「お目にかかれて光栄です」ウィラは挨拶をした。その隣でラヴィニアがお辞儀をし、ウィラよりほんの少し深く頭をさげる。ラヴィニアが胸の谷間をちらりとのぞかせると、紳士たちが鼻の下を伸ばして喜ぶことは、ふたりともはるか昔に気づいていた。

ミスター・スターリングはラヴィニアの顎に視線を据えていた。

「パース、おふたりを一番端の椅子にご案内なさい。あそこからならフィッツィーが見えるでしょう」レディ・ノウが命じた。「ここには一羽しか孔雀がいないんですよ」ウィラとラヴィニアに説明する。「フィッツィーにはそれでいいんでしょう、何しろ自分が一番だと思っているんですから」

ピーターズ卿が椅子から飛びあがってラヴィニアのエスコート役を買って出たため、ミスター・スターリングはウィラに腕を差し出した。

「社交シーズン中にはお見かけしませんでしたわね」テラスの反対側へと短い距離を歩きながら、ウィラは言った。ふたりの背後ではラヴィニアがピーターズ卿に、彼の田舎屋敷《カントリーハウス》には孔雀がいるのかと尋ねている。

「ぼくはその手の行事には参加しません。自分は紳士だと思っていないので。少なくとも、上流社会に属する者のひとりではありません」ミスター・スターリングは言った。「ぼくはリンドウ公爵の被後見人として育てられただけです。父はマドラス総督で、幼いぼくをイングランドへ送り返したんです」

ウィラは深い驚きを覚えた。初対面の相手の出自を当てるのは得意にしている。ミスター・スターリングはそのいでたちからだけでも、貴族階級とまでは言わずとも、紳士階級に属すると考えていたところだった。

シルクの膝丈ズボン《ブリーチズ》をはいているからではない。その着こなしゆえだ。

「ご両親は今もインドに？」ウィラはきいた。手で彼の腕をそっと握る。筋肉質でたくましい腕だった。

　これならアラリック卿の筋肉にも容易に匹敵しそう。そう考えて、彼女の中で反抗心がわずかに頭をもたげた。あの冒険家に対して感じる、ばかげた……親近感は一掃されるべきだ。容赦なく、徹底的に。

「いいえ」ミスター・スターリングが答えた。「ふたりとも、ぼくが幼い頃に熱病で命を落としました。ぼくには両親の記憶はありません」

「それはとても残念ですわね。わたしも両親がいないんです。わたしが九つのときに亡くなりました」ウィラは共感を覚えて言った。

「親を知らずに育つことは、まわりが考えるほど悲劇的ではないと思うときがあります」ミスター・スターリングが続ける。「ぼくは自分の人生について自由に考えることができた。もっとも、あなたはご両親をご記憶でしょうから、状況はまったく異なりますね」

「両親が恋しいですわ」彼女は認めた。「一方で、ひとり残されたことで観察力が鋭くなり、あなたがおっしゃるように、自分で自分の考えを形成するようになりました」

　レディ・ノウが指し示した小さなテーブルにたどり着いた。ピーターズ卿はラヴィニアに手を貸し、ミスター・スターリングはウィラのために椅子を引いた。「ほかに指示はいただいていないので、ぼくはあなたの隣に座りましょう、ミス・フィンチ。それとも、どなたかのために席を取っておかれますか？」

　ミスター・スターリングの声には奇妙な抑揚があった。まるで彼の質問は、初夏の午後にお茶を飲む以上の行為をほのめかしているかのようだ。「どうぞ、あなたがおかけになってください」ウィラは笑顔で彼を見あげた。そして相手が腰をおろすと問いかけた。「社交界に属していないのなら、社交訪問以外に何かされていると考えてよろしいのかしら、ミスター・スターリング？」

従僕がふたりの前に孔雀の羽根の形をした銀のスプーンと、砂糖入れをのせたティートレイを置いた。

「いくつかのことをやっています」彼は答えた。「あなたの前にある紅茶は、中国からぼくの船でやってきたものです」

ラヴィニアがそばにあるティーカップへと身を乗り出して、香りを吸い込んだ。「ペコだわ！」感嘆して背中を起こし、にっこりする。

ミスター・スターリングは彼女のえくぼにも心を動かされないようだ。「そのとおりです、ミス・グレイ」

「紅茶だけでなく、絹織物の輸入もされているの？」ウィラは尋ねた。「磁器もかしら？公行《コホン》とよほどいい関係を結んでいるんでしょうね」

ミスター・スターリングの口の両端があがる。

「女にしてはよく知っているものだという顔はやめてください」ウィラは憤慨した。コホンとは、外国人と貿易する特許を持った中国商人の組合だ。それは国家機密でもなんでもない。

「それぐらい、新聞を読んでいれば知っています」

「失礼した。そんなつもりはなかったんだが」

「ええ、そうでしょうね」少しすねたように言う。「そんなつもりはなくても、女性が扇や室内履き以外のことに関して少しでも知識を披露すると、男性は思わずそういう顔をするんです」

「でしたら、男性を代表して謝ります」ミスター・スターリングは言った。「われわれは愚か者の集まりだ、ミス・フィンチ。そしてあなたもおそらくご存じのように、われわれは若く美しい女性の前では、なおさらうまく口が利けなくなる」

うまいお世辞ね、とウィラは彼に微笑した。「ご自身は中国旅行のご経験は？」

ミスター・スターリングは彼女の頭上へと視線をずらして笑った。「ぼくはきみの本をまったく知らない、ごく少数の英国淑女の隣に座ったようだ」

振り返って、ウィラはわずかに気持ちが沈んだ。同じテーブルにアラリック卿が加わり、彼女の反対隣の席に腰をおろしたのだ。なお悪いことに、彼が自分の椅子をウィラのほうへ引き寄せたので、香辛料を思わせる男性的な香りが鼻孔に流れ込んできた。きっと恐ろしく高価なオーデコロンだろう。

いいえ、そうじゃない。アラリック卿は決して香りをまとったりしない。

これは純粋に彼の匂いだ。もしくは彼と、石けんの匂い。

「アラリック卿のご著書はまだ拝読していませんけれど、必ず読むつもりです」ウィラがそう言ったとき、従僕が彼の前に紅茶を置いた。彼女は自分の紅茶を口へ運び、頭がしゃんとするよう願った。まごつくことなどめったにないのに……今は途方に暮れている。

社交シーズン中、ウィラとラヴィニアは、紳士が自分たちに求めるものを見定めてそのとおりに演じ、上流社会を席巻した。情熱と従順さを持ち合わせ、刺激的でいながら純粋な若い淑女。

ふたりの行動は、若い男性たちの要求をもとに決められた。アラリック卿とミスター・スターリングは大人の男性だ。

ミスター・スターリング越しに見やると、ラヴィニアも同じことに気づいているのがその目つきからうかがえた。ところがウィラは部屋へ退散して新たにルールを作りたい気分なのに対し、ラヴィニアはかかってきなさいとばかりに眉をピクピク動かしている。

「われわれの中国旅行は、アラリックの第一作目の主題になっている」ミスター・スターリングが話を続けた。

「かの国にはたどり着くだけでも一年がかりだとか」ピーターズ卿がいかにも億劫《おっくう》そうに言った。「失礼な物言いをさせていただきますが、ぼくにはひどい時間の無駄に思えますね。まあ、利益さえあがればよしとする者もいるのでしょう」

ラヴィニアににらみつけられ、ピーターズ卿はわずかに赤面した。彼女は無作法には我慢がならない質だ。

「たしかに中国までは一年近くかかりました」ミスター・スターリングは平然と応え、ピーターズ卿のことは生意気な犬ころ程度にしか見なしていないのを明確に示してみせた。

「まあ、ごきげんよう！」デビュタント仲間のミス・イライザ・ケネットがテーブルへ駆け寄り、ぴょこぴょことお辞儀を始めた。「お目にかかれて本当にうれしいわ、アラリック卿！　それにラヴィニアとウィラも！」髪粉をかけすぎて、柵の上に雪が積もるように肩が白くなっている。

「ごきげんよう、ミス・ケネット」アラリック卿が応じる。「ミスター・スターリングをご紹介しよう」

彼女はミスター・スターリングに目を留め、知らない相手だと認識するや、すぐにアラリック卿へ視線を戻した。「『ワイルドの愛』は二度観ています！　あなたはわたしの一番好きな作家だわ」イライザはまくしたてた。「あなたとシェイクスピア。どちらも天才よ！　けれど、あなたの劇のほうが面白いわ」

アラリック卿は短く微笑した。「その劇はぼくの作ではない。だからシェイクスピアは、ぼくを恐れる必要はありませんね」

「死んだ作家と生存している作家のどちらかを選ぶなら」ラヴィニアがかすれた声に笑いを潜ませて言った。「わたしも後者を選ぶわ」

「まあ、なんですか」レディ・ノウがイライザの背後から現れた。「わたくしのお茶会で勝手に席を変えないでちょうだい。怒りますよ」文句を言わせることなく、肘をつかんで若い女性を引っ張っていった。

ウィラはミスター・スターリングに向き直った。「入港先は広東《カントン》かしら？」

彼の驚いた表情に、ラヴィニアは吹き出した。「あなたを見ていると、女学校にいた先生のひとりを思い出すわ。彼は綿花や炭鉱について、ウィラの知識に舌を巻いたものよ」

「わたしは新聞を読んでいるだけよ」ウィラはきっぱりと言った。「それ自体に何もすごいところはないでしょう」

「ええ、だけどあなたは読んだ内容を覚えているわ」ラヴィニアが言い返す。

ウィラはアラリック卿の視線を感じた。肌がぞくぞくするけれど、この感覚を信用してはいけない。彼のまなざしには、何か心を酔わせるものがある。多くの女性たちが彼に見つめられるのを求めているからだけではなく。

彼は物静かな男性ではないわ、とウィラは自分に言い聞かせた。それに髪の生え際がV字形でもない。それは少女の頃、未来の結婚相手に定めた条件のひとつだ。

今にしてみれば、なんとも取るに足りない条件ね。

「広東にたどり着いたあと、何が起きたか聞かせてください、ミスター・スターリング」ウィラは急いで言った。

「自分たちがふたりのばかな若者であったことを証明しました」彼が応えた。

「おふたりがばかな若者だったはずはないわ」ラヴィニアが反論する。

「考えが浅はかだったんだ。もっとも自己弁護をさせてもらうと、どちらも一九歳にもなっていなかった」ミスター・スターリングが言った。

「皇帝に拝謁できるものとばかり思っていたんだよ」アラリック卿が椅子の背に寄りかかっ

て言った。従僕がキュウリのサンドイッチをのせた皿を差し出す。「皇帝にしてみれば、イングランドの公爵の息子も港湾労働者も大差ない。そう理解したときのぼくたちの驚きを想像してくれ」

「最終的には地方官に金を握らせて家に泊めてもらった」ミスター・スターリングが続ける。

「お茶を出され、それから国へ帰るよう言われたよ」

「そのお茶が」アラリック卿が思案深げに言った。「ペコだった」自分のティーカップをウィラのほうへ持ちあげる。「きみの前に置かれている、まさにそれだ、ミス・フィンチ」

「ペコが栽培されている山にのぼろうとふたりで決心したが、どちらも地元の男たちより頭ひとつ飛び出していたから、変装するには無理があった」ミスター・スターリングが話を引き取って続けた。

ラヴィニアは笑い声をあげた。「本のその部分は覚えているわ」

「最後に残った手段は、誰もが近づこうとしない者に姿を変えることだった」

「伝染病持ちの物乞いかしら？」ウィラは言ってみた。

「いい線だが、はずれだ。汲《く》み取り屋だよ」ミスター・スターリングが答える。「この世で最悪の職業。だが、ぼくたちのようなもぐりの商人にはまたとない仕事だ」

「かぐわしい匂いを放つトロイの木馬に身をやつしたわけね」ウィラは笑いながら言った。

ふだんの顔つきが険しい分、ミスター・スターリングは破顔すると予想外にかわいく見えた。

「荷車を引いて街をまわり、窓から投げ捨てられる排泄《はいせつ》物を収集するのだから、誰もぼくたちに見向きもしない」アラリック卿はそう言いながら、親友をじろりと見た。「作業はすべて夜間に行われる。それにぼくたちには、スカーフですっぽりと顔を覆う立派な口実があった」

ウィラはその姿を思い描いて微笑し――アラリック卿の視線が自分の口元へ動いたのに気がつくと、急いで唇を引き結んだ。

彼が喉の奥で低い音をたてる。ウィラにしか聞こえないほど低い音だ。彼女は乱れた息を吸い込んだ。まるで彼に愛撫をされたかのように感じる。いつまでも感触が残る口づけをされたかのように――彼はただ、わたしの唇を見つめただけなのに。

下腹部をちりちりと焼く、この熱は何？ それは単にアラリック卿があまりにも美男子すぎるせいよ。ウィラは自分に言い聞かせた。女性なら、誰もが同じ反応をするわ。

「ぼくたちは中国国内を三、四カ月歩きまわった」ミスター・スターリングは話を続けている。「夜のあいだに村から村へと移動し、天にも届かんばかりの匂いを放って」

「そして茶畑を発見することができた」アラリック卿が言葉を差しはさむ。「ペコはボヒー茶の一種だ。白い小花と混ぜ合わせて葉に香りを移す。そのときのわれわれの匂いと比べたら」嘆かわしげに唇をゆがめてつけ加える。「すばらしい香りだった」

「それは想像できるわ」ラヴィニアは笑い声をたてた。

「広東に戻ると、自分たちの船にペコと雲霧茶を満載した。雲霧茶のほうは、いつかきみのためにぼくがいれよう」アラリック卿はウィラをまっすぐに見つめて言った。筋肉ひとつ動かしていないのに、彼がこちらへ身を乗り出したように感じる。

「その時間はないんじゃないかしら」ウィラはキュウリのサンドイッチをつまみあげた。

そのとき、放し飼いにされている孔雀が芝生を横切って近づいてきた。長い尾を閉じた状態でさえ、これほど美しい鳥をウィラは見たことがなかった。喉は鮮やかなコバルトブルー、冠を思わせる頭の羽も実に見事だ。

「なんてきれいなの！」ラヴィニアが感嘆する。「尾を広げさせる方法はないのかしら？」

「孔雀は伴侶を魅了するために尾を広げる」ミスター・スターリングが悠然と言って、ラヴィニアにちらりと目をやった。彼女と孔雀には共通点があるとでも言わんばかりに。

ウィラは笑みをのみ込んだ。性別は逆だが、ラヴィニアの胸は孔雀の尾と同じ役まわりだと言えるだろう。今日は青いボディスではないけれど、胸元はかなり開いている。

「またきみを怒らせてしまったかな」心を惑わす悪魔の声が、ウィラの耳に入ってきた。

「そんなつもりはなかったんだが。上流社会で言っていいことと悪いことの区別が、ぼくにはうまくつかない。ところで、きみのことをウィラと呼んでもいいかい？」

「よくありません」ぴしゃりと答えた。

「ぼくのことはアラリックと呼んでいい」

「結構です」

「礼儀作法は、ぼくには退屈だ」

「退屈というのは、わたしには怠慢に思えるわ」落ち着いた声を保って応じたが、全身が小刻みに震えているように感じた。「人生はいつだって興味深いものよ、注意を払っていれば」

「今は少しも退屈じゃない」アラリック卿が言った。

彼のまなざしがウィラの背中を焼き、頬がじわじわと赤くなるのを感じた。「そういう話ではないでしょう」なんとか言い返す。

「退屈から逃れるために、男と女は恋の駆け引きをすべきだと言っているんじゃないのかい?」

ラヴィニアはミスター・スターリングを不愉快な相手だと感じたらしい。彼女は椅子から立ちあがると、従僕から穀粒いくつかを受け取った。手すりの上から手を伸ばし、フィッツィーを餌で釣って尾を広げさせようと試みる。

「いいえ、違います」ウィラは言った。「社交界が興味深いのは、そこに集う人々が興味深いからよ。そこには学ぶべきことが常にあるわ。正しいにせよ、間違っているにせよ、導き出すべき結論も」

ふたりはピーターズ卿がラヴィニアに加わるのを眺めた。「ピーターズには、それほど興味深いところは見いだせないが」アラリック卿が低い声でささやく。「それはさておき、あれはミス・グレイにとって尾を広げる行為の一種だろうか?」

ウィラは顔をしかめた。「今のは不適切なだけでなく、無礼そのものよ」小声で言う。「あなたが何をおっしゃっているのか、さっぱりわかりません」

「あれだよ」ウィラの非難も気にせず、アラリック卿は肘で彼女をそっと押した。

ラヴィニアはさらにフィッツィーのほうへ身を乗り出している。孔雀は小さな丸い目で彼女を見ているが、尾を広げる気配はない。

ウィラは当惑して、アラリック卿に視線を戻した。

「パースを見てごらん」彼が促した。

ミスター・パース・スターリングは、それまでラヴィニアに惹かれるそぶりは皆無だった——むしろその逆に見えていた。しかし今、彼はラヴィニアが手すりの上から体を前へ突き出すのを凝視していた。彼女がドレスの下につけている小ぶりのサイドパニエが、それでなくとも豊かな曲線を強調する。

ウィラたちが見ていると、ピーターズ卿はラヴィニアが手すりの向こう側へ落ちないように、笑いながら彼女のウエストを両手でつかんだ。

ミスター・スターリングが荒々しい音をたて、キュウリのサンドイッチをつかんで立ちあがった。

「キュウリのサンドイッチのほうが穀粒より効果的なのかしら？」ウィラはきいた。声が楽しげに響くのを止めることはできなかった。

「フィッツィーはキュウリが好物だ。だがここで重要になるのは、孔雀はほかの雄に反応するということだよ。たとえ人間の雄であってもね」

ミスター・スターリングがテラスの端へ進んで〝フィッツィー！〟と怒鳴るなり、孔雀は怒った声をあげて体を震わせた。尾を広げ、紫と緑の羽根を華麗にあらわにする。

それから大威張りで行ったり来たりした。ミスター・スターリングに、男なら自分もやってみせろと挑戦しているようだ。

ミスター・スターリングはそれには応じず、サンドイッチを孔雀に投げてやり、ラヴィニアに何か言って自分の席へ戻ってきた。

「ありがとう！」ウィラは言った。「とてもすばらしい尾を拝見できたわ」

ミスター・スターリングは肩をすくめた。「フィッツィーは短気なやつだが華がある」あのまれな笑みをさっと見せる。「あつかましいことを言わせていただくと、きみとミス・グレイは上流社会の中でも最上流に属しているようだ。ぼくは彼女から、王妃も感心するほどの目つきでにらまれてきたところだよ」

「ミスター・スターリング」ウィラは言った。「あなたはご自分の立場を卑下しすぎではなくて？　あなたは公爵閣下のもとで育ち、閣下のご子息たちとは今も親しくしていらっしゃる。おそらく立派な地所もお持ちでしょう。あなたなら社交界の行事になんの差し支えもなく歓迎されるでしょうに、ひょっとするとその事実をご自分から避けているのでは？」

「身分には血筋が伴うものだと、ぼくは信じて育った」

「たしかに、かつてはそれが現実でした」ウィラは言った。「けれどわたしが観察したところ、日に日にそうではなくなっているわ。財産と立派な教養、それに強力な友人は、人の地位を押しあげるものよ」

「ほう」ミスター・スターリングが応じる。

「このハウスパーティーだって、未来の公爵と、食料雑貨商の孫娘の婚約を祝うものでしょう」彼女は自分の言い分の証拠を挙げた。

加勢を求めてアラリック卿へ視線を転じると、彼はむっとした顔をしていた。たとえ自分の幼なじみであれ、ウィラがほかの男と話すのは気に食わないらしい。

「きみの意見は考慮に入れておこう」ミスター・スターリングが言った。

「何を考慮に入れるんだ？」アラリック卿が尋ねる。

「あなたなら上流社会に歓迎されると、ミスター・スターリングに話していただけよ」

そのとき一同が静まり返った。リンドウ公爵と公爵夫人が現れたのだ。ふたりがテラスを進む中、従僕たちは客のあいだを動いてシャンパンのグラスを渡していった。椅子がすばやく用意され、公爵夫人は慎重に腰をおろした。

「本日の午前中に最後の客が到着された。これで全員そろったことになる」公爵が告げる。

「わたしの息子とミス・ダイアナ・ベルグレイヴの婚約を祝って、ここに正式にパーティーの開催を宣言し、ふたりの幸せのために乾杯したいと思う」

公爵はテラスの一番奥でダイアナとともに立っているローランド卿に顔を向けた。

「数世紀前であれば、ミス・ベルグレイヴはわたしの息子にさらわれてきたのではないかと心配したところでしょう。これほど美しく知的な女性なら、ノースが誘拐という強硬手段に出たとしても驚きではありません」

一同がどっと笑ったが、ラヴィニアとウィラは目を見合わせた。ダイアナにとっては気の進まない縁組だ。それを考えると無神経な発言だった。

「父のユーモアの感覚は変わっているんだ」アラリック卿がウィラの耳にささやいた。

公爵がグラスを掲げた。「やさしく思慮深い戦士で、ドレスの着こなしは非の打ちどころがなく、チェスの腕前はそれに輪をかけてすばらしい、未来の義理の娘のために乾杯」

「父は彼女にチェスで負かされている」アラリック卿が低い声で教える。

「ようこそ、わが一族へ」公爵が締めくくり、一同はグラスを傾けた。

「公爵閣下のお言葉に、ぼくからもつけ加えさせていただきたい」アラリック卿はそう言って立ちあがった。

テラスに並ぶ顔が、太陽を追うポピーの花のごとくこちらを向く。

彼は兄の顔に視線を据えた。「ぼくの好きなハーフィズという一四世紀のペルシアの詩人の詩を贈らせてください。先に、詩の一部だけを引用することをお詫びしておきます。〝われわれはみな手をつなぎ、のぼっている。愛さないというのは、その手を離してしまうことだ〟」

ローランド卿がうなずいた。

「〝手を離すな〟」アラリック卿の深みのある声に、誰もが聞き入っている。「〝この地帯はひとりで行くには危険すぎるのだから〟」彼はグラスを持ちあげた。「未来の義姉へ、わが一族に歓迎できることを光栄に思います」

「ぼくは決して離さない」婚約したふたりのために一同がシャンパンを口へ運び、静けさが落ちる中、ローランド卿が言った。ダイアナはみるみる真っ赤になった。

まるで誓いの言葉だ、とウィラは思った。「あなたの著作もあれほどの名文なの？」座席に座り直したアラリック卿に尋ねる。

その質問に、彼は驚いたようだった。「ハーフィズほどの？　とんでもない。自分が美文家だとは思っていないよ」

「〝この地帯はひとりで行くには危険すぎるのだから〟」ウィラは繰り返した。「詩の解釈は大の苦手なの。でも、彼はペルシアの山岳地帯について話しているのではないんでしょう？」

アラリック卿が微笑んだ。その笑みはあまりに親密で、彼女は息をのんだ。存在さえ知らなかった心の中の乙女が胸を躍らせる。

「ああ」彼が言う。「ハーフィズが指しているのは実際の土地ではない。ぼくもまだ、そこへは行ったことがない」

「まあ」

「だが、ごく近い将来にたどり着ければと願っている」

〝胸を躍らせる〟では、ウィラが感じているものを表しきれていない。〝頭をくらくらさせる〟のほうがより近かった。あたたかな日差しにもかかわらず、彼女はふいにぞくりとした。

アラリック卿に求婚の意志があったとしても――今やそれはありそうなことに思えてきた――大量印刷された肖像画が若い娘の聖書に隠されているような男性と結婚するつもりは、

ウィラには毛頭ない。

「新たな地帯の探検に、ご幸運を祈りますわ」彼女は冷ややかに言った。「わたし自身は世界を旅してまわるのにはまったく興味がありませんけれど。よほど夢中になるものなんでしょうね」

「ああ」アラリック卿は微笑を浮かべた。「驚くほど夢中になってしまう」

彼が言うと、なんでも思わせぶりに聞こえる。

夫に求める条件を、ウィラははるか昔にはっきり決めていた。立派な男性で、お酒を飲みすぎることのない人。財産家ならうれしいけれど、ウィラは父親の財産を相続しているので、それは必須ではない。

落ち着いていること。歯がすべてそろっていること。それに髪はあったほうがいい。理想の声もわかっていた。静かで内向的な声。

極めて内向的な。

できれば見た目は賢そうで、肌の白い人。がりがりはいやだけれど、細身で、年を取ってからでっぷり肉がつかないような人。

アラリック卿は内向的な男性ではないだけでなく、彼の身辺に起きたことはすべて——実際には起きていないことも——大衆の目にさらされる。

版画絵は問題の最たる一例だ。誰であれ彼と結婚した女性は、有名人の妻として自分の似顔絵を版画店の店先で見つけることになるだろう。本や新聞が並ぶ売店で、死ぬまで自分の顔を見かけるのだ。

それに——なんておぞましい！——舞台の上でも。

そのことを念頭に置いて、ウィラはミスター・スターリングに向き直った。彼は花婿候補としてまじめに考慮すべき男性だ。本人は生まれのために上流社会にふさわしくないと思っているようだけれど、それはこちらにとって有利に働くとウィラは考えた。誰であれ、彼女と結婚すればどこでだって受け入れられる。その点はなんの心配もない。

ミスター・スターリングはほれぼれするような美男子だ。それにヘレナ・ビドルにも目をつけられていない。でも、先に確かめなければならないことがあった。

「ミスター・スターリング」ウィラは呼びかけた。「〈スターリング・レース〉とは何かご関係がおありですか？」

「わが社のレースをご存じとは光栄です」彼はウィラの手を取り、唇を押し当てた。

耳のそばでうなり声がする。ぎょっとして彼女が振り返ると、アラリック卿が教区牧師のごとき穏やかさで微笑んでみせた。

「やめてちょうだい」ウィラは命じた。

「やめるって、何を？」アラリック卿が何食わぬ顔できく。

「それを」彼女の返事は明瞭とは言いがたかった。

彼はミスター・スターリングにキスされたばかりのウィラの手をさっとつかんだ。

「お手が汚れたようだ」彼女が止める間もなく、唇へ持ちあげて同じ場所に口づける。

「これでよくなっただろう？」

ウィラは彼をにらみつけた。「アラリック卿、どうかおやめください」喉が薄紅色に染まるのが感じられた。彼の肩先へ目を向けると、大勢の客がふたりを眺めている。それは当たり前のことだ。

彼はやることなすこと、常に注目を浴びるのだから。

その瞬間、ウィラは何が起きているかをはっきり理解した。アラリック卿は自分を見て失神しない女性に慣れていないのだ。彼の前ですっくと立ちつづける女性は？

彼にとっては未知の土地《テラ・インコグニータ》だ。

アラリック卿は自分が勝たなければ気がすまないから、彼女にちょっかいを出してくるのだ。ウィラは賞品ではなく、これからもそうはならないことを、彼は理解していない。彼女は慎重な検討の末に伴侶を選ぶつもりでいるし、その検討のどこにも〝勝ち取られる〟ことは含まれていなかった。

「わたしは見世物になるのが好きな誰かさんとは違います」ウィラは静かながら決然と言って、手を引いた。

アラリック卿が首をめぐらせてテラスを見渡した。いくつもの目が伏せられ、テーブルからふたたびざわざわと声があがる。彼は眉根を寄せた。

「悪名を売れば本も売れる。それは疑いようがないわね」

彼が口を開けたが、ウィラは手をあげて制した。

「わたしは未知の国ではありません。征服欲を満たしたいだけなら、どこか別へ注意を向けていただけるとありがたいわ」

アラリック卿の顎の筋肉がぴくりと動いても、彼女は視線をそらさなかった。ここではっきりさせておく必要がある。彼は女性を陥落させるのに慣れすぎているのだ。そして、その成功体験がアラリック卿を自信家にした。もしくは傲慢に。なんであれ、人が彼をそう呼びたがるものに。

アラリック卿にかかると心がぐらりと揺れるのは、ウィラもほかの女性と変わらない。けれども彼女は、征服されるつもりはこれっぽっちもなかった。

「ぼくはきみをそんな目では見ていない」アラリック卿のまなざしが陰って肩がこわばったのを見ていなければ、彼は礼儀正しく間違いを指摘しているだけだと、ウィラは本気で思ったかもしれない。

「ある意味では、わたしたちはみな異境の地です」彼女は引きさがらずに言った。「こうたとえればいいかしら、あなたの海岸はレディ・ビドルのような外交使節で、いつもごった返していると」

アラリック卿の顎がふたたびこわばる。

「わたしが異国に腰を落ち着けるとしたら、派手な騒ぎなどない場所にするわ」ウィラは立ちあがった。「外交使節などいない場所に」

隣のテーブルに座っていたミスター・ブーシェットに微笑みかける。相手ははじかれたように腰をあげた。一緒にバラ園を散策しませんかと勢い込んで誘う彼の声とは別に、ウィラの背後で話すアラリック卿の声が耳に入った。

「狙いをつけるにしても、ずいぶんと小さないさなにしたものだ」彼はミスター・スターリングにそう言い、そこから先は聞き取れなかった。

〝いさな〟が小魚を意味するのは知っていた。アラリック卿は、ミスター・ブーシェットは小魚だと言っているの？　取るに足りない男だと？

ラヴィニアが向けてきた視線が、淑女は紳士の頭上でティーカップをひっくり返すものではないことを、間一髪のところでウィラに思い出させた。

「わたしもご一緒していいかしら？」ラヴィニアに頼まれて、ミスター・ブーシェットは誇らしげに顔を輝かせた。

淑女は紅茶を浴びせかけることはできないけれど、立ち去るときにこれ見よがしにヒップを揺らすことはできる。

だから、ウィラはそうした。

11

明くる日

その夜はずっとアラリック卿を避けるのに成功し、翌日の昼餐会もうまくいった。もっとも、彼は常にウィラの話が聞こえる範囲にいるようだった。近隣の村、モバリーへの散歩にラヴィニアが関心を示すなり、どこからともなく姿を現し、同行しようと申し出るといった具合に。

恋愛の対象として見るのはやめるよう求めたのに、アラリック卿はまるで聞く耳を持たなかった。ふと気づくたび、彼はウィラにまなざしを注いでいる。彼の崇拝者に囲まれているときでさえも。

ウィラは毅然《きぜん》としていることにした。それに自分の求愛者たちにくっついておこう。彼らはアラリック卿の崇拝者たちに負けず劣らず、粘り強い。アラリック卿はそうした男性たちの姿に唇をゆがめているけれど、何を気にすることがあるだろう？　アラリック卿に比べたら青くさい若造でも、彼らは安全で、しかるべき花婿候補であり、関わったこちらが噂に巻き込まれることはない。

　モバリーはリンドウ城から徒歩で三〇分の距離にあり、村まで続く長い細道は、ちょうど実をつけはじめたニワトコの茂みで縁取られていた。排水路にはキバナノクリンザクラがいっぱいに咲き、ところどころでポピーが顔をのぞかせている。これ以上にないお散歩日和で、一二名からなる一団は昼餐会のあとほどなく出発した。

　ウィラとラヴィニアはそれぞれ求愛者ふたりを引き連れ、アラリック卿は女性三人を従えていた。その中の仕切り役はヘレナ・ビドルのようだ。この人数が吉と出るか凶と出るかは興味深い。ウィラは求愛者たちの相手はラヴィニアに任せてうしろへさがり、レディ・ノウとともに歩いた。最後方で自分の群れの世話を焼くアラリック卿のことは無視した。レディ・ビドルと腕を組むミスター・スターリングはしかめっ面はしていないものの、うれしそうにはとても見えなかった。

「村人たちはキバナノクリンザクラを〝ペイグル〟と呼ぶんですよ」レディ・ノウは野の花にうなずきかけ、ウィラに話した。「このあたりで作るワインは上質で、一、二杯も飲むとガチョウのようなよたよた歩きになります。ところで、きこうきこうと思っていたのですが、リンドウ・モスについてプリズムから話がありましたか？」

　ウィラはうなずいた。「近づかないよう警告されました。わたしたちが連れてきたメイドと馬丁にも注意をしてくれたようです。危険な原野と隣り合わせに暮らすのは大変ではありませんか？」

「〝危険な原野〟は大げさですね」レディ・ノウは言った。「単なる沼地ですよ。それに気候のいいときは美しいものです」

ウィラは思い返してためらった。レディ・ノウの最年長の甥がリンドウ・モスで行方知れずになったことを、プリズムが明かしたのだ。ウィラには、その事実ひとつで〝危険な原野〟と呼ぶに値した。

言葉を形作る前に、古びた橋のはるか向こうにモバリーが見えてきた。村は一本道の両脇に並ぶ小さな集落からなっている。それぞれの切妻屋根はお互いのほうへ傾いているように見え、額を寄せ合って話し込んでいるかのようだ。

レディ・ノウが大きな歓声をあげた。「まあ、ミスター・キャリコが来ているわ！」

「どなたですの？」

「行商人です！」レディ・ノウは得意げに答えた。「この地域では、ミスター・キャリコは最も信頼の置ける楽しみの運び手なの。小説なら予約をして郵便で届きます。観劇なら旅芝居一座が村をまわってくる。でも、ミスター・キャリコは？　彼は魔法使いですよ」

「いまだに行商をしていたとは驚きだ」アラリック卿がウィラたちに追いついて言った。「ぼくが子どものときですら、もうかなりの年だと思っていた。ごきげんよう、ノウおば上」彼の声が低くなる。「ウィラ」

「わたくしはミス・フィンチを洗礼名で呼ぶけれど、だからといって、あなたがそう呼んでいいことにはなりません」レディ・ノウはいましめるような視線を甥に投じた。

のでしょう」

「そのとおりですわ！」ウィラはここぞとばかりに同意した。「アラリック卿は口が滑った
アラリック卿は笑い声をあげただけだった。

彼の深い声が舌先のようにうなじを舐め、ウィラはびくりと身じろぎをしそうになった。

だが、じっとこらえた。今日は完璧な淑女でいようと決めている。問題ひとつなく社交シーズンを乗り越えたのだ。尊大な探検家がひとり現れたからといって、態度を変える理由にはならない。

レディ・ノウとその甥は、逸話を披露し合いながらミスター・キャリコの荷馬車に近づいていく。ふたりの話を聞くと、ミスター・キャリコは客が最も求めているまさにそのものを、当の本人がそれを求めていることを知らなくとも、持っていることが往々にしてあるらしい。

「エジプトのヒエログリフに関する議論から察するに、きみは魔法を信じていないようだ」アラリック卿がウィラに言った。

「わたしは信じる！」ラヴィニアがスキップで進み出た。「荷馬車の中から何が見つかるか待ちきれないわ」

「あなたは何が欲しいですか？」レディ・ノウがウィラにきいた。

「実は、特に何も」行商人を失望させるようで、ウィラは少し申し訳なく感じた。「リボンは必要なだけ持っていますし」

「リボンなど、彼の売り物の中では最もどうでもいいものですよ」レディ・ノウは大きな笑

みを広げた。

行商人の荷馬車は陽気な緑色に塗装されていた。側面は上に開くようになっており、黄色い屋根の上にのっかっている。棚には黄色で模様が施され、車輪も同色で鮮やかに彩られていた。

ミスター・キャリコは痩身、白髪の男性で、立派な口ひげをたくわえていた。色あせたコートが夏の日差しをキラキラと反射している。一行が近くに集まってくると、彼は荷馬車の赤いドアからひょいと飛びおりた。「これはこれは、わたしが北部で一番大好きなご婦人ではありませんか」喜びの声をあげてお辞儀をする。「ご機嫌うるわしゅう、レディ・ノウ！」

レディ・ノウは深々とお辞儀を返した。まるで宮廷人に対するかのようだ。「何かすてきなものをロンドンからお持ちでしょうね！」

「それはもうたっぷりと」ミスター・キャリコは陽気に応えた。「今日の午後、お城におうかがいするつもりでおりましたが、ここでお会いしたのですから、どうぞご覧ください。ここにあるものは、どれでも選ばれてかまいません。モバリーの村の方々がすでに購入されたもの以外でしたら」

「ミス・フィンチ、ミス・グレイ」アラリックがまるで国王を紹介するかのごとく、大まじめに言った。「すばらしき荷馬車の所有者、ミスター・キャリコをご紹介しよう。彼の訪問がなければ、ぼくたちの幼少時代は灰色だったろう」

「きみが今のような旅人となったのは、ミスター・キャリコの影響が大きいんじゃないか」

ミスター・スターリングが加わった。「なんといっても、長年にわたり外国からたくさんの品々をアラリックのもとへ運んできたのはあなただ、ミスター・キャリコ。そのせいでご覧のとおり、今や彼は見知らぬ場所への旅がやめられなくなってしまった」

「八つぐらいのときだったかな、異国の品々でいっぱいのお楽しみ箱をミスター・キャリコが差し出したんだ」アラリックが思い返すように言う。

「それはどこで見つけたものだったんです？」ウィラはミスター・キャリコに尋ねた。

「わたしはあちこちを旅してまわります」笑みが口ひげをさらにふさふさに、さらに楽しげに見せる。「どこかで買い受けた品を別の場所で売るのです。わたしの記憶では、あのお楽しみ箱はサセックス州のランポール・ハウスの屋根裏で手に入れたものでした。買ったのではなく……」眉根を寄せる。「そうそう、若いお嬢様のおみ足にたまたまぴったり合った、きれいな室内履きと交換したのです」

「お楽しみ箱は、きみが選んだ生き方へと背中を押したかもしれないが」ミスター・スターリングがアラリックに言った。「きっかけとなったのは、あの干あがった小さな頭部だな」

「嘘でしょう！」ラヴィニアがぶるりと身を震わせて息をのむ。

「実際にはしなびたリンゴだったんだが」アラリックは悔しげに言った。「次にミスター・キャリコが訪れて本当のことを話してくれた頃には、宿敵の首を狩って縮めたアマゾンの首長について、ぼくはいくつもの話を考え出していた」

「かくしてワイルド卿の誕生だ」ミスター・スターリングが言った。「彼は毎晩、ホレティアスとノースとぼくを震えあがらせたものだよ」

「ミスター・キャリコ」ウィラは前に進み出た。「あなたのキラキラ輝くコートについて、おうかがいしてもいいかしら？」

「ピンでございます、お嬢様。形も大きさもさまざま、真珠飾りに、ダイヤモンド飾り、しゃれたデザインのものもあります。どれもピカピカで、こちらはポルトガルから海を渡ってきました。あらゆる用途のピンです。ヘアピンにハットピン、裂け目や破れ目を、あるいはシュミーズが垂れ落ちないよう留めるためのもの」

ラヴィニアが両手を叩いた。「ひとついただくわ！」ミスター・キャリコのまわりをぐるりとめぐる。「この青く輝くピンをひとつくださいな」

「このピンたちはわたしのところへ来たのです、去ることはありません」ミスター・キャリコはかぶりを振った。「これは売り物ではないのです。ピンがよろしいのなら、荷馬車の中に愛らしいのがいくつかございます」

ラヴィニアがピンの入った籠を探しに向かうと、ミスター・キャリコは彼のブーツをくんくんと嗅いでいる肉屋の太った猫に挨拶をした。「おまえさんはピーターさんちの猫だろう？なんの匂いを嗅いでいるかはわかってるよ」

ウィラはしゃがみ込み、猫の頭を掻《か》いてやった。象眼細工の櫛《くし》から輝くピンまで、ミスター・キャリコがすてきなものを売っているのは本当だが、彼女には何も必要ない。何も欲しくなかった。

背後で、ラヴィニアがスタイル画の山に隠れた本を見つけて歓声をあげた。

「それはアメリカクロテンの匂いだよ」ミスター・キャリコは猫に話している。「おまえさんはあの子のお仲間に会ったことはないだろうね、海の向こうのそのまたずっと先に生息しているから」

ウィラは立ちあがった。「クロテンって何かしら？　アメリカ大陸の動物についての本は一冊読んだことがあるけれど、クロテンには触れていなかったわ。わたしが忘れたのでなければ」

「どうもあなたが忘れるとは思えませんね」ミスター・キャリコはにっこりと微笑みかけた。

「そうね、忘れたのではないと思う」ウィラは認めた。読んだものはめったに忘れない。

手が肩に置かれ、彼女の背中を震えが駆けおりた。恥ずかしさに身をこわばらせたものの、アラリックは気づかなかったらしい。手袋をはめていない彼の指が、危険なほど愛撫によく似た仕草でウィラの肩甲骨の上に広がった。

いつから彼のことをアラリック卿ではなく、単にアラリックと考えるようになったの？

ウィラは無理やり注意を会話に引き戻した。

「アメリカクロテンとは！」アラリックが笑った。「ミスター・キャリコ、それは単純明白にスカンクだ。あなたもぼく同様にご存じのはず」

行商人はいっこうに悪びれることなく、肩をすくめて目をきらめかせた。「わたしはアメリカクロテンと言われて買いました、閣下。ですから、あれはそのとおりのままです」視線がウィラへと移る。「よい住まいを見つけてやるまでは」

「あいにくですけれど、わたしは動物を飼うことはできません」ウィラは丁寧に断った。「今はミス・グレイのお宅に寄住していて、彼女のお母様は屋内で動物を飼うのがお嫌いなんです。ましてや外来の動物では」

「わたしのアメリカクロテンは、まだほんの赤ちゃんですが」ミスター・キャリコは言った。「成長したあかつきには見事な毛皮になります。キツネよりも上等です、ええ、それに大変珍しい。どこで求められたのかと誰もが知りたがるでしょう」

ウィラはたじろいだ。どんな種類であれ毛皮は身につけないし、襟巻きにするためだけに動物を育てるなんて考えられない。

「ミスター・キャリコ、あなたときたら、まったく変わっていませんね」アラリックが言った。「ぼくにあのしなびたリンゴを買わせたときは、なんと言ってその気にさせたか覚えていますか?」

行商人は眉根を寄せて小首をかしげた。コートのピンが陽光をはじく。「さあ、なんでしたか」

「これは売り物ではないと言ったんですよ。次は牧師館に立ち寄るから、そこで教会の墓地に埋めてもらうんだと」

「そうすれば立派なリンゴの木が育ったことでしょう」ミスター・キャリコがさらりと言う。

アラリックは微笑した。「これでミス・フィンチはアメリカクロテンを見ずにはいられなくなってしまった。ぼくがしなびたリンゴを自分のものにせずにはいられなかったように」

「そんなことないわ」ウィラはきっぱりと言った。いずれ首に飾られることが決まっている動物の赤ちゃんの話が出るだけで、ちょっと胸が詰まる。

アラリックは彼女の背中にふたたび手を置いた。自分が何をしているのか気づいていない様子だ。そんなふうに触ることが、いかに不適切であるかにも。「では、ほかにいい引き取り手が見つかるだろう」ミスター・キャリコに向かって言う。

「どれもやがては、その居場所を見つけるものでございます」行商人は落ち着き払って応えた。「これから立ち寄るお屋敷には、自分の首の長さにちょうど合う襟巻きに興味を持たれる奥方様が必ずやいらっしゃるでしょう」

ミスター・キャリコが背を向けると、ウィラは何気なく彼女の背中を撫でているアラリックの指に矛先を向けた。「やめてちょうだい！」きつい口調でささやく。

「何を？」

彼は本当に驚いているようだ。ウィラは咳払いをして体を引いた。「わたしに触っているでしょう」荷馬車へ歩きながら言う。すぐ前にある棚には孔雀の羽根が二本、祈りの言葉が刺繍された麻布が一枚、おかしな形の小石、それに指ぬきでいっぱいの銀の器が陳列されていた。

アラリックはあとを追い、一本の指でウィラの背中に触れた。悪気のない物憂げな表情で彼女を見おろす。「こんなふうに？　きみを荷馬車へ案内していただけだ」

ウィラは視界の隅で、ミスター・キャリコがドアを開け、ラヴィニアに手を貸して木製の狭い階段にあげているのに気がついた。

アラリックへの返答を思いつくよりも先に、ラヴィニアがうしろへよろめき、ハンカチを顔に押し当てて、小さな悲鳴とともに階段から飛びおりるのが見えた。

ラヴィニアなら自分の足で着地しただろうけれど、ミスター・スターリングが驚くべき速さで飛び出し、彼女を腕に抱き止めた。

「ミスター・キャリコ、あなたのご健康が心配よ！」ラヴィニアが嘆く。「あなたの荷馬車は体によい場所ではないわ」

「かぐわしい匂いの居候がおりますもので」ミスター・キャリコは認めた。「今晩はわたしも宿屋に泊まることにしております。臭腺《しゅうせん》は取り除いてあると言われたのですが、どうもだまされたようで」

ウィラは顔をしかめた。淑女は常に穏やかであるべきとはいえ、今はそんなことはどうでもいい。「臭腺を取り除いた？　では、そのかわいそうな生き物はなんの匂いもわからないのね？」

「いえいえ、逆でございます」ミスター・キャリコが言った。「あの子は、われわれみんなに匂いをわからせることができるのです。そうするのは身の危険を感じたときだけですが」

「見てもいいかな？」アラリックが足を踏み出し、階段を指さした。

「ええ、どうぞ、閣下！　わたしの住まいはあなたの住まいでございます」ミスター・キャリコが言う。

はずみをつけて階段をあがり、アラリックは荷馬車の中へ消えた。

「何か買いたいものは見つかった、ラヴィニア？」ウィラは尋ねた。

ミスター・スターリングがあざけるように言う。「若い淑女は買いたいものがなくても見つけるものだろう」

「ずいぶん失礼に聞こえるお言葉だけれど、ご自身はそんなつもりはないんでしょうね」ラヴィニアにしては称賛に値する自制心を示して言った。

彼が肩をすくめる。「ぼくの経験では、女性はこと装飾品となると貪欲になる。それにミス・グレイ、失礼ながら言わせてもらうと、きみはミスター・キャリコのコートからピンをもぎ取る寸前だったじゃないか」

ラヴィニアはすっと目を細めた。「お金に貪欲なのと、ピンに貪欲なのとでは、どちらがましかしら」きつく言い返す。「ピンを求めるのと、屋敷を求めておいて拒絶されたら焼き払うのとでは、どちらがまし？」

ウィラは目をしばたたいた。ミスター・スターリングに関して、ラヴィニアはまだウィラには話していない何かを知っているらしい。

ラヴィニアはそう言い捨てると鼻をつんとあげ、スカートの裾を足首のまわりでひるがえして背中を向けた。荷馬車の反対側へつかつかと進み、レディ・ビドルの隣へ行く。

ミスター・スターリングは平気な顔をしていた。「噂ばかりがひとり歩きしているらしい」

「焼き払ったというのは事実なの？」

「ここの近くに地所を購入しようとして、失敗したのは事実だ。二年後に屋敷が全焼し、その後、土地の購入を持ちかけられた。だが、ぼくは火事とは無関係だ」

「では、どうしてそんな噂が広まったのかしら？」

「ノースとぼくは子どもの頃は悪がきだった」ミスター・スターリングの目には楽しげな光が躍っている。「だから地元の者たちにしてみれば、ぼくが何かやったと考えるのはたやすいことだ」

「アラリック卿は、あなたたちのいたずら仲間ではなかったということ？」信じられないという気持ちが声に表れた。

「ぼくらは、彼よりはるかに無鉄砲だった」そこでミスター・スターリングはためらった。

「ミス・グレイがその噂を持ち出したのには驚いたよ。あれは淑女らしい発言とは言えないのでは？」

「淑女らしさとは声音の問題よ」ウィラはミスター・スターリングに言った。「わたしだったら、『タイムズ』紙で目にしたと記憶している記事を持ち出したでしょうね。〝スターリング・レース〉は児童労働を行わせている〟それを好感の持てる声で言うわ」声に非難の影すらにじませずに、彼の視線をとらえる。「淑女がピンを好むことについて、あなたが意地悪を言ったら」

「いや、それは――」ミスター・スターリングは言葉を切った。「あらかじめ警告していただいて感謝する」

「この件に関して議論する機会は二度とないように願うわ」ウィラは言った。淑女の鑑のごとく、心のこもった笑みを彼に送り、ラヴィニアの隣へ移動する。

「ありがとう」ラヴィニアが身を乗り出してささやいた。「あのかわいらしい赤ちゃん人形を見て、ウィラ！　わたしたちも買いましょうよ。たまに五つの頃が懐かしくなるの」

鼻で笑うようなくぐもった音が、ふたりのうしろから聞こえた。

そのとき荷馬車のドアからアラリックが姿を見せた。

「あなたの言うとおりだ」彼はミスター・キャリコに言った。

「彼女を引き取られるんですな。わたしも情が移ってしまいましたが、また荷馬車で寝泊まりできるようになるのはありがたい」

「そうだろうね」アラリックは応じて、下へ飛びおりた。両手は空っぽだ。

「〝彼女〟というのは、ミスター・キャリコのかぐわしい居候のこと？」ウィラは尋ねた。

ラヴィニアが身震いする。「お城じゅうがくさくなるわよ」

「そんなことはない」アラリックは言った。「彼女には入浴と、もっと大きな入れ物が必要なだけだ」

彼はポケットに手を入れて、小さな生き物を取り出した。大きさはアラリックの手の半分しかない。ふさふさとした白い尻尾を持ち、頭部は黒く、両目のあいだに白い筋が一本走っている。

その生き物は頭をあげると、小さな黒スグリの実を思わせるキラキラした目で、まっすぐウィラを見つめた。

「ああ、この子は引き取るよ」アラリックがミスター・キャリコに言う。「毛皮にされるのを見過ごすことはできない。あなたはそれを見越していたんでしょう。まったく、やり手だな」

「毛皮にすればよろしいじゃない」レディ・ビドルが近づきながら言った。「その尻尾がじゅうぶん長く伸びれば、淑女の顔を美しく縁取るわ。これはどれぐらいまで伸びるの？」

「贈り物として、ご購入されてはいかがですかな」ミスター・キャリコはレディ・ビドルを完全に無視して、アラリックに提案した。

ウィラはスカンクの赤ちゃんから目を引きはがした。「わたしはペットは飼えないわ……でも、抱っこをしてもいいかしら？」

アラリックは伸ばされたウィラの両手に動物をのせてやった。するとスカンクは自分の体を支えようと、小さな手で彼女のひとさし指にしがみついた。

「うっ」ラヴィニアがうめく。「それ、くさいわよ、ウィラ」

レディ・ビドルは口元をハンカチで押さえ、失神しそうとばかりにあとずさりした。いっそ、ほんとに失神すればいいのに。ウィラはそう思ったが、そういう願いはかなわないものらしい。

両手を自分の顔へ近づけると、スカンクは恐れずにウィラを見つめ返した。一瞬の間が空いたあと、スカンクは顔を前に突き出し、彼女の鼻に自分の鼻をちょんとぶつけた。

「かわいい」ウィラはささやいた。

「贈り物にしよう」彼女のうしろでアラリックが言う。

ウィラとスカンクはじっと見つめ合った。やがて小さな動物はくるりとまわって体を丸めた。頭をウィラの指にのせ、ふさふさの尾を彼女の手首に垂らす。

そして目をつぶった。

「お母様が引きつけを起こすわ」ラヴィニアはうなった。

「わたしはこれまで、一度もお願いをしたことはないでしょう」ウィラは親友の目を見つめて言った。「たったの一度も。レディ・グレイがわたしのアメリカクロテンをだめだとおっしゃるなら、わたしはひとり暮らしをするわ」

「いいえ、それはだめ」ラヴィニアは拒絶した。指を一本伸ばして、動物の背中に滑らせる。

「アラリック卿が言うように、お風呂に入れれば匂いは消えるかもしれないわね。すごくやわらかい」

「この子はどうすればいいの？」手を動かすことができないまま、ウィラは尋ねた。

いつの間にかミスター・キャリコは荷馬車へ戻り、籠を持っておりてきていた。「これがこの子の寝床です」彼が言う。「お気に入りの毛布と好きな食べ物のリスト、そして何より大切な、彼女用の石けんが入れてあります、ミス・フィンチ。週に一度洗ってやれば、ヒナギクみたいにさわやかな香りになりますよ。なんでしたら、合間にカモミールのお風呂に入れるとよろしいでしょう」

「生まれてどれくらいかしら？」

「四週間過ぎというところです」

「名前はスィートピーにするわ」ウィラは決めた。

スィートピーは片方の目を開け、ウィラをちらりと見た。そして小さな音をたてると、目を閉じてまどろみに戻った。

「彼女は本来、夜行性でして」ミスター・キャリコはそう言ってから、アラリックに向き直った。「夕方前にはリンドウ城へ到着するとミスター・プリズムにお伝えいただけると、大変助かります」

ラヴィニアは買いたいものを両腕いっぱいに抱えていた。フランスのスタイル画、本が二冊、小枝模様があしらわれたモスリンの生地が少々、それに赤ちゃん人形。彼女の求愛者ふたりは、どちらが支払いをするかで言い争っている。

「ばかばかしい」ミスター・スターリングはそう言うと、ミスター・キャリコに紙幣を差し出した。「これで足りるだろう。その版画絵と一緒に、彼女が買ったものを城まで届けてもらいたい」

ミスター・キャリコがお辞儀をし、そこでラヴィニアは何が起きているかに気がついた。

「あとでお支払いするわ」ミスター・スターリングに向かって言う。

「好きにしたらいい」彼はどうでもいいと言わんばかりに、ぶっきらぼうに応えた。

ラヴィニアはふんと息を吐くと、求愛者を両腕に従えて脇を通り過ぎ、城へと戻る細道に向かった。

アラリックはスィートピーをウィラから受け取り、籠に入れた。やさしい手つきに、幼い動物は身じろぎもしない。「よければぼくがスィートピーを運ぼう。だがその前に、ミスター・キャリコの売り物に夢中になっているおばを引きはがしてこないと」

彼がそう言うのも無理はなく、レディ・ノウは馬車の階段に積みあげた荷物に、さらに本を二冊加えている。

彼はスィートピーの籠を腕にかけた――自然の全法則にそむいて、そうするとより男らしく見えた。ウィラは彼の頭から足まで見つめずにはいられなくなり、それぞれの特徴を心に留めた。頭にはかつらも帽子もなく、髪は乱れて髪粉はかかっていない。肩幅は広くて、その体は動かすために作られている。

踊るためだけではなく。

ミスター・スターリングがウィラの隣に並び、ふたりは黙りこくって丘へと道をあがった。ふだんなら世間話に苦労することはないのに、今のウィラは途方に暮れていた。悪名高き〈スターリング・レース〉は子どもをこき使っているのだ。工場内でひとりが死亡しているのが発見されたが、おそらくそれまでにもあったのだろう。

ウィラが沈黙していると、ミスター・スターリングが出し抜けに言った。「あの記事は事実ではない」

ウィラは、カモミールのお風呂に毎日入れたらスィートピーの毛に悪いかしらと考えていたところだった。カモミールは肌にとてもやさしいから、目に入っても痛くないだろう。

「それは」隣を歩く男性に注意を引き戻して言う。「『タイムズ』紙の記事のことをおっしゃっているの？」

「新聞では、ぼくが子どもたちを働かせて、そのうちのひとりが工場内で死亡したとなっていた。ぼくは過去に子どもを雇ったことはないし、現在も雇っていない。レース工場を買い取ったとき、児童労働はただちにやめさせた。すべての子どもたちは田舎の施設に保護されて無事だ」

パース・スターリングは戦士のごとき風貌をしている。危険で、少し残忍そうな目元。嘘をつくような男ではない。

「わかったわ」ウィラは言った。

沈黙があった。

「詳細を聞き出さないのか？　証拠を求めないのか？」

彼女は首を横に振った。「あなたを信じます。ラヴィニアは簡単には納得しないでしょうけれど」

ミスター・スターリングは先を歩くウィラの親友へちらりと目を向けた。「彼女を納得させるつもりはない」

それならそれでいいわ。

アラリックが野性的なのは、動物が野性的なのと同じだ。開け放たれた窓、それに広々とした大地への欲求が彼の中に見て取れる。それとは対照的に、ミスター・スターリングは危険だった。閉じ込められた動物、大型の肉食獣さながらに。

何があの険しい顎と目をミスター・スターリングに与えたのだろう？　何が彼に武器のように沈黙をまとわせるの？

彼は権力が欲しいのかもしれない。もっとも、〈スターリング・レース〉の持ち主はイングランドで最も有力な平民のひとりであると新聞記事は伝えていた。

あるいは、もっとお金を欲しているのか。でも、彼はひとりの男性が使いきれないほどの財産を持っている様子だ。

「見つかるといいわね」ウィラは彼に向かって微笑んだ。

「何がかな？」

「あなたが探しているものが」彼女は言った。「中国では糞尿《ふんにょう》の荷車の中を探し、イングランドではレース工場の中を探したんでしょう」

ミスター・スターリングは目を見開いてウィラを見つめている。

「見つかるといいわね」彼女は繰り返した。

12

レディ・ノウが教区牧師とお茶を飲むことに決めたあと、アラリックは城への道を早足で歩きだした。かぐわしい匂いを放つスィートピーは、鎧《よろい》一式に匹敵するほどの防御力を発揮した——アラリックの崇拝者たちは、帰りはほかの紳士たちと歩くことに決めたらしい。

数分後、アラリックはパースに追いついた。その前を歩くラヴィニアとウィラは、顔を寄せておしゃべりをしている。

「それはスカンクだ」パースが身ぶりで籠を示して言った。「何がアメリカクロテンだ！　スカンクはスカンクだろう」

アラリックはうわの空でうなずき、ウィラがラヴィニアのほうへ体を寄せるのを見つめた。ウィラは気づいていないとはいえ、この小さなスカンクと鼻を触れ合わせたとき、彼女の運命は決定した。彼女は好奇心と冒険心を持ち、匂いを放つ生き物にもひるまない。しかもはっとするほど美しいが、それはそこまで重要だろうか？　ロシアのエカチェリーナは麗しく、性的にも——興味を引かれた。だが、男が一生をともにしたがる相手ではなかった。

一生をともにする？

その言葉は、前触れもなくアラリックの心にすとんと落ちた。そしていったんそこにとどまると、どかすことはできなくなった。彼はウィラを求めていた。

彼女と一生をともにしたい。辛辣で、自分を表に出すことがなく、取り澄ましたあの女性は――おばの言葉によると――ロンドンの上流社会を席巻した。社交界は苦手なのだが。

これは結婚と子ども、異国ではなくイングランドに骨を埋めることを意味する。おそらくはほかのすべてのワイルドたちと並んで、一族の礼拝堂に葬られるのだ。神のご加護があれば、長い人生の終わりに愛する者たちに囲まれ、最後の息を引き取ることだろう。

大雪原で行方不明になるのでも、会ったこともない人食い人種に食べられるのでもなく。

「信じられん、ミス・フィンチにスカンクを贈るとは」パースはぶつぶつと続けている。

「きみはどうかしている、彼女もだ」

「臭腺は除去されている」アラリックは指摘した。「たぶん」

「淑女には花束を贈るものだ。手袋とか、レースとか。きれいな女性にはきれいなものを、だ」パースの声から非難の色が伝わってくる。

「ウィラはオレンジの花の香りがする」アラリックは言った。

パースがうなった。「どうせ一ギニーもする石けんを使っているんだろう」

「きみの会社から買ったものなら、きみのもうけになるんだ。だから愚痴を言うのはやめろ」アラリックは続けた。「ぼくが言いたいのは、ウィラも匂いがするということだ。いい匂いだが、匂いは匂いだ」

「きみは変わった男だな」

「匂いのする女性には匂いのするペットを、だ」

ラヴィニアが振り返って彼らを見る。アラリックは手を振った。

「ただひとりいるまともな女性は、きみに取られたようだな」パースが惜しむように言う。

「求愛するんだろう？」

「ああ」そのひと言は小気味よい音を響かせ、アラリックの魂の奥底にぶつかった。足がしっかりと地に着く、たしかな感覚だ。

「幸運を祈る」パースは言った。「彼女は風変わりな女性だ」

「ウィラは美しい。理知的だ。フリルが過剰でもない。ノースの婚約者のダイアナほど、ひらひらしていないだろう」

「ロシアのエカチェリーナよりも美しいのか？」

アラリックが横目で見ると、友人はにやりとしている。

「非常に興味深い版画絵を一枚購入してね、きみがその女帝を知っていることをほのめかす絵だ。親密な関係、と言おうか。題は〈イングランド、ロシアを席巻す〉」

「その絵についてはノースから聞いた。あれは事実とは異なる」

パースはかぶりを振った。「どうだかな。悪名高きワイルド卿が、女帝とベッドをともにしなかっただと？」

「その機会があったことは認めよう」そっけなく言う。「ロシアの士気を高める目的との招待状を、彼女からいただいた」

パースは大笑いした。「国家の士気を高めるという口実は、男の機能にとってはいささか重圧となったわけか」

「ぼくは招待を断り、サンクトペテルブルクを出発する最初の船に飛び乗った」

「象の群れに対峙《たいじ》してても恐れを知らぬのに、色好みの女帝からは逃げるんだな」パースはあざ笑った。「イングランドの最も偉大な冒険家、サー・ウォルター・ローリーが聞いたら、さぞや嘆くだろう」

「ぼくは人食いトラも避けるようにしている」アラリックは言った。

「カサノヴァ風の夜の冒険譚は、きみの本に色を添えるぞ」パースが応じる。「困難に悲哀、首がふたつある部族との対決はもうじゅうぶん、お次は宮廷でのロマンスだ。ぼくがきみなら、女帝としっぽりやって、調査という名目にしていたな」

「ロシア旅行に出るなら、すぐに紹介してやろう。ベッドの相手に〝快感のアナグマ〟とあだ名をつける相手と、大いによろしくやってくれ」

パースは笑い飛ばした。「アナグマだって？　種馬の間違いじゃないのか？　本に〝ワイルドの快感の種馬〟と題名をつければ、ばか売れするぞ。版画絵はいわずもがなだ」

そのとき、薄汚れた身なりでだらしない髪をしたひとりの女が、生け垣のうしろから道に足を踏み出した。それはミセス・フェラスだった。何年も前、アラリックたちがまだ少年だった頃、彼女の夫は逮捕され、反逆罪で絞首刑になった。

その後、彼女は正気を失い、今では〝生け垣の魔女〟とか、さらにひどい呼び方をされている。

「ミセス・フェラス」アラリックは立ち止まって声をかけた。「ご機嫌はいかがです？」

彼女は不気味なほど光のない目でアラリックを見た。「あたしは海藻の切れ端と同じくらいぐったりしてるよ」パースに向き直って渋面になる。「あんた！　あんたのことは忘れやしない」

パースの体がぴたりと動きを止めた。子ども時代に数えきれないほどやった拳闘の試合でも、よくこの癖が出たのをアラリックは覚えている。

ミセス・フェラスはパースに向かって吐き捨てた。「日暮れに天使たちがやってくるんだ。その翼はカラスの翼みたいにずたずたで――」

「ええ、そうでしょう」アラリックはさえぎった。さらにやさしい口調で切り出す。「これで夕食を用意してください、ミセス・フェラス」彼は数シリングを差し出した。

彼女の視線はパースの顔からアラリックへと移り、金を受け取った。

若い淑女たちがこちらへ向き直り、来ないようにとアラリックが目顔で伝える間もなく、ウィラがラヴィニアを連れて引き返してきた。

ミセス・フェラスの身なりは年老いたコウノトリを思わせた。髪は巣のように頭を取り囲み、右耳の上でひとつ、うなじのほうでひとつ、結び目ができている。服は彼女の肌と同じくらい汚れていた。

ラヴィニアもウィラも顔色を変えることなく、公爵夫人と対面したかのように微笑を浮かべた。

「ご紹介してくださいな、アラリック卿」ラヴィニアが声をかける。

「こちらはミセス・フェラス」アラリックは言った。「村の住人だ。ミセス・フェラス、こちらはわれわれの友人、ミス・フィンチとミス・グレイです」

「お子さんはいらっしゃるの、ミセス・フェラス？」ウィラはうなずきかけて尋ねた。

スイートピーとミセス・フェラスでは、どちらの匂いがより刺激的か決めかねるところだが、アラリックは後者のほうではないかと思った。彼女の生気のない目がゆっくりとウィラをとらえる。

「坊やがふたり」ミセス・フェラスは答えた。

そうなのか？　アラリックには初耳だった。その子どもたちも、今では大人になったに違いない。

「ご主人に似ているのかしら？」ラヴィニアが問いかける。

「目はあたし似だ」ミセス・フェラスは返した。「顎はふたりとも父親譲り。マッシュポテトが好物でね。ああ、そうだ、坊やたちのために料理をしなきゃ。あたしはふだん……」声が小さくなって消える。

「お近くに住んでいらっしゃるの？」ウィラがきいた。

「教会のあっち側に」頭をぐいと動かし、自分がどんな格好をしているかに気づいたかのように、はじめてスカートに視線を落とす。「行かなきゃ。パンを焼いてないんだ」

「お宅まで送らせてください」アラリックはそう言うと、スィートピーの入った籠をパースに渡した。

ウィラは、錯乱した女を連れてアラリックが歩み去るのを眺めた。ウィラが最初に男性たちのほうへ歩み寄ったとき、ミセス・フェラスは興奮している様子だったが、今はおとなしくなり、アラリックを見あげて、なんであれ問いかけられたことに首を振っている。

「あの女性はいつからああなってしまったの？」ふたたび道を歩きながら、ラヴィニアがきいた。「息子さんたちはまだ家に住んでいるの？　ご主人は健在なのかしら？」

「きみは質問をしたあと、次の質問の前に答えを待つことがあるのか？」ミスター・スターリングが自分も質問で応じた。


ラヴィニアは思案した。「あまりないわね。ききたいことが常に五つ六つあるから、そのうち一番気になることをふたつ尋ねるようにしているわ」

「ぼくたちが一〇歳ぐらいの頃、ミスター・フェラスは国王とその廷臣をリンドウ城ごと吹き飛ばそうとした」ミスター・スターリングは言った。

「国王を！」ウィラは驚いて声をあげた。「関わりのあった全員にとって、恐ろしい事件だったでしょうね」

「彼は縛り首になった。自業自得だ」

「みんな、そう言うわね」ラヴィニアが腹立たしげな声で、ミスター・スターリングに言う。

「そして、その家族がどうなったかには知らん顔をする。ウィラとわたしは何度となく、そういう状況を目にしたわ」

「ミスター・フェラスは火薬に近づくべきではなかった」ミスター・スターリングは言った。

ラヴィニアが肩をすくめた。「安易な返答ね。〝彼は火薬に近づくべきではなかった〟でもどんな理由であれ、彼は火薬に近づいたのよ。そして被害を出す前にとらえられたのだから、ここで最も傷ついたのは彼の家族だわ。失敗に終わったとはいえ、息子たちは恐ろしい暗殺者の子どもとして育った」

「悲しみのあまり正気を失った母親の子どもとしても」ウィラは言い添えた。

「きみはそれもミスター・フェラスのせいだと言うんだろうな」

「そうでなくて？」ラヴィニアが言い返す。

「なんとも言いがたい」ミスター・スターリングは応じた。

ふたりのあいだを歩くウィラは、交戦中のふたつの国にはさまれた壁になった気分だった。

13

その夜の客間は、すばらしいミスター・キャリコの荷馬車の話で持ちきりだった。彼は馬に引かれて颯爽《さっそう》と現れると、モバリーへ行かなかったハウスパーティーの客たちを相手に在庫の品を一掃しにかかった。

「あなたのアメリカクロテンの話を聞かせてちょうだい」レディ・ノウがウィラに言った。

「わたくしはちらりと見ただけでしたから」

スィートピーはミスター・キャリコからもらった石けんで洗ったあと、カモミールの香りのする風呂に入れてやり、今は二階にいた。好奇心旺盛な小動物は、ウィラが指につまんだおやつをうしろ脚で立って取るのが大好きだとわかった。

「アラリック卿は〝アメリカクロテン〟は誤った呼び名だと言っています」ウィラは言った。

「より地味ですが、〝スカンク〟が正しい名称だそうです」

「トイレはどうしているんです？」レディ・ノウが尋ねる。

「砂を入れた箱をバルコニーに置いてやりました。スィートピーはいったんその目的を理解すると、喜んで使っています。あれほど賢い生き物は見たことがありませんわ」

　レディ・ノウはウィラの頬に手を触れた。「あなたはすてきなお嬢さんね。甥があなたにスイートピーを贈ったかいがありますレディ・ノウの手は大きく、ざらりとしていた。たぶん馬に乗るからだろう。けれど、その笑顔は美しい。

「ありがとうございます」ウィラは言った。「レディ・ノウ、あなたはミスター・キャリコから何をお求めに？」

「かつら付きの帽子です。それとも、帽子付きのかつらかしら？　乗馬用に。ふつうの帽子は、強い風の中でもかつらにくっついているようには作られていませんからね」

「なんて賢いのかしら！」ウィラは感嘆の声をあげた。

「レディ・ノウの気の利いた新しい帽子の話をしているの？」ラヴィニアが加わる。「ロンドンへ戻り次第、わたしも同じものを買い求めるつもりよ。本当にすてきなんだから、ウィラ。帽子が小粋な角度にかしいでいるの」

「わたくしはあれに合う乗馬服を仕立てようと考えています」レディ・ノウが言った。

「布地もミスター・キャリコからお買いになったんですか？」ウィラはきいた。

　レディ・ノウがにっこりする。「もちろん。彼がどうしてまだ隠居しないのか、とんとわかりませんね。わたくしからだけでも、長年のあいだに数百ポンドは稼いだでしょうに」

　ラヴィニアがいたずらっぽい目つきになる。「今日の午後、一番お金を使った方なら存じていますわ」

「どなたかしら？」レディ・ノウが問いかけた。「わたくしは本が手に入ったのがうれしくて、さっさと自分の寝室へ戻ってしまったから、ほかの方々のお買い物には注意を払っていなかったわ」

「ミスター・スターリングは荷馬車の中にあったワイルド卿の版画絵をすべて買い占めたんです！」ラヴィニアは言った。「ダーツの的にすると言って。彼なら意外でもなんでもないわ。あれほど不愉快な男性には会ったことがありません」

「それは傷つくな」あざけるような声が言った。ラヴィニアのすぐうしろに、ミスター・スターリングが立っていた。

「本当にワイルド卿の肖像画めがけてダーツを投げるおつもりなの？」ウィラは彼に尋ねた。

「そんなことをしたら、その尻をアーチェリーの的にしてやるぞ」アラリックがうなるように言って会話に加わった。

彼のあたたかで大きな体がウィラの背中を圧迫する。居間は広々としていて、誰も体が触れ合う必要はないというのに。

胸の中で心臓がとどろくが、ウィラは落ち着き払った声を出した。「あなたなら、ミスター・スターリングがお買いあげになった版画絵をどうされるの？」そう問いかけながら、すっと横へ退く。

「あんないまいましいものは焼き捨てる」アラリックは躊躇《ちゅうちょ》なく断言した。「ミスター・キャリコの荷馬車にあるのがわかっていたら、ぼくが自分で買っていた」

「ここ数年で何百枚も売れたそうだ」ミスター・スターリングが笑いを含んだ声で言った。

「あら、あなたを笑わせるものも存在するのね」ラヴィニアが彼に言う。「驚いたこと」

いったいこの男性たちの何が、社交シーズンを乗り越えさせた非の打ちどころのない礼儀作法をウィラとラヴィニアの両方に忘れさせるのだろう？　甘い笑みと思慮深い返答はどこへ行ったの？

「ほかにもある。愚かな女性たちだ」ミスター・スターリングがやり返した。

アラリックがうめいた。

「版画絵は育児棟に預けてきた」ミスター・スターリングは続けた。「ぼくのお気に入りは、きみが乗っている船の船尾に巨大なタコの足が絡みついているやつだ。あの窮地からどうやって逃れたんだ、アラリック？」

「それ、わたしは持っていないわ！」ラヴィニアが叫んだ。

「きみもしくしく合唱団の一員か？」心底うんざりとした声で、ミスター・スターリングが言う。

「〝しくしく合唱団〟？」ラヴィニアはけげんそうに目を細めて繰り返した。

「ワイルド卿が海で消息不明になったと新聞が書きたてるたびに、つまり三週間かそこらごと、国会の閉会中でほかに書くことがないときはさらに頻度があがるが、しくしく泣く女性たちのことだ」

「彼を崇拝しない人がいるかしら？」ラヴィニアが反撃する。「ワイルド卿は、それはすばらしい紳士よ。あなたの別名でお呼びするのをご容赦くださいね、アラリック卿。彼は行く先々で人々を助けるわ。これぞ英雄でしょう」

別の男を賛美する満面の笑みが、ミスター・スターリングに向けられる。

顎の筋肉が引きつり、彼は顔を曇らせた。「はっきりさせておくが――」食いしばった歯の隙間から言葉を吐く。

「ワイルド卿はイングランド人の誉れよ」ラヴィニアがさえぎって続けた。「お金をため込むことはないし、邪魔になる者を――子どもも含めて――踏みつけることもない」

「なんてことだ」アラリックがウィラの耳にささやいた。「誰かがパースに喧嘩を売るのは学生の時分以来だよ」

「ぼくはそうすると言っているのか？」ミスター・スターリングが問いただす。

ラヴィニアは彼に微笑んだ。トラがウサギに見せる笑みだ。「あなたの人生哲学を上手にまとめたと思わない？」

そこからミスター・スターリングとラヴィニアのすさまじい口論が始まった。彼女はかんかんに怒っている分、余計に甘い声になっている。

「少々ラヴィニアが恐ろしくなってきたよ」アラリックが優秀な自衛本能を示して言った。

「かっとなることはめったにないのに」ウィラは親友を眺めた。

大きな手が彼女のウエストにまわされる。「ふたりきりにしてやろう」アラリックはウィラをうしろへ引いた。「まるで夫婦喧嘩だな。面白いが、犬も食わないと言うだろう。シェリー酒はどうだい？」

ウィラはうなずいた。未婚女性はラタフィアを飲むよう決められている。アラリックが社交界のルールを知らないでよかった。彼はウィラの背中へ手を滑らせると、クリスタルのグラスがのったトレイを持つ執事のほうへ促した。

触るのをやめさせなくては、とウィラは思った。アラリックに触れられると、頭がぼうっとしてしまう。そう考えながらも、彼に導かれるままでいた。

「ぼくがミス・グレイをファーストネームで呼んだのに気づいたかい？」

「ええ、気づいたわ」

「きみもぼくをアラリックと呼ぶべきだ」

なんといっても、彼からはスィートピーを贈ってもらっている。ウィラは折れた。「いいわ」彼がじっと見つめているので言い添える。「ふたりきりのときだけよ。アラリック」

「ふたりきりのときに、ききたいことがある。きみもラヴィニアのように激しい性格で、それを抑え込んでいるのか？」

「いいえ」ウィラは答えた。「わたしはとても几帳面《きちょうめん》で退屈な人間だわ」

「きみは退屈ではない」彼が言った。「きみがどんな人間であれ、退屈というのは違う」

その賛辞が胸にしみたが、うれしさを顔に出すのは拒絶した。断固として拒絶だ。アラリックは今のままでも自信過剰なのだから。

「きみは彼らが話している版画絵をどれか見たことがあるのかい？」

「寄宿舎にいた頃、ラヴィニアが寝室の壁に何枚か貼っていたわ」ウィラは認めた。彼の体を駆けおりた震えは小さくとも見て取れた。「お気に入りの絵は聖書にはさまれていたわね」アラリックの目の表情を楽しみながら、つけ加える。

彼はシェリー酒のグラスをウィラに手渡すと、自分のグラスをぐいと傾けた。「イングランドを出発したときは、こんなばかげた騒ぎになるとは想像もつかなかった」

「版画絵を買ったり、交換したりするのが流行りだしたのは最近のことよ」彼女は説明した。「三年ほど前からじゃないかしら。けれど言うまでもなく、あの劇であなたはさらに有名になったわね」

彼の口が不愉快そうにゆがむ。「ぼくのことなど、世間はすぐに忘れ去る」

アラリックを慰めたいという衝動に駆られて戸惑いを覚える一方で、今彼が断筆したとしても、多くの人たちが生涯彼を崇拝するだろうと強く思った。

「鮭《さけ》が群れをなして川を遡上するのを見たことはある？　雁《がん》の群れが越冬のために飛んでいくのは？」

「ぼくの崇拝者たちは、そういう群れのようなものだと？」

「南へ移動する雁を想像してみて。一番目の雁はV字の先端を飛ぶけれど、みんな同じ目的地を目指しているわ」

彼はしぶしぶながら微笑んだ。

「あなたは約束の地なのよ」ウィラは言った。「そして雁の群れは騒々しいものだというのを忘れないで、アラリック」

「なんといまいましい」だが、その目は晴れやかになった。「きみがアラリックと呼ぶのを聞けたから我慢もするが」

彼女は首を横に振った。「それは特に意味はないわ」

「それで、ラヴィニアはぼくを目指す雁の一羽なのか？」

ウィラは口を開け、ふたたび閉じた。

「当てさせてくれ」アラリックがわざと力ない声で言う。「彼女はぼくに会ったあと、あこがれる気持ちが萎えてしまったんだろう」

「こんなことを言うのは気が重いけれど」そう言いながらも、ウィラは笑みをこらえきれなかった。「彼女、あなたの鼻は理想とはちょっと違うと思ったのかもしれないわね」

彼が思案げに自分の鼻をこすった。その目はウィラを見つめたままだ。アラリックのまなざしはブランデーを思わせることを、彼女は発見した。焼けるほど熱く、魅力的で……癖になる。女性たちが自分の鼻をどう思おうと、彼は少しも気にしない。体のほかのどの部分でも。

「わたし、ラヴィニアを助けに行かなきゃ」ウィラは言った。

「きみの友人に助けは必要ない。助けがいるとしたら、ぼくの友人のほうだ」

ふたりが見ている前で、ラヴィニアは最後にぴしゃりと言うと、鼻をつんと天井へ向けて立ち去った。

ミスター・スターリングは見た目には平然としながらも怒りをたぎらせ、ふたりのほうへつかつかとやってきた。

「あの女性は災厄だ、それに――」その目がさっとウィラへ向き、言葉が途切れる。

「おめでとうございます」ウィラは彼に微笑みかけた。「あなたは今年の結婚市場で、真実のラヴィニアを目にした最初の紳士だわ」

「誰が見たがるんだ？」ミスター・スターリングが嚙みついた。「あんな口やかまし屋と結婚する男は気の毒だ。きっと婚礼の夜になって気づくのだろう。哀れなやつだよ」

イライザ・ケネットが入室し、うれしそうに顔を輝かせて、いそいそとこちらへやってくる。彼女がアラリック相手にしゃべりまくるのは見たくなかったので、ウィラはこの場を明け渡すことにした。「失礼します、紳士のみなさま」彼女は言った。「わたしは愛する口やかまし屋のあとを追いますわ」

「彼の話はしたくないの」ラヴィニアは自分のもとへやってきたウィラに向かって、にべもなく言った。「あの男性ときたら腹立たしくて……目障りよ。彼が屋内にいるのを許す人がいるなんて信じられない。しつけひとつ、できていないじゃない」

「スィートピーよりひどいの？」

「はるかにひどいわ。スィートピーは学んでいるところでしょう。あの男性は野良犬よ、これまで好き勝手にやってきた野犬だわ」

「たぶん、彼の持つ有無を言わせぬ雰囲気のせいね。提督のような」

「甘やかされた意地悪な男の子のような、よ」ラヴィニアがすかさず反論する。

「ミスター・スターリングが甘やかされて育ったようには思えないけれど」ウィラは言った。「それより、ダイアナのところへ行きましょう。彼女が今日の午後、ミスター・キャリコから何を買ったのか知りたいわ」

答えは意外なものだった。

ダイアナはふたりをソファへ導き、自分の両脇に座らせた。「自分用には欲しいものは何もなかったけれど、あなたたちへの贈り物を見つけたわ。わたしの婚約披露パーティーへ来ていただいて、本当に感謝しているの」

巾着袋を開いて、金のロケットをそれぞれに手渡す。卵形のそれは、小粒の真珠と渦巻き模様で彩られていた。

「なんて精巧に作られているのかしら」ウィラは蓋を開けて内側を調べた。ちょうど針と糸がおさまる大きさがある。

「こんなことをする必要はないのに」ラヴィニアが声をあげた。「でも、とても気に入ったわ、ダイアナ。ありがとう！」

「わたしの母だったら、フランス製の宝石を選ぶんでしょうけれど」ダイアナは心もとなげに言った。

「あなたのお母様は高い美意識をお持ちですものね」ラヴィニアが言う。

ダイアナはうなずいた。「わたしもあなたたちのためにそういうものを選びたかったわ、本当に、本当に大好きなお友だちですもの。でも……」実際には、友人同士の贈り物にするには宝石はあまりに高価だ。ダイアナはそれを知っていた。

彼女は困ったように黙り込んだ。

「このロケットはとてもすてきよ」ウィラは言った。「役に立つうえに美しい。人であれ、ロケットであれ、それは最高の褒め言葉だわ」

「わたしが持っているワイルドのロケットはほかの崇拝者に譲って、これを身につけることにするわね！」ラヴィニアが元気な声をあげる。

「みんながあなたとアラリック卿の噂をしているわ」ダイアナが声をひそめてウィラに告げた。「彼がひとりの女性にはっきりと興味を示したことは、これまでなかったでしょう」ラヴィニアへ顔を向ける。「あなたとミスター・スターリングのことも噂になっているわよ」

ラヴィニアは鼻先で笑った。「あんな人、わたしは無視してやるわ。でも曲がり角の先から吠《ほ》えてくる、性格の悪い大型犬を無視するようなものね」

「アラリック卿も吠えてくる犬みたいなの？」ダイアナが尋ねた。

「いいえ」ウィラは言った。「彼はわたしのことをひとつの挑戦ととらえたようよ」

「挑戦と見なされるのが何か問題なの？」ラヴィニアが問いかける。

「彼はただそこにあるからという理由で山にのぼる男性なの」ウィラは説明した。「わたしのことを人だとは見なしていないのよ」

「彼は途方もなく裕福で、家柄がよく、しかも美男子だわ」ダイアナは人と見なされていないという問題は受け流して言った。

「彼の顔はイングランドじゅうで寝室の壁に貼られているのよ」ウィラは言い返した。

「それはいやね」ラヴィニアが認める。「わたしは丸々一年、フランス語の授業の前には彼が北極グマと取っ組み合いをしている絵に必ずキスをしたわ。授業は週に五日あったのよ」

ダイアナの眉根が寄る。

「幸運のためにね」ラヴィニアは説明した。

「わたしのことを北極グマだと思って組み伏せようとする人に〝征服〟されたくないわ」ウィラは言った。「自分の夫が女学生の幸運のお守りにされるのもいやよ」

「肖像絵にキスするのは、実物にキスするのと同じではないわよね」ダイアナが指摘する。だが、その声は自信がなさげだ。

「ミスター・スターリングは購入した絵をどうするのかしら」ラヴィニアが言った。「あんなに失礼な人でなければ、わたしが持っている分もあげたところだわ」

リンドウ公爵夫妻は居間の扉へとゆっくり向かっており、それが晩餐のために階上へ移動する合図となった。

ノースがダイアナのほうへ向かうのは、視線をめぐらさなくてもわかった。アラリックが自分のほうへやってくることも。ふいに困惑を覚えて、ウィラは立ちあがった。「食事は部屋でとることにするわ。頭痛がするの」

「具合が悪いのかい？」深みのある声が尋ね、彼女の背中の真ん中に手が置かれた。

ラヴィニアとダイアナが立ちあがる。「ごきげんよう、アラリック卿」ダイアナが言った。

ラヴィニアも挨拶し、そのあとつけ加えた。「音をたてずに移動する方法はジャングルで習得されたのかしら？」

「ぼくが蔦《つた》から蔦へと飛び移る絵を持ってはいないだろうね？」アラリックはうめいた。

「実は本当に持っているの！」ラヴィニアはにっこりした。

はしかのような恋を卒業し、彼女はアラリックのことを人として好きになったようだった。今のは社交辞令の笑みではなかった。友だちに向ける笑みだ。

「では、失礼するわ」彼の前から逃れたい気持ちがさらに強まり、ウィラはささやいた。アラリックは持てる武器をすべて駆使して彼女を追いかけていた。だけど、なんのために？彼は冒険家だ、いずれはどこかへ去っていく。今、ウィラは挑戦の対象にされている——たまたまそこにあった山として。けれど屈服してしまえば、彼の注意はどこかよそへ向けられるだろう。

かつて感じたことのない激しい感情がこみあげ、ウィラはめまいを覚えた。

それ以上は何も言わずに膝を折ってお辞儀をし、扉へ向かった。

14

ウィラの背中を見つめるアラリックの胸に、信じがたい思いがわきあがった。

彼女は頭痛がするのではない。ぼくを避けているのだ。

舌先で虫歯をつつくように、アラリックはその事実をつついてみた。ともにひとときを過ごしたいと胸を焦がす女性たちに囲まれているのだから、若い淑女がひとりそう考えなかったからといって、気に病むことはない。

ウィラはとびきりの美人だが、この世界にはきれいな女性はいくらでもいる。

鬱々とした物思いは数秒後には破られ、イライザ・ケネットがアラリックの腕に絡みついてきた。彼はそれを丁寧に振り払おうとしながら、自分の随行団は——どこへでもつき従おうとするのだから、まさにそうだ——紛れもない問題だと改めて気づかされた。スィートピーを入れた籠を常に抱えて、彼女たちを撃退することはできないのだ。

アラリックが求めるのは、ウィラのあとを追うことだけだった。まろやかなヒップを抱えあげ、肩に担ぎたい。

ベッドへ運んでいきたい。

そしてベッドに倒れ込み、二度とそこから出たくない。ウィラの体を、輪郭や曲線を、そして色合いを記憶するまで、少なくとも二週間は。真珠のような肌に対して、黒みがかった眉に心惹かれた。ふさふさとしたまつげは先端ほど色味が濃い。肌にはそばかすひとつ見当たらない。

ウィラの髪はカラスの濡れ羽色だろうか。彼女が男の上になり、自分の悦びを求めて心ゆくまで体をはずませるとき、その髪は男の胸板の上で渦を描くことだろう。

それともたそがれどきの樹木の幹にも似た、深いマホガニー色だろうか。

ああ、なんてことだ。

ぼくは本当に正気を失いつつある。

翌朝、朝食の席にウィラの姿はなく、昼餐会にも現れなかった。

食事のあと、レディ・ノウがアラリックをつかまえ、頭数をそろえるために彼が必要だと知らせた。ふたりがひと組になって、アーチェリー場で順番に腕を競うことになっているのだ。

「ダイアナが得意な競技なんですよ」おばは説明した。「ノースは彼女のために、銅線細工を施した矢をひと組あつらえさせたんです」

贅沢《ぜいたく》な贈り物も婚約者の心を射止めることはないだろうと、アラリックとレディ・ノウは暗黙のうちに認めた。それどころかダイアナは兄めがけてうっかり矢を放つかもしれないが、アラリックはそんな考えを頭から締め出した。

結婚を避けたいなら、殺人よりましな方法がいくつでもある。

ウィラの腕は細いが引きしまっていた。もしかすると、彼女もアーチェリーが得意なのだろうか？　彼女も、いつまでも部屋に隠れていることはできない。「喜んで」アラリックはおばに応えた。

レディ・ノウは鼻を鳴らし、鋭い目を甥の顔に据えた。けれども何も言わず、アラリックはほっとした。

あさっての方向へ飛んだ矢と初夏の日差しのどちらも避けられるよう、芝の上には天幕が張られ、飲み物が提供されていた。アラリックが姿を見せるが早いか、ヘレナ・ビドルは彼の腕をしっかりとつかみ、彼と組みますわ、と宣言した。ウィラはまだ見当たらなかったので、アラリックはレディ・ビドルに従い、天幕からアーチェリー場へ移動した。

レディ・ビドルが先に矢を放ち、的をはずして甲高い悲鳴をあげた。三回連続はずしたところで、〝うしろに立って弓の持ち方を教えていただけません？〟とアラリックにねだった。

彼が背後からレディ・ビドルの腕を取ると、彼女はすかさずヒップを押しつけてきた。

「あら、何が当たっているのかしら？」くすくす笑い、日だまりに寝そべる猫のように体をしならせる。

「何も」アラリックは事実のままに言った。天幕にちらりと目をやり、ほかはみな、そこでレモネードを楽しんでいるのを確認する。こちらを見ている者もいるが、会話が聞こえる距離ではない。

彼はレディ・ビドルをつかんで自分のほうを向かせ、目をのぞき込んだ。「率直に言わせてもらおう、ヘレナ。ぼくはきみと情事を持つ気はない」

彼女の顔が赤く染まる。「あの娘のせいね、そうでしょう？　ウィラ・フィンチ。彼女との結婚を考えているの？　うまくはいかないわよ」

「ほう？」アラリックは弓を取りあげると、慎重に狙いを定めて弦を離した。ひゅっと音をたてて矢が飛び、的の中央を射抜く。彼は弓をさげた。「この試合は棄権する」

「あなたがお望みのご結婚も棄権することになるでしょうね」レディ・ビドルが鋭い声で言った。「いいこと、あなたの姿が描かれた版画絵はイングランドじゅうに広まっているのよ。誰もいない寝室で、淑女たちがあなたの顔を見てよだれを垂らしているわ」

その言葉はアラリックの臓腑《ぞうふ》を切り裂いた。

「ウィラ・フィンチは淑女よ。自分の姿が露店の店先で売られるような暮らしに近づくものですか。あなたの婚礼が版画絵にされて売られることはないとでも？　はじめての子どもの似顔絵は？」

そんなことは考えてもみなかった。

「あなたは、求愛するには最悪の相手を選んだのよ」彼女は攻撃を続けた。底なしの暗い情念に言葉が油を注ぐ。「ウィラ・フィンチは自分を表に出さない女性だわ。そして私生活に踏み込まれることを忌避する。だってそうでしょう、彼女は――」

話の途中で、アラリックはレディ・ビドルに背を向けた。これが噂をかきたてることになるなら、それはしかたない。

くそっ……なんてことだ。

たしかにウィラは自分を表に出さない。それは彼女の魅力のひとつでもあった。ウィラという女性は、隠れた心の襞と秘密の思いから作られているのだろう。彼女は自分自身をまわりに見せることがないのだ。

いまだ発見されざる国があるのでは――そんな考えを愛する男にとって、ウィラは究極の誘惑だ。彼女のことを思うだけで、アラリックの体は熱く燃えた。

ノースの言葉が脳裏によみがえった。〝ぼくにはわかった、彼女を自分のものにしなければならないと〟アラリックは兄のような婚約は望んでいなかった。片方は恋い焦がれ、もう片方は、嫌悪感とは言わないまでも不快に思っているような婚約は。それで結婚するなど、とんでもない。

『ワイルドの海賊海域』では、アラリックは海賊船が出没する海域に乗り込んだ。ひとりしか乗れない小舟で隠れた洞窟に侵入し、サイコロと猥談、それにお宝への関心のなさで、海賊たちの心をがっちりとつかんだ。

ウィラの心も友人としてつかまねばならない。ノースはそこのところを間違えたのだ。兄はダイアナのご機嫌をうかがい、彼女の歓心を買うために、そびえ立つかつらをかぶりさえした。しかしゆうべ、アラリックはノースが講釈を垂れるのをふと耳にした。王妃を迎える際の公爵夫人の心得についてだったが、それを聞くダイアナの顔に表情はなかった。

ノースとしては、未来の妻を次期公爵夫人の役目に慣れさせようとしただけだろう。だがアラリックには、いい考えとは思えなかった。話題なら、公爵夫人の務め以外にいくらでもあるだろうに。

今日に至るまで、ノースは自分の婚約者が好む民謡詩《バラッド》も、一番嫌いな本も知らずにいるのだ。

アラリックは持っていた矢をおろして伸びをした。ヘレナ・ビドルが怒りに肩をこわばらせて、彼の横をすり抜けた。

ノースが大股でやってきた。その姿はフィッツィーよりも華々しい。緑の芝生の真ん中で、房と襞に飾りたてられたひと粒の宝石だ。

「正直なところ」アラリックはこらえきれずに言った。「そんな格好をしなければウィラの心をつかめないなら、ぼくは今すぐアフリカへ旅立つね」

「行き先としては勧めないな」ノースが言う。「おまえにとっては悲しみの地だろう？　劇中、純粋で清らかな宣教師の娘、おまえの愛する美しいアンジェリカは、大鍋の中で最期を迎えるのだから」

「天使《アンジェリカ》のような？」それは質問というよりうめきだった。

くだらない名前だが、ひとつだけいい点がある。本物の宣教師の娘、プルーデンスに関しては、何も知られていないことがこれで裏づけられた。アンジェリカの素性は、劇作家の思いつきがたまたま実在の人間と一致しただけに違いない。

「胸が張り裂ける場面だ。一階席で観ている年期奉公人たちはとりわけ大騒ぎをして、リンゴの芯を大鍋に投げつけていた。でも、劇作家のほうが一枚上手だ。舞台には大鍋が現れて消えるだけで、人食い人種は実際には姿を見せない。かくして、俳優たちは攻撃に遭わずにすむ」ノースは弟の肩に腕をまわした。「われわれもリンゴを備蓄して、おまえの未来の妻を守るとするか」

「ぼくは決して自分の妻をアフリカには連れていかないさ。行くならパリだろう」

「人食い人種から守るためじゃない」ノースが言った。そのとき何人かの女性が振り返り、艶然と微笑みかけてきた。「イングランドの淑女からだ」

アラリックはふたたびうめき声をあげた。

15

ウィラはスィートピーと遊んで楽しい午後を過ごした。幼い子どもと同じで、スカンクの赤ちゃんも毎日入浴が必要らしい。幸いスィートピーは水が好きで、大きな洗面器の中をパシャパシャやっては大喜びで水に潜り、乾燥豆を拾った。

一度、芝地にいるアラリックの姿がちらりと見えた。弓と矢を持って、レディ・ビドルとアーチェリーに興じていた。気にすることはないわ、とウィラは自分に言い聞かせた。

その後、天幕の客たちがいなくなると、ウィラはスィートピーを散歩に連れ出してみることにした。ラヴィニアが金色のリボンで作ってくれた散歩ひもはスパンコール付きで、スィートピーの黒い毛に映え、キラキラと光った。

「はい、これでいいわ」赤ちゃんスカンクの丸いおなかを締めつけないようにリボンを結び、ラヴィニアは言った。「まあ、お姫様みたい。これから王国を見学に出発ね」

スィートピーは尻尾を振り立ててよろめき、鼻からつんのめった。

「大変！」ラヴィニアが悲鳴をあげて膝をついた。

「散歩ひもなしでもこうなの」ウィラは笑い声をあげた。「まだ尻尾のバランスが取れないみたい」

「体よりも長いものね」ラヴィニアは手で長さを測って言った。

「尻尾を振り立てるたびに、つんのめるのよ」ウィラはスィートピーを持ちあげて籠に入れた。「あなたも一緒にどう？　バラ園へ行こうと思っているの」

「遠慮するわ」ラヴィニアはあくびをした。「わたしはお昼寝の時間よ。アーチェリーでへとへとになったわ。感情の矢もヒュンヒュン飛び交っているんですもの」

「ダイアナの、ってこと？」

「いいえ、はるかに興味深い相手のよ！　アラリックが何か言って、レディ・ビドルを怒らせたの。彼女、憤然としてアーチェリー場を去ったわ。そのあと荷物をまとめるよう命じたって話よ」

ウィラは静かに息を吸い込んだ。

「興味をそそられるでしょう？」ラヴィニアが続ける。「レディ・ビドルは彼をベッドへ誘い込むのをあきらめたの。この一時間は、〝やたらと異国の地へ出かけたがるのは、母国で女を満足させられないからよ〟と、耳を貸す人なら誰にでも話しているわ」

「いかにも彼女らしい、品のない物言いね」ウィラはその話はそれで終わりにした。

バラ園は石造りの高い壁の陰に設けられていた。これなら午前中は陽光が当たる一方、壁の反対側ではるかかなたへと延びる沼地、リンドウ・モスを吹き荒れる嵐からは守られる。いぶすような不思議な匂いが大気中でバラと競っているが、これはおそらく泥炭から発生したものだろう。

　ウィラは匂いを嗅いでみた。泥炭地がどんなふうかとても知りたい。けれどそれを見るには、客が沼地へ近づくのを禁じる指示を破らねばならない。禁じられるから、余計に壁の向こう側を見たくなるのだろう。

　スィートピーを小道に置くと、まっしぐらに花壇へ向かった。バラの茂みのまわりをちょこちょこと進み、ウィラがスカートに引っかかった棘《とげ》をはずすのをおとなしく待ってくれた。

「きみのほうが引っ張られているね」

　ウィラははっと振り返った。

「塔から姿が見えた」アラリックはうしろのほうへ頭をぐいと動かしてみせた。「ぼくの寝室はあそこの上だ」

「そうなの」

「だが、それは秘密なんだ」彼がつけ加える。

　人の寝室を嗅ぎまわろうなんて夢にも思わない。だからうなずくだけにした。彼の寝室の位置が秘密にされている理由は想像がつく。

「あなたの秘密は守るわ」不快さが声に出ないよう努めたものの、うまくいかなかった。

「ぼくは何も、好きこのんで人の……」

　言葉を探しあぐねている様子なので、ウィラは補ってあげた。「敬愛の対象になっているわけじゃない？」

「敬愛とは少し違うな」スィートピーがアラリックのブーツにぶつかり、小さな手形をつけた。「敬愛は献身的な愛情、崇拝をも意味する。芝居の客やぼくの本の読者は、あたかもぼくの所有権を持っているかのようなふるまいようだ。それは敬愛からはほど遠い」

「さぞ不愉快でしょうね」ウィラは本心からそう言った。他人がわたしの時間や、わたし自身を所有しようとするなんて、それより不愉快なことはそうそう思いつかない。彼女は話題を変えることにした。「スィートピーはミミズを一匹食べたのよ。それに葉っぱを三枚、小さなキノコをひとつ。ハエをとろうとしたけれど逃げられたわ。蜂も狙っていたものの、その前にわたしが彼女を持ちあげたの」

「つまり、なんでも食べるってことだな」

「ええ。今朝は卵を少しあげたら喜んで食べたし、ゆうべは木の実を一四粒、平らげたわ」

「どうりで丸々としているわけだ」アラリックはしゃがみ込み、スカンクの耳を撫でてやった。スィートピーは尻尾をぴんと立て、バランスを崩して、土の中へ鼻から突っ込んだ。

アラリックはスィートピーをすくいあげた。大きな手の中で、スカンクがいっそう小さく見える。「あんよの下手な赤ちゃんだ」深い声はなだめるようで、愛情がこもっていた。

スィートピーは彼の鼻に自分の鼻をくっつけた。

「あなたにキスしているわ」ウィラは微笑んだ。

「ほら、もう一度歩いてごらん」アラリックはスィートピーを小道に戻した。大柄な男性が――まるで戦士のような――小さなペットの上に身をかがめる光景に、彼女の喉は締めつけられた。

今日もアラリックはかつらも、髪粉もつけていなかった。スィートピーの鼻から始まり、ふわふわした尻尾で終わるかわいらしい白線を、彼はそっとなぞった。アラリックの額とうなじのまわりに、黒みがかった巻き毛が落ちかかる。「きれいな子だ」そう言って、彼は体を起こした。

「それに驚くほど礼儀正しいし、好奇心が強いの」ウィラは言った。「今朝なんて、ベッドの下から室内履きを引っ張って、わたしのために出してくれたのよ」

「昔、メスクワキー族の男が言っていた、スカンクは猫より賢く、犬より忠実だとね」

「アメリカクロテンはそもそも実在するの？」

「いいや。スィートピーはスカンクだ。アメリカではスカンクを毛皮にする者はいないよ、くさい匂いで有名だからね。それでそんなしゃれた名前をつけたんだろう」

「スィートピーはくさくないわ」ウィラは反論した。そしてアラリックと声を合わせて笑った。「それほどはね。入浴させたあとは、秋の森のような香りになったわ。まだお礼を言っていなかったわね」感謝の念がこみあげるのを感じて告げる。「本当にありがとう。昔から猫が欲しかったけれど、あなたが話した賢人の言うとおりだわ。スィートピーのほうが猫よりずっといい」

「猫は飼い主にもあまり関心がないからね」アラリックは同意した。笑うと、目がくしゃっとなる。

「夜、巾着袋を椅子にかけたままにしていたの」ウィラの口から言葉が転がり出た。「スィートピーは巾着袋を引きおろして、中身をすべて出していたわ。何も壊さなかったのよ、ロケットは被害に遭ったけれど」

「それはまたどうして？」

「金は鋭い歯で簡単に跡がつくでしょう」

アラリックが笑うたび、彼女の胸の中で何かがよじれた。自分の中に作りあげた殻が壊れてしまいそうだ。両親の死後、レディ・グレイの完璧な娘に生まれ変わってから築いた殻が。

「旅をするのって、どんな感じ？」衝動的に尋ねた。

「何日も、何も起きないときもある」アラリックは言った。「島影ひとつ見えることなく何週間も船上で過ごし、鞄いっぱいの本と気の荒い船員たちだけを友とするんだ」

「日がな一日、本を読んでいるの？」まるで天国のようだ。

アラリックはうなずいた。「本を読んで、釣りをして、船乗りの話に耳を傾ける。クジラと悪天候に目を光らせる。するとようやく陸が見えてくるんだ。出まわっている版画絵に反して、ぼくは危険に興味はない。だが、人々のさまざまな暮らしぶりには引きつけられる」

スィートピーは籠の中によじのぼると、シルクの内張の上で丸まった。

「バラは好きかい？」アラリックが尋ねた。

「ええ、もちろん」ウィラは言った。「白いバラは本当に見事だわ」

驚いたことに、アラリックはブーツの中からナイフを取り出すと、花束を作りはじめた。

黒い上着の簡素さが、彼の顔立ちの美しさをより際立たせる。彼は大胆ながらも傲慢ではなく、おそらくその違いがあるからこそ、メスクワキーのような部族の中を歩けるのだろう。彼らの物語を聞き、一緒に食事をして、何事もなく歩み去れるのだ。

「メスクワキー？」ウィラは繰り返した。「なんておかしな名称かしら。本の中で語られていることは、あなたの作り話ではないのね？」

アラリックは白バラを腕いっぱいに抱えて振り返った。「世界は不思議な場所だ。ぼくはこれまで、事実を脚色する必要は一度もなかった。ぼくはスィートピーの籠を運ぶから、バラはあとで従僕に取りに来させよう」小道の脇にバラを置く。

バラの芳香は永遠にアラリックと結びついてしまった。ウィラはふと、そう気がついた。白いバラは微笑みかけるダークブルーの瞳と、広すぎて上着がきつそうな肩、傷跡のある蜂蜜色の肌を思い起こさせることだろう。

傷跡が、彼にいたずらな放蕩者の印象を添えた。

ウィラは喉が薄紅色に染まるのを感じた。「アラリック卿――」

「〝アラリック卿〟はなしだ」彼はきっぱりと言った。「それはもう決めただろう。ぼくはアラリック、きみはウィラ。そうだ、きみのフルネームはウィルヘルミナ・エヴェレット・フインチだとノウおば上が教えてくれた。ぼくはエヴェレットが好きだな。母君の名前かい？」

「ええ」

極めて不適切なことに、アラリックは手を伸ばすと、彼女の髪に指を滑らせた。「きみの髪の色はなんだろうと気になっていたが、これでわかった。月のない真夜中の色だ」

「髪粉は好きではないの」ウィラは認めた。「洗い落とすのが面倒でしょう」

「ご覧のとおり、ぼくも同感だ」彼はかすかに微笑んだ。「兄からは鍛冶屋みたいだと言われるよ」

「でも、あなたの崇拝者たちを遠ざけることはないようね」ウィラは考えるよりも先にしゃべっていた。

「きみのような批判者は遠ざけてしまうだろうか？」

「わたしは批判者ではないわ」澄まして言う。「あなたが書き記した物語は事実だと、今では認めているもの」

アラリックは笑いを嚙み殺した。

ウィラ・エヴェレットは澄ましたふりをしているが、今のアラリックには本物の彼女が透けて見えた。ウィラは冒険好きでありながら、無謀ではない。聡明《そうめい》で論理的。ユーモアがある。落ち着き払った物腰の裏で、彼女はユーモアにあふれている。

「バラをありがとう。一度にこんなにいただくのははじめてよ」

「発情期の求愛行動だな」アラリックは考え込みながら言った。

彼女が眉根を寄せる。「発情期？」

紳士たるもの、育ちのよい若い淑女相手に発情期について語るものではないが、それを思い出したところであとの祭りだ。アラリックは心の中で、どうにでもなれと肩をすくめた。

「気づいたことがあるだろう？　春になると、好きな雌の気を引こうと、雄の動物はいっせいに大騒ぎしはじめる」

「孔雀のフィッツィーのように、ってこと？」

「ぼくの兄のノースもだ」顔をしかめて言った。

ウィラが表情を隠すより先に、アラリックは同意の色をそこに見た。

「ぼくに必要なのは、伴侶ではなく友人だ。ワイルド卿に心酔していない相手」彼はつけ加えた。

「ラヴィニアなら、うってつけよ」ウィラが勧める。その明るいまなざしに、彼はふたたび笑いたくなった。「あなたが空威張りをしないよう、いい見張り役になるわ」

アラリックはかぶりを振った。「友人には不適格だ。彼女はぼくの版画絵を集めているだろう」

「わたしがあなたの著作を読んで、ワイルド卿のとりこになったとしたら？」彼女の顔つきは、それはまずありえないことだと告げていた。

「試してごらん」その考えに、思わず顔がほころぶ。

「そうはならないわ」

あまりに自信に満ちたウィラの態度に、それが誤りであることを証明したいという衝動が、表向きの礼儀作法や幼少時代のしつけ、その他すべてを吹き飛ばした。

「屋内まで同行してくださる？」彼女はアラリックの飢えたまなざしに気づいていないらし

い。まるでトラの視界の中で跳ねまわるガゼルだ、と彼は思った。

「ぼくたちは友人同士かい？」

ウィルヘルミナ・エヴェレット・フィンチのように、まっすぐで揺るぎなく、真剣なまなざしを持つガゼルはいない。「友人同士になってもいいわ」彼女はうなずいた。「ただし、あなたがばかげたことをしないなら」

「どういう意味かな？」

彼女は手をひらひらさせた。「わたしの言いたいことはおわかりでしょう。騎士道的な態度よ」

「ぼくは騎士道的だと言われたことはないが」

「レディ・ビドルの話を聞くときに、いかにも騎士らしく頭を傾けるわ」ウィラは言った。

「いかにも騎士らしい顔つきで。ほら、今だってそう！」

「話がちんぷんかんぷんで笑いを嚙み殺している、この顔かい？　ところで、ヘレナ・ビドルはロンドンへ戻ったよ。それにミス・ケネットには、ぼくの好みは黒みがかった髪の女性だと伝えておいた」

「女性が髪を染めるのはご存じよね？」彼女の落ち着いた微笑みに、アラリックは自制心を失いそうになった。「かわいそうなイライザ。きっと明日の朝食には、スイートピーの毛と同じ色の頭になって現れるわ」

「ご両親が亡くなったとき、きみはいくつだった？」アラリックは籠を拾いあげ、城のほうへ向き直った。

「九歳よ」

「その年頃の女の子は難しい」

「どうしてそんなことがおわかりになるの？」

「妹たちがいるからね。ボーディシアが九つの頃は手を焼かされた」

「あなたの弟さんや妹さんには、まだお会いしていないわね。〝ボーディシア〟と言ったかしら？」

アラリックはうなずいた。「ぼくたちきょうだいはみな、戦士にちなんだ名前がつけられているんだ。ボーディシアはベッツィーと呼ばれるのを好む。それにスパルタカスは、ワイルダーと呼ぶように言って譲らない。育児棟にいたあいだは、ずっとスパーキーと呼ばれていたせいでね」

「ワイルダー？」

「ばかにしているつもりだろう。弟や妹たちからは、ぼくの著作がワイルドの家名を汚したと怒られている」アラリックは認めた。

「たしかに興味深い題名をつけたものね」それは控えめな賛辞のような口ぶりだった。

だが、アラリックはウィラを理解しはじめていた。彼女は最も反発しているときに、最も礼儀正しくふるまう。「『ワイルドのサルガッソー海』は嫌いかい？」ちらりと彼女に目を向けて尋ねた。「ぼくとしては一番気に入っている題名だが」

『ワイルドの海賊海域』のほうがいいと思うわ。無法者の海を、あたかも自分のものであるかのように呼ぶ、その大胆さだけでも」

「手厳しい批評だな」彼は苦笑した。「そろそろぼくも作家を辞めるときが来たようだ」

「作家を辞める？」ウィラの甲高い声でスィートピーが目を覚まし、寝ぼけまなこでキョロキョロする。

アラリックは籠をそっと揺すってやり、スィートピーはふたたび鼻を尻尾の下に差し入れて眠りに落ちた。「新たな挑戦に興味がある。この近くに地所を持っているが、これまでは兄に管理を任せきりにしていた」

顔をあげると、ウィラの青い瞳が彼をじっと見つめていた。〝そうだよ〟友情の気持ちのほかは顔に出さないようにして、アラリックは心の中で念じた。〝ぼくは好ましい男だ。これからはイングランドにとどまり、自分の地所を管理して平和な日々を送る。結婚には申し分のないすばらしい相手だ〟

「そう」彼女は応じた。「海賊を撃退する代わりに、これからは社交訪問をして日々を過ごすの？」

「そうだと言ったら、きみは信じる？」

「いいえ」

「海賊を訪ねていくのは、公爵を訪問するのとさして変わらない」アラリックは自分の意見を述べた。

城の壁にたどり着き、ウィラは心からほっとした。なんだかふたつの会話を同時に進めているように感じた。そしてわたしは、ふたつ目の会話にはついていけないようだ。

横から見ると、アラリックは険しい顔立ちをしている。目の上で弧を描く眉も、顎の線も、鼻の形も。海賊のすみかへ堂々と入り、仲よくなる男の顔。

彼は海賊たちへも、わたしを見るのと同じまなざしを向けたのだろう。男性的な強さをむき出しにした、好奇心で射抜くようなまなざしを。もう一度、その目を向けてほしい。話を聞いてほしい。何か問いかけてほしい。

わたしの体に腕をまわしてほしい。

ウィラの鼓動はこれまで経験がないほど乱れていた。心の一部は――論理的な部分は――〝逃げて、逃げて〟と繰り返している。

逃げなさい。アラリックが堂々と入ってきて、火のそばに腰をおろし、あなたの話とあなたの心さえも奪い取り、こともなげに去る前に。

だけど……彼は大きく、たくましい。彼が手に取れば、世界は小さくて安心できる場所に変わるだろう。

「お散歩におつき合いくださってありがとう」ウィラは長年培った礼儀正しさをかき集めて言った。

アラリックは籠を下に置くと、一歩踏み出した。彼女の背中が城の石造りの壁にぶつかった。

「どうしたんだい？」アラリックが尋ねる。

「何も」ウィラは彼の胸板をそっと押し返した。

「ウィラ」

自分を見おろす彼のまなざしにどきりとして、思わず本音を口走った。「あなたがずっとイングランドにいるとは思えない」

「なぜ？」

「あなたは探検家で――」頬を指でなぞられ、そこから先の言葉は消えた。

「ぼくはもう年だ」あまりに近くて、ミントを思わせる彼の吐息がウィラの頬をかすめた。

「あなたは年ではないわ」アラリックのまなざしはキスを予感させる。

キスをしたことはあった。少しばかりなれなれしいふるまいを許したほうが、男性について大いに学べる。ウィラとラヴィニアはそう結論を出すと、どちらもそれなりの数の男性と口づけを交わした。ラヴィニアの場合は八人、ウィラはふたりだ。

アラリックの口が近づき、ウィラの唇のすぐそばで止まって待った。これも彼の魅力のひとつだ。彼は奪わない。海賊からも、ほかの誰からも。

彼は招かれるのを待つのだ。彼がそばにいると、焚《た》きつけに火が移るように、火の粉がウィラの肌の上を走っていった。

まぶたが重くなり、彼女は瞳を閉じた。それは受け入れたしるしだった。受け入れることに、ウィラは喜びを覚えた。アラリックの手が髪に差し込まれ、うなじをとらえて彼女を引き寄せる。ようやく彼の唇がウィラの唇をかすめ、無言の問いかけをした。

ウィラは彼を歓迎し、唇を開いた。アラリックの舌が自信に満ちた巧みな動きで、彼女の口をゆっくりと探る。まだ軽く触れているだけなのに、ウィラは胸苦しいほどの切望を覚えた。彼の手はウィラのうなじを押さえているけれど、体はまだ触れ合っていない。

ここまでよ、と頭の中で考える。けれども自分の欲求を抑え込むのは、まるで夕暮れを、もしくは雨を止めようとするかのようだ。欲望は現実で、自然現象で、抑制不可能。

ばかばかしい考えに、ウィラはぱちりと目を開けた。まぶたの落ちかかったダークブルーの瞳が、まっすぐ彼女を見つめている。

ウィラは手のひらをアラリックの胸に当て、もう一度ぐいと押しやった。彼はベストを着ていない。上質のキャンブリック地で仕立てられたシャツの下はかたい筋肉だ。

「きみには驚かされる、ウィラ」ざらりとした彼の声が肌をかすめ、ウィラは身震いした。もう一度キスをしてほしいと、唐突な欲求が胸を突く。

アラリックはウィラの顎を上へと傾けると、唇を舐めて彼女をじらし、口を開かせてから中へ入ってきた。口が重なり合い、ウィラの鼓動が速まる。彼は強烈な味わいだった。まるで炎で熱されたブランデーのようだ。

「ウィラ」アラリックが呼びかけた。それからもう一度、重い口調で繰り返す。「ウィラ」彼はかぶりを振った。「この名前はきみにしっくりこない」

「な、なんですって？」

「〝ウィラ〟は冷ややかで冷静だ。〝ウィラ〟はこれから毎日朝食の席で顔を合わせるのに耐えうる相手か見定めるため、男にキスをする」

求愛者にキスを許す理由を的確に言い当てられて、ウィラはたじろいだ。

「きみとぼくのふたりしか知らない名前できみを呼びたい」アラリックはそう言うと、彼女の唇をふたたび自分の唇でかすめた。

ウィラは体を引いた。「そんな必要はないわ」

籠の中でスィートピーが体を伸ばしてあくびをし、小さな歯がチカッと陽光をはじいた。

「もう戻る時間よ」わたしはいったいどうしたの？ ウィラは腰をかがめて籠を拾いあげ、胸の前に抱え込んだ。

「エヴェレット」アラリックは彼女を見つめて言った。

それは母方の名前であり、その響きひとつでウィラの顔はほころんだ。「それは呼び名には使えないわ。母の旧姓よ」

「ああ、だけどきみに合っている。きみが男なら、名字で呼んでも問題はない」

ウィラはけげんに思い、目を細めた。

「だが、幸いにもきみは女性だ」彼はつけ加えた。楽しさと欲望がその目を輝かせる。「エヴェレット」もう一度つぶやいた。「イヴィー！」

ウィラは頭を振り、中へ入ろうとアラリックをまわり込んだ。彼のおふざけにつき合うのはこれでおしまい。キスした人数に、もうひとりつけ加えられるのはいいことだ。

経験はどんなときでも価値がある。結婚相手を決めるまでは、だけれど。頭が変にくらくらした。でも、それと同時に五感は研ぎ澄まされている。

アラリックが彼女の背後に歩み寄り、肩先に立った。彼の体温と、かすかなスペアミントの香りを感じる。

「どうしてあなたはミントの味や香りがするの?」出し抜けに尋ねてみた。

彼は背中からウィラの体に両腕をまわし、耳にささやきかけた。「ぼくの味が気に入ったのかい、イヴィー? ぼくはきみの味が大好きだ」彼女のうなじに口づけする。

ウィラはアラリックを振りほどいた。「これは友人同士のふるまいではないわ」ためらってから彼に向き直り、正直に告げる。「あなたみたいな男性と結婚したくはないの」

アラリックの顔が凍りつく。

「わたしの父は軽率で衝動的だった。母もそうよ。四頭立ての馬車を走らせ、二時間以内にブライトンからクロイドンまで行ってみせると賭けをして、ふたりとも死んだわ」

「無茶な賭けだ」

「わたしは冒険好きな相手とは決して幸せになれないし、心安らぐこともない。お願いだから、もうわたしを困らせないで」

アラリックは口を閉ざし、ふたりは城の玄関扉のほうへ戻った。屋内に入ったところで、彼はバラのことをプリズムに申しつけた。

「メイドがお部屋で待っております、ミス・フィンチ」執事がウィラに告げた。

「あれはなんだ？」アラリックはプリズムの背後の壁に貼りつけられた版画絵に目を凝らした。

それはウィラもはじめて見る絵だったが、そこに描かれている人物が誰かは見間違えよう

がない。顎も眉も、よく見慣れたものだ。

「〈ワイルドなやつ〉と題がついているわ」そばに近寄って眺め、彼女は微笑んだ。「まあ、

あなたがまたがっている雄牛をご覧になって。それになんて気取った帽子なの」

「これがなぜ壁に貼ってあるんだ、プリズム？」問いかけるアラリックの声は淡々としてい

た。

「城じゅうが、このありさまでございます、閣下」執事は急いで絵をはがした。「わたくし

が発見するそばから、弟君たちがさらに貼られまして」

「弟たちが？」

「レオニダス様は鞄に大量の版画絵を詰め込んで戻っていらっしゃいましたし」プリズムは

続けた。「ご存じのように、昨日ミスター・スターリングは、ミスター・キャリコの荷馬車

にあった分をすべて買い占められました。それをスパルタカス様がもらい受けたようでござ

います。育児棟はワイルド卿の絵で埋め尽くされ、ネズミのように増える版画絵に城内も浸

食されつつあります」

ウィラは、アラリックがキスをするのにふさわしい相手ではない理由を忘れかけていた。

でも、ちょうどいいところで世間がそれを思い出させてくれた。

「では、閣下」ウィラはお辞儀をした。そのあとは、さっさと背を向けて階段をあがろうとする。

手が彼女の肘をつかんだ。「イヴィー」アラリックが低い声で引き止めた。

ウィラはダークブルーの瞳にも心を閉ざした。「失礼いたします、閣下」

16

アラリックがどこへ視線を転じても、そこにはいまいましい絵があった。食堂のサイドテーブルには二枚、居間の枝付き燭台《しょくだい》は絵を飾るイーゼル代わりにされ、午前用の居間にある暖炉は、エカチェリーナ女帝と彼が描かれた三種類の絵で彩られていた。

アラリックはそのすべてを引きはがしながら足を進めた。朝食の間にたどり着き――ドアのすぐ外から押し殺された笑い声が流れてくるのが聞こえた――自分の絵をさらに二枚見つけたところで（題は〈ワイルドな真の姿〉だ）あきらめた。

感情が胸の中で荒れ狂うのは版画絵のせいではない。ウィラのまなざしのせいだ。

つかのま、ウィラは衝撃を受けたような顔になり、そのあと目から感情が跡形もなく消えた。慇懃《いんぎん》でありながら、表情のない顔つき。それは彼女が世間に見せる空っぽの顔、規律正しい完璧な淑女の顔だった。

あのキスはほんの一瞬、彼女の壁を打ち砕いただけだった。

けれども自分が砕いたのはウィラの壁だけではないことに、アラリックは気づきはじめていた。彼の中の何かもまた変わった。時計の針を戻したいという強烈な衝動が、ふいにこみあげてくる。ワイルド卿ではなくぼくを見てくれ、とウィラを揺さぶりたい。

彼女はワイルド卿を嫌っている。いいや、違う。ウィラが誰かを嫌うことはない。彼女は相手を観察するのだ、アラリックが異国の人々を観察するのと同じ、親しみをこめた好奇心を持って。

ウィラの興味の対象はイングランド人男性だ。

しかし……これは特大の〝しかし〟だ……ウィラは親友のラヴィニアにしか、自分のばかげたユーモア感覚を示さないようだ。小さなスカンクを——襟巻きにされるために育てられたくさい動物を——見つめるウィラのまなざしを思い起こし、アラリックは胸がつぶれそうになった。

ウィラには、無作法な視線や噂好きの口から彼女を守ってくれる男性とともに平穏な暮らしを送る権利がある。似顔絵が国のあちこちにベタベタ貼られている男は、彼女にふさわしくない。アラリックの悪名の高さは、彼と結婚する者は誰であれ、常に世間の目にさらされることを意味していた。

客人たちの大半は階上の自室で、晩餐のための衣装替えという複雑な作業にいそしんでいるところだろう。アラリックの兄も同じ作業を経て、貝殻のごとくピカピカに磨かれて登場するはずだ。今、アラリックが客のひとりに遭遇したら、とりわけ相手が女性であれば、無遠慮な好奇心と畏敬の念を持って迎えられる可能性が高かった。

手に握った絵を見おろし、彼は下のきょうだいを探しに向かった。ついさっきドアの外でくすくす笑っていたが、すでに姿を消している。

妹のベッツィーは育児棟で見つかった。大きな絵らしきものを描いている。

「みんなはどこにいる？」アラリックははがした絵を脇へ放ると、厳しい口調で問いただした。

「男の子たち？　さあ」ベッツィーは唇を噛んで集中している。

アラリックは愛情が胸に押し寄せるのを感じた。イングランドを出発したとき、ベッツィーはまだほんの子どもだった。それが今や一六歳で、大人の仲間入りをする日も近い。

「何を描いてるんだい？」妹に近づきながら尋ねた。

ベッツィーは彼に向かって顔をしかめ、腕で絵を隠した。「だめ！」

「どうりで大量の絵が城じゅうに貼られているわけだ」妹が描いているものに目を留めて、アラリックはうめいた。「おまえが作り出していたんだな」

兄や弟たちと同じ、手に余るいたずら心をありありと顔に表して、ベッツィーはにんまりした。「これでおあいこよ！」大きな声で宣言する。「お兄様のせいで、わたしがどれだけからかわれたかわかる？」

アラリックは眉根を寄せた。「誰かにからかわれたのか？」

「わたしが女学校へ行っているのは知ってるのよね？」

彼は首を横に振った。「ぼくが家にいたときは家庭教師がついていた」あたりを見まわす。

「痩せた長身の女性だったが？」

「ミスター・キャリコはケント州にいる彼女の知り合いの紳士から手紙を預かって、ずっと届けていたの」ベッツィーは言った。「ある日、彼女はミスター・キャリコの荷馬車に乗り込んで、出ていってしまったわ。ひと言もなしにね。お父様はたいそう怒ってらした」

「それはそうだろう」

「でも、そのおかげでジョアンとヴィオラとわたしは女学校へ行かせてもらえるようになったのよ。みんな学校生活をとっても楽しんでるわ。ほかの生徒が寝室の壁にお兄様の絵を貼っているのだけは別だけど」いやそうに鼻にしわを寄せる。

「すまなかった」アラリックは謝罪した。

「ほんとにそうよ！」ベッツィーは目をきらりと光らせた。「どれだけ多くの女の子がわたしと親しくなろうとしたかわからないわ。自宅に招かれてお兄様に会いたいとか、社交界にデビューしたらお兄様に紹介してほしいとか、ただそれだけの理由で」

「それは不愉快だな」

「ええ」ベッツィーは絵に向き直った。腕を動かしたので、アラリックにも絵がよく見えた。毎朝鏡で見ている鼻とは違うが、似顔絵としてはなかなかの出来だ。

「ぼくは頭の上に剣を振りかざして何をしているんだ？」

「北極グマと戦ってるの」妹は言った。「北極グマがどんな姿をしているのかよくわからないから、北極グマの絵を見つけたら、それをまねしてここの余白に描くわ。今はお兄様のお鼻をうまく描こうとしているところ。ねえ、見て。どうしても長くなりすぎるの」

「そうだな」アラリックはうなずいた。「この絵のような鼻なら、ぼくは女性の崇拝者の大半を失うだろう。それはそれで喜ばしいが」

ベッツィーがため息をつく。「みんなの前でお兄様を中傷したけれど、効果はなかったわ」

「なんと中傷したんだ？」

「ほら、お兄様は恋人も助けられずに、彼女を人食い人種に食べられちゃったとか、そんな話よ」

「まさか、あのくだらない芝居を観に行ったんじゃないだろうな？」

「いいえ、それはまだ。だけど内容は全部聞いたわ。今度ロンドンへ行くときに観に行ってもいいと、お父様はおっしゃってる。あれははがしても無駄だと思うわ」アラリックが放り捨てたくしゃくしゃの版画絵を身ぶりで示し、思いやりさえこめて言う。「レオニダスはまだまだ山ほど持ってるもの。手当たり次第に買いあさったんですって。自分で手を加えて、明日になったら貼るそうよ」

「手を加えるって、どんなふうに？」アラリックはうつろな声できいた。

「そうね、頬ひげとか、悪魔の角とか。レオニダスは赤インクを持ってるから、かわいい悪魔の尻尾をつけ足せるわ」

なんとすばらしい。妹や弟たちのいたずらは、ミス・ウィルヘルミナ・エヴェレット・フインチへの求愛を大いにあと押ししてくれるだろう。

「なんでもいいから、やめさせる方法はないかな？」

「ないわね」ベッツィーがあっさり言う。彼女は今や忙しく手を動かしていた。画用紙上のアラリックは剣を頭上に持ちあげているが、その持ち方ではクマはおろか、スズメすら倒せないだろう。

「それだと剣の刃じゃなくて、平らな部分が当たるだけだ」

彼女はじろりと兄を見あげた。「だから？」

「いや、なんでもない」アラリックは言った。絶対的な真実など存在しない。それは彼も妹と同様に認識していた。だが、ウィラはあいまいなものの見方はしない気がしてならない。日に日に増えるくだらない絵は、アラリックが花婿候補にふさわしくない証拠となるだろう。彼がどれほど自分の名声を厭《いと》おうと、それは変わらない。

彼は育児棟をあとにした。絶えず衆目の的にされるのをどうにかして、騒がれるのを嫌う内気な乙女に受け入れてもらうにはどうすればいい？　頭を絞っても、何も思いつかなかった。

実際のところ、アラリックはウィラが花婿に求めるものとは何もかも正反対だ。

彼の口は力ない笑みを描いた。自分について――ワイルド家の人間全員について――ひとつだけ言えることがある。

悪いほうへ落ちるとき、彼らはとことん落ちていく。

17

明くる日の夕方

ラヴィニアが目を輝かせてウィラの部屋へ飛び込んできた。「行きましょう！　今夜はピケットをするのよ」ラヴィニアはトランプ遊びに目がない。ウィラはそれほどでもなかった。運任せの要素は嫌いだ。

トランプ遊びとなると、人は理屈に合わないふるまいをするものだ。弱い持ち札のときに賭け金をつりあげ、すでに出た札を頭の中で計算して勝算が高いとわかれば弱気になる。

「一番乗りしなきゃ」ラヴィニアはドアを開けて押さえた。「昨日はミスター・スターリングにこう言われたんだから、〝淑女が時間を守ることはないな〟。それはさておき、そのドレス、とってもすてきよ」

深い琥珀《こはく》色のドレスはほっそりとした体つきを強調し、スカート部分は真ん中から割れて、そこからのぞくサフラン色のペチコートが足のまわりで泡立つ波のように揺れる。

そして胸の大部分はあらわになっていた。ラヴィニアのように豊満ではないものの、ウィラの持つすべてが感嘆の的となるようさらされている。最後にもう一度鏡を見て、ドレスに合わせた縞模様のシルクの靴に足を滑り込ませ、ラヴィニアは、ウィラに続いて階段をおりた。

ミスター・スターリングの鼻を明かしたいラヴィニアは、ウィラとともに緑の大広間に誰よりも早くやってきた。室内には四人用と六人用のテーブルが、ピケットのゲームを盛りあげるのにちょうどよい数だけ並んでいる。ふたりの入室後、すぐにアラリックが現れ、うしろにパース・スターリングが続いた。

「あの人、なんて不機嫌そうな顔つきなの」男性たちが近づくあいだ、ラヴィニアはささやいた。それでも大きな笑顔でふたりを迎える。彼女は不機嫌な相手に対しては、いっそう愛想がよくなる傾向があった。

幼い頃、身についた習性だろう。ウィラはそう思っている。ラヴィニアの母親、レディ・グレイは神経が不安定なのだ。

「こんばんは、アラリック卿、ミスター・スターリング」ラヴィニアはミスター・スターリングのむっとした顔つきを無視して挨拶すると、誘われてもいないのに彼の腕に自分の腕を絡めた。「お部屋を案内してちょうだい」甘い声を出す。「お早いお着きだけれど、ウィラとわたしには負けたわね」

ウィラはやれやれと頭を振った。どういうわけか、ラヴィニアはこの気の毒な男性をいじめにかかっている。

友人が大広間の反対側へ引っ張っていかれたところで、アラリックは前へ進み出た。

「きみのご友人は脅威だな」

「あなたのご友人はむやみに不機嫌ね」ウィラはやり返した。

「彼は人づき合いを好まないのに、ラヴィニアがわざと絡んでくるんだ」

「ええ、それは認めるわ」

「きみたちふたりにとって、すべての男は足元にひれ伏すものなんだろう」アラリックが言った。

ウィラはかぶりを振った。「あなたの崇拝者とは比べものにならないわ、ワ、ワ、ワイルド卿。あなたの熱烈な崇拝者が群れをなして、今にもあのドアからなだれ込んでくるんじゃなくて？」

アラリックは冷静な目で彼女を見おろした。「誰かがぼくのことを芝居にして、こんな異常な状況をもたらすとわかっていたら、一作目を書くことは決してなかった」

ウィラは彼の腕に手を置き、指に触れる筋肉のたくましさを楽しんだ。「お気の毒に」心からそう言う。「ひどい話ね。あなたが有名な理由にはたいして注意を払っていなかったけれど、たしかにひどい話だと思うわ」

彼の瞳が明るくなる。「何が本当にひどいと思う？」

ウィラは胸がどきりとした。アラリックにこんな表情をされると……。「何かしら？」

「大勢の女性がぼくの屋敷へ巡礼し、遠くからぼくに熱い視線を注いでくるのに、ぼくが本当に望む相手からは注意を向けてもらえないことだ」

「わたしはちゃんとあなたに注意を向けているわ！　わたしたちは友人同士よ、覚えていて？」彼の目に浮かぶ表情に、全身がぬくもりに包まれ、肌が粟立《あわだ》つ。

アラリックが背中をかがめて顔を近づけた。「じっくり注意を向けてほしい、イヴィー。もっと、もっとじっくりと」

彼女はごくりと息をのんだ。「あなたが望むことなら、なんでも与える女性が大勢いるわ」

「レディ・ビドルと彼女の同類は、きみに比べればかすんでしまう」アラリックの声は静かだった。彼の目がウィラの視線をとらえ、顔が近づいてきて唇が触れ合う。彼女がはっと息をのむと、アラリックの舌が唇のあいだから滑り込んできた。炎が彼女の脚までひと舐めにする。

彼を押しのけなくては。客たちがいつ入ってきてもおかしくない。ウィラはアラリックの肩の先へ視線をやった。ラヴィニアとパース・スターリングは部屋の奥に立っている。その様子からして、またも口論に没頭しているらしい。

アラリックは純粋に楽しげでいたずらっぽい笑みを浮かべた。「誰も見ていないさ。きみに話しただろうか、ぼくは女性に注意を向けるのは久しぶりだ。どうすればいいか忘れてしまったかもしれない」

意に反して、ウィラの口の端が弧を描いた。「わたしから助言が欲しいの？」

彼がふたたび顔を寄せた。器用な太い指がウィラの顔を包み込んで上を向かせる。かたい手のひらだ。帆の張り方に木のぼりの仕方、山ののぼり方を知っている手のひら。

彼女は思わずつま先を丸めた。動かずに、アラリックの美しい瞳をただ見つめる。視線を絡ませたまま彼の口が近づいて、ウィラの唇を奪った。

つかのま、彼女はアラリックの首に両腕をまわして、されるがままになっていた。やがて自分も舌で反撃を始める。舌と舌が絡むたび、ねじを巻きすぎた時計仕掛けみたいに、体がキリキリと巻きあげられた。切ない声が喉からもれて、彼のうめきがそれに応える。

その音でわれに返ったかのように、アラリックが身を引いて、彼女の鼻先へ唇をずらした。

「きみはぼくのものだ」低い声で断言する。

「違うわ」否定しながらも、今日の午後のようには確信が持てない。「わたしは……」

「本気だ、きみが欲しい」アラリックがウィラの耳にささやいた。大広間の扉が開いて客の一団が流れ込み、彼はうしろへさがった。「イヴィー、ぼくはきみの父上にしかるべき敬意を払い、きみの安全が関わるときには決して無茶はしない。それに勝てる見込みのない賭けもしない。もっとも、ぼくは賭け事はまったくしないが」

ウィラはさっと扇を広げ、自分で感じているほど頬が真っ赤でないことを願った。

リンドウ公爵とレディ・ノウが現れ、まっすぐこちらへ向かってきた。「アラリック、あなたの取り巻きに何があったのです？」レディ・ノウが目をきらめかせる。「レディ・ビドルは帰られたと、たった今公爵からうかがったところですよ」

「ほかに出席するパーティーがあるそうです」アラリックは穏やかな口ぶりで答えた。

「ほかの取り巻きたちも逃げるのかしら？」彼のおばが問いかける。「どうしましょう、それでは城が空っぽになってしまうわ」

「最初の興奮も冷め、アラリックは評判ほどではないと客人たちも気づきはじめたのだろう」公爵が言った。

「それには弟たちや妹もひと役買っています」アラリックは言った。「城じゅうにいまいましい版画絵がベタベタ貼られて、しかも絶えず新しいものが育児棟から補充される始末だ」

「弟さんや妹さんが版画絵を作られているの？」ウィラは興味を引かれて尋ねた。

「水彩画やスケッチですよ」公爵が暖炉のほうを身ぶりで示した。そこだけ画用紙で飾られ、室内の上品なしつらえから浮いている。

公爵は炉棚へ歩み寄ると、絵を一枚はがして戻ってきた。丸と線で描かれた人間が、四本脚で鋭い歯のある動物らしき物体に取り囲まれている。

「わが一族に芸術家肌の者がいたとは驚きだな」いたずらっぽい目つきをした公爵は、五〇数歳という年齢よりもずっと若く見えた。「これはわたしの息子のエリックが、ジャングルにいるアラリックを――ワイルド卿と言うべきかな――描いたものだ。言い添えておくと、エリックは六歳だ」

「未熟だが、迫力のある絵ですね」アラリックがのぞき込んで言う。

「あなたの歯が顎の下まで突き出ているところがいいわ」ウィラは感心して言った。「弟さんがもう少し大きくなったら、あなたの肖像画を描いて五シリングで売れるわね」

「その頃には、ぼくの肖像画など欲しがる者はいなくなっているさ」アラリックが断言した。

「これから先一〇年のあなたの冒険を、誰かに描いてもらうんですよ」レディ・ノウが言った。「描き手は家族の一員でもいいではありませんか。わたくしが劇場の前に店を出しましょう。ロケットは二番煎じですが、あなたの肖像画なら絶対に売れます」

アラリックはおばの頰にキスをした。「驚いたな。おば上に画才があるとは思いもしませんでした。裁縫だって、針を持っているところを見たことがありませんよ。今度ミスター・キャリコに刺繡用の枠を持ってきてもらいましょうか」

プリズムが大広間に入ってきた。「アラリック卿、ご歓談のところ誠に恐れ入ります、若いご婦人がどうしてもお目にかかりたいと申しておりまして。図書室へ通しておきました」

夜のこんな時間に女性が訪問してきたことにウィラははっとして、そんな自分の反応に当惑を覚えた。夜に女性がやってくるなんて、ふつうではない。淑女はシャペロンか家族に付き添われて、昼さがりに訪問するものと決まっている。

「またですか」レディ・ノウがうんざりした声をあげた。

アラリックが眉根を寄せる。「また、とはどういうことです？」

「巡礼だ」彼の父親がため息交じりに説明した。「おまえの生家を見に来る女性たちがいるのだよ。みな判で押したように育児棟への案内を乞い、おまえが乗っていた揺り木馬を見たがる」

ウィラの緊張は解けたが、アラリックは体をこわばらせた。

「なんと、くだらない《ブラッディ》」

「淑女の前で汚い言葉はおやめなさい」レディ・ノウは自分もしばしば同様の言葉を使うこ

とは棚にあげ、甥をたしなめた。「あなたのお父様とわたくしは、この手の招かれざる客をあしらうすばらしい方法を身につけたのですよ。あなたが現れると、相手には刺激が強すぎるかもしれませんね。プリズムに言って、アンモニア水か気つけ薬を用意させておきましょう」

「相手が失神した場合に備えてでしょうか？」ウィラは心ならずも気になってきいた。

「実際、ワイルド卿の崇拝者が、わたしたち家族に会って気を失いかけることはままある」公爵が皮肉っぽい口ぶりで言う。「ワイルド卿その人に会ったら何が起きるかは、神のみぞ知るだ」

「ぼくのせいで申し訳ありません」アラリックは淡々と言った。

「どのようにあしらうのか、おうかがいしてもよろしいでしょうか？」ウィラは尋ねた。アラリックの腕に手を置いてあげたい。理由は……ないけれど。

「威圧してやるんですよ」レディ・ノウは〝決まっているでしょう〟とばかりににんまりした。「公爵にはもとから貫禄《かんろく》が備わっていますが、わたくしもその気になればできることを発見しました」すっと背筋を伸ばし――そうすると公爵の身長にほぼ並ぶ――鼻をつんとあげて、見さげるような目つきをしてみせる。

「まあ、すばらしい迫力だわ」ウィラは深く感じ入った。

「そうすると尻尾を巻いて逃げるんですか？」アラリックがきいた。

「巡礼者たちには信念という強い武器がありますからね」レディ・ノウは言った。「あなたの著作を読んでいる人も、中にはいるんですよ。けれど『ワイルドの愛』を一二回も観たあとでは——」

「一二回？」アラリックの声がひっくり返る。

「二〇回という強者《つわもの》もいたぞ」彼の父親は明言した。

「ワイルド卿もお気の毒に。愛も度がすぎると災難ね」ウィラはアラリックの表情を明るくしたくて言った。

彼がさっと視線を投げてくる。そのまなざしはふたりが交わした口づけを思い起こさせ、そこに言葉はいらなかった。顔がほてり、ウィラはあわてて扇を持ちあげた。

公爵が小さく笑った。「では、そのご婦人に会ってこよう。おまえも来るのなら、もちろん歓迎するぞ、アラリック」

公爵はレディ・ノウとともに歩み去った。

「まったく、不愉快極まりない」アラリックは顎をこわばらせた。

ウィラは衝動に屈して彼のたくましい腕に手を置き、きゅっと握りしめた。「あなたのお父様とおば様は楽しんでいらっしゃるようよ」

「きみに——」彼の言葉が途切れる。

「何かしら？」

「きみに頼みがある。数分ほど待ってから、何か口実をつけて図書室へ来てくれないか？」

アラリックのまなざしがウィラの瞳を探った。彼の言葉には、ひとつ以上の問いかけが隠れている気がした。

断ることができて？　アラリックとはキスをした仲だけれど、それ以上に、彼はいつの間にか友だちになっている。

男性を友だちと呼ぶのは不思議な気分だ。ウィラとラヴィニアにはたくさんの求愛者がいて、彼らとは恋の駆け引きや言葉の応酬を楽しむ。けれどもなぜか、アラリックはそんな男性たちをすべて押しのけた。

「イヴィー？」彼がかすれた声で呼びかける。

「ええ、いいわ」ウィラはアラリックをじろりと見た。「招かれざる崇拝者からあなたを救うために引き受けるだけよ。それ以上の意味はありませんからね」

この笑みは何？

今、彼がわたしに向けている笑みの意味は？

これはアラリックの版画絵に描かれている傲慢な笑みだ。山々を征服した男の笑み。

「ありがとう」彼はお辞儀をすると、ウィラの手にキスをした。唇が指に押し当てられ、舌が――。

彼女はあわてて手を引き戻した。「アラリック！」

18

図書室へ向かうアラリックは、チェシャー州くんだりまで巡礼に訪れたご婦人に対し、寛大な気持ちになっていた。それがいったい何者であれ。

執事が来訪者がある旨を告げたとき、ウィラの瞳を何かがよぎるのが見え、アラリックはそれを嫉妬心と考えることにした。彼女に独占欲らしきものがあるとは、心が励まされる。父が公爵然として威張っているのを予期しながら、図書室のドアを開けた。てっきり公爵とレディ・ノウは来訪者を傲然と見おろしているものとばかり思っていた。

ところが、ふたりとも椅子に座っている。アラリックは足を進めた。床に敷かれたオービュッソン織りの分厚い絨毯《じゅうたん》が足音を吸収する。来訪者はドアに背を向け、やわらかな声でしゃべっていた。

肩にかかる薄茶色の巻き毛には髪粉も装飾もない。灰色の衣服は襟が詰まり、人間の体形を無視して作られているので、箱から首だけ出しているかのようだ。

それは着用者を表す制服みたいなものだった。宣教者の娘が着る服。

そう気づいて相手を見直し、アラリックは胸の悪くなるような衝撃に打たれた。

彼の思い違いでなければ、父の図書室に座っているのはミス・プルーデンス・ラーキンだ。ロケットを贈られたこともなければ――見てのとおり――人食い人種に食べられてもいない女性。

最後に見たのは数年前、彼女は一四歳で、当時のにきび面は今ではなめらかな白い肌に覆われているものの、低い鼻と反っ歯は変わらない。

プルーデンスがくるりと顔を向けた。「アラリック、いとしいお方」声を張りあげてはじかれたように立ちあがり、目をギラギラと輝かせる。それから深々とお辞儀をし、王族に謁見するかのように頭を垂れた。

その親しげな呼び方はいったいなんなんだ？　「ごきげんよう、ミス・ラーキン」アラリックは会釈した。「ぼくの父とおばにはもう会われたようだ」

公爵とレディ・ノウも腰をあげた。プルーデンスはにっこりとふたりに向き直った。「アフリカであたしたちふたりのあいだに起きたことを、何もかもお話ししていたところよ」

「そうなのか？」アラリックはめまいを覚えた。女性ならば、彼と最後に顔を合わせたときのことを恥じそうなものだが。プルーデンスはアラリックのベッドにもぐり込み、彼はそれをつまみ出さなければならなかったのだ。なのに彼女はずうずうしくもここにいて、公爵に向かって笑みを輝かせている。

「沈黙の中でのみ、心が癒やされるときもある」

プルーデンスの言葉に、公爵は眉をひそめた。あいまいな抽象表現にもひるまない者がいるとしたら、それはこのアラリックの父親だ。「失礼だが、それはどういう意味かな?」

「あたしは死んだんです」彼女はアラリックのほうへ一歩踏み出した。「本当に。あなたは心の芯まで揺さぶられたことでしょう。だけど、あたしは生きていた……生きていたのよ!」

短い沈黙があり、たしかにこの女性は生きているようだと全員が事実をのみ込んだあと、公爵が口を開いた。「アラリック」それは問いかけではなかった。

「ミス・ラーキンは、チャールズ・ピアソン・ラーキンのお嬢さんです。彼は宣教師で、数年前ぼくがアフリカに滞在した際、寄寓《きぐう》しました。ぼくの記憶では、彼女は当時一四歳でした。彼女の死やそこからの生還については、ぼくは何も知りません」

プルーデンスが彼に至福の微笑みを向けてきた。「アラリックとあたしは特別な……」声を落とす。「特別な絆を分かち合いました」

何を言っているんだ。

「いいや、そんな事実はない」アラリックは断じた。

彼女のまなざしに同情心がにじむ。「あなたの気持ちはわかるわ。心の記念碑から、あたしのことを削り取ろうとしたのね、あたしが地上から消えたのを知って」

ふたたび沈黙が落ち、三人は彼女の特異な言いまわしを理解しようとしていた。

「ぼくがアフリカを離れたとき、きみはぴんぴんしていたが」アラリックは思い返して言った。

公爵がプルーデンスを観察して言う。「死んでから生き返ったにしては、なかなか元気そうに見えると言わねばならないな」

「奇跡だったのよ」プルーデンスは言った。アラリックは彼女の輝く笑みが気味悪くなってきた。「あたしはここへやってきた、邪悪な者どもの住む場所へ。謹厳さと謙虚さをもって。ワイルド卿への愛にうぬぼれるのではなく、愛を確信して」

「あなたはどうやら清教徒のようですね」レディ・ノウが口を開いた。

プルーデンスがさっと顔を向け、レディ・ノウをにらみつけた。それからふっと息を吐く。

「つまらぬものに目を引かれてはなりません、プルーデンスよ、邪悪な音に耳を傾けてはなりません」

「失礼だけれど、今のはひとりごとかしら？」アラリックのおばは、この奇っ怪な来訪者をどう扱うのが最善か思案中のようだ。

レディ・ノウはプルーデンスの無礼な態度にも動じていない様子だが、アラリックはあきれ果てていた。おばを侮辱し、〝特別な絆〟などとわめいて、彼女はいったい何をしているんだ？

プルーデンスがにきび面の少女だった頃は鮮明に記憶している。彼女は両親よりも大きな声で熱心に祈りを捧げていた。だが常に不健全な怒りを発し、今にもわっと泣きだしそうに見えたものだ。

そして、あの夜がやってきた。プルーデンスは――神への忠誠をみずから裏切り――アラリックのベッドにもぐり込んでいるところを彼に発見された。アラリックは彼女をベッドから引きずり出して寝室の外へ押しやり、翌朝、宣教師の家を去った。

「なぜここにいるんだ、ミス・ラーキン？」アラリックは尋ねた。

「あなたに会うためよ、いとしいお方」

「ぼくはきみの〝いとしいお方〟ではないし、ぼくたちのあいだには何もない」

「真実をかたくなに否定するのは罪よ、大きな罪だわ」

「きみの話していることに何ひとつ真実はない」もうたくさんだった。プルーデンスは奇っ怪どころではない、頭のねじがはずれている。

「先ほどから気になっているのだが」アラリックの父親が言葉をはさんだ。「目下ロンドンで上演されている芝居に宣教師の娘が登場するが、きみはあれと関係があるのだろうか、ミス・ラーキン？」

プルーデンスはアラリックに穏やかな笑みを向けた。これが仮面だとしたら、自分自身をもだませる完璧な出来だ。「ええ、実は」彼女の笑みが広がる。「『ワイルドの愛』はあたしが書いたんです」

「きみが書いた？」言葉がアラリックの喉をかきむしる。

プルーデンスは目を伏せた。「どうぞお叱りください、あたしの旦那様」

「旦那様？」

「あなたのことは、あたしの夫だと考えているわ。その言葉がうぬぼれのめじる……うぬぼれのしるしなのは承知しているけど」プルーデンスははじめて言葉につっかえて言った。胸を張り、あの不気味なやさしさがふたたびその顔に広がる。

まるで赤ん坊に向かって微笑んでいるかのように、アラリックには見えた。警戒心を抱く貴族たちの小さな輪に向かってではなく。

「父は劇場を虚栄の煙と呼んでたわ。悪魔がその手で作ったもので、肉体の過ちや俗事、嘘偽りや肉欲にあたしたちを引きずり込むのよ」

「そうなのか？　では、ぼくはきみの劇のことは嘘八百と呼ぼう」アラリックは胸の上で腕を組んだ。「地方官に来てもらってもいいんだぞ」

「怒らないでちょうだい」プルーデンスは哀願した。「あたしがやったことはすべて、あなたへの純粋な愛からしたことよ」

ここまで来れば災難も極まれりだ。

「お父さんはどこにいる？」

「あなたが去ったあと、あたしは傷心のあまり発作に襲われ、助かる見込みはなかった」涙が彼女の瞳を輝かせる。「あたしは死んだの。ええ、心が死んでしまった。目を覚ましたとき、あなたのあとを追うしかないと悟ったわ。たとえあなたが向かったのは汚れた地でも。そう、たとえ地獄の業火そのものでも」

「頭がどうかしていますね」レディ・ノウがあからさまに言った。だが、決して突き放すような口調ではない。「尋常ではありません、それが事実です。清教徒の祈り方は度がすぎるとかねがね思っていました。断食も体に悪いでしょう」

「あたしに向かってしゃべってはならない」プルーデンスが顎をこわばらせてわめいた。「汝《なんじ》には悪魔のしるしがある。汝、泥を食らう者よ。汝は――」

「レディ・ノウにそのような口を利くのはやめなさい」公爵が言った。

声を荒らげはしなかったが、公爵の何かが瞬時にプルーデンスを黙らせた。

「お父さんはどこにいる？」アラリックは繰り返した。

「家は捨てたわ。あたしはここへ来た、罪に手を貸すためではなく、あなたから罪を浄《きよ》めるために」彼女は沈黙し、それから事実をつけ加えた。「あたしがイングランドに到着したとき、あなたはいなかった」

「それであの芝居を書いたのか？」

誇らしげな色がプルーデンスの顔に浮かぶ。「旅の途中で創作したのよ。あたしが乗り込んだ船の船員はひどい人たちで、あたしを船室から出してくれなかった」

「わたくしの甥の人生を勝手に舞台化する権利は、あなたにはありませんよ」レディ・ノウが言う。

「権利なら大ありだわ」プルーデンスは嚙みついた。「あたしは彼の妻よ」

「ぼくに妻はいない」アラリックは指を突きつけたい衝動をこらえた。

「いいえ、いるわ」プルーデンスは譲らない。「聖職者の前で誓いの言葉を交わしてはいなくても、ふたりの魂は結ばれてる。そして神は、あたしたちの熱意と賛美に報いたもうたのよ」

アラリックは首を横に振った。「きみが何を言っているのか、ぼくにはまったく理解できない。きみがぼくのベッドに忍び込んだあと、ぼくはすみやかに追い出した。きみのお父さんに報告はしなかった。だが、あれは間違いだったと今はわかるよ」

「あなたが去ったとき、あたしの心は奪われた……だからあたしは死んだ。それでも生き返り、そして死ぬ。あなたを思って書いた劇の中で、あたしは夜ごと死ぬ。あたしたちふたりに残されているのは、神聖なる屋根の下で、互いの胸に刻まれた言葉を口にすることだけ」

「アラリックがあなたと結婚すると、本気で考えているんですか？」レディ・ノウは見るからに驚いていた。

「彼はあたしと結婚するわ、だってあたしを愛しているんですもの」

しんと静まり返った。

いったい何をどう言えばプルーデンスを納得させられる？　死から戻ってきたと信じ込んでいる女性に何を言えばいい？　「ぼくはきみとは絶対に結婚しない」

「あなたを待つわ」プルーデンスは声を震わせて叫んだ。「あなたの気持ちが変わるまで待つ。死ぬまで待つわ」

公爵が前に進み出た。「ミス・ラーキン――」

「汝があたしの舌を縛ることはできない」プルーデンスは必死の形相で続けた。「あたしの舌はあたしのものよ。あたしのペンも。ペンを持って、あたしはあなたを愛しつづける。何度あなたに殺されようと、拒まれようと、嫌われようと」

「シェイクスピアの戯曲じみてきましたね」レディ・ノウは冷静に観察している。「どうやらあなたを主役にしたお芝居をもっと書くと脅しているようですよ、アラリック」

「苦痛もあたしにとっては喜びだわ」プルーデンスはアラリックに向かって言ったあと、彼のおばをにらんだ。「汝、汝は忌むべき者である！」

公爵がため息をついた。「ミス・ラーキン、申し訳ないが、そろそろお引き取り願おう。言いたいことは、もうじゅうぶんに言ったはずだ」

「帰りの旅費はぼくが出そう」アラリックは申し出た。「きみのお父さんも心配しているはずだ」

「いいえ、心配なんてしてないわ」プルーデンスが震える声で言う。「父はあたしたちが結婚するのを知ってるんだから。あたしたちが愛し合ってることも、あたしがあなたのもとへ行ったことも、あなたと一夜をともにしたことも、心の中ではすでにあなたと結ばれていることも」

「ぼくたちは一夜をともにはしていない」プルーデンスの背後で、公爵が首を横に振った。父が示唆するとおりだ。道理を説いたところで、彼女には伝わらない。

「アフリカ行きの船を手配しよう」声に説得力を持たせようとしながら、アラリックは言った。

「心の内では恐れてたの、あなたはほかに誰か見つけたかもしれないって。だけど、あたしの祈りは届いたんだと今はわかる。あなたはあたしのものよ、あなたはまだ気づいてなくても――」

「違う」アラリックは言った。「ぼくはきみのものではない。ぼくはほかの誰かを見つけたんだ」

プルーデンスの目がすっと細くなった。そのあと、やさしげな表情がヴェールのように顔の上に落ちた。「あたしをからかってるのね、いとしいお方。ひどいわ。あなたのせいで、つらい思いをしてきたあとなのに」

「安静療法を受けさせてはどうかしら」レディ・ノウが、あまり自信のなさそうな声で提案した。

彼らの背後でドアが開いてウィラが入ってきた。彼女の姿を目にして、アラリックの胸ははずんだ。この恐ろしく異常な女と比べたら、ウィラはなんと素直で正直なことか。

「お邪魔して申し訳ありません」四人のもとへ進み出て、ウィラは詫びた。「今日の午後、ミス・グレイがここに置き忘れた本を取りにまいりました」

アラリックは片手を差し出した。「ミス・フィンチ、どうぞこちらへ」それから息を詰めた。これまでのところ、ウィラは彼の求愛を明確に拒絶している。だが、ふたりのあいだには何かある……鋼のごとく強い、見えない絆が。

アラリックには彼女の助けが必要だった。

19

ウィラにしてみれば、まるで最初のふた幕を飛ばして劇場に入ったかのようだった。眼前には勇敢なヒロインがすっくと立ち、冷酷そうな貴族たちに取り囲まれている。ここは主《あるじ》のお手つきにされた不運なメイドが、子どもをはらませた主を糾弾する場面というところだろう。

メイドの台詞のあと、主は〝その腹の子どもなど、どこの馬の骨のものとも知れん〟などと言い放ち、第五幕あたりでヒロインは高い塔とか、崖とか、教会の尖塔《せんとう》とかから、悲しみのうちに飛びおりるのだ。

けれども目の前で繰り広げられている場面では、邪悪な主役はアラリックで、彼はウィラに手を差し出していた。わたしを必要としている。胸の中で、ウィラの心臓は高鳴った。彼の目に浮かぶ表情にどきどきする論理的な理由はないのに。

「レディ・ノウ、公爵閣下」ウィラは膝を折ってお辞儀をした。それから数歩近づいてささやく。「アラリック卿」彼はウィラの手を取り、自分の唇へ持ちあげた。

ウィラは自分の頬が紅潮するのを感じた。リンドウ公爵は考え深げな目でふたりを見ているが、驚いた様子はない。レディ・ノウはあからさまに目配せをしてきた。

「ぼくはきみとは結婚できないし、するつもりもない、ミス・ラーキン」アラリックが告げる。「きみを誘惑した覚えはないし、きみとふたりで過ごしたことさえない。ぼくけきみのことを知らない。それにきみは明らかに情緒不安定だ」

結婚？　劇のようだと思ったのは当たりだったようだ。どうやら、ワイルド卿の熱心な崇拝者が生家を訪れたという単純な話ではないらしい。

アラリックは女性に対して愚劣な行為に及ぶ人ではない。ウィラはふと思った。はじめて会った頃と比べて、彼に対する見方のなんと変わったことだろう。彼はもはや有名な探検家、ワイルド卿ではない。

彼はアラリックだ。高潔なまなざしと飢えた唇を持つアラリック。

「あなたにそう言われてもなお、あたしの愛は強まるばかり」ミス・ラーキンはささやき、アラリックのほうへ足を踏み出した。声を落として告げる。「あたしはあなたのスパニエル犬よ」

あらあら。

ミス・ラーキンは、自分の愛する人が別の女性の手に何度もキスをしているのが目に入らないのかしら？

目に入っても、見えてはいないようだ。ウィラは手を引いた。肝心の観客が見ていないのに、ここに突っ立って芝居がかったキスをされるのは間が抜けている。

「あなたにぶたれればぶたれるほど、あたしはじゃれつくわ」ミス・ラーキンが息をあえがせて言った。

いやだ、虫酸《むしず》が走るわ。

ウィラは反射的にアラリックへ身を寄せた。腕が彼の腕をこする。彼女はミス・ラーキンの目をとらえると、自分の前で〝ぶたれる〟のはなしだと間違いなく伝わるよう、まっすぐ見据えた。

正直、じゃれつくのもやめてほしい。

「アラリック卿、ご紹介いただけるかしら」ウィラは言った。

「ああ、失礼した」アラリックが応じる。「ウィラ、いとしい人、こちらはミス・プルーデンス・ラーキン。彼女がまだ子どもだった頃、ごくごく短いあいだ関わりがあった。彼女の父親は宣教師をしており、ぼくがアフリカを訪れた際に世話になった。ぼくたちも今知ったところだが、彼女はしばらく前にロンドンに出てきたそうだ。そして、あのお粗末な芝居の作者でもある」

劇作家の顔から忠犬じみた表情がすっと消えた。「あたしの劇はお粗末ではないわ！　傑作だと絶賛を博してるのよ」

作者の前でお粗末と評するのは無神経だが、アラリックに憤慨するだけの理由があることは大方が同意するだろう。「あなたの劇の大成功をお祝いしなければいけませんわね、ミス・ラーキン」ウィラは言った。「わたしはまだ観る機会に恵まれていないけれど、たしかに大評判になっているわ」

ミス・ラーキンがちらりと視線を向けてきた。「ええ、切符は数カ月先まで売り切れだもの。一、二枚なら、あなたがロンドンへ来たときに融通してやってもいいわよ」

あきれるほどぶしつけな物言いにウィラは笑いを嚙み殺し、レディ・ノウは大笑いした。

ふたりにはおかまいなしで、劇作家はアラリックへとさらに一歩踏み出し、両手を組んだ。「拒絶されても、ぶたれても、無視されても、捨てられてもいい」低い声で途切れ途切れに言う。「この卑しいあたしが、あなたについていくことさえ許してくれれば」

ここまでくると、もう行きすぎだ。

「なんだかいやに聞き覚えがありますね」レディ・ノウがささやいた。

「シェイクスピアによって書かれた台詞ですもの」ウィラは教えた。「『真夏の夜の夢』からの引用です。わたしが部屋に入ってから、彼女が口にしたことはほとんどそうですね」

「あたしがあなたの心に求めるのは、犬に与える程度のみすぼらしい居場所」ミス・ラーキンは興奮し、甲高い声でシェイクスピアからの台詞を続けた。その体が揺れて今にもひざまずきそうになり、ウィラはぞっとした。「あなたのお姿が見えないとあたしは――」

「ぼくはミス・ウィルヘルミナ・エヴェレット・フィンチと婚約している」アラリックがさえぎって宣言した。

ウィラは思わず息をのんだ。レディ・ノウはふたたび大笑いし、公爵さえも口元をほころばせている。

「ミス・ラーキン、ここは舞台ではないし、きみはシェイクスピアの劇の登場人物でもない」アラリックは続けた。「すまないが、お引き取り願おう」

相手は目を真ん丸にして自分の両頬にぴしゃりと手を打ちつけ、あとずさりした。

演技過剰ね。ウィラは胸の中で冷ややかにつぶやいた。自分の気持ちを表すのに、シェイクスピアの中でも度がすぎた愛の台詞を引用する人だけのことはある。ウィラの記憶が正しければ、これはヘレナの台詞で、このばかげた言葉を口にするとき、彼女は愛の媚薬《びやく》のせいでおかしくなっているのだ。

シェイクスピアは、ウィラが創作された話を嫌う好例だった。ヘレナは舞台上で自分の恥をさらしてまわる。そんな光景は現実の世界だけでじゅうぶんではないか。「驚いたでしょうね」ウィラは声をかけた。

ミス・ラーキンの頰に大粒の涙が転がり落ちる。「心が砕けそう。あたしはふたたび死ぬんだわ」

役者としては大根だ。劇作家としては一流なのかもしれないが、なんだかそれも怪しくなってきた。人食い人種が大鍋でぐつぐつやるのもどうかと思う。『ワイルドの愛』はただの三文芝居なのかもしれない。

それも、使い古された台詞ばかり集めた三文芝居かも。

「リンドウ城で死ぬのは認めませんよ」レディ・ノウが言った。もはや笑っておらず、哀れむような顔つきだ。

アラリックのおばは風変わりで、遠慮がなく、面白い。けれど、これまで出会った中で誰よりやさしい人だとウィラは思いはじめていた。

「あたしがまだ生きてるのを知らないで、その女に求婚したのね」ミス・ラーキンはごくりと息をのんだ。「あなたの心はきっと変わる、だってあたしのほうを先に愛したんだもの。わかってるわ、あなたはあたしのことを今も愛してるのよ。アフリカにいたときは、テーブル越しに何度もあたしのほうを見てた。あたしはあなたの本をすべて読んでるわ！」

「それがいったいなんだというんです？」レディ・ノウが問いかける。

アラリックは悪夢の中に閉じ込められた気分だった。彼の世界を支えているのはウィラだけだ。

「アラリックは本の中に、あたしへの伝言を残してたのよ」プルーデンスは声を張りあげた。不気味なことに、あのやさしげな笑みがふたたび顔に広がる。「何度も何度も繰り返して読むうちに、ページ越しに彼があたしに語りかけてくるのがわかったわ」

「きみが死んだと思っていたのなら、なぜ語りかけるんだ？」アラリックはきいた。

「愛は永遠よ」プルーデンスが説明する。「あなたはあたしの魂に語りかけてきた、あたしが嵐を乗り越えたことを知らずに」

「アラリックはわたしと婚約しています」ウィラが憤慨の色をにじませるようにして告げた。「わたしの婚約者が心変わりしてあなたと結婚するなどとおっしゃるのは、誤りであることは言うまでもなく、ずうずうしいわ。アラリック卿はわたしのものです」そう言葉を結び、彼を肘で突く。

「そして彼女はぼくのものだ」アラリックは調子を合わせた。「ミス・フィンチはぼくのものだ」

プルーデンスの大きな目がふたりのあいだを行き来した。「あたしの心は荒れ地となった」かすれた声でささやき、涙を頬に滴らせる。

「さあ、もうおよしなさい」レディ・ノウが前に進み出た。プルーデンスと並ぶと、のっぽの松の木のようだ。「一緒に行きましょう」

「どこへ連れていくのだ?」公爵が問いかけた。

「城から追い出すわけにはいきませんからね」レディ・ノウが返す。

「村の牧師館に預けてはどうだろう」公爵は提案した。「そうすれば、男女の関わり合いにおいてわきまえるべき道徳を、もう一度牧師に教えてもらえるのではないかな。清教徒、それに良識のある者なら、誰もが心得ておるものだ」

プルーデンスが激しくしゃくりあげはじめた。

「プリズムに部屋を用意させて、本人がこれからどうするか決めるまで、ここに置いてやりましょう」レディ・ノウが言った。

アラリックは反論しかけて――プルーデンス・ラーキンの何かが深い嫌悪感を催させるのだ――はっと気がついた。プルーデンスが城にいるかぎりは……。

ウィラと婚約しているふりを続けられる。

「ぼくはそれでかまいません」彼は言った。

「二日だ」公爵がアラリックの視線をとらえて告げた。父は顔をぴくりとも動かさずに微笑むすべを身につけている。今、厳格そのものの面持ちで息子を見据えながらも、父は笑っていた。「二日のあいだはミス・ラーキンをここに置いてもいいだろう。そのあいだに彼女をどうするか、おまえが決めなさい」

「ここに置いてちょうだい！」プルーデンスが涙声で訴えた。「ここに置いて、あたしはあなたのものよ！」

レディ・ノウがハンカチを彼女の手に押しつけた。「良識的なことが何も言えないのなら、お黙りなさい」ぴしゃりと言いながらも、その声はやさしい。

「あ、あ、愛して――」

「愛しているのはわたしも同じよ」ウィラが言葉を割り込ませた。「わたしはアラリックを愛しています。彼はわたしのものだわ、ミス・ラーキン。誰にも彼を譲りません。それを事実として受け止めてください」

プルーデンスははじめて言葉を失った様子だ。モーセが目にしたという燃える柴《しば》を見るかのように、ウィラを凝視している。

ウィラは平然と見つめ返した。

その姿を眺め、アラリックは迷いのない線で描かれた画家の習作を思い起こした。気品のある鼻筋、高い頬骨、キューピッドの弓の形をした口。対照的にプルーデンスは、頬は平らで顎はたるみ、ただでさえめりはりのない顔立ちが、頰から垂れて灰色の衣服に黒い染みをつける涙のせいで、余計にぼやけて見えた。

「どうして彼女なの？」プルーデンスはささやいた。「どうして彼女なの、どうしてあたしではないの？」

「ぼくはきみという人を知りさえしない」あきれていることを声に出して言った。「はじめて会ったとき、きみは一四歳のやっかいな子だった、プルーデンス。ぼくたちのあいだにはこれまでも、これからも、何もないという事実を認めることだ」

プルーデンスはふたたび泣きじゃくりはじめた。

「彼女はあなたにすっかりのぼせているのね」ウィラが言った。

「ぼくのせいではない」アラリックは応じた。「彼女の父親は小屋ほどの広さしかない家に暮らしていた。うだるように暑く、ワニが出るから川で体を洗うこともできなかった。あんなところにいたら、頭がのぼせても無理はないよ」

「なんにせよ、あなたに夢中になってしまったのでしょう」レディ・ノウはプルーデンスをドアへと促した。号泣しているせいで若い女の肩は震えている。

アラリックは一片のうしろめたさも覚えなかった。プルーデンスが書いたくだらない芝居は、ウィラとの結婚の機会を危険にさらしているのだ。女性たちの大群が彼の地所で花壇を荒らし、れんがを盗むようになったのも、少なくとも原因の一部はプルーデンスにある。

「ミス・ラーキンはずいぶん感情的な方のようね」レディ・ノウが外へ出てドアが閉まると、

ウィラは言った。「彼女がシェイクスピアに精通しているのはよくわかったわ」

「数日のあいだ、ぼくの婚約者を演じてもらえるだろうか？　ミス・ラーキンのことが解決するまでは」アラリックは尋ねた。

ウィラが返事をする前に、公爵が頭をさげた。「わたしは失礼して、客人がひとり増えたことを妻に知らせてこよう」

「プルーデンス・ラーキンは妄想に取りつかれています、とても晩餐に参加させられる状態ではありません」アラリックは言った。

「いいや、むしろ参加させるべきだろう」公爵は返した。「噂のほうが、晩餐の席にめそめそ泣く宣教師の娘がいるよりもはるかに破滅的だ。それに改めておまえをよく見れば、彼女も恋が冷めるやもしれん」

アラリックは苦笑いした。「ご自分の息子にそれほどの魅力はないと？」

「ミス・ラーキンが筋道を立てて思考できるかは疑わしい」公爵はそっけなく言った。「だが近くにいれば、相手のいいところだけでなく悪いところもよく見えるものだ」

公爵が退室すると、アラリックはウィラと向き合い、彼女の体を両腕で包み込んだ。

「あなたの婚約者のふりをしてもいいわ」ウィラは彼を押しのけようとはしない。「だけど、あなたとの結婚に同意したわけではないのよ。ミス・ラーキンが出ていくか、正気を取り戻すかしたら、婚約は白紙に戻します」

アラリックはうなずいた。さしあたりはその条件を受け入れよう。

これで友人同士よりも一歩前進だ。婚約者同士ならキスをしてもいい。いや、キスをするものだ。「それらしく見えるように、親密な仕草を練習してはどうかな」

ウィラは彼を押しやった。唇が弧を描く。「あなたにその練習は必要ないでしょう」

20

その夜、ウィラは本を手にして座っていた。騎士が肉体の限界に挑むかのように奔走し、それはもう大胆な行いをする物語をレディ・ノウから借りたのだ。

小説家の描く世界は現実離れしていたが、それでもウィラは読み進めた。作り物の大きな鎧が作り物の空から落ちてきて、作り物の登場人物をつぶしてしまうくだりまで読んだ頃には、城内もすっかり静かになっていた。

ため息をついて本を閉じる。ウィラには、虚構を描く小説というものの目的が理解できなかった。小説の中で繰り広げられるこうした出来事は、答えのない物事への関心をあまりにも強くかきたてる。

たとえば、なぜ空から降ってくるのが鎧なのだろう？　どうしてニワトリではいけないの？　家ほどもある巨大なニワトリでも別にいいのに。

リンドウ城には魅力的な人々が大勢いる。現実の人生がじゅうぶん複雑だというのに、わざわざ虚構の出来事について書かれた本を読む理由もないだろう。

寝室の中は窓から入ってくる月光に明るく照らされていて、スイカズラの香りがした。床ではスイートピーが光と影が作り出す白黒の縞模様の中を走っている。ウィラの巾着袋の中身を出してせっせと化粧台の下に運び込んでいるスカンクは、いかにも忙しそうだ。

ウィラは月を横目で見た。眼鏡をかけているときは、本のページ以外のものはよく見えない。それでも月の片側が平らになっていて、その反対が丸くなっているのはわかった。まるで食べすぎたハトみたいだ。

これがまさに、彼女が絶対に小説家になれない理由だった。月といえば、銀盤や女神ディアナの顔を連想すべきだろう……太ったハトはない。

ありがたいことに、ドアを小さく叩く音がして、ウィラの物思いはさえぎられた。もともと頭のどうかした宣教師の娘の話をラヴィニアとするつもりだったのだが、当のプルーデンスと出会ってしまったせいで妙に落ち着かない気分になり、トランプをしに客間へ戻る代わりに寝室へ向かったのだった。

スイートピーが外に出てしまわないよう慎重にドアを開けると、ラヴィニアではなくアラリックが廊下に立っていた。

女性が〝関係〟――簡単に言えば男女の戯れ――を期待して招いたのでないかぎり、紳士が淑女の寝室を訪れて迎え入れられることなど絶対にない。いきなり訪ねてきたのは、アラリックがウィラを相当な尻軽だと思っている証拠だった。

彼女はひどく失望し、一瞬だけアラリックを見つめた。キスをしたり、偽りの婚約者を演じたりしたのは事実。でもだからといって、さらに親密な関係を受け入れた証《あかし》だと思われてはたまらない。

「アラリック卿」冷たい声で言う。「夜にノックするドアなら、ほかにいくらでもあるはずよ。ここはそうしたことはお断りなの」

「そのドアのうしろにいる淑女たちは、こんなものに興味はないからね」アラリックが握っていた拳を開く。ウィラが眼鏡をはずしてのぞき込むと、手のひらで二匹のダンゴムシと一匹のミミズがうごめいていた。

驚きに言葉も出ず、彼は顔をあげてアラリックと目を合わせた。

「スィートピーにお土産を持ってきた」彼は言った。「今日の午後に虫を食べているのを見て、ダンゴムシが好物だと気づいたんだ」

「どうしてそんなことがわかるの？」

「飛びはねていたじゃないか」アラリックが無邪気な目で答える。ウィラにしてみれば、無邪気すぎる目だ。「大喜びしていたよ。気づかなかったのかい？」

「気づかなかったわ。でも、夕食にはもうチキンを食べたわよ」彼女は言った。どんな種類であろうと、いわゆる害虫のたぐいに触れるのは気が進まない。

「ぼくが食べさせようか？」アラリックがきいた。「入れてくれるなら、ぼくも欲望には絶対に屈しない。約束するよ。女性の体が目当てなら、きみが言うとおり、開けてもらえるドアはいくらでもある」

「わたしをからかっているのね」

「ほんの少しだけ。嫉妬するきみを見ていると、からかいたくもなる」

「嫉妬なんてしていないわ」

アラリックがにっこりする。「それなら入れてくれてもいいじゃないか。それとも、ダンゴムシを朝食用に取っておくかい？　きみの部屋を這いずりまわらないよう、小さな箱を見つけてきてもいい」

スィートピーは夜食を喜ぶだろう。それに寝間着の上にガウンという今の格好は、夜用のドレスよりもよほど露出が控えめだった。アラリックの人柄は高潔だし、ばかげた態度を取っているのは、むしろ彼女のほうなのかもしれない。

ウィラはドアを開けてうしろにさがった。入ってきたアラリックに向かって、スィートピーがうれしそうな声を出して駆け寄っていく。彼は身をかがめ、両手を拳にして前に出した。

「ミミズをつぶしたりしないでね」ウィラはあわてて言った。スィートピーがアラリックの拳の匂いをくんくんと嗅いでいる。

「大丈夫。それより見てごらん。正解だ」

彼女は眼鏡をベッド脇のテーブルに置き、ガウンの裾が踵《かかと》を完全に隠すようにしながら膝をついた。

スィートピーが小さな爪のある前足をアラリックの片方の拳に置き、指を開こうとしている。

「すごく賢い子だわ」ウィラはうれしそうに言った。

アラリックが拳を握る力をゆるめる。スィートピーは指の隙間に鼻を突っ込み、それでもごちそうに届かないとわかると爪で拳を叩いて、鼻から命令じみた音を出した。

「誰が一番偉いか、わかったかい？」アラリックがささやく。

スィートピーが夜食にありついたところでウィラは目をそらし——自分のペットの好物がダンゴムシやミミズだというのは、うれしいことではない——アラリックを見つめた。

彼は上着を着ておらず、白いシャツの襟元を開けている。

アラリックの兄であるノースなら、こんなくだけた格好で淑女の前に現れたりしないだろう。けれどもウィラは、アラリックが兄のような格好をすることはないと確信していた。

「やっぱり、ダンゴムシが一番好きみたいだ」静かな夜にはいっそう低く聞こえる声で、彼が言う。

ウィラはちらりと視線を下に向けた。スィートピーがダンゴムシを平らげ、ミミズのまわりを歩いて様子をうかがっている。哀れなミミズが身を守ろうと何かをしたかのように反応し、空中に跳んで尻尾をあげ……勢いあまって鼻を床にぶつけた。

ふたりは声をあげて笑った。「じきに尻尾と同じ大きさに育つさ」アラリックがそう言ったが、スィートピーのほうを見ていなかった。

自分の首が赤く染まっていくのがウィラにもわかった。これだから、シャペロンもなく男女が会ってはいけないのだ。ラヴィニアと一緒にワインの瓶をこっそり自分たちの部屋に持ち込み、礼儀にうるさい社会を征服する計画を立てたときのように、自分が酔っ払っているような気がした。

ラヴィニアとは長い夜の半分を、男の子について話し合ったものだ。というより、男性について、〝男〟について話し合った。

ただしそれは、ラヴィニアがワイルド卿の話を持ち出さなかったときにかぎられていたけれど。

アラリックがすっと目を細めた。「何を考えているんだい？」

ウィラは顔をそむけ、哀れなミミズを運命にゆだねた。水をためた洗面器で手を洗い、振り返らずに言う。「どれだけの夜、ラヴィニアと彼女のあなたへのあこがれについて話したことか」

苦しげなうなり声をあげ、アラリックがウィラの隣にやってきた。手を洗い、顔を伏せたまま彼女のほうを見る。「きみは、ぼくの本を読もうという気にはならなかった？」

「あなたを侮辱するつもりはないけれど、ならなかったわ」

彼が振り返って化粧台に寄りかかった。ふたりの距離はとても近く、アラリックの息が、夜のためにまとめた髪からこぼれたほつれ毛を揺らした。「侮辱されたとは思わない。眼鏡をかけたきみは愛らしいと言ったら、きみは侮辱されたと思うかい？」

もちろん、そんなことはない。

アラリックの視線といったら、どうだろう？

こんな目で見つめられたら、苦労して築きあげてきた自分自身を裏切りたくなってしまう。

決してため息をつかず、探検家とキスなどしたこともなかった自分自身を。

彼は手でウィラの顔を包むようにして、低い声でささやいた。「イヴィー、キスをしてもいいかい？」

「それはワイルド卿が尋ねているの？　それともアラリック卿？」

「どういう意味だ？」

「ワイルド卿は向こう見ずで衝動的だわ」わかりきった事実を述べるように、淡々と答えた。「アラリック卿はずっと控えめで思慮深い男性よ。わたしは今、ワイルド卿と偽りの婚約をしているの」

「面白い見方だ」そう言ったきり、アラリックは黙り込んだ。

しばらくして彼が答える。「どちらでもない。貴族としてではなく、ひとりの男としてきみとキスがしたいんだ、イヴィー。すべてにおいて完璧なウィラとではなく、魅惑的なイヴィーとキスをしたい。ついでに言えば、ぼくが思うに眼鏡をかけているのはイヴィーのほうだ。ウィラは視力も完璧なはずだからね」

ウィラはアラリックの腕の中に飛び込んでしまわないように、彼の目を見ながらその場で身をこわばらせた。まったく、上等なリキュールのような男性だ。彼が身をかがめて唇を軽く触れさせると、それだけでウィラの体が震えだした。

「口を開いて」彼の声はかすれている。「きれいなイヴィー、ぼくのために口を開いてくれ」

アラリックの声はそれ自体が愛撫のようで、ウィラをふしだらな気分にさせた。彼女は身を乗り出して唇を重ねた。彼の舌が唇をなぞり、それから口の中へと入ってきて、ウィラは息をのんだ。

ぼんやりとする意識の中、彼女はアラリックがチェッカーベリーの味がするのに気づいた。だが感覚が激しく刺激され、肌のうずきが背中から腹部、両脚、そして両脚の付け根まで広がっていく中では、それもすぐにどうでもよくなってしまう。

アラリックと舌を絡ませ、彼の腕に抱かれているうちに、ウィラはすっかり身をゆだねていた。体を預けて指をたくましい肩の筋肉に食い込ませて、それから髪に絡ませる。

彼のキスは、それだけが今すべきことだと言わんばかりに切迫したものだった。アラリックはウィラの胸に触れようともせず、彼女をもっと強く抱き寄せようともしない。

ウィラの頭が猛烈に働き、アラリックのかたい肩（最高）やミントの香りがする息（最高）、背の高さ（最高）、髪のなめらかさ（最高）などを感覚に刻みつけていく。

多くの点で、ここまで彼女を満足させるキスをした男性はこれまでいなかった。

さらに何度かキスを重ねるうち、ウィラの思考が鈍く、はっきりしなくなりはじめた。アラリックはなおもウィラを抱き寄せようとせず、強く体を押しつけているのは、むしろ彼女のほうだった。胸の鼓動もますます速くなっていく。

アラリックの味と感触によって理性が完全に脇へ押しやられてしまい、ウィラは喉の奥であえぎ、舌を夢中で彼の白い歯に走らせた。それもぴったりと身を寄せながら。

頭の中にぼんやりと〝欲望〟という言葉が浮かぶ。それが彼女の体をほてらせて、心臓を喉から飛び出しそうなほどに激しく鼓動させていた。

「イヴィー」異教の享楽的な祈りの言葉のように、アラリックがその名前を口にする。すばらしいのは、アラリックにそう呼ばれると、自分のルールを考えなくていいように思えてくることだ。うら若き少女に戻った気分になり、この世界が、発見されるのを待つ魅惑的な情報であふれている場所だと確信できる。その少女はありのままの彼女を両親が愛してくれているので、ルールについてなど考えたこともない。

ウィラはその考えを頭から追い払い、唇をアラリックの顎の線に沿って漂わせた。

彼が顔の向きを変え、ふたたび心地よい気だるさをもたらすキスをする。ウィラの全身に張りつめた感覚が広がっていき、まるで血管の中を蜂蜜入りのワインが流れているような感じがした。

やすりをかける音に似た低い吐息の音から、岩みたいにかたい肩の筋肉まで、アラリックのすべてが彼女を誘惑している。

「イヴィー」しばらく間を空けたあとで、彼のかすれた声がまたしてもその名を呼んだ。

幸せそうにうめいて返事をしたウィラは、もはや何も考えていなかった。全身で今のこの瞬間を楽しんでいるだけだ。

「もうやめないと」アラリックが言った。

「あなたとなら、ひと晩じゅうでもキスしていられるわ」ウィラはあえぎながら応え、両手で彼の髪をすいて上目使いで見あげた。

アラリックがウィラを抱き寄せ、うなり声とともに唇を彼女の口に強く押しつけた。その声に反応してウィラは首をそらし、さらに彼が口をむさぼりやすくした。アラリックがいっそう激しく舌を絡め、両手を広げて彼女の細い体を抱きしめる。

「だめだ」一分か一時間かもわからない時間が経ったあと、アラリックが言った。キスが一回だったか五回だったか、あるいは五〇〇回だったかもわからない。ウィラは体を押しつけていき、背中に置かれた手がさがっていくよう誘いをかけた。前にまわしてくれても、髪に触れてくれてもかまわない。

編んだ髪をほどいてくれてもいいし、ヒップを力強くつかんで引き寄せてくれてもいい。まさかそんな考えが自分の頭に浮かぶとは、ウィラは想像すらしていなかった。ラヴィニアと一緒に官能的な本を笑い飛ばしていたときの、うしろめたい解放感をぼんやりと思い出す。

今の大胆で好色で、所有欲の強い自分もまた、あのときと同じ人物の別の一面なのだ。

彼女は勢いよく顔をあげ、すっと目を細めた。アラリックが顔を紅潮させ、潤んだ目に欲望をにじませている。

ウィラの頭に疑問が浮かんだ。こんな顔の彼を見た女性はたくさんいて、わたしはたまたまそのひとりとなってしまったにすぎないのではないかしら？

そう思っただけで、頭から氷水を浴びせられたように感じた。

「今回のハウスパーティーで、ほかの女性ともキスをした？」ウィラはきいた。

アラリックの顔に、彼女にはわからない表情が浮かんだ。この状況を楽しんでいるのだとしたら、死んでもらうほかないところだ。

「いいや」彼が答えた。

「本当に？」

腹立たしいことに、楽しんでいるらしい。「何年か前にキスした女性なら、ひとり参加している」ひとしきり考えるそぶりを見せてから、アラリックが言った。

ウィラは彼を小突いた。「あなたが聖人だなんて思っていなかったわ。わたしが聞いている話とずいぶん違うのね」

アラリックはもう一度彼女を抱き、呼吸ができなくなるまでキスをした。またしても、思考がはっきりしなくなってくる。

「イヴィー？」

「なあに？」

彼が声をあげて笑った。「きみはぼくが知っている中で、最も手ごわくてはっきりものを言う女性だ。同時に……」

彼女は指でアラリックの唇をなぞった。頭に大胆な考えしか浮かばないせいか、まぶたが重くなってくる。

この唇が全身を愛撫するところが頭に浮かんだ。想像の中のアラリックが喉からうめき声をもらし、そして……。

「ものすごく眠たそうだ」

「ええ」

またしても彼は笑ったが、ウィラはまったく気にならなかった。アラリックに笑われているわけではない。一緒に笑っているのだ。

「本当にそろそろやめないと」彼が残念そうに言う。

ウィラは上目使いでアラリックを見て、ため息をついた。

ため息ですって？

決して、ため息をついてはいけないのに。

でもこんなふうに切望をあらわにした、罪深い瞳の男性と向き合っていると……しかも、彼の体は美しい……。

これでは、いったいどこがヘレナ・ビドルと違うというのだろう？

ふと浮かんだ疑問に、ウィラはわれに返った。目に欲望をたぎらせてワイルド卿を見つめる女性たち……それはまさに今、わたしのしていることではないの？

「ウィラが戻ったね」男性版のため息と言える音を発して、アラリックがささやいた。

「ちょっと自分を見失っていたわ」かすれた声で認めた。うしろにさがり、ドレスのひもを締め直す。アラリックがゆるめたわけではない。そこが前にキスをした男性たちと違うところだ。彼らはいつだって、ボディスの中にこっそり手を入れようと画策していた。

「ぼくもだよ」アラリックが応じる。

ふたりは黙ったまま、しばらく目を合わせた。彼がやれやれと言いたげに頭を振る。「生意気なイヴィー……彼女はどこへ行ってしまったのかな?」

今さら嘘をついてもしかたない。アラリックは愚かではないし、何より、この一時間でもう本当の彼女を見てしまっている。

「彼女は私的な存在なの。あなたはもう行って」

「きみがそう言うなら」アラリックはドアまで歩き、振り返った。

ウィラは目からいっさいの感情を消して、つんと顎をあげた。アラリックのダークブルーの瞳に見つめられていると、おなかの奥深くで何かがかたまってねじられるような感じがした。

「きみは恐れ知らずだ。ぼくを怖がっていない」

「怖がる理由がないわ。あなたはわたしもほかの女性も、絶対に傷つけないもの」

アラリックが彼女の言葉を無視して続ける。「きみはぼくの父に敬意を払ってはいるが、公爵夫人になりたいとは思っていない。パースにもやはり敬意を払っているが、あいつにも関心がない。イングランドで一番の金持ちだというのに」

ウィラは肩をすくめた。彼の言葉はすべて本当だ。

さらにアラリックが言葉を続ける。「きみの口を見るたび、ぼくは死にそうになる。今みたいに赤く色が変わるまでキスをしたいと願わずにはいられないからだ。その口でキスをしてほしいし、ぼくを包み込んでほしい。どやしつけてほしいし……愛してほしい」

ウィラは返す言葉を失った。

もう一度キスをするつもりなのかとも思ったが、予想に反してアラリックはそのままドアを抜け、うしろ手に閉めて去っていった。

しばらくのあいだ、ウィラは唇に手をやったまま立ち尽くした。それから壁にある大きな鏡に歩み寄る。

まだ自分はウィラのままなのだろうか？　とてつもない才覚があり、何事につけきちんとしていて、好奇心旺盛なウィラのはず。

それが、きれいにまとめてあった髪はすっかり乱れ、いかにも愛人に乱されたといった感じになっている。

口は？

彼の言うとおり、キスのせいで色が変わって深い赤になり、すっかり腫れていた。

アラリックに触れられこそしなかったものの、体が異国の、彼が接触することなく探検した未知の国の地図にでもなってしまったかのような気がした。

ウィラだったら、こんな理屈に合わない考え方はしない。

イヴィーが考えたのだ。

21

いきなり人が隣に飛び込んできて、ウィラは荒っぽく起こされた。「何？」そうつぶやいて尋ねる余裕があったのは、相手が誰かわかっていたからだ。ナシの香りがする石けんのおかげで、どこに行こうとラヴィニアがいればすぐにわかる。

「起こしに来たの」ラヴィニアが答えた。「朝食はもう終わってしまったわよ。あと一時間かそこらで、みんな修道院の跡地に出発するわ。レディ・ノウが言うには、アーサー王が眠っているんですって。わたしは信じていないけれど」

「今、何時なの？」

「一〇時過ぎ。朝食なら、もうないわよ」ラヴィニアが繰り返す。

ウィラは顔と髪が厚めの紙の切れ端だらけになっているのに気づいた。「いったい何をしているの？」もごもごと尋ね、唇についた紙を息で飛ばす。上半身を起こしてみると、ラヴィニアがはさみを手に版画絵を切り刻んでいた。つい最近まで、真の信者の熱意でもって集めていた版画絵だ。

「新しいワイルド卿の版画絵を三枚持っているの。そのうちの一枚を犠牲にしているのよ」

ラヴィニアが忙しくはさみを動かしながら説明する。

「どうして切り刻んでいるの？」ウィラは両足をベッドの脇におろした。「スィートピーはどこ？」

「アラリックが散歩に連れていったわ」

びっくりして顔をラヴィニアに向ける。「彼がわたしの部屋に来たの？」嘘は得意ではないけれど、わりとうまく怒っているふうを装うことができた。

さらに紙の切れ端がベッドの上に落ちる。「あなたはよく眠っていたから、メイドがスィートピーを渡したのよ」

「どうして版画絵を切っているの？」ウィラはまたしても同じ質問をして、紅茶を頼もうと呼び鈴を鳴らした。

「ちょっと飾るためにね」

「これ、アラリックの頭じゃない！」大声を出し、切れ端のひとつを手に取る。「こっちは足だわ。それは人食い人種の鍋？」ラヴィニアがうなずいたのを見て、ウィラはさらに続けた。「あれだけ気に入っていた版画絵を切り刻むなんて、信じられない」

ラヴィニアが手を止めて、ウィラをまっすぐに見つめた。「お母様がひどい歯痛で寝込んでしまったから、あなたの寝坊については誰も何も言わなかったわ――アラリック卿以外はね。アラリック卿は、今朝のあなたが疲れているだろうと知っていたみたいだったわよ。朝食のとき、スィートピーの散歩は自分がするからと買って出ていたし」

ウィラは唇を噛んだ。「彼とキスをしたの」

「ひと晩じゅう?」ラヴィニアが一転してきつい口調で尋ねた。

ウィラが黙っていると、ラヴィニアはあとを続けた。「親友が結婚の申し込みを受け入れたのをわたしに話し忘れたのに続く、衝撃的な事実ね!」ベッドからおり、はさみを振りながら言う。「ウィルヘルミナ・エヴェレット、夜明けまでずっとキスをしていたとか、そういうすてきな言い訳がないのなら、どういうことか説明してもらうわよ!」

「結婚って、あの人があなたに話したの?」ウィラは息をのんだ。

「みんなに言っているわ。ウィラ、アラリック卿がひと晩じゅう寝室にいるのを許したの?」

「許すわけがないじゃない! 婚約だって本当じゃないの。もし本当に結婚を受け入れたのなら、何時だろうとあなたを起こして真っ先に話すわよ。わかっているでしょう?」

「本当の婚約じゃない?」ラヴィニアが驚いた表情で言う。「ほかにどんな婚約があるの? アラリック卿は朝食の席で、あなたと結婚するとみんなに報告していたわよ。もっとも、とても親密な空間、つまりこの寝室で求婚したとは言わなかったけれど」

「そういうことじゃないのよ」ウィラは抗議した。「わたしたちは結婚の約束をしたわけではないの」

ラヴィニアがベッドに戻って腰をおろす。「どうして? わたしはもうアラリック卿を自分のものにしたいとは思わないし、だからこうやって絵を切っているのだけれど、それでもあの方のことはわりと好きよ。崇めるよりも、ずっといいでしょう」

「正気を失った女性を追い払うために、婚約したふりをしているのよ。あなたがアラリックに好意を抱くようになったからって、わたしが彼と結婚する理由にはならないわ！」

「あなたの親友として、わたしは――」ラヴィニアは大きく口を開いたまましばらくかたまり、それから続けた。「プルーデンス・ラーキンね！　朝食の席で会ったとき、みんなに自分の思いを熱く吹聴していたわ。言いたくはないけれど、彼女を見ていたら自分の崇拝ぶりが恥ずかしくなってしまったわよ」

「劇を書いたのは彼女だという話は聞いた？」

ラヴィニアがうなずく。「本当に婚約はしていないの？」

ウィラはうなずき返した。

「がっかりね」ラヴィニアがはさみをあげ、別の版画絵を切りはじめる。「わたしは本当にアラリック卿が好きみたい。崇めていた頃よりも」自分の言葉が意外だったのか、彼女はかすかに驚いた表情を浮かべてつけ加えた。それからふたたび手を動かし、さらに切れ端をベッドの上に落としていく。「それはそうと、今朝ダイアナがローランド卿を捨てるつもりだともらしたわ。話題になるほど心の躍る噂話がないせいね」

「なんてこと」ウィラはうなるように言った。

「〝こんな人生は耐えられない。婚約者も嫌い〟ですって」

「ミセス・ベルグレイヴはきっと怒るわ」ダイアナの母親が息をのむ顔が頭に浮かぶ。「お母様がロンドンに残っていたのは、ダイアナにとって幸運だったわね。あの方はこの結婚を強く望んでいるから」

「ダイアナは望んでいないわ。ああ、忘れるところだった」ラヴィニアがはさみを置き、ポケットに手を入れた。派手なロケットを出して、ウィラの手のひらに落とす。「表向きだけだとしても、あなたはワイルド卿と婚約したんでしょう？　だったら、これはあなたが持っているべきだわ」

そのロケットは大きく、前面にハートと、その中に装飾的な字体の〝W〟が彫られている。留め金をはずすと、中に版画絵から切り抜いたアラリックの顔が入っていた。「もう少し、はさみの扱いを練習したほうがいいわよ。円がゆがんでいるし、危うく耳を切り落とすところだったじゃない」ウィラは言った。

「提督の帽子をかぶっている絵のほうがよかったかしら？　アラリック卿は海軍とはなんの関係もないけれど、まあ、それは気にしなくていいわね」

「ええ、これでいいわ」ウィラは答え、かちりと音をたててロケットを閉じた。

「プルーデンス・ラーキンにも見えるように、今日はドレスの上にかけておいたほうがいいわよ。朝食のとき、彼女がみんなに言っていたの。自分はアラリック卿の妻になるべく、神に運命づけられている、だからあの劇を書いたんだって。ダイアナが、国教会の神はふつう縁結びの神とは見なされないから、ギリシアかどこかの異教の神の話かと尋ねたら、ミス・ラーキンは面白くなさそうにしていたわよ」

ウィラはうなり声をあげた。

「でもプルーデンスが本当にうろたえたのは、レディ・ノウにアラリック卿を崇拝する神として見ているみたいだって指摘されたときね。もう言っていることも支離滅裂だった。わたしなんて、彼女がテーブル越しにトーストを投げつけるんじゃないかとはらはらしたもの」

「こんなロケット、絶対につけたくないわ」ウィラは言った。あの劇も、本人の許可もなく作られたお芝居がアラリックにしたことも、すべて気に入らない。ダイアナにもらったすてきなロケットにアラリックの絵を入れるなら考えないでもないけれど、今手にしているロケットも好きにはなれなかった。

「あなたの婚約の話題で、このハウスパーティーは盛りあがっているわ。アラリック卿をベッドに誘い込もうとする一部の女性たち以外はね」最後の版画絵を手にしてアラリックの顔の部分を丸く切り取ろうとしながら、ラヴィニアが言った。「イライザ・ケネットはもう、あなたと口も利かないんじゃないかしら。まあ、どのみち彼女の話といえば、あなたの婚約者の話ばかりだから、そうなっても害はないような気もするけど」

みなが婚約の件を知っているというのは、ウィラにしてみれば言葉もないほどに恐ろしかった。ゆうべはなんの迷いもなく協力したものの、こうなってみるとさすがに……。

「この切れ端をどうするつもり？」当惑を振り払い、ウィラはきいた。

「顔の部分を紙に貼って、頭に金色の輪をつけるの。アラリック卿が名声の絶頂期を忘れないようにと思って」

ウィラはまたうなってから言った。「あの人はいやがるわよ」

「そうでしょうとも！」ラヴィニアがにんまりする。「できた作品はあなたにあげてもいいわ。あなたが、あのほこりっぽい退屈な学者さんと結婚するお祝いにね。ほら、あの脚の細い、完璧に整ったかつらをかぶった男の人よ」

「わたしは学者と結婚したいなんて言ったことないわ」でも、考えたことはある。学者は自分たちの言葉を明瞭に語るし、彼女も励みになるほど博識だ。

ラヴィニアが脚をぽんぽんと叩き、さらにはさみを動かす。

ウィラはもう一度ロケットを開いて、アラリックの顔を眺めた。

「呼び鈴を鳴らして、お風呂の準備をさせたほうがいいわよ。レディ・ノウが自分であなたを呼びに来るかもしれないわ」切れ端をベッドの上に散らかしたまま、ラヴィニアは立ちあがった。「あなたとアラリックが仲よくしているところを、プルーデンスに見せつける気満々だから」

一時間後、入浴を終えたウィラはプルーデンスについて考えながら、お気に入りの乗馬服に着替えていた。深紅のスカートに同じ色の細身のコート、その下には胸元が大胆に開いた白いベストという装いだ。頭には黒い羽根飾りのついた麦わら帽子を斜めにかぶる。

男性らしい、軍服に近い格好だが、同時にウィラの女性的な体の曲線がじゅうぶんに強調されていた。白いレースで縁取られたネッククロスが、女性らしさを決定的なものにしている。

宣教師の娘がこれほど挑発的な服を身につけることはないだろう。

乗馬用の手袋をはめながら鏡を見ているうちに、ウィラは気分がよくなってきた。昨日の夜にあったことを考えれば、アラリックの目をまっすぐに見るのは簡単ではない。あんなキスを交わしたあとでは当然だろう。

でも、乗馬服は彼女の気を楽にさせてくれた。自分が崇拝者の群れに混じろうとしている女性ではなく、もっと勇敢で、もっと自制心のある人間なのだと感じられる。

どういうわけか、アラリックがそれに気づいてくれることが重要なのだという気がした。彼女の決意はかたまりつつある。このまま一生、ウィラでありつづけたいと思っているのか？　それとも、彼女をイヴィーとして見ている男性と結婚するだけの勇気がある？

ただ、依然として問題が残っていた。もしアラリックがイングランドやその社会に、そしてウィラにもイヴィーにも飽きてしまったら？　そのときはどうなってしまうのだろう？

22

ウィラが城の玄関にやってきたとき、ほかの人々はすでに厩舎へ向かっていた。

「何分か歩くだけですから」プリズムがウィラに言う。「従僕が責任を持ってお連れします」

「ありがとう、でも結構よ」ウィラは帽子をまっすぐにして、日差しが顔に当たらないようにした。「散歩を楽しむことにするわ」

「小道を進んでいけば、厩舎を見逃すことはありませんので」プリズムの顔には、うら若き女性がエスコートもなくひとりで歩きまわることへの不満がはっきりと浮かんでいる。

ウィラは城の正面の大きな扉を抜けた。エメラルドグリーンの芝の中を曲がりくねり、紫色と赤褐色、そして薄いピンク色のシャクナゲが咲き誇るほうへと向かう小道を下っていく。小道は花をつけた茂みに沿って曲がり、ブナの木をまわり込んで、木々の中へと続いていた。

木立の中は涼しくて心地よく、彼女はゆっくりと進んでいった。甘いナツメグに似たシャクナゲの香りが、くらくらするような馬とわらの匂いに変わっていく。曲がった道をさらに歩いていくと、前方に厩舎が見えてきた。

もしプリズムにユーモアの感覚があれば——ありそうもないけれど——厩舎を見逃さない

というのが彼の笑えない冗談だと思っていたところだ。その厩舎はたいていの邸宅よりも大きく、放牧地に囲まれたいくつもの低い建物とたくさんの乗馬道、そして訓練場からなっていて、青々とした草地のひとつでは五頭の子馬が競い合って駆けまわっていた。その向こうには、おそらく馬番たちとその家族が暮らしているこぎれいな小屋がある。

一番広い放牧地は人と馬で混み合っていた。あちらこちらに、アーモンド色の飾りをつけた濃いルビー色のお仕着せを着た公爵家の馬番たちもいる。集まっている紳士たちのあいだにラヴィニアの金髪が見えた。彼女は緑色の羽根で飾られた帽子をかぶっている。

ウィラがそのまま門を抜けて厩舎の敷地に入り、自分にぴったりな馬がいるかどうか考えながら歩いていると、大きくてあたたかい鼻が彼女の首をつついた。新しいわらと、きちんと手入れされた馬の匂いがする。

「きみが乗る馬だ」深みのある声がした。

いきなり声をかけられ、驚きのあまり心臓が口から飛び出しそうになった。

声のしたほうに目をやると、アラリックが精悍《せいかん》な黒い馬と、右の目に眼帯をしたきれいな顔の牝馬《ひんば》の手綱を握って立っていた。「きみがどんな乗り方をするのかよくわからなくてね。こっちはバターカップだ。もう若くはないが、乗り心地はいい」

手綱を馬番に渡したアラリックが、ウィラのウエストに手をまわす。彼女はフランス製のコルセットに心から感謝したい心境だった。

「鞭《むち》は持っているかい?」アラリックはすぐそばに立ちながらも、まだウィラの体を持ちあげようとはせず、笑みを浮かべて尋ねた。

「ええ」少しばかり息を詰まらせて答える。「でも、鞭は使わないの」

「そうか」アラリックは軽々と彼女を持ちあげて鞍《くら》に座らせた。すぐに向きを変え、ほかの女性が馬に乗るのを手伝いに行く。

ウィラが脚の位置を整えていると、すてきな栗毛の牝馬に乗ったラヴィニアが近づいてきた。

「あなたが来られてよかったわ！」ラヴィニアが元気よくウィラに声をかけ、身ぶりでうしろを指し示す。「エスコートはいらないと言ったのだけれど、この紳士たちが聞いてくれなくて。これだけいれば、わたしたちふたり分のエスコートにはじゅうぶんでしょう？」

ウィラは笑みを浮かべて、若い貴族ふたりと将来の伯爵に挨拶をした。一行がゆっくりと道へ向かいはじめ、五人も一緒に馬を進めていく。

完璧な七月はじめの一日だ。少なくとも二五人はいる紳士淑女たちが笑い、おしゃべりをしながら集団を作っている。アラリックは、ウィラやラヴィニアがいる小さな集団の後方のどこかにいるようだ。一行は野生のバラが絡みついた垣根で仕切られた道を進んでいった。馬上から見える堀は、丸く小さな花を咲かせたシャクで飾られている。

何分かすると、ウィラたちのうしろからミスター・スターリングが追いついてきて、彼女と馬を並べた。ラヴィニアが何度も彼を追い抜いては中身のない言葉をかけ、彼がそのたびに顎をわななかせる。

「いいかげんにやめなさい」しばらくして馬が並んだとき、ウィラはラヴィニアをたしなめた。「あなたは必要もないのにミスター・スターリングをからかっているのよ。自分でわかってるの？」

「どういう意味？」

「あの人が意味のない社交的なおしゃべりを嫌っているのは、あなたも知っているはずでしょう。それなのに、わざとそんな会話を仕掛けたりして」

ラヴィニアが高らかに笑った。陽気な笑い声を聞き、周囲の男性たちが彼女に注目する――ただし、ミスター・スターリングだけはまっすぐ前だけを見据えていた。

「今のもそうよ」ウィラは言った。「どうしてわざわざそんなことをするのか、わたしにはわからないわ」

「あの男性がいやな人だからよ」ラヴィニアが小声で答える。「そういえばプルーデンスは馬に乗れないらしくて、前のほうにいる馬車に乗っているみたいね。あら、見て！　意地悪なスターリングが、また揉《も》めはじめたわ」

たしかに少しばかり短気らしいミスター・スターリングは、ローランド卿ときれいとは言えない言葉で口論を始めていた。

「ダイアナはどうしたのかしら？」ウィラは言った。

ラヴィニアが鼻にしわを寄せる。「出発する直前になって、わたしの母に気分が悪いと言いに来たのよ」

ウィラとラヴィニアはしばらく黙り込んだ。小さな嘘によってダイアナが得することは何もない。それについてはふたりとも同じ意見なので、改めて言葉にする必要もなかった。

「あの宿で昼食らしいわ」ラヴィニアが顎をあげ、少し離れたところにある大きな建物を示す。リンドウ公爵家のお仕着せを着た男性たちがいっせいに散り、馬を預かる準備を整えた。

宿の後方には芝が生えた堤があり、大きなヤナギの木が影を作っている。堤の下を流れる川は幅が広く流れが穏やかで、曲がった先で視界から消えていた。地面の上に白い布とやわらかい枕が置かれていて、昼食の用意が進められている。

「おなかがぺこぺこだわ」ラヴィニアが言った。「朝食のとき、卑怯《ひきょう》者のスターリングがわたしになんて言ったかわかる？」

「あなたが彼にひどいことを言うのをやめたら、向こうも何も言わないと思うわよ」ウィラは答えた。

「二重顎だって言うのよ！」

「ちょっと信じられないわね。まず彼があなたを侮辱するとは思えないし、実際あなたは二重顎じゃないもの」

「話の中で言われたの」ラヴィニアが反論する。「馬みたいに食べるから、来週までには二重顎になるって」

「それで？　そう言われる前に、あなたはなんと言って彼を挑発したの？」

ラヴィニアは自分の馬を宿の門のほうへと向けた。「もしそのお皿にあるベーコンを全部食べたら、おなかがプディングみたいになるって言っただけ。ちゃんと〝もし〟をつけたわ。なのに、向こうはわたしをのろまな老婆だって言うのよ」

ウィラが応えるより先に、アラリックが隣にやってきた。なめらかな動きで馬からおりると手綱を待っていた馬番に投げて渡し、両腕をあげてウィラがおりるのに手を貸そうとする。

どこかの時点で脱いだらしく、アラリックの馬の鞍頭に上着がかかっていた。ふつうの紳士であれば、そうしたまねはしない。けれども彼はこのとおり、白いシャツをたくましい胸板に張りつかせていた。

「つまらない男たちのひとりがきみに触れるのを、ぼくが許すと思ったら大間違いだよ」アラリックは気安い口調で言った。三人の男性は彼と張り合おうとせず、早々にラヴィニアのまわりに集まっている。

ウィラは頬がほてるのを感じた。「わたしを見せびらかそうとしているのね」

「プルーデンスにぼくをあきらめさせるためだ」彼は笑みを浮かべ、バターカップの鼻を撫でた。「この馬はどうだった?」

「とてもいい子だわ」ウィラは答え、体を前に傾けてアラリックの両手に身をゆだねた。この状況ではほかにどうしようもないのだから、しかたがない。

次の瞬間、彼女の両足は地面についていた。ただし、アラリックはふつうの礼儀作法では考えられないほどウィラの近くに立ち、彼女の体をバターカップの大きくてあたたかい横腹に押しつけるようにしている。

ウィラは頭がくらくらするような幸福感に慣れていない。ほとんどめまいと言ってもいい感覚にとらわれた。

「ポケットにスィートピーを入れていないだろうね？」アラリックが尋ね、彼女の背中に置いた両手をおろしていく。

「まさか」どうにか答えた。「落としたら大変ですもの。わたしが馬から落ちてしまうかもしれないし」

「落馬する可能性があるのかい？」

あると答えたら、アラリックにこの先の乗馬を禁じられるに違いない。彼の目を見れば明らかだ。「ないわ」ウィラはそう答えて微笑んだ。アラリック・ワイルドの目に浮かんだ彼女を守りたいという強烈な感情を見て、とても……浮き浮きしたからだ。前に馬から落ちたのは……。

いいえ。実際のところ、落馬の経験はない。

「ウィラ！」ラヴィニアが呼んだ。

アラリックがうしろにさがり、ウィラは深く息を吸い込んだ。彼からミントと革、そして馬の毛の匂いがする。

「上着を着るつもりはないの？」彼女は尋ねた。

馬番が馬を連れていこうとする直前、アラリックが腕を伸ばして鞍頭から上着を取った。

「きみがそうしてほしいと言うなら」

「それが礼儀よ」

「きみは礼儀作法を気にする女性ではないよ、イヴィー」彼が低い声で続ける。「ぼくたちはふたりとも、それを知っているはずだ」

さっきまでウィラを守りたいという思いが浮かんでいた目に、今度は欲望が渦巻いている。ウィラはごくりと息をのみたかったが、それはあまりにもあからさまなので我慢し、膝が震えるのも無視しようとした。

「おなかはすいた？」彼女はきいた。

張りつめた低い声で、アラリックが答える。「ああ」

ウィラはいやな顔をして言った。「おかしなことを考えるのはやめて！」

「無理だよ」彼が前に進み出て、ウィラの耳元に口を寄せる。「ここに来るまで、ずっときみのうしろにいたんだ。きみのウエストを見ているだけで泣きそうになったよ。バターカップが小走りになったとき、きみは前かがみになって腰を浮かせただろう？」

アラリックが顔を引き、彼女と視線を合わせた。彼の目の光は欲望でかすみ、暗い炎を宿している。一瞬、ウィラはめまいを感じた。こんなふうに見つめてくる彼は、本当にイングランドの女性のほとんどが心酔する、あのワイルド卿なのだろうか？

「きみはぼくを狂わせる」アラリックの声はかすれていた。

ウィラは体の向きを変え、宿に向かって歩きだした。そうでもしないと、昨夜のようにみずからに屈し、キスをしてしまいそうだ。

「ぼくがきみのうしろにいたのは、第一に眺めを楽しむためだが、第二はほかの男が同じことをできなくするためだ」アラリックが彼女のうしろ姿に向かって打ち明け、そのままついてきた。ふたりで宿の建物の横を案内されている途中、彼は言った。「食事の準備がまだ終わっていないようだな」たしかに給仕の人々が忙しく宿に出入りしている。「きみは？　腹はすいたかい？」

起きた時間が遅くて朝食をとれなかったウィラはうなずいた。「ちょっと待っていてくれ」アラリックはそう言うと、ひとりで先を急いだ。

今まで男性の命令に従ったことはない。悪い先例を作ってしまうからだ。けれどもウィラは地面に根を生やしたようにその場に立ち、彼がパンとチーズ、そしてワインの瓶とグラスを取ってくる姿を見つめていた。

アラリックが何を考えているにせよ。礼節に反することに違いない。彼女はそう確信していた。

頭の中で、自分の評判を心配する悲鳴が響き渡っている。ラヴィニアの母親でウィラの後見人でもあるレディ・グレイなどは、昨夜ウィラが男性を寝室に入れた夢を見ただけで、早々に汚されたと宣告するだろう。

それはすなわち、すぐに結婚させられるという意味でもある。

だが、ウィラ——従順で完璧なウィラ——はどこかへ追いやられていた。宿のひさしの下に立っているのは、あらゆる意味で間違った男性が戻ってくるのを待っている女性だ。

それはウィラではなく、イヴィーだった。

ラヴィニアが隣にやってきて、語気を強めて尋ねた。「たった今、あの男がわたしになんて言ったかわかる？」

「ぼくはおかしなことは言っていない」ラヴィニアのうしろから、パース・スターリングが吐き捨てるように言った。彼の目は怒りに燃えたぎっている。

ラヴィニアがうしろを振り向き、彼を指さした。ウィラが目を疑うほど無礼なふるまいだ。

「わたしのことを、短気で小うるさい女だと言ったじゃない」

ミスター・スターリングが腕を組んだのを見て、ウィラはいやでも彼の胸板が分厚いことに気づかざるをえなかった。「侮辱されたくないのなら、まず自分が人の神経を逆撫でするのをやめることだ」

アラリックがウィラたちのほうへ戻ってくる。そのうしろから、雪のように白い襟のついた――ウィラの目には、これ見よがしなほどに清教徒っぽく見える――ドレスを着たプルーデンスが追いかけてきた。「おはようございます、アラリック卿」彼女は叫ぶように言ってウィラたちのところまでやってくると、地面につきそうなほど膝を深く折ってお辞儀をした。

「おはよう、ミス・ラーキン」アラリックが応じる。「ぼくの婚約者を覚えているかな？」

プルーデンスの口元がこわばり、ウィラが驚いたことに、目に醜悪な何かが浮かんだ。

「ミス・ラーキン」ウィラは簡潔に言った。ここまでの様子を見たところ、婚約の発表はアラリックの崇拝者たちの動きを鈍らせる効果があったようだ。でもプルーデンスに関して言うと、彼女が自分にとって不都合な事実には目をつむる傾向があるのは明らかだった。

「失礼するよ、ミス・ラーキン。これから散歩をすることになっているんだ」アラリックが告げる。

プルーデンスはうしろにさがり、優雅な仕草で手を振った。「閣下のお楽しみを邪魔するようなことはしません」

ウィラは歯をむいて威嚇でもしたいところだったが、代わりにアラリックの腕を取った。

「どこへ行くの？」ささやき声で尋ねる。

「ミス・ラーキンから見えないところだ」彼がいかにも不愉快そうに答えた。

ラヴィニアが満面の笑みを咲かせてミスター・スターリングを見る。彼女自身もウィラも、そしてアラリックも、それがミスター・スターリングの嫌う種類の笑顔であることを知っていた。「そうね、わたしも喜んであなたと散歩に行くわ」ラヴィニアは笑いをこらえた震える声で言うと、みずからミスター・スターリングと腕を組んだ。「誘ってくれてありがとう。これからはあなたをパースと呼ぶから、わたしのことはラヴィニアと呼んでちょうだい」

「それは身に余る光栄だ」ミスター・スターリングが言い返す。

「謙遜しなくてもいいわ！　わたしの親友と結婚するアラリックとは、名前で呼び合う間柄になったの。この先、あなたと顔を合わせる機会が増えることを考えれば当然よ！」

ラヴィニアがウィラに笑顔を向ける。「あなたもパースと呼べばいいわ。そうなさいな、ウィラ」エスコートの男性たちの目が火花を発しているようだったが、彼女は無視して陽気な声音で告げた。

「光栄です」ミスター・スターリング——いえ、パース——がウィラに向かって、どうにか喜んでいるふうを装って言った。

「わたしのこともウィラと呼んでいただけるとうれしいわ」

アラリックがワインの瓶を友人に向かって投げ、パースが空中でそれをつかんだ。片方の手の空いたアラリックがウィラの腕を取り、自分のほうへと引き寄せる。

四人は川に沿って歩き、流れが曲がってふたつの畑のあいだを通る道路から離れていくところまで進んだ。川辺では青紫色の野生の花と甘い芳香を放つラベンダーが、濃い青から薄く輝く青に変わった水の流れと隣り合って咲き乱れている。

「ここで休みましょうよ」座って休息を取ろうと、ラヴィニアがヤナギの木の下へ向かった。

背が高くて葉が豊かに生い茂り、薄緑色の滝のように見える立派なヤナギだ。

「そういう乗馬服を男がどれだけありがたがっているか、誰かから聞いたことはあるかい？」ラヴィニアのあとを追うウィラに、アラリックが声をかける。

「ひとりは心当たりがあるわ」彼女は答えた。

「ぼくが服を崇めたいという衝動に駆られることはめったにないんだ。だが、イヴィー、そのスカートをはいたうしろ姿といったら……」

「やめて」肩越しに振り返り、アラリックを黙らせようとする。彼の目を見て足元がふらつき、ウィラは体ごと向きを変えた。「どうしてそんなお世辞をわたしに言うの？　あなたは探検家よ。船に乗って、どこかへ旅立っていく。でもわたしの心はあなたとは反対に家庭というものにとどまっているの」

アラリックの眉がつりあがった。「家庭にとどまる？　きみが？　まあ、何はともあれ、ふさわしい表現が見つかってよかったよ。実はずっと考えていたんだ」

彼の話に乗ってはいけない。ウィラはそう自分に言い聞かせた。

「〝家庭にとどまる〟という言い方は思いつかなかったな」彼が目を輝かせて言う。

もしアラリックが、ウィラも船に乗って彼と一緒に海賊の縄張りを探検すると思っているのなら、それは残念ながら間違っている。そうしたまねが好きなのは父――いえ、母だった。両親が無鉄砲な競争に出かけた朝の母の笑い声を、ウィラは今も鮮明に覚えている。父も母も、彼女にお別れのキスさえしなかった。

「ウィラ！」ラヴィニアが声をかけてきた。枝葉のあいだから入り込んできた日光が髪に金色の輪を作り、彼女を本物の天使のように見せている。「こっちで一緒に座りましょう」

「グラスが足りないから一緒に使うしかないな」ヤナギの下にたどり着くと、アラリックが言った。ブーツにはさんであった折りたたみ式のナイフを出して刃を開き、手際よくワインのコルクを取る。

ラヴィニアがアラリックから受け取ったワインをひと口飲み、まつげをはためかせながらグラスをパースに渡した。

パースがあからさまに不愉快そうな表情でラヴィニアを見て、結構な量をひと口で飲む。

「あなたって、本当に紳士ね」ラヴィニアがささやいてグラスをパースから奪い取り、残りを一気に飲み干した。「パース、申し訳ないけれど上着を貸していただけるかしら。この堤で少し横になりたいの」

無言のまま、パースが上着を脱いでラヴィニアに手渡した。

「ありがとう！」ラヴィニアが大きな声で言い、上着を地面に広げる。その上に横になり、快適な姿勢になるまで――おそらく上着に草の染みがひとつふたつできるまで――もぞもぞと体を動かした。「ウィラも一緒に横になりましょうよ。体の大きなパースの上着だから、ふたりで寝転んでも平気よ」

ウィラがつばの大きな麦わら帽子を取ると、アラリックが口を彼女の耳に触れそうになるまで寄せてささやいた。「上に果物の皿をのせられそうなつばだ」

彼女は微笑んだ。「教えて差しあげますわ、閣下。これが今の流行なの」

ラヴィニアがエメラルドグリーンの草の上に横たわっている。金色の髪が肩のあたりで広がり、顔には満足しきった表情が浮かんでいた。パースは眉間にしわを寄せ、黙って川の水を眺めている。

アラリックが上着を脱ぎ、パースの上着と並べて広げた。ウィラはラヴィニアと肩を近づけて仰向けになり、目を細めてヤナギの枝のあいだからのぞく空を見あげた。「鼻にそばかすができて、あなたのお母様が取り乱すわよ」

「うーん」ラヴィニアが眠そうな声を出す。「顔にお日様が当たるのが好きなの」

アラリックは喜びを感じながら、ふたりの様子を見守った。ウィラの親友はなんとも過激な女性だ。それは彼の妻となる女性の人となりについて、何かを物語っている。

「まだ石を五回、跳ねさせられると思うか？」彼はパースに言った。

パースが挑戦を受け、すぐに穏やかに流れる川へと向かった。「あいかわらずの剛腕ぶりだな」すっかり熱くなるまで石を投げ合ったところで、彼はアラリックを褒めた。

アラリックは慎重に狙いを定めて石を投げ、水面で七回跳ねさせた。

うしろのほうから、気だるそうな女性のささやき声が聞こえてくる。アラリックには、ウィラの声を聞き分けることができた。ラヴィニアの声が陽気で、いつも笑いだす一歩手前といった感じなのに対し、ウィラは冷静な観察者のような声を出す。

そして、実際の彼女は観察するばかりではなく行動力もある。

ウィラからはどこか、周囲にいる大勢の人々の人生をそうと知られずに動かしている印象を受けた。ラヴィニアがそうだし、レディ・グレイもそうだろう。

腕を戻しながら、アラリックは考えた。人生とは奇妙なものだ。今となっては、何年も世界を漂泊してきたのが、故郷に戻ってそこで待つよりどころを発見するためでしかなかった気さえする。

「彼女には我慢ならない」パースが声を抑えて言った。「先に宿に戻ってもいいだろう？頼むよ」

「まるでラテン語の勉強をさぼろうとする八歳児みたいな言い草だな」

「ここから逃げられるなら、ラテン語の補習を受けてもいい」

アラリックは、世界で最も美しいふたりの女性が並んで横たわっているうしろを振り返った。ラヴィニアは片方の腕を頭のうしろにまわしていて、それが胸を実にすばらしく見せる効果を生んでいる。

しかし驚いたことに、アラリックの関心はラヴィニアの胸に向いていなかった。そう、まったく関心がない。ラヴィニア・グレイの胸に興味を持たない男性など、生きているかも疑わしいというのに。

あるいは、ほかに何かもっと興味がわくものがあるのだ。

「今、去ったら、あの女は自分が勝ったと思い込むだろうな」パースが続けた。

アラリックは肩をすくめて応えようとしたが、彼が言葉を発するよりも先にパースが悪態をつき、ブーツを脱いで川のほうへ大股で歩きだした。

「おい、何をしているんだ？」アラリックは大声で呼びかけた。うしろでウィラが上半身を起こす。彼女の姿は見えないが、そうしたのはわかった。なぜなら……。

なぜなら、ただわかったからだ。

「あの木のところに何かがいる」パースが叫び返した。彼はすでに腰まで水につかっていて、なおも川の真ん中にある大きな岩に引っかかった流木に向かって進みつづけている。

ラヴィニアとウィラが立ちあがった。ふたりが川岸にいるアラリックのところへやってきたときには、パースはもう頭と肩しか見えなくなっていた。

「ふたりとも、ちょっと失礼する」アラリックはそう言うなりブーツを脱ぎ、草の上に放り投げた。「パースに手伝いが必要かどうか、様子を見てくるよ」

水深がさほど深くないせいか、川の水はあたたかい。アラリックが追いついたとき、パースは片方の腕をもつれた枝の中に突っ込んでいるところだった。

「くそっ」パースが吐き捨てるように言う。「引っかかれた」

「いったい何がいるんだ？」

「猫だよ」パースが腕を枝の中から引き抜くのと同時に、怒りに満ちた鳴き声が響いた。彼の手にはびしょ濡れの小動物がつかまれている。

アラリックははじけるように笑いだした。パースがつかんでいるのは、これ以上ないほど不細工でやせこけた、ずば抜けて醜い猫だったからだ。湯が沸騰したやかんのようなうなり声をあげながら唾液をまき散らし、ずぶ濡れの頭に両耳を張りつかせている。

違う。片方しかない耳を頭に張りつかせていた。

「とても好かれているとは思えないな」パースが真剣な表情で言う。猫が激しく身をくねらせ、彼を引っかいた。

アラリックは大声で笑いながら川岸に向かい、水位が腰のあたりになったとき、シャツがぴったりと体に張りついて筋肉を浮き出させているのに気づいた。

ウィラのほうへと歩いていくあいだ、顔がほころんでいくのを抑えられない。彼女は口をわずかに開け、少しばかり呆然《ぼうぜん》とした顔でアラリックを見つめていた。一方でラヴィニアはというと、鳴きつづける猫を相手に悪戦苦闘しているパースを楽しそうに眺めている。

　水位が膝くらいになると、ウィラがあわてて口を閉じ、視線をアラリックのブリーチズのウエストよりも上にあげた。「残念だが、これではアーサー王の墓に行くのは無理だ」アラリックは堤に水を飛ばしながら言った。両腕を広げると、ウィラの視線がまたしても彼の体へとさがっていく。

　じきにパースが暴れられないよう猫の前後の脚をつかんだまま、アラリックの隣にやってきた。「それにしても醜い」アラリックはかえって感心しながら言った。片方のうしろ脚は毛が抜け落ちているし、鼻のあたりには大きな古傷がある。

　ウィラも声をあげて笑った。「あなたと同じくらい傷だらけね」

　アラリックが手を握って抱き寄せると、彼女は小さく悲鳴をあげた。「ずぶ濡れなのに！」

　彼のシャツが完全に濡れているということは、ウィラの胸の感触を余すところなく確かめられるということだ。

「キスは許さないわよ」彼女が抑えた声で命令する。ただし、その瞳は輝いていた。

「きみが欲しい」アラリックは小声で言った。「参ったな。ウィラ、このブリーチズは濡れた紙と大差ない。今の下腹部の状態だと、地域によっては犯罪だと見なされる」

「お城に戻ったほうがいいわ」ウィラがあとずさりしながら言った。彼の言葉の意味を理解しているのは明らかだ。じかにそこを感じたのだから無理もない。

「その猫はあなたによく似ているわね、パース」アラリックとウィラの後方で、ラヴィニアの声がした。

アラリックはウィラと指を絡ませて振り返った。

「暴れん坊で、がさつで、怒りっぽくて……」

猫は体をよじるのをやめ、おとなしくパースの手につかまれてぶらさがっている。見たところ、いかにも従順そうだ。

ただし、そう思えるのは猫の目に宿る怒りの炎に気づかなければの話だった。逃げだす機会をうかがっているにすぎない。

ラヴィニアがゆっくりとふたりに近づいてきた。「上着を取ってきてあげるわ、アラリック」やさしい声で言う。「風邪を引いたりしたら大変だもの」

パースが自分の上着を拾いあげ、怒り狂う顔しか見えないように猫をくるんだ。「アラリックがウィラにスカンクの子どもを買ってやったとき、きみは感激していたな」ラヴィニアに話しかけ、こわばった口元をわずかにゆるめる。「スイートピーのやわらかい毛足も、濃い色をした目も、愛敬のあるところも、新しい飼い主にぴったりだ」

ラヴィニアの顔に浮かんでいた笑みが凍りつく。

「きみのためにこいつを城まで連れていくよ。ぼくからの贈り物だ」

23

　ラヴィニアが怒りをあらわにするのは珍しい。だが、今の彼女は明らかに激怒していた。「傲慢で不愉快で、しかも無礼そのものの男だわ」あまりにも憤っているので座ることもできず、ウィラの寝室をうろうろと歩きまわっている。

　ウィラは肘掛け椅子で丸くなり、スィートピーを抱いていた。パース・スターリングは約束――あるいは脅し文句？――のとおり、助けた猫を置いていった。かの猫は開いたドアから寝室のバルコニーへと飛び出していき、外にある石造りの手すりの下で寝そべっている。ときおり猫の言葉で言うところの悪態をついては、自分の縄張りに誰かが入ってこないよう布石を打っていた。

「笑っているの？」ラヴィニアがくるりと身をひるがえして詰問する。

「まさか！」ウィラは答えた。「今の耳障りな音なら、あなたの猫よ」

「わたしの猫？　わたしの猫ですって？　猫なんていらないわ」ラヴィニアは嘆いた。「動物だって好きではないもの。猫を欲しがっているのもあなたじゃない。あれもあなたにあげる」

「わたしにはスィートピーがいるの」ウィラは警戒し、すぐに言い添えた。「猫はいらないわ」

「パース・スターリングは今まで会った中で一番、理不尽で無礼な男性よ」バルコニーでは猫がシャーと威嚇する声をあげつづけ、ときおりさまざまな鳴き声を差しはさんでいる。ラヴィニアも人間の言葉で同じことをしているわけだ。

「パースなら、あなたがマンチェスターから戻ってくるまでにいなくなっているわよ」ウィラは親友の言葉が切れるのを待って告げた。「忙しい人だもの」

ラヴィニアの表情がぱっと明るくなる。「そうよ！　明日、お母様と一緒にマンチェスターに向かうことになっているのを忘れていたわ！　あなたは本当に来なくていいの、ウィラ？」

「スィートピーを置いては行けないもの。この子を連れていくのは、あなたのお母様がいい顔をなさらないでしょう。たった数日の話だし、わたしのシャペロンならレディ・ノウがいらっしゃるから問題ないわ」

「寂しいけれど、むしろそのほうがいいのかもしれないわね。あなたはプルーデンスに目を光らせていなくてはいけないし。彼女なら、アラリックに純潔を汚されたと騒ぎたてる状況を自分で作りかねないと思うわ」

「プリズムもそう思っているみたい。アラリックの寝室はどこか、秘密にしてあるそうよ」

ウィラは鼻にしわを寄せた。「わたしとしては、率直に話し合えば問題は解決できると思うのだけれど、アラリックは同意してくれないの」

　誰かに擁護してもらう必要はないというのがアラリックの考えだ。でも、ウィラの考えは違っていた。彼は女性たちに囲まれる状態をいやがっているが、その感情を表に出さない。そしてプルーデンスは彼に心酔して寄ってくる女性たちの中でも、最悪の部類を代表する存在なのだ。

　ラヴィニアが首を横に振る。「プルーデンスはふつうの崇拝者とは違う気がする。あの人はなんだか怖いわ」

「そんな、考えすぎよ」ウィラは笑って応じた。「彼女だって、ワイルド卿に恋した女性たちのひとりというだけだと思うわ。ほかの人たちよりも熱意はあるけれど」

　アラリックがプルーデンスを城に置いているのは、ウィラが婚約者であるふりを続けられるからだ。ウィラは明らかにそう感じていた。公爵の息子にそれほど望まれてしまっているというのも、頭の痛い問題だ。

「本当にマンチェスターには行かないのね？」

「行けないのよ」

「それならダイアナを誘おうかしら。馬車の席ならじゅうぶん余っているし」

「もしダイアナがその誘いを受けたら、ローランド卿から逃げるためかもしれないわね」ウィラは顔をしかめて言った。

「とりあえず、わたしは少し昼寝をするわ」ラヴィニアが両腕を天井に向かって伸ばした。

「なぜなの？　どうしてわたしは、あの短気な男にいらいらさせられるがままになっているのかしら？」バルコニーに顔を突き出し、耳に刺さるような強烈な鳴き声を誘ってしまったのを見て、あわてて引っ込める。「あの猫をあなたにあげると言ったのは、ただの冗談よ。馬番に頼んで、厩舎で引き取ってもらうわ」

ウィラは眉をひそめた。猫はひどくおびえている状態で、すぐ手荒に扱われるのは忍びない気もする。「しばらくそこにいさせておけばいいわ。きちんとスィートピーの砂箱を使って用を足していたし、頭はいいと思うの。わたしがあげたチキンもちゃんと食べたのよ」

「当然、チキンは食べるでしょう。あんなにあばらが浮き出ているんですもの。あの醜い猫に情を移してはだめよ。わたしはあれを飼うのは認めませんからね。パースみたいなひどい男性を思い出すのはごめんだわ」

「飼わないわ」ウィラは約束した。立ちあがり、スィートピーを暖炉のそばに置いた籠に入れる。「昼寝はいい考えね。わたしもそうする」

「その前に、乗馬服を着替えるのを手伝いましょうか？　わたしのところもあなたのところも、メイドは半日お休みよ」

ハウスパーティーの催しでアーサー王の墓を訪れることになっていたため、執事が個人につく使用人たちに休みを与えたのだ。

ウィラは首を横に振った。「コルセットも含めて、全部前で留める服だから大丈夫。あなたは？」

「わたしもよ」またしても、バルコニーから哀れな甲高い鳴き声が聞こえてきた。「あの猫の名前はパースにしようかしら」ラヴィニアが思案顔で言う。

「猫につけるには、パースは上品すぎるわ」ウィラはバルコニーへ通じるドアのかたわらに立つラヴィニアに近づいていった。

猫はバルコニーの隅、大理石の手すりの下で丸くなっている。今はもう毛が乾き、みすぼらしいぶちが見えていた。「ハンニバルはどう?」ウィラはきいた。

「ハンニバルって軍人じゃなかった?」ラヴィニアがきき返す。「この猫は全然、軍人には見えないけれど」

「その意見には賛成できないわ。この子はどう見ても戦士よ!」

ラヴィニアが部屋を出たあと、ウィラは乗馬服を脱いで肌着姿になり、ため息をついて冷たいシーツの上に倒れ込んだ。バルコニーから寝室に、ぴりっとして甘い匂いが漂ってくる。たぶんモクセイソウか、あるいはバラの香りだろう。

ウィラは目を閉じ、海神ポセイドンみたいに川から姿を現したアラリックのことを考えた。薄いシャツが腹部のなめらかな筋肉に張りついていたのを思い出す。いくらかふしだらな女性になることがこんなにも楽しいものだとは、これまでまったく知らなかった。

ふしだらどころか、罪深い女と言ってもいいかもしれない。

横になったまま伸びをして、彼のたくましい体を想像する……いけない、まだ昼間だ。蒸し暑い午後なので、上掛けをかぶるのは気が進まない。

代わりに横向きになって丸くなり、アラリックが階段の上まで彼女を追ってくるところを想像した。空想の中の彼が部屋に入ってきていたずらっぽい笑みを浮かべ、シャツを脱いで脇に放る。

そんなとき、彼は何か言うだろうか？　詩を引用する？　そうするとしたら、たぶん探検について伝える詩だ――たとえばジョン・ダンの〝ああ、わたしのアメリカ、わたしの新天地〟みたいな？

違う。

ウィラの予想では――彼女は男性経験こそないけれど、男性について学んできた――アラリックは目をほとんど閉じて、言葉は発しない。

空想の中で、まず彼の両手がウィラの背中に置かれ、それから前のほうに移ってきた。彼女の胸はラヴィニアほど豊かではないものの、形はいい。空想ではアラリックの手のひらにぴったりおさまる大きさだった。彼の乗馬用のブリーチズがなくなったあたりで、ウィラの白昼夢がいくらかぼんやりとしてきた。服を脱いだときにどんなふうに見えるか、確信が持てないからだ。あれこれと考えているうちに、彼女は眠りに落ちていった。

ウィラはラヴィニアと一緒にグレイ卿の図書室できわどい書物を何冊か見つけ、男性の体の仕組みについて学んだ。ところがその当時のふたりは、書物にある男性の体に関する描写が大げさに書かれたものだと信じて疑わなかったのだ。

でも……アラリックの濡れたブリーチズを見たかぎりでは……。

ひょっとすると、大げさだと決めつけたのは間違いだったかもしれない。

間を空けて何度かノックしてもいっこうに反応がないので、アラリックはウィラの寝室のドアを押し開けた。スィートピーがドアを開けられるわけはないし、ダンゴムシをいっぱいに包んだハンカチを廊下に置いていくわけにもいかないので、やむをえない。

ウィラは居間にいるか、あるいはラヴィニアと庭に出ているか――。

違った。

彼女はベッドの上で丸くなり、眠っていた。髪はまとめておらず、枕の上に広がっている。薄いまつげは長く、頬骨のあたりはピンク色で、美しい口はかすかに笑みの形になっていた。薄い肌着を着ているだけで、裾があがって腿にきつく巻きついている。

アラリックは片方の手でドアを押さえ、もう一方の手にダンゴムシを包んだハンカチを持ったまま、息をのんでその場に凍りついた。植えつけられた紳士のマナーが頭によみがえり、ウィラから目をそらす。このまま静かに引きさがるか、それともスィートピーに午後のおやつを与えるか、ふたつを天秤《てんびん》にかけているあいだ、彼の視線はゆっくりと室内を見まわしていった。結局のところ、アラリックは苦労して何かを見出す男だ。ここでスィートピーを無視して去るのは、それこそ恥というものだろう。

体裁なんてどうでもいい。どのみち、紳士でいることは得意ではないのだ。アラリックはドアを閉め、ベッドに目をやらないようにして――無意識のうちに悪態をつぶやきながら

――小さなスカンクがいる籠に歩み寄った。

籠の中には、パースが川で連れて帰ると言っていた枯れ木のような猫がいた。猫はアラリックを見つめてひとつきりの耳を頭にへばりつかせ、喉からはるか遠くの雷みたいな音を出して威嚇している。

もじゃもじゃのオレンジ色の毛をした猫が丸く寝そべっているその真ん中に、安心しきった様子で小さな鼻を猫の足にのせたスィートピーがいた。アラリックが一歩近づくと、猫のみすぼらしい尻尾がひょいとあがり、すぐに落ちてぱたりと音をたてた。

これなら、餌をやっても猫が暴れたりすることはなさそうだ。

アラリックはハンカチの中身をすべて籠の中に落とし、うしろにさがった。

ウィラはぼくのものだ。本人がそれを知らなくても、信じていなくても、望んでいなくても。

いいや、ウィラはきっとぼくを望んでいる。キスしたときには全身が震えていたし、水から出たときには目がぼくの胸に釘づけになっていた。それに濡れたブリーチズがぴったりと張りついた状態で川からあがったときだって、彼女の視線は下腹部までさがり、しばらくそこでとどまっていた。ウィラのそばにいるだけでいつも体が高ぶってしまうのだから、もちろん彼女もそれを目の当たりにしたということだ。

アラリックはベッドに近づき、慎重に身をかがめてウィラの隣に横たわった。手を彼女の肩にかかった豊かな髪に走らせる。首から下を見てはいけないと、自分にきつく言い聞かせた。

眠っている女性に呆然と見とれるなど、彼の趣味ではない。だが、丸みを帯びたあたたかな頬に唇を触れさせたらどんな感じだろうと想像せずにはいられない。

ウィラを起こしてしまうだろうか？

「イヴィー」自分の声が彼女を驚かせるのではなく、夢の中に染み入っていくよう願いつつ、アラリックはささやいた。

彼女が小さくうなり声をあげる。

アラリックの心臓の鼓動が、ウィラは自分のものだと叫んでいた。

「キスをしてもいいかい？」

彼女が反応しないので、唇をそっと頬からなめらかな髪へ、繊細な曲線を描くピンク色の耳へと走らせていく。ウィラが幸せそうな声をあげて身を寄せてきたとき、彼はまだ耳へのキスを続けていた。

アラリックの体がこわばってかたまった。血液がどくどくと全身をめぐっていくのがありありと感じられる。欲望の証はもう痛いほどに高ぶっていた。

「何か言ったかい？」彼はささやいた。

「話しているのはそっちよ」ウィラが酔ったような口調でつぶやく。「ねえ……」声がそのまま消えていき、彼女はアラリックに背を向けた。

「イヴィー」何秒か考え、紳士は脚に巻きついた肌着の裾をさらにあげたりしないという結論に達したあとで、彼は声をかけた。

ウィラを起こさなくてはならない。アラリックは片方の肘をついて横向きになり、彼女の額と鼻、そして顎の先に誠意のこもったキスをした。

彼女の唇が開き、吐息がもれる。改めてキスを、本物のキスをしようとした瞬間、アラリックはウィラ・エヴェレットとキスをするならば、完全に目を覚ました彼女とそうしたいと願っている自分に気がついた。

彼女の下唇に軽いキスをして、ささやきかける。「起きてくれ」

ウィラが吐息をもらし、片方の手のひらを彼の胸に当てた。胸に触れる指に徐々に力が入っていくのを、アラリックは楽しげに眺めた。

彼女のまぶたがぱっとあがる。

ほかの女性であれば、大きな声を出すか、あるいは悲鳴をあげているところだ。けれどもウィラはじっと彼を見つめ、眠そうな声で言った。「アラリック、わたしのベッドで何をしているの?」

「隣で横になっているんだよ」アラリックは目の前にいる彼が想像の産物ではないとウィラが理解するまで——彼女がアラリックをベッドから追い出すつもりのないことがはっきりするまで——じゅうぶんに時間を取って目を見つめつづけた。

ウィラの青い目から眠気が消え、好奇心と切望が取って代わる。アラリックは彼女に顔を寄せ、指で髪をまさぐりながら激しく情熱的なキスをした。

彼が大いに満足したことに、ウィラは前に一〇〇回ほどもそうしたことがあるかのように両腕を首にまわしてきた。もちろんアラリックとしても、これから回数を重ねて一〇〇回に近づいていくつもりだ。口には出さないその決意が、全身を矢のように猛烈な勢いで駆けめぐった。

ウィラをキスで起こすのはぼくだけだ。彼女にもそう確信してもらうために必要なら、なんだってしてみせる。アラリックはそう心にかたく誓った。

24

　ウィラは蛾《が》がろうそくの炎に身を投げ出すように、アラリックのキスにみずからをゆだねた。

　彼のキスには未知でありながら、同時に慣れ親しんだものである何かが感じられる。アラリックからはレモンの石けんの香りが漂い、そこに少しだけ川の匂いが混じっていた。重ねた口はミントの味がして、そこに少しだけアラリックの味が混じっている。彼はまるで……。

　ウィラは首にまわした腕をほどき、手をアラリックの肩に置いた。頭がぼうっとして、ちょうどいい言葉を見つけられない。手になめらかな筋肉が引きしまる感触が伝わり、彼女の鼓動が速まる。

「わたし……」言葉に詰まった。

　アラリックが身を引いて、何事かをつぶやく。

「今なんて言ったの？」

「淑女の前では繰り返せないことだ」彼の顔にいたずらっぽい笑みが浮かんだ。なんと罪深い笑顔なのだろう。

「一度口にしたのだから、繰り返せるでしょう」

「まったく、男には自分の吐いた言葉を秘密にしておく自由もないのか」アラリックの顔はウィラのすぐそばにあり、茶色に近い金色のまつげが毛先に近づくほど純粋な金色へと変わっているのが見えた。

指で右のまつげをそっとなぞる。「とてもきれいだわ」

「何が?」

「まつげよ。色が二色なの」

アラリックが片方の肘をついて横向きになった。「きみのはミンクみたいな茶色だ。毛先が巻いて上を向いている」

「たまに黒くするのよ」ふつうではない状況でふつうにふるまおうとしているものの、やはり難しい。ウィラの脚は震えていて、時間が経つほどに全身が赤く染まっていくような気がした。

アラリックの目が彼女の顔を見つめている。何を考えているのかはわからないけれど、彼がウィラを気に入ってくれていることだけはよくわかった。

そろそろアラリックに立って部屋を出るように告げる頃合いだ。ウィラは咳払いをした。目を見て彼女の頭の中を読んだのだろう、アラリックがすぐにもう一度キスをした。ウィラはこれまで、こうしたキス——熱で骨と肺が焼けつく感じで呼吸もままならず、それでいてもっとしてほしいと願ってしまうキス——をした経験はなかった。

ひとつのキスが、次のキスにつながっていく。あるいはこれでひとつのキスなのかもしれない。しばらくすると、アラリックがまたしても彼女の髪に指を絡ませた。手をおろして腿や胸、そして触れられることを切望しているところに触れるつもりはないのだ。ウィラはそう確信した。

「アラリック」彼女はささやいた。われながらどぎまぎしてしまうほど、懇願に近い声音だ。指で触れている彼の肩に力がこもり、厚い胸のすてきな重みがなくなった。瞳の色も、深く冷たい海を思わせる青色に変わっている。

それでも、彼の視線は冷たくなどなかった。

「イヴィー」秘密めかした微笑をかすかに浮かべ、アラリックが応える。

「ききたいことがあるのだけれど、いいかしら？」キスを続けるのであれば、もっとよく彼を理解しなくてはいけない。

「なんでもどうぞ」

「どうして長いあいだ、イングランドに戻ってこなかったの？」

アラリックはウィラを見つめていたが、答えを考えるように仰向けに姿勢を変えた。そのまま、ずっと上にある高い天井を見据える。

「ホレティアスが死んだからだ」彼は淡々とした口調で答えた。「兄のいない城なんて、考えられなかった。兄が命を落とした場所だからという理由で、リンドウ・モスを憎みさえしたよ。ぼくが帰ってこなかったのは、帰らなければ兄が死んでいないふりをできるからだ。

愛する人たちがみんなここで、元気に暮らしているというふりを」

「残念ね」ウィラは慎重に返事をした。「会ったことはないけれど、お兄様のことは聞いているわ」

アラリックが大きくてあたたかな手でウィラの手を握り、自分の胸に当てる。「きみがホレティアスを気に入るとは思えないな。少なくとも、人柄をよく知るまでは無理だったはずだ」

「そんなことはないわよ」むきになって言った。

ウィラを見る彼の目が、いかにもおかしそうにキラキラと輝く。「なぜみんな、死んだ人はいい人間だったと思いたがるのだろう？　ホレティアスはとびきりのろくでなしだった。ぼくはそんな兄を愛していたが、きみはそうはいかなかっただろうな」

「あなたはわたしの人の好みを知らないでしょう」

「ぼくはきみがうぬぼれの強い人間を嫌っているのを知っている。理性的でない人を前にすると目の色が変わるしね。ホレティアスはとても理性的とは言えなかった」

そういうときの自分の目など見たことがないので、ウィラには反論のしようもない。

「兄は針を刺した針刺しみたいな人間だったよ。いいところがたくさん詰まっていた」彼女の手をしっかりと自分の胸に当て、アラリックは続けた。「完璧であることにこだわっていてね、後光が差して見えそうだった。天国があるとしたら、一番高い雲の上で自分の旗を掲げているはずだ。竪琴《たてごと》だって一番大きいに違いない」

「お兄様が低い雲に乗っていたらいやなのね」彼女は指摘した。「どうして亡くなったのか、きいてもいい？　その……リンドウ・モスで亡くなったのは知っているわ。でも、いったい何があったの？」

アラリックが体の向きを変え、彼女と目を合わせた。「愚かだったんだ。夜に沼地を渡るなんて不可能なのに、兄は酔ってそれをやろうとした」

彼の胸のあたたかな筋肉に触れている指がこわばる。「そんな」ウィラはささやき、彼に身を寄せて顎の先にキスをした。

「本当にばかだよ。沼地にはまってしまったら、助けが来るまで動いてはいけないんだ」悲しみのこもったアラリックの声には、かすかに怒りも混じっていた。「ぼくたちは兄の亡骸《なきがら》も見つけられなかった。墓石はあるが、棺《ひつぎ》は空なんだ」

「わたしは何年も、わたしを置いて亡くなってしまった両親に怒っていたわ」ウィラは打ち明けた。

「死人に腹を立ててもしかたない。異国の地にでも目を向けていたほうが、気分も楽なのだと思うよ」

またしてもアラリックが仰向けになり、彼女は自分もそうなっていることに改めて気づいた。「こんな無作法はないわ」あえぐように告げる。「お願いだから出ていって」

「わかっている」彼はウィラに向かって微笑んだ。「だが、ぼくたちは結婚するんだ。だから大丈夫だよ」

「わたしはまだ決めていないわ」ウィラは反論した。

「ぼくはもう、きみの面倒を見はじめている。スィートピーにダンゴムシを持ってきた」

アラリックの目尻にしわが寄り、ウィラの胸は高鳴った。彼女を夢中にさせる表情だ。

彼女は上半身を起こし、あがっていた肌着の裾を直した。「あなたはここにいてはいけないわ、アラリック」

彼も同じように身を起こして、うしろからウィラのウエストに腕をまわした。「スィートピーの籠を見てごらん」

彼女は首をめぐらせて――絶句した。スカンクが幸せそうな目をして仰向けになり、ハンニバルがその腹をかいがいしく舐めている。

「なんてこと」ウィラは息をもらしながら言った。

アラリックが彼女の髪をよけ、首にキスをする。彼の唇の感触が、ウィラに生々しく新しい感覚をもたらした。自分がひどく無防備で、もろくなった感じだ。身をよじって抱擁を逃れ、ベッドからおりる。「もう行って」

一瞬アラリックの目に失望が浮かび、彼女の胃を締めつけた。

「ぼくはきみと結婚したい」彼は立ちあがりながら言った。

その言葉を静かに頭へ刻み込む。アラリックの口調からは、リンゴよりナシが好きだと言う程度の情熱しか感じられなかった。はじめての社交シーズンを終えた今、ウィラにひとつ特技があるとするなら、それは求婚を拒否することだ。

「申し訳ないけれど、お断りさせていただくわ」意を決して返事をする。「無理なの。人生をとてもたくさんの人たちと分かち合っている人とは結婚できないわ」

アラリックの顎がぴくりと反応した。「ぼくの人生はぼくのものだ、分かち合ったりしていない」

「あなたを崇めている人たちは、そう思っていないでしょうね」

「きみにだって、きみを崇めている人たちがいる。おばの話だと、この数カ月でロンドンの男性の半分から求婚されたそうじゃないか」

ウィラは鼻にしわを寄せた。「その結婚の申し込みは、社会のルールに従うわたしの性向と、両親が遺《のこ》してくれた財産があってのものよ」

「きみが気にしているといけないから言っておくが、ぼくはきみが財産を持っていることを知らなかったし、ぼくには必要ない。それとつけ加えておくと、きみの美貌も求婚者を引きつけた要素だ」

いつもは肩をすくめたりしないのも忘れて、ウィラは肩をすくめた。「そうね」

「きみの人格も」

「ラヴィニアとわたしは、自分たちが理想の若い淑女に見えるようにしているの。結婚を申し込みに来た人たちは、わたしの人格なんて何も知らないわ」

アラリックが胸の前で腕を組む。「ぼくが結婚したいのは、輝いて見えるように演出されたきみではない」

「わたしはあなたと結婚したいとも思っていないわ」

彼の目がすっと細くなった。「今ここでぼくと一緒にいることが知られたら、きみの評判はがた落ちだよ」

「人にばらすと脅しているの？」ウィラは笑みを浮かべた。たとえどんな理由があろうと、アラリックは絶対に彼女を裏切らないと心の奥底でわかっているからだ。

「そうしてもいい」彼がわずかに体を動かし、重心を移す。

彼女はさらに笑みを大きくした。「いいえ、あなたにはできないわ。とにかく、もう出ていって。スィートピーにダンゴムシをあげた？」

アラリックが低いうなり声をもらす。「ああ、あげたよ。ぼくは行くとしよう——今はね」

籠に歩み寄っていく彼に、ハンニバルが威嚇の鳴き音を発した。アラリックが籠の脇にかがみ込むと、ハンニバルの前足がすばやく飛び出してきて、爪が袖に食い込んだ。

「おまえの子猫を奪ったりしないよ」アラリックが低く、深みのある声で言った。

無言で自分の過ちを認めるかのように、ハンニバルが爪をはずす。

アラリックは立ちあがって部屋を横切り、ドアのところで振り返った。「もしぼくが詩を書いて、バラをたくさん持ってきたら？　庭にあるすべてのバラを。父はきみを気に入っているからね。きっとバラを犠牲にしても許してくれる」

「あなたはわたしを愛しているの、アラリック？　あなたが言うとおり楽しくも充実したわたしの経験上、そういうときに贈る詩は愛を告白するものよ」

またしても、アラリックが目を細めた。「きみはいつもこうやって求婚者をからかうのかい？」

ウィラはにっこりした。「いいえ」

「ぼくたちはとても気が合っている、これ以上ないほどに」彼はなおも食いさがった。

「ごめんなさい」そう応えたそばから後悔した。にわかにかたくなったアラリックの声音にこめられた何かが、胸をひどく締めつけたからだ。「わたしは結婚に、それ以上のものを求めているの」

「本を書くのをやめる決心をしたことは話したかな？」

ウィラはドアを開けた。「読者はみんな、あなたの本を愛しているのに」

それ以上は何も言わず、アラリックは部屋を出ていった。侮辱したつもりはなかったけれど、あるいはそう取られてしまったのかもしれない。彼女はドアを閉め、椅子に腰をおろした。

スィートピーが籠から転がり出てきて鼻を床にぶつけ、ハンニバルが不服そうな鳴き声をあげた。なんだか何人も子どもを育てた口うるさい乳母みたいだ。

自分は正しいことをしたのだと、ウィラはわかっていた。

突然、ドアがものすごい勢いで開いて壁にぶつかり、彼女は飛びあがるようにして立ちあがった。アラリックがつかつかと近づいてきて彼女の体に腕をまわし、有無を言わせずに唇を奪った。

むさぼるような激しいキスに、ウィラの胸の奥からうなり声がもれた。定義するならば、キスは唇でするものだ。だが、アラリックのキスは肉体の行為そのものだった。彼の舌がウィラの口を侵略し、両手が下に向かってヒップをつかみ、腰を強く引き寄せる。

薄い肌着の代わりに四重、五重のドレスを着ていたとしても、アラリックの高ぶりを感じることができていただろう。

「きみがベッドの上にいなくてよかった」彼はそう言ってあとずさりした。

空気を求め、ウィラはあえぐように息をした。

「今度はきみからぼくにキスをしてもいい」アラリックはそう言ってから立ち去った。

25

翌日の午後

「今朝の雨で地面が濡れておりますの」昼食のあと、レディ・ノウが告げた。「しばらくカードでも楽しみましょう。そのあいだにアーチェリー場の芝も乾くでしょうから」

アラリックの気に入らないことに、最初のゲームのあいだ、ウィラはずっと大勢の紳士たちに囲まれていた。ハウスパーティーに参加している未婚の男性が、こぞって彼女にまとわりついているようだ。彼は部屋の反対側にいて、ウィラに視線をやるたびに感じる痛みに腹を立てていた。彼女がゲームに負け、すでに配られたカードを記憶して次に来るカードを予測することなどできないとほのめかしながら、群がる崇拝者たちに満面の笑みを向ける姿がいやでも目についてしまう。

ウィラは嘘をついている。アラリックは怒りに身を焦がしつつ、心の中でそう吐き捨てた。その気になれば男性たちをすっからかんにしてやれるのに、彼女は無邪気に澄んだ目で彼らを見つめ、婚約指輪を集めようとしているのだ。

ウィラが実際に指輪を受け取ることはない。ただし、それは完璧な配偶者——堅実で控えめな私生活を送っている男性——を探しつづけることを可能にするためだった。

痛みだけではない。アラリックの身には屈辱も降りかかっていた。プルーデンスが疲労を理由にアフリカへ帰る話を先延ばしにしたあげく、いかれた蛾のように彼につきまとい、追いかけてくるのだ。アラリックとしては、彼女を力ずくで馬車に放り込みたいほどだった。そうする代わりに、仕事があると言って図書室にひとり引きこもった。

彼の父親の机の上には台帳がうずたかく積まれている。地所の管理を手伝うという申し出はノースに断られたものの、兄がホレティアスの死によって受け継いだ仕事がどんなものかをわずかなりとも見ておいて損はないだろう。アラリックは台帳に目を通してみることにした。

一時間後、台帳の見方にもかなり慣れてきたあたりで、彼のおばが図書室に飛び込んできた。

「プルーデンス・ラーキンがついさっき、あなたと彼女は天国で天使ガブリエルによって引き合わされたと言いだしましたよ」レディ・ノウが言う。「天使の外見を説明してほしいと頼んだら、いきなり攻撃的になりました」

「朝食のときは助かりました。たびたびすみません」アラリックはうんざりした気分で礼を言った。

「あなたがいるべき場所にとどまってくれれば、こう何度もあなたを助けに入らなくてもいいのに」

「どういう意味です？」

眉がくっつきそうなほど眉間にしわを寄せ、レディ・ノウが迫力のある渋面をアラリックに向ける。この表情こそ、ワイルド家の人々に共通する特徴だった。

「居間の床でこんなものを見つけました」レディ・ノウはそう言うと、アラリックにロケットを手渡した。〝W〟と彫られた安物の記念品とは明らかに違う。金でできた見事な作りのロケットで、蓋がなめらかに開いた。

自分の顔の切り抜きがアラリックを見つめ返してきた。絵の中の彼は、片方の目の位置がもう一方よりも高い。蓋を閉じて裏返し、さらにロケットをじっくりと調べる。それほどかたくない金属に小さな歯型がついていた。

スィートピーの歯型だ。

このロケットはウィラのもので、中に彼の絵が飾られている。

レディ・ノウの表情が晴れやかな笑みに変わった。「きっとウィラのものですね。この城にネズミがいるのだとしても――きっといないでしょうけれど――これまでわたくしの装飾品がかじられたことはないから、その傷の犯人は明らかです」

アラリックは紙を小さく切って言った。「そのロケットをウィラに返していただいてもかまいませんか？」

レディ・ノウがうしろにまわり込み、肩越しに彼が伝言を書くのをのぞいた。

〝イヴィーへ

この紙をぼくの絵の代わりに入れておく。きみがこのロケットに入れて持ち歩いていた絵と違って、ぼくの目は左右対称で高さは同じだ。あとできみの寝室に寄って確かめてもらってもいいかもしれない〟

ロケットから顔をはがし、紙をたたんで中に入れる。レディ・ノウは笑いを噛み殺しながらロケットを受け取り、部屋を出ていった。

しばらくして、アラリックが城の管理に関する別の台帳に目を通していると、従僕がやってきた。手にした銀色のトレイにはロケットがのっている。

アラリックはうなずいた。「二分後にまた来てくれ」

〝もしわたしが本当に婚約するのなら、婚約者の体についてたくさん知っておいて安心したいと思うでしょうね〟

そう書かれた紙をしばらく見つめているうちに、アラリックの顔にゆっくりと笑みが広がっていった。ウィラは外見こそおとなしいが、官能的な冒険心を秘めている。平凡な日常の光景の中に紛れ込んでいる大胆な女性、それが彼女なのだ。

〝知っておくにしても、比較の対象がなければ婚約者の価値がわからないのでは？　ぼくでよければ、喜んで比較のための基準になろう〟

ふたたび従僕を送り出し、進めている作業に戻る。台帳は革表紙でとじられていて、父親の執事長が書いた記載事項が延々と列を作っていた。執事長の字は小さいうえに読みづらく、それを眺めているうちに、ミスター・ロバーツのヒエログリフに似ているような気さえしはじめた。

台帳に関してノースに尋ねるべき問いは、すでに二ダースを超えている。ホレティアスが死んでからタカ狩りをする者などいないのに、なぜそのための小屋を維持しているのか？　毎年一一月になると、隣の州に住むピューター卿のところにシカを二頭贈る理由は？　発注した大量の質の悪いビールを飲んでいるのはいったい誰なのか？　毎年、壁に張るシルクを一二巻以上も購入するのはなぜだ？

ふと図書室の壁に視線を走らせ、アラリックはシルクについては理由を理解した。石に宿る湿気のせいで、シルクが一年ともたずにだめになってしまうのだ。それならば、壁にもっと丈夫な素材の布を張ったほうがいいのでは？

その問いへの答えもわかっている。公爵家の尊大さがシルクを求めているのだ。もしダイアナの派手で凝ったドレスの好みが家の装飾でも発揮されるとすれば、アラリックの未来の義姉はあらゆる隙間や暗がりから果ては天井まで、王族の蚕――そんなものがいればの話だが――から取った糸で作ったシルクで覆い尽くすだろう。

しばらくして、従僕がまたしても戻ってきた。今度はロケットだけでなく、女性たちがアーチェリー場に向かったという知らせも携えて。

アラリックはうなずいて応え、従僕が図書室を出ていくまでロケットを握っていた。ドアが閉まってすぐ、手を開いてウィラからの手紙を読む。読み終えてさらにもう一度、目を通した。

〝愛を教える教師としてのあなたの寛大さを知れば、大喜びする女性たちがたくさんいるでしょう。それは疑いようもない事実です。でも、わたしを含めたそのほかの女性たちは、そうしたことを教わるのは一度きり、それも夫からだと思っています〟

教わる?

次第に欲望が大きくなり、やがて炎となってアラリックの心をたぎらせた。唐突に、顔のない男が服を脱いでいくのを見つめるウィラの姿が頭に浮かぶ。

いや、顔のない男ではない。男の体はアラリックのもので、腿も彼のものだ。そしてウィラが目を大きく見開き、食い入るように彼を見つめていた。

アラリックは立ちあがり、図書室のドアに近づいて鍵をかけた。椅子に戻って脚を伸ばし、ブリーチズの前を開く。彼のものはすでにかたくなっていた。

右手でそれを握り、安堵《あんど》の息をつきながら、首をそらして上を向く。まったく、このところ一日のうち二三時間はこの調子だ。ウィラの唇やウエストの線、細い足首が目に入るたびに欲望が高まってしまう。

アラリックは目を閉じて、手を動かしはじめた。まぶたの裏には、脚を振ってブリーチズを脱ぎ捨てる彼を、唇を開いて見つめるウィラの姿が映っている。想像の世界のアラリックは彼女の前に立ち、準備が整うのを待った。

彼のウィラが恐れる様子もなく下唇を舐め、口から声にならないうめきを発する。彼女が戸惑いながら腕を伸ばしてくるところを思い描き、アラリックは手に力をこめた。

〝これはきみのものだ、イヴィー〟空想の中のアラリックが彼女に言う。〝きみの悦びのためにある〟

なんてことだ。その声は、まるで一六歳の少年のように粗野で生々しい。ウィラと愛を交わすとき、ぼくはきっとこうなってしまうのだろう。これまで相手にしてきたほかの女性たちと、彼女はまったく違うのだ。

続けて、ピンク色に肌を上気させた裸のウィラが肘をついて上半身を起こし、彼が腿の内側にキスするのを見ているところを想像する。舌で彼女を愛撫すると思っただけで、こわばりをつかむアラリックの手に力がこもった。

目を閉じて唇を開いたウィラが彼の髪をつかみ、秘所への愛撫を続けるよう懇願する。その姿を思い描くのと同時に、現実のアラリックの口から切迫したうめき声がもれた。

やがて強烈な快感が全身を駆けめぐり、彼はさらに首をのけぞらせて絶頂を迎えた。ウィラの荒い息遣いが聞こえたような気がしたのと同時に体がわなわなと震え、握りしめたものが痙攣《けいれん》して精を解き放つ。

みずからを慰めてここまで暴力的に欲望に支配された気分になったのは、これがはじめてだ。

アラリックはハンカチを出し、身を清めようとした。しかし軽く触れるだけで、彼のものは最初の絶頂が始まりにすぎなかったかのように、ふたたび高ぶってしまう。

一瞬、ウィラを誘惑するという考えが頭をよぎった。だめだ、純潔を汚して彼女の選択肢を奪うことだけはするまい。兄の例を見ても、それが正しくないのは明らかだ。今となってはノースが求婚の意を明らかにしたまさにその瞬間、ダイアナの純潔は汚されたようなものだった。ダイアナは結婚について誰にも何も語ってはいないが、彼女の結婚への反発は酸のようにノースをじわじわと傷つけている。

言ってみれば、あのふたりはノースの未来の公爵という地位が作る檻《おり》にとらわれてしまったようなものだ。

そんなことになるくらいなら、アラリックはウィラなしで生きていくつもりだった。

ホレティアスがあのいまいましい沼地で命を落としたりしなければ、状況はまた違っていただろう。そう考えたとたん、アラリックの欲望はあっという間に萎えた。ブリーチズを直してボタンを留め、立ちあがってシャツを整える。ふだんから従者を待たずに着替えてしまうことが多い彼にしてみれば、手慣れた動きだった。

　そのまま窓に歩み寄り、カーテンを引く。

　バラ園の東端の壁の向こうにリンドウ・モスがあり、波打つ緑色の海のようにずっと遠くまで続いていた。沼地には明るい緑色の筋が走っていて、赤っぽい点がいくつも浮かんでいる。さらに、水の多い沼の部分が茶色に、泥の部分は黄土色で彩られていた。図書室からでは見えないが、そこではチョウや金色の模様のあるトンボがたくさん飛んでいるのをアラリックは知っていた。

　彼の一族が〝リンドウ・モスのワイルド家〟と呼ばれているのにはわけがある。一族の先祖は望む者もいなかった土地を開墾し、みずからの豪胆さの証として沼地のそばにリンドウ城を建てたのだ。

　何世紀も前、当時のワイルド家はエジンバラ城の包囲戦に勝利したノーサンブリアの王、オズワルドに城を包囲されたが、退けることに成功した。リンドウ・モスには地元の人々しか知らない複雑な通り道があり、そこを通って食料や物資を容易に運び込めたからだ。一方、オズワルドの兵たちは沼地にのみ込まれ、その死体は跡形もなく消えてしまったという。

　アラリックは長いあいだ窓際に立ち、静かに波打つ沼や草、泥炭を眺めた。ホレティアスは本当にこの沼地を愛していた。リンドウ・モスを誇りに思い、生まれながらの財産だと考えていたのだ。

ぼくはホレティアスの死から立ち直る必要がある。

そして、リンドウ・モスと和解しなくてはならない。

一〇歳も年を重ねた気分で、アラリックはゆっくりと机に戻っていった。

26

ウィラは、アラリックの手紙が入ったロケットが戻ってこないことに失望している自分に驚いた。従僕が行ったり来たりしているのをほかの客たちに知られる前に向こうがゲームをやめてくれたのだから、本当なら安堵すべきなのだ。

自室に戻ったウィラはあたたかい湯につかったあとで、スィートピーを風呂に入れた。小さなスカンクは鼻をかろうじて水面から出してぐるぐると円を描くように泳ぎ、ウィラがまく豆を潜って取ろうと待ち構えている。

やがてスィートピーがそのゲームに飽きると、ウィラはスカンクをベッドへと連れていき、尻尾がダチョウの羽のようにきれいになるまで拭いてやった。途中でハンニバルがやってきて、すとんとベッドの上に飛びのる。

これまでハンニバルは、ウィラが自分のいる部屋の隅——外にいるときはバルコニーに通じるドア——に近づくたび、威嚇の声をあげていた。

今は横目で彼女をにらみつけている。

「ちょっと、いいかげんにしなさい」ウィラはハンニバルに声をかけた。「わたしはこの子を傷つけるつもりなんてないわ。そんなこと、するはずがないじゃない」

猫が前足を踏み出す。ウィラが動かずにいると、ハンニバルはなおも彼女をにらみながら頭をさげ、スィートピーの首のうしろを噛んでウィラの手から取りあげた。そのままベッドから飛びおりて籠まで歩いていく。籠に入ると、これ見よがしにスィートピーのかたわらで寝そべり、ウィラを見ながら頭をぺろぺろと舐めはじめた。

彼女は笑い声をあげた。自分もハンニバルのような過保護な男性たちに囲まれていると思うと、どうにもおかしくて笑いが止まらない。それも、ばかばかしいくらい過保護な男性たちだ。

その夜、晩餐の知らせを受けたウィラは、パースの腕を取って食堂へ入っていった。求婚者たちの間の抜けた笑顔とお世辞にうんざりしていたからだ。アラリックは彼女がそうした男性たちとじゃれていてもなんの反応も示さなかったが、彼の古くからの友人と話をするのは面白くないらしく、怒りのこもった視線を向けてきた。

パースとの会話では、関心のあるふりをする必要がなかった。彼が悪名高いレース工場を買収した話をしたあと、ふたりの話題はジャン・ジャック・ルソーのアメリカにおけるオハイオ川以西の探検から、大英帝国とアメリカの植民地との戦争についてへと移っていった。

驚いたことにノースまでもがやってきて席につき、戦争の話に加わって、大英帝国とアメリカの軍隊との小競り合いに対する関心を明かした。彼は、イングランドが領土のために戦わず、代わりにドイツ人の傭兵《ようへい》を戦わせているのは問題だと考えているようだ。

ウィラたちの話がはずむ一方、アラリックの顔つきは段々と険しくなっていった。彼の本についての話しかしたがらない崇拝者たちに囲まれてしまい、こちらに交じりたくともどうにもならないのだ。

そんないきさつがあったので、夜遅く、城が静かになってから自室のドアを叩く音がしたとき、ウィラは驚かなかった。好奇心旺盛なスィートピーがまっすぐドアに駆け寄っていき、彼女も——ガウンも羽織らずに——そのあとに続いた。

思ったとおり、暗い廊下に立っていたのはアラリックだった。「ダンゴムシの配達だ。ついでにロケットも持ってきた」

ウィラは彼を中に入れ、ドアを閉めた。アラリックが喜んでいるスカンクの前にダンゴムシを置き、手を洗おうと洗面器に近づいていく。「きみはこれまで受けてきた求婚で、何が一番気に入っている？　称賛の言葉かな。それとも男性にひざまずかれること？」彼は肩越しに尋ねた。

「ひざまずかれることね。人生において女性がどれだけ大事か、男性がはっきり認識する瞬間はそうそうないから」

アラリックが振り返り、眉をあげた。「実際、どれだけ大事なんだろう？」

「わからないなら、わたしが教えるべきではないわ。この何年か、それほど淑女と関わっていなかったのでしょう？」

「それほど、どころかまったくだね。向こうがどう思っているかは知らないが、もちろんプルーデンスも含めての話だ」

　プルーデンスは淑女ではない。「彼女の劇を観たいと思う?」

　アラリックがたじろいだ。「その反対だよ。上演をやめさせるつもりだ」

「興味がないの?」

「ない」彼が大きな猫のような気楽な優雅さで、ウィラに近づいてくる。「人づてに聞いた話だと、プルーデンスは水を怖がる男としてぼくのことを書いたらしい。恐怖のあまり、川でおぼれかけた宣教師の娘を助けられないんだそうだ」

　その口調があまりに苦々しげなので、ウィラは思わず笑ってしまい、率直に思ったことを言った。「ハンニバルを助けたときのあなたは、水が怖いようには見えなかったわ」

「まあ、ワニからはそれなりに離れていたいとは思うよ。だが、水が怖いだって? 冗談じゃない」

「わたしは観てみたかった。あの劇の中には、あなたが一度ならず二度、宣教師の娘を救いそこねる場面があるみたいじゃない」

「最初は洪水、それから人食い人種だ」

　アラリックの眉間にしわが寄るのを見ながら、ウィラはうなずいた。彼は女性の本能に訴え、気にかけてもらっていると確信させる男性だ。彼の強さと隠れた獰猛《どうもう》さは、愛する者を守るためにこそ何度でも行使されるのだろう。

　そう考えてみると、プルーデンスは意図的にアラリックをおとしめるため、この劇を書いたのではないかという気がしてくる。ただ、それでは彼女がアラリックを愛しているのではなく、憎んでいることになってしまう。「プルーデンスがこの劇を書いたのは、復讐《ふくしゅう》のためではないかしら。そんな気がしてきたわ」話しながら考えをめぐらせ、あとを続ける。「ひょっとしたらあの役は、あなたに恥をかかせようとして作られたのかも。観衆にあなたは英雄ではなく、ただの臆病者だと思わせたかったのよ。ところが――」

「思惑は見事にはずれ、彼女は図らずもぼくをイングランドで一番有名な探検家にしてしまった！」アラリックが声をあげて笑う。「このいまいましい人気とやらは、ぼくを破滅させようとした女性のおかげだったわけだ」

ふつうの男性であれば激怒するところを笑い飛ばしてしまうあたり、なんともアラリックらしい。彼は見知らぬ他人に臆病者だと思われても気にしない。自分自身とみずからの強さをよくわかっているからだ。その自信を目の当たりにして、ウィラは膝から力が抜けていくような気がした。

アラリックの頬骨を照らし、髪を赤っぽく見せている化粧台のろうそくの明かりが揺れる。どうして男性は、かつらなんてかぶりたがるのだろう？

「イヴィー、そんなふうに見られていると――」彼が穏やかな声で言った。「きみをベッドに連れていったら、誘惑を拒むことなどぼくにはとうていできないだろう」

「わたしがあなたを誘惑？」ウィラは思わず大きな声を出した。「そんなこと、考えてもいないわ！」

「それはどうでもいいんだ」アラリックが首を横に振る。「きみは無意識にそうしているのだから。さて、おやすみのキスをしてもいいかな？」彼の声には、驚くほどあからさまに官能的な響きが加わっていた。

ウィラの体がほてりはじめ、首のうしろや両脚の付け根、胸の先端――彼の愛撫を渇望するすべての部分が熱くなっていった。どういうわけか、彼女が許さないかぎりアラリックが先に進むことはないという確信がみだらな気分を高めている。ここではだめ。心が一番もろくなる自分の寝室で、先に進むわけにはいかない。

慎みがしきりに警告をよこしてきたが、ウィラはそれを無視した。ふたりが結婚しないどころか、婚約すら偽りであることもどうでもいい。アラリックは何日も食事をとらずに飢え、この世界で彼を満たせるのはウィラしかいないと訴えているかのようだった。これまで求婚してきた一四人の男性たちの中で、これほどの飢餓感を見せた者はいない。

アラリックは問いへの答えを、ウィラの表情から読み取ったようだった。彼女を抱きしめて頭の位置をさげていき、唇をそっと重ねる。

その瞬間、ウィラはキスが燃え盛る炎の着火点にすぎないことを理解した。唇を開いた瞬間に火花が飛んで炎となり、アラリックの舌が口に入ってきたときに炎が制御不能に燃えあがって、広がる野火へと変貌しようとした。

自分をどうにか安定させようと、アラリックの肩につかまる。すると欲望や飢え、やさしさといった、それまでのウィラにはなじみのなかった感覚が次々とすごい速さでわきあがってきた。寝間着越しに、かたく張りつめた男性の象徴のほてりも伝わってくる。

幾度ものキスのあと、彼女は無言でアラリックを見つめた。新しい感情が一緒くたに喉までこみあげてきて話すこともできないし、話したくもない。心が、口には出せないことを切望していた。

アラリックの引きしまった顎の線に舌を走らせ、彼の口からうめき声を絞り出させたい。目の前の彼からワイルド卿を跡形もなく消し去り、自分だけのアラリックにしてしまいたかった。

どれも言葉にはできるはずもない思いだ。そうした感情が独占欲と欲望でぼうっとする頭の中で渦巻いている。アラリックが首筋にキスをし、ウィラは頭を横に傾けて彼の唇を受け入れた。自由に動けるようになった唇が寝間着の広めの襟までさがり、肩の線に触れていく。

ウィラが寝間着を引きおろすと、彼は喉の奥から低く深い声をもらした。胸があらわになり、ふたりはそろって驚いたような顔でそれを見つめた。

「キスして」彼女はささやいた。

アラリックの顔に畏怖と切望の中間とでも言うべき表情が浮かぶ。「無理だ」彼はしわがれた声で言うと、ウィラの寝間着をもとに戻した。きつく体を抱きしめて唇を激しく重ね、所有欲がむき出しの力強いキスをする。彼女の心はぐらぐらと揺れ動き、ついには砕けて熱と光と欲望のかけらとなった。

「きみはとても美しい」身を引いたアラリックが言った。静かな部屋に張りつめた声が響く。

ウィラが彼の瞳をじっとのぞき込むと、そこには身持ちの悪い女のように髪を乱し、ろうそくの明かりで肌を輝かせた自分の姿が映っていた。「きみは日頃、控えめにふるまっている。だが、本当のきみは控えめではない。違うかい？」

「残念だけれど、違わない気がする」ウィラは認め、指をアラリックの白い傷跡に走らせた。「父から下品なユーモアの感覚を受け継いだのかしら。きわどい冗談を飛ばしながら大笑いする父の頭を、母が扇で叩いていた記憶があるわ」

目に疑問を浮かべながらも、アラリックは何もきかなかった。ウィラのすべてが彼の欲望に応えてくれるのだから、その必要はない。

無言のまま、彼女は襟のボタンをはずした寝間着をふたたびさげようと肩を揺すった。アラリックの目に浮かぶ感情を見て、白地の薄い麻がするりと肘とウエストまで落ちていくのに任せる。

しばらくのあいだ、部屋の中を静寂が支配した。あらわな胸を食い入るように見つめていたアラリックが視線をあげ、ウィラと目を合わせた。「本当にいいんだね？」

純粋な欲求がこもった彼の視線を受け、ウィラは喜びに身を震わせた。息をつき、問いにきっぱりと答える。「ええ、アラリック。いいわ」彼が切迫したうめき声をあげながら腕を伸ばし、両方の手のひらで胸に触れた。かたい指に先端を刺激されて血が燃えたぎる感覚にとらわれ、ウィラもうめき声をもらす。

アラリックが片方の手を胸からずらし、口で彼女自身しか触れたことのないつぼみに触れると、全身が風にそよぐヤナギのように揺れた。

彼の唇は焼き印に使うこてのように熱く官能的で、ウィラの体を心底から揺さぶり、思考をどこか遠くへといざなっていった。彼女の知らない別の女性がアラリックの豊かな髪に指を絡ませる。ウィラは胸にキスを受けながら、彼が着ているベストのボタンの穴を見つめ、生まれてはじめて言葉を失った。

敏感な胸の先端を口で愛撫されるうち、快感とともに両脚が小刻みに震えはじめ、全身へと広がっていく。その震えは徐々に大きくなっていった。アラリックの髪を撫でていたウィラの手が止まり、思わず屈服したくなるような行為が続くよう、頭をしっかりとつかんだ。肉体を、自分自身を、すべてをゆだねてしまいたい。

アラリックもそれを感じていた。ふたりともわかっている。彼が頭をあげ、目をじっとのぞき込んできた。ウィラは言うべき言葉を見つけられなかった。ひょっとしたら、このめくるめくような悦びを言い表す言葉など、この世に存在しないのかもしれない。

彼の視線は熱っぽく、張りつめていて……正気を保っていた。「これでぼくたちは婚約したことになるのかな？　本当の意味で？」

アラリックの視線が、ウィラの血に官能の火を灯した。女性があらゆる礼節とルールを捨てるのだから、これはもう狂気というよりほかはないだろう。

女性を高潔で分別のある淑女たらしめる、すべてのルールが存在しない境地に達していた。

〝婚約〟という言葉が頭に響き、ウィラはそれを欲望と所有欲、そして彼の食い入るような視線とつなげようとした。

もしここでうなずけば、アラリックはもうわたしをあきらめないだろう。そしてわたしは残りの人生をレディ・アラリック・ワイルドとして過ごすことになり、二度とただの〝ウィラ〟にはなれない。イヴィーとなって彼の人生に取り込まれ、そこについてまわる名声と人々の強烈な関心とともに生きていくのだ。

ウィラが答えるより早く、アラリックは彼女の様子が変わったのに気がついた。身を引いたわけではないが、体の状態が変化している。ウィラは身動きしないままに後退し、無言のうちに冷静になっていた。

彼女は恐れているのだ。だが、そう指摘すればきっと怒るに違いない。

あるいは、ウィラが恐れるのも当然なのかもしれなかった。アラリックは『ワイルドの愛』が生み出した崇拝者たちをどうやって追い払うか見当もつかなかったし、ウィラだって、れんがや花壇の花が盗まれるような家に住みたくはないだろう。

ウィラ――ぼくのウィラに誘惑などという陳腐な手を使ってはいけない。そう考えたアラリックは、彼女の胸から手を離した。彼女には、自由な意思ではっきりとぼくを選んでほしい。

彼女の寝間着を肩の上まで引きあげる。アラリックとしては、同じ屋根の下で一緒にいられれば、その家のれんがが何個かなくなったところでどうでもよかった。それをウィラが理解してくれるよう祈りつつ、ありったけの誠意をこめたキスをする。「毎年、新しい白いバラの植え込みを作ってもいい」少ししてから、彼はささやいた。

「えっ？」ウィラがあえぎながら言った。情熱と炎を宿した細い体が、彼の腕の中で震えている。

「れんが職人を手元に置こう」アラリックは手を彼女のヒップに当て、下腹部のこわばりを押しつけながら約束した。「劇は中止させるし、ぼくも本は二度と書かない」口から出る誓いの言葉に、われながら驚いた。それでも、その誓いは正しいものだと感じられる。

そもそも本を書いたのは、彼をロマンティックな英雄と見なしてロケットを買う人々のためではない。それどころか、そんな人たちが存在していることすら知らなかったのだ。真の読者たちは、はるか遠くの国々の文化や習慣に関する記述を楽しんでいるはずだし、作者自身よりも世界に関心を持っているはずだった。

「れんが職人がどうかしたの？」ウィラがゆったりとした、どこかぼうっとした口調で尋ねる。そのあいだも、彼女の指はアラリックの広い背中の上をさまよっていた。

ここでベストを脱ぐのは誘惑には当たらないし、シャツも同じことだ。それは……騎士道にかなった行為と言える。なんといっても、ウィラが言葉抜きで懇願しているのだ。アラリックはあとずさりして、ベストをはぎ取るように脱ぎ、シャツを文字どおり引き裂いた。

その時間すら、やたらと長く感じられる。彼は両腕でウィラをきつく抱きしめると、全身が切望してやまないことをした。官能的な熱いキスを浴びせ、キスで彼女を愛撫し、語りかけたのだ。

キスで彼女を愛する。

ふと浮かんだ考えを、アラリックはすぐに頭から追い払った。

「これは……道徳的にとてもまずい状況ね」少しして、ウィラがあえぎながら言った。

「ぼくはきみの恐れ知らずなところが好きだ」アラリックはささやいた。

彼女はまだ、指でアラリックの背中をまさぐっている。彼はほとんどのイングランドの男性よりも長身で、運動のおかげで肩幅も広かった。山にのぼり、未開のジャングルを切り開き、そして嵐の中で船を進めるといった長年の精力的な活動のせいで、彼の肉体はすっかり変わっていた。

「イヴィー、きみはこの無作法を楽しんでいる」アラリックはつけ加えた。

ウィラの手が彼の胸に触れる。彼女の頬骨と重なったまつげが、やけにはっきりと見えた。

「裸の男を見たのは、これがはじめてかい？」彼は問いかけた。

彼女の長いまつげがかすかに揺れた。この明かりだと、ウィラの瞳はいつもより色濃く見える。あるいは、ろうそくの火ではなく、欲望にくすんでいるせいなのかもしれない。

「ええ」彼女が答えた。「はじめて見る裸の胸が完璧でなくて残念だわ」

アラリックは声をあげて笑った。

彼女の指が、ウエストのあたりにある傷跡をそっとなぞる。「これはどうしたの？」

「鞭でやられた」彼は肩をすくめた。「機嫌を損ねた水兵から武器を取りあげようとしたときに食らったんだ」

ウィラが別の傷跡を見つける。「これは?」

その傷は古く、今はもう白くなって、すっかり平らになっていた。アラリックは圧倒的な欲望の波にのみ込まれかけていて、傷の原因を思い出すのも難しかった。

「きみに悦びを与えたい。かまわないかな?」彼はささやき、ウィラの顎をあげさせて唇を重ねた。

「もうもらっているわ」ウィラの目に明るさが戻った。変わっていく彼女の瞳は、まるで夏の嵐の空のようだ。

「きみが欲しい」せっぱ詰まった声で言う。

いきなりランタンの明かりに照らされた子ジカのように、ウィラが凍りついた。

「そういう意味じゃない」そう言いながらも、アラリックの体は最も本能的な方法で彼女を自分のものにしたいと訴えていた。「いや、そういう意味でもあるが、今はそれを求めるつもりはないよ。きみがぼくとの結婚を受け入れてくれるまでは」

〝愛〟という言葉がまたしても頭に浮かんだが、あえて口にはしなかった。アラリックがれんが職人やバラの話をした真意を、彼女は理解していない。ウィラのためならすべてを――それも簡単に――捨てるつもりでいることも、彼女は知らないのだ。

アラリックが両腕でぎゅっと抱きしめると、ウィラは驚いて声をあげた。だが、そのままベッドに横たえても、いやがるそぶりはまったく見せなかった。

ウィラの見た目は上品で繊細だが、外見が人を欺くということはあるものだ。彼女は慎み深く見えて、実のところそうではない。そして突風が吹けば倒れてしまいそうなほどはかなげだが、アラリックからすれば、九〇歳を超えても生きられるのではないかと思えるほど強いような気がした。

彼は手でウィラの脚をなぞった。脚も腕と同じようにほっそりしていて、いつも太陽から隠されている肌はやわらかかった。

彼女の口からあえぎ声がもれ、腿が小刻みに震えだす。アラリックは笑みをこらえ、左の膝にキスをした。

公平になるよう、右の膝にも。

そこから少しばかり上に唇を向かわせると、ウィラが抗議とは思えない声をあげたので、そのまま進んでいく。

そして彼の唇は、やわらかなカーブを描く腿の内側へとたどり着いた。

27

一年ほど前、ウィラはラヴィニアと一緒に、男性が女性の両脚のあいだに頭をうずめている絵が描かれた本をのぞき込んでいた。男性が口を女性のそこにあてがい、片方の手で自分の高ぶったものに触れている絵だ。

それから彼女たちは顔を見合わせ、無言の了解を交わしてページをめくった。あれは心地よいものなのか、それとも不快なものなのか、そのときは見当もつかなかった。

そして今、ウィラはその答えにたどり着こうとしている。

頭をもたげて彼女を見るアラリックの目には、はしたなく両脚を開かせる何かが宿っていた。秘めやかな部分へのキスを熱望して炎を発しているかのような彼を見て、ウィラは本能的に脚を開いた。

胸の内にある感情が外へとあふれ出し……彼女は無意識のうちにくすくす笑った。今までそんな笑い方をしたことはなかったのに。

でも、間違いない。現にくすくす笑っている。

「きみには驚かされるよ、イヴィー」アラリックがかすれた声でゆっくりと、思わせぶりに言った。そのあいだも彼の親指はウィラの肌に小さな円を描くように触れ、強烈なほてりと純粋な渇望をもたらしていた。

じきに笑うどころではなくなり、彼女の口からあえぎ声がもれはじめた。アラリックの指が秘部に触れ、体が仰向けのまま溶けて頭が枕に沈んでいく。ウィラは思わず大きく背中をそらした。

彼の指の動きに反応して、あえぎ声が次から次へと口をつく。かたくて力強いかと思えばやわらかくなめらかな指の感触に、ウィラは当惑しつつも魅了された。

飢えたような感覚、このすさまじい飢餓感は高熱に似ている。熱が脳で猛威を振るって思考力を奪い、血が火のついたブランデーと入れ替わってしまったみたいに、全身へと広がっていくのだ。

それはウィラが想像すらできなかった快感だった。五感と体に浴びせられるこの容赦ない攻撃に比べれば、自分で触れる行為のなんと薄っぺらなことだろう。彼女はもはや言葉もなかったが、アラリックは違っていた。

彼はかすれた声で、せっぱ詰まった言葉をささやきつづけている。その言葉とキスがもたらす激しい欲求の波に襲われ、ウィラは錨《いかり》が切れて深い海の中に放り出された船になったような気がした。下に向けて伸ばした手を、アラリックがしっかりと握る。

力強い手が、どんどん高みへとのぼっていく彼女の世界を支えつづけた。

それこそウィラが壊れるまで快感が全身ではじけ、彼女はアラリックときつく指を絡ませたまま、悲鳴にも似た声をあげた。なおも彼は動こうとせず、舌での愛撫を続ける。強烈な歓喜の波が全身をのみ込み、やがてウィラはぐったりとして動けなくなった。

アラリックが満足げな声をあげ、最後の愛撫を加える。彼女はつないでいた手を離すと、荒く息をしながら濡れた額に張りついた髪をうしろにやった。彼が這うようにして隣へやってきても、ウィラの呼吸はまだ乱れている。ブリーチズの中の彼のものも、まだおさまっていなかった。「アラリック」彼女はささやいた。

女性の体の扱い方を知り尽くした悪い男性だけが浮かべられる、勝ち誇った笑みがアラリックの顔に浮かんだ。「頬が赤くなっているよ」彼は明るい声で言うと、ひんやりした手の甲でウィラのほてった肌に触れた。

どう応えていいかわからない。さっきまでは感じていなかった恥ずかしさと慎みが一気になだれ込んできて、彼女の全身がこわばった。体をもぞもぞと動かし、寝間着をどうにか見られる状態にまで直す。

「頬だけじゃない。全身がピンクに染まって、バラみたいだ」アラリックの目は、上品な社会からは追い払われてしかるべき輝きを放っている。

ウィラは意味ありげな咳をした。紳士が長居しすぎたときや朝の訪問が長引いてしまったとき、望まぬダンスの申し込みを受けたときや最初に断ったあとで二度目に求婚されたときに淑女がするような、思惑をこめた咳だ。

思ったとおり、アラリックはまるで気にしていなかった。横向きになり、ウィラが身をよじって寝間着の裾を足首までさげるのをじっと見つめている。

　本心がうまく伝わっていないらしい。ウィラはふたたびアラリックと目を合わせた。彼が唇の端をあげ、魅惑的な笑みを浮かべる。

「なんというか……とてもよかったわ」彼女は正直に告白した。「でも、あなたはそろそろ出ていったほうがいいと思うの」

「きみは薄情だな」アラリックが今にも笑いだしそうな目をして言う。

「どうして？」

「ぼくの最高の奉仕を受けておいて、感謝の気持ちをみじんも見せない」

　ウィラの首がまたしても赤くなった。「ごめんなさい。その……こういうことをしたあとでどんな態度を見せたらいいか、わからなくて」

　アラリックが大笑いし、ウィラはしかたなく手で彼の口をふさごうとした。それでも笑うのをやめない彼の脇腹をつつき、いいかげんにしないと枕を顔に押しつけるわよ、と脅す。

「静かにして。まったく、獣みたいな人ね」くすくすと彼女らしくもなく笑いながら、ウィラは言った。

「淑女が心を奪われて汚されたときは……」ウィラの顔を見た彼が言葉を止め、またしても大笑いした。

「誰かに聞こえるわ！」彼女も思わず大きな声を出す。

「聞かれるとしたら、きみの声だ」アラリックが目を輝かせながら身を起こし、ベッドのへッドボードに背を預けて言い返した。

「黙って」ウィラは命じた。ようやく自分自身が戻ってきたみたいだ。胸の鼓動ももとどおりになり、両脚のあいだの強烈なほてりもおさまってきた。「わたしは奪われても汚されてもいないわ」きっぱりと言う。

ベッドで横たわる男性のむき出しの胸を見ていると、さっきまで感じていたうずきが戻ってきそうだ。だからウィラは彼の顎から上を見つめつづけた。「あなたの……あなたには感謝しているわ、アラリック。でも、もう自分の寝室に戻るべきよ」

彼が腕を伸ばしてウィラの頬に触れ、上体をかがめてそこにキスをする。「つまりぼくの技をもってしても、偽りの婚約を本物にはできなかったということかな？」

ウィラの心臓がどきんと跳ねた。アラリックという男性は……どこまでもありのままの彼自身だ。くしゃくしゃの髪は今の流行に反して長すぎるけれど、荒々しくて美しい。最近では男性の大半が頭を剃りあげていて、彼女はラヴィニアと赤ん坊の素肌並みにつるっとした男性の頭にキスをするのはどんな感じなのだろうと話していたものだ。

もしアラリックと結婚したら、剃りあげた頭にキスをする機会はなくなってしまう。ただし、ここで改めて婚約を断れば、その可能性は残るはずだった。婚約を受け入れる気持ちと拒絶する気持ちがイバラの茂みのように、心の中で複雑に絡み合っていく。

「せめて、あなたがふつうの男性だったら……」ウィラは絶望的な心境でこぼした。「何も持っていなくてもいいから！」

「ぼくが一文なしだったとしても受け入れてくれるとは、よほどぼくの奉仕が気に入ってくれたようだな」

ウィラは腕を伸ばし、裸の厚い胸板を叩いた。そのまま、たくましくてあたたかい胸に手を置く。「ばかなことを言わないで。あなたの話をしているのよ、アラリック。あなた自身の話をね。問題はワイルド卿なの……」声が徐々に小さくなり、尻すぼみに消える。

「ぼくはきみの言うとおりにするよ」アラリックがベッドの脇に脚を放り出し、ウィラの手が彼の胸から離れた。彼の表情は冷たいものではなく、怒りも不快そうな感情も浮かんではいない。

そこには……何もなかった。

アラリックは〝ワイルド卿〟の顔を見せているのだ。この顔に対しては、不信感を覚えずにいられない。

ウィラはベッドからおりて言った。「絶対にお辞儀なんてしないでね」

「なんだって？」シャツに首を通した彼は、礼儀を忘れるほどに驚いた表情をしている。

「あなた、ワイルド卿になっているわよ」彼女は腕を組み、ふと思い至ってガウンを手に取ると袖を通した。

アラリックは戸惑っているらしい。愚かしいまねをしているときの男性はいつもそうだ。不公平な見方なのを承知で、ウィラはそう思わずにはいられなかった。

「あなたはワイルド卿になりきっているときがあるの」彼女は説明した。一枚でも多く何かを身につければ膝が震えている現実から遠ざかれると思っているかのように、飾りのサッシュをウエストに巻く。「あなたを崇めている人たちの前ならそれもいいけれど、わたしと一緒のときはやめてほしいわ」

アラリックが口元にやわらかな笑みを浮かべる。「きみはぼくを崇めていないんだね？」

「ええ」いかにも頑固そうに答えた。

ベストのボタンを留めている彼の笑みがいっそう大きくなった。「ウィラ・エヴェレット、きみはぼくが今まで出会ったどの女性とも違う」

「あなたが自分で言っていたことを繰り返させてもらうけれど、あなたは世界のいろんなところに大勢の友だちがいると吹聴しているわりに、知人の輪はずいぶん小さいのね」

「友だちではない、ただの知り合いだ」

「みんなワイルド卿しか知らなくて、本当のあなたを見ようとしないのよ」ウィラはうなずきながら指摘した。「アラリック卿を知らないの」

アラリックが目を輝かせて微笑む。「もしワイルド卿を認めないというなら、きみはひどく無礼な夫を持つことになる」

「わたしはまだ、あなたを夫と認めたわけではないわ」

「いいや、認めているさ」彼の笑みがいっそう大きく、そしてあたたかくなり、ウィラの体を喜びが駆け抜けた。「まだ実際に結婚を受け入れていなくとも、きみはもうぼくのものだ、イヴィー。急ぐ必要はないよ。好きなだけ時間をかけるといい」

これが本当のアラリックだ。毎晩、ウィラの部屋を訪れることを誓う――もちろんダンゴムシを手に――いたずらっぽい彼の罪作りな表情を見ているだけで、彼女の血は欲望で熱くたぎり、膝ががくがくと震えた。

「もう行って」アラリックが明日もこの寝室のドアをノックするだろうという確信を無視して告げる。

「仰せのままに」彼は親しげに応じると、ウィラに近づいて軽いキスをした。彼女も見たことがある、夫が妻にするようなキスだ。

「ワイルド卿はきみが夫に望む人物ではない」アラリックがにやりとして言う。「そんな人物はどこにもいないんだ。きみが望んでいるのはぼくだよ、イヴィー。だが、きみがそれを受け入れるまでは時間がかかる。ぼくは待つつもりだ」

彼は向きを変えて部屋から出ていった。ウィラが口を開くより早く、ドアが静かに閉められた。

何か言ってしまうより、このほうがかえってよかったのかもしれない。

アラリックに同意してしまいそうな自分が怖いからだ。よしんば反対したとしても、長い時間は必要ないと告げるためだけだったろう。

あるいは、今ここで永遠にアラリック・ワイルドを欲していると口走っていたかもしれない。

28

翌日

ウィラは昼餐会のあいだじゅう、ヤマウズラを銃で狩る話を聞いていた。アラリックとパースはその席に姿を見せず、ラヴィニアはマンチェスターに行っているので、あと二日帰ってこない。それにダイアナも自室にこもっていた。

二時間の昼餐会が終わるまでに、ウィラは狩りの獲物となるヤマウズラがさまよう日没前の魔法のような時間について、すっかり詳しくなっていた。

退屈。それは恐ろしいほど退屈な時間だった。

そのあいだ、彼女は考え込まずにいられなかった。たしかにお世辞や愛敬を振りまくゲームで一四人からの求婚を勝ち取りはしたが、残りの人生を男性からの指図に従って過ごすことになるのは、やはり受け入れがたい。

ウィラとラヴィニアは社交界にデビューするに当たり、彼女たちにふさわしい求婚者が現れると確信していた。そうした男性たちは彼女たちに欺かれ、罠にかかって言いなりになるだろう。だが、状況はいずれ変わる。いつの間にか、彼らの言うことがまかりとおるようになってしまうのだ。

はじめから、そのウィラの罠を見透かしていた男性は、これまでひとりしかいなかった。

でも……〝ウィラ・ワイルド〟？　彼女は鼻にしわを寄せた。

ひどい名前。それがわたしの名前になるの？

ラヴィニアがいればいいのにと思いつつ、ウィラは心の中でその名前を繰り返した。まだ正式に求婚されたわけではないので、受け入れるも何もない。それでも、彼女は喜びで背中がむずむずした。

両親が生きていれば、ヤマウズラの狩りの話など鼻で笑っていただろう。けれどふたりとも、アラリックとの会話を退屈に感じたりはしなかったはずだ。

アラリックは午前中、父親の図書室にこもって台帳に没頭していたため、昼餐会を知らせる鐘の音にも気づかなかった。地所で行われるべき、より安定した運営方法の詳細を詰めていたのだ。

ノースが不機嫌なのも無理はない。ホレティアスはともかく、ノースとアラリックにこうした仕事が向いているとは言いがたかった。ホレティアスだったら、地所の仕事をむしろ好きになっていたかもしれない。長兄は誰かを守るという意識が強く、包囲戦を勝利した中世の祖先の子孫にふさわしい男だった。ホレティアスが包囲戦に参加していたら、人々をまとめあげ、草の葉一枚あきらめることなく最後の最後まで徹底的に戦っていただろう。

長兄を思い出して、アラリックは笑みを浮かべた。そんなことは、ここ数年ではじめてだ。万力で締めつけられるような喪失の痛みも感じられない。

父親とふたりきりになり次第、アラリックは地所の管理人をふたり増やす提案をするつもりだった。ノースが地所を相続するのは何年も先のことだろうし、これから一〇年ほど、建物の設計と建設に熱中してはいけないという理由はない。何より、そのほうが結果的にノースを幸せな公爵にするはずだ。

アーチェリー場は広い草地にあり、刈った芝と生け垣のバラの香りが漂っていた。雲ひとつない空をアマツバメが一羽、翼をはためかせて横切っていく。

イングランドは美しい。アラリックの血と骨の大部分は、この美しい大地で作られていた。鳥がもう一羽やってきて、二羽になった鳥たちが互いを追いまわしてダンスのように空を舞う。草地の遠くのほうでは、フィッツィーがネクタリンの木の下を歩いていた。熟した果実の琥珀色が、孔雀のターコイズブルーと対照的だ。この距離からだと、木と孔雀という構図が豊かな色彩のシルクで編んだタペストリーのようにも見えた。

アーチェリー場では女性たちが集まっている。彼女たちの羽根飾りはフィッツィーの羽をしのぐかと思うほど鮮やかだ。近づいていくにつれ、アラリックは奇妙な胸の高鳴りを覚えつつ、目がまっすぐウィラに引きつけられてしまうことに気づいた。最初に客間へ入っていったとき、一緒にいたノースがまっすぐダイアナのもとへ向かい、女性たちのお茶の時間を妨げてしまったのも、これと同じ心境だったのかもしれない。

今、女性たちはシャンパンを飲みながら、リンドウ公爵が矢を射るのを見物していた。次々と放たれる矢は、多くが的の中心を射抜いている。アラリックは一直線にウィラのもとへ向かった。

草地を歩いてくるアラリックの姿を目にして、ウィラの胸は純粋な喜びにうずいた。彼が歩み寄ってきたときには喜びが一気にわきあがり、公爵や公爵夫人、アラリックのきょうだいやほかの客たちの存在が意識から消えた。

その歓喜はさながら地震のように、ウィラの全身を揺さぶった。

「ごきげんよう、ミス・フィンチ」アラリックが皮肉めいた視線を送りながら挨拶をする。彼の目は、そんな通りいっぺんの言葉をいかに嫌っているかを雄弁に語っていた。

「アラリック卿」彼女は〝ウィラの微笑み〟とは違う笑みを浮かべ、挨拶を返した。その笑みはイヴィーのものであり、彼女がまだ若かった頃に浮かべていたものだ。

「勝負をしないか」弓を手にしたアラリックが、弦を確かめながら言った。「負けたほうは勝ったほうの要求をのむ」彼の瞳には、ふたりにしかわからない熱い思いがにじんでいる。

ほかのあらゆることと同じく、アラリックはアーチェリーの腕前に絶対的な自信を持っているようだ。だが、ここ数日でウィラが見たかぎりでは、ふたりの腕は互角といったところだった。周囲に漂う空気の匂いがいつの間にかシェリーの甘い芳香に代わり、彼女の指を震わせる。とはいえ、自分が勝つとアラリックが考えるのは早計だろう。

「どんな要求をするおつもりなの？」ウィラは尋ね、お気に入りの弓を手にした。緑色に塗った軽くしなやかな弓は、もとを正せば飾りに惚れ込んだラヴィニアからもらったものだが、ウィラの腕をもってすれば状況次第ではシカも仕留められる本格的な代物だ。もっとも、彼女は的以外のものを射たことはない。

女性たちが切望をこめた目でアラリックを追い、扇のうしろでにやにやしながら彼のヒップのあたりをむさぼるように見ている。

これまでのところ、そうした女性たちの中で最悪なのがプルーデンスだ。今も彼女はアラリックに視線を送りながら、大天幕の周囲をうろついていた。ウィラがちらりと見ると、プルーデンスはびくりとその場にかたまった。

アラリックが肩越しに振り返ってプルーデンスを見る。「歩こう。プルーデンスがぼくのポケットに紙きれを突っ込んでくるんだ。ぼくたちがきみのロケットでやりとりをしていたのを知っているんだと思う」

「彼女の紙きれにはなんと書いてあるの？」

「聖書の引用だよ。自分に救済が必要だと指摘されるのは好きじゃない。ミス・フィンチ、頼むから散歩につき合ってくれ。ここから脱出しよう」

「あなたが勝負に勝ったら考えるわ」ウィラはすてきな秘密を胸に秘めているのだと実感した。彼女自身はアラリック・ワイルドの妻になる決意をすでにかためているのに、夫となる当の男性はそれを知らないのだ。

微笑みかけてくる彼の目がキラキラと輝き、ウィラの背筋がほてりはじめた。

いいえ、アラリックは彼女の決意をもう知っている。

少し離れたところでは公爵夫人が夫に近づき、ウィラには聞こえない声で話をしていた。ふたりが見ている中、公爵夫人は夫の腕を自分の体にまわさせて身を預け、その体勢で弓を引いた。

「仲がいいだろう?」アラリックが低い声で言う。「ぼくは五〇歳になっても、きみを抱きしめるつもりだ。きみさえよければ、今すぐ抱きしめてもかまわない」

ふたりの順番がやってくると、彼はまるで見てもいないかのように淡々と五本の矢を的に命中させた。そのうちの四本は中心を射抜いている。

ウィラは時間を取り、まっすぐに立って腕をうしろに引いた。弓を射るために突き出した胸を見て、アラリックがもらしたうなり声は無視する。

四本の矢を的の中心に命中させたところで、アラリックが声をかけてきた。「ウィラ」

彼に視線を向けてきく。「何?」

「頼むよ、ぼくを天幕に戻さないでくれ」

「心配しなくていいわ」ウィラは応え、的から矢を抜いた少年がじゅうぶんに離れるのを待って最後の矢をつがえた。

「きみがその矢で的の中心を射抜いたら——」アラリックが指を彼女の肘から手首へと走らせる。「ぼくの要求を聞いてもらうために、もうひと勝負しなくてはならなくなる。矢があと一〇本、必要になるんだ」

彼に触れられて、ウィラは身を震わせた。それこそアラリックの矢に射抜かれたみたいに、欲求が体を貫く。彼の指の感触が全身へと伝わっていき、喉を締めつけた。

「どうしても、きみに散歩の相手を務めてほしい」かすれた低い声で、アラリックが説得する。「ぼくが子どもの頃に気に入っていた隠れ場所へ案内したいんだ。それにプルーデンスが、きみのうしろからずっとぼくを見ている」

矢をプルーデンスのほうに向けたい衝動を抑えるため、ウィラは弓をおろした。「わたしたちがいなくなったことを彼女に気づかれたらどうするの?」

「気づかれないよ。どうやら、みんなの注意を引く出来事が起きているようだからね」

ウィラが天幕に目をやると、女性たち全員が公爵夫人のまわりに集まっていた。プルーデンスまでもが人込みにのまれている。「まあ! 公爵夫人のお子様が生まれそうなの?」ウィラは不安もあらわに尋ねた。「ここで?」

「もし必要なら、父が二階まで運ぶから大丈夫だよ。最後に生まれた子は、危うく馬車の中で誕生するところだったんだ」

ウィラにとって出産はどうしても経験したい苦行ではなく、目の当たりにしたいものではない。

彼女は弓を従僕に手渡した。「レディ・ノウにきかれたら、アラリック卿と散歩に出たと伝えてちょうだい」

アーチェリー場から見えないところまで来ると、アラリックはウィラの肘を放し、ぐいと体を引き寄せた。「ホレティアスとノース、それにパースとぼくで、よくこういう平野を駆けまわっていたものだ。沼地に出ていないときは」城から遠ざかっていく下り坂に広がる小さなリンゴ園へと、ウィラをいざないながら言う。

「すごく楽しそうね」その言葉にはかすかな羨望がにじんでいた。

アラリックは彼女の頬にキスをした。彼のものになったら、ウィラは二度と孤独にはならない。そうならないように全力を尽くす。ふたりは最初のリンゴの木の陰に入っていき、目の前の細道を進んだ。道の両側には、等間隔に植えられた木々がきれいに並んでいる。

「リンゴの種類をアルファベット順にして植えてあるんだ。カスタードが四本、その次にコックスが四本といった感じで並んでいて、最後はセント・エドムンド・ピピン。最初の収穫は九月に始まる」

リンゴ園の反対側は、高い生け垣に沿った道に面していた。その生け垣のまわりをツバメたちが悠々と飛び、地上に舞いおりようとする寸前に気が変わっては宙に戻るのを繰り返している。

「こっちだ」アラリックはそう言うと、ウィラを左へと促した。曲線を描く生け垣に沿って進んでいくと、やがてふたりの前に景観を飾るために作られた素朴な人工の池が現れた。土手には彼のお気に入りの傾いたヤナギの木があり、最後に見たときよりも傾度が急になっているようだ。かつては枝先が池の水面にかかるくらいだったのが、今では枝が朝からウイスキーを五杯ほど飲んだ酔っ払いのように力なく垂れさがり、水の中に吸い込まれている。

池のほとりまでやってくると、アラリックはウィラをヤナギの葉が重なってできたカーテンの下へと連れていき、上のほうを指さした。「昔はよくあそこで長い時間を過ごしたものだよ。この木のてっぺんまでのぼると、公爵領が俯瞰《ふかん》できる。異国を眺めているような気分になるんだ。見知らぬ土地を旅したいと夢見ていた子どもにとっては魅力的な光景だった」

「木にのぼったことなんてないわ、女の子には許されない行為だもの」

「ぼくたちの子どもはのぼるさ」アラリックは喜びを覚えつつ、赤く染まった彼女の頰を眺めた。

「これは自然の池ではないわね」彼の挑発を無視してウィラが言う。

池は鏡みたいな真ん丸で、中心にはやはり丸い島があった。スイレンの葉が大きく育って石に変わったかのように見える島だ。

「童謡にでも出てきそうな島だわ。丸い池の中心に丸い島があって、丸い島の中心には……あれは何かしら？　あの建物は寺院を模しているの？」

「伝統的なロトンダ（円形の建築物）だよ。父が最初の妻、つまりぼくの母のために作ったんだ」アラリックは答えた。ヤナギの幹に縛りつけられた長い縄をたどって歩き、水辺のイグサをかき分けていく。縄の先は昔と同じように、小舟にくくりつけられていた。

ありがたいことに小舟は乾いていて、比較的きれいな状態だ。おそらく弟たちが島で遊んでいるのだろう。「遊覧船に乗る心の準備はできているかい、お嬢様？」

一分後には、ウィラはかさばるスカートの襞に腰をうずめるようにして、小舟に乗り込んでいた。すっきりとして幸せそうな彼女の表情はどこか官能的で、アラリックは懸命に自制しなくてはならなかった。小舟の上で彼女を押し倒し、欲望をぶつけるわけにはいかない。

「気をつけて、ドレスのスカートがふくらんで船べりからはみ出ている」胸に広がる落ち着かなさを無視して、何か言うためだけに言葉を発した。

ウィラが涼やかに笑った。「言っておくけれど、このドレスは最新流行のデザインなの。うしろに——」いたずらっぽい視線をアラリックに送ってから言葉を続ける。「ランプ（詰め物をしたパッド）を仕込んであるから、こんなにかさばるのよ」

彼は大声で笑った。

「このランプはね——」ウィラが目を輝かせる。「パリ製で、コルクで作られているの。これをつけてこんな小さな舟に乗れるなんて驚きだわ」

「なるほど」アラリックは思いきって言った。「きみの体形なら、仕込みで何を足す必要もないのでは？」

微笑む彼女の唇はピンク色で、アラリックにとってはつがいに訴える孔雀の羽のようにも見えた。つややかな髪も太陽の光を受けて輝いている。

「白鳥を住まわせるための池みたい」ウィラが話題を変えた。

「ぼくたちが小さい頃、それは気難しい白鳥のつがいがひと組ここにいたよ。ホレティアスの足には、雄につつかれてできた傷跡が残っていた」

彼女が眉をあげる。

「ホレティアスは危険を顧みない男だったんだ」アラリックは続けた。「いい意味で、本物のイングランドの男だった」オールを操って小舟を島にしつらえられた大理石の階段の下につけ、石に打ちつけられたリングに縄でつなぐ。

彼が生まれる少し前に作られたロトンダは、苔《こけ》が広がっていることを除けばほとんど変わっていなかった。あと三〇年もすれば、自分の頭にだって、今はまだない白髪も生えてくる。それと同じようなものだろうか、とアラリックは考えた。

手を差し出して、ウィラが小舟をおりるのを手伝う。彼女の――パリ製のランプがついた――ドレスはなんとも淑女らしい。それでも目には奔放な光が宿っていた。

ウィラとの結婚生活はすばらしいものになるに違いない。いろいろなことをすり合わせる時間は必要だろうが、ふたつの人生はいずれ完全にひとつになるというわけだ。あとは彼女をその気にさせればいい。

とはいえ、ウィラはもう心を決めている節もある。アラリックの手を取り、彼の名を名乗る決心をしていなければ、そもそも小舟に乗りもしなかっただろう。

「公爵閣下は、あなたのお母様が亡くなってからここを使わなくなったのね？」階段をのぼりながら、ウィラが尋ねた。

「ああ、だが悲しみからではない。ふたり目の妻はずっとロンドンで暮らしていたし、オフィーリアは自然に関心がないからね」

「でも、誰かが使っているみたい」ドーム状の建物の中に入ると、ウィラが言った。細長く優美な柱の一本の下にキャンバス地の枕がいくつか積み重なり、使い終わった何本かのろうそくと、蝶番《ちょうつがい》のついた蓋がある大きなブリキの箱が置いてある。

アラリックは身をかがめ、箱の蓋を開けてつぶやいた。「賢いやつだ」箱の中にはたたんだ毛布が入っていて、その上に何本かの瓶と小さなナイフ、布にくるんだかつてチーズだったものが置いてある。毛布の下には、好色な絵で悪名高いイタリアの本が隠してあった。

瓶を手に取り、中身を確かめる。「ジンジャービールだ。飲むかい？」

「いただくわ」ウィラは柱のあいだに立ち、東の果樹園の向こうにある城を眺めていた。

「あなたがおとぎばなしの中で育ったなんて、信じられない」

アラリックは彼女に歩み寄り、隣に立った。彼にしてみれば、リンドウ城はおとぎばなしに出てくる城とは似ても似つかない。建物は低くずんぐりしていて印象的とは言いがたく、見物する者たちに包囲戦をけしかけているかのようにも見える。胸壁や小塔こそあるものの、それ以外ではフランスで見た美しい石を積みあげた城と似ている点はほとんどなかった。

「ここから見ると、城とも呼べない建物だよ。ぼくの曾祖父があれこれ手を加えて、祖父が塔を建てたんだ。昔、雨の日には小さな通路や秘密の廊下を探検したものだ――本物の隠し部屋が三つあってね」

うなずくウィラの黒いまつげは髪とまったく同じ色だ。ということは、茶色のまつげを黒く染めているのだろう。化粧の秘密を知っているということが、ふたりの親密さの証のように感じられた。ほかに知っている男はいないのだ。彼女の胸のなめらかな肌や、腿のすべすべした手触りを知っている男がいないのと同じように。

アラリックの本能が悲鳴をあげた。とはいえ、ここで本能に従うわけにもいかない。彼はごくりとつばをのみ込み、ウィラから目をそらした。

彼を受け入れる時機は、ウィラにゆだねなくてはならない。アラリックは瓶の口まわりの糸を切り、うなり声とともにコルクを抜いた。「ジンジャービールは味に癖があるんだ」瓶を差し出しながら警告する。「世界じゅうどこを探しても、こんな飲み物はない」

瓶に直接口をつけることに、文句ひとつ言わない女性がここにいた。アラリックは自分がどれだけ幸運なのかに思いをはせつつ、ウィラが差し出す手に瓶を渡した。

もう一度、リンドウ城に目をやる。丘にたたずむ城は、巣でまどろむ太った茶色のニワトリみたいだ。彼は箱に視線を戻し、毛布を出して枕の上に広げてから本を手に取った。

「面白い本を見せようか？」流し目を作るのは、アラリックにとって難しいことではなかった。

ウィラが二本の指で瓶をぶらさげて近づいてきた。「その本なら知っているわ」彼の驚いた表情に微笑みかける。

「レディ・ノウは正しかった。今と昔の若い娘は違うようだ」

「ラヴィニアとわたしは一年間、彼女のお父様の喪に服していたの」ウィラは言った。「彼女の祖先の中に好色な人がいてね、一族の図書室で見つけられるかぎりの、品がいいとは言えない本を読んで勉強したのよ」

「ああ、誰もがやっていることだ」アラリックは面白がって皮肉を口にした。

「あなただって、同じことをしていないとは言わせないわ！　現にあなたの弟さんも、そういう本を読んでいるじゃない」

「たぶんレオニダスだな。ただ、このチーズを見るかぎり、イートン校に入ってからは来ていないらしい」

ウィラの決意はすでに胸にしっかりと根づいていて、あとはアラリックに伝えるだけになっている。彼女はこれまでに一四人の男性から求婚された。子どもたちに話して聞かせるにはじゅうぶんな数だろう。最終的な選択をする前に、たくさんのことをとことん考え抜きもした。

でも、ただ〝あなたの妻になります〟とか、そんな単純な言葉を口にする気はない。

こんなときだからこそ、ウィラではなく、イヴィーでいなくてはならなかった。口先だけでなく、態度でも勇敢さを示さなくてはならない。そう考えた彼女は、帽子を取ってかたわらに置いた。続けて靴を脱ぎ、かがんでスカートの中に手を入れ、ガーターに指をかける。

「何をしているんだ？」アラリックが苦しげな声できいた。

ウィラは顔をあげ、にっこりした。「あなたの提案を受けることにしたわ」笑みを妖艶なものに変える。ほかの女性たちが浮かべていたのをしばしば目にした、意味ありげな微笑みだ。「少しふしだらな気分になってきたかも」

片方のガーターがはずれた。足首まで落ちた薄物のストッキングを蹴って脱ぎ捨てる。

予想外の展開に、アラリックはあっけに取られているようだ。

彼女はふたたび顔をあげ、ちらりとダークブルーの目を見た。すぐに顔をもとに戻し、もう一方のガーターに指をかける。

「ずっと興奮しっぱなしで歩きまわっているぼくに、いったいどうやって分別のある人生を送れというんだ?」アラリックが自分に問いかけるように尋ねた。「きみを見ると、きみがしてくれることを想像して身構えてしまう。すてきな奉仕に期待してね。うなじだろうと足首だろうと、どこを見てもそうだ」

「気づいていたわ」ウィラは皮肉をこめた口調で応じた。残ったストッキングが、脚をするすると落ちていく。

「そういうまねは控えたほうがいい」アラリックの声がウィラの鼓動を速くする。珍しく、彼女は平静を保つのに苦労した。本当に珍しいことだ。

脱いだストッキングを、もう片方の上に放り投げる。

「ストッキングを脱いだのは、そのほうが楽だからかい?」

ひょっとすると、誘惑の笑みがうまくできていないのかもしれない。ウィラは落ち着くよう自分に言い聞かせた。刺繍からキスに至るまで、最初の試みがうまくいかなかったことなどいくらでもある。

「いいえ、服を脱ぐからよ」身をよじり、首のうしろにあるひもの結び目を探った。「あなたの結婚の申し込みを受けることにしたの。それなら、ゆうべ始めたことの続きを気がねなくできるわ」

　これではウィラだ。そう気づいたときには遅かった。

　当然、アラリックが大声で笑いはじめる。「気がねなく？」

「そうよ」彼女はうなずいた。「婚約が本物になったのだから……」ドレスを飾るレースのエプロンを留めたひもの結び目をほどく。

　ウィラがドレスを脱ぐのを、アラリックは見ていなかった。代わりにずっと彼女の顔を見つめている。「本気なのか、イヴィー？」

「結婚のこと？　本気よ」別のひもをほどき、コルクのランプを地面に落とすのは簡単だった。

「プルーデンスのような女たちは、もう気にならないのか？」

「まともな人たちと比べたら、おかしな人なんてほんの少数だと思うわ。あなたが退屈な大地主になって、過去に旅行記を何冊か書いたことがあるただの公爵の庶子ということになれば、注目する人なんていなくなるでしょう」

　嘘だった。

　人々の注目を集めるのが、アラリックという男性なのだ。けれどもウィラはすでに、自分がひそやかな生活よりも、彼を求めていると結論づけていた。ボディスのボタンをはずしはじめる。その下には胸をとても美しく見せてくれているコルセットと、さらにその下には肌着が残っていた。

「わたしに恥をかかせたりはしないわよね？」昨夜と同じように、入り混じった欲望と期待のせいで、またしても指が震えている。「もし拒絶されたら悲しいわ。体を否定された気分になるかも」

「ばかなことを言うものじゃない」

ウィラはボディスを脱いでかたわらに置き、コルセットも同じようにした。枕の上に横たわり、アラリックに微笑みかける。

彼は信じられないという顔でウィラを見おろした。「ぼくと関係を持つのが怖くないのか？　はじめてなのに」

声を冷たくして言う。「はじめてじゃないとでも思っているの？」

「いいや」アラリックはしぶい表情で首を横に振った。「ぼくはただ、ウィラ・エヴェレットという名の奇跡を理解しようとしているんだ」

皮肉を利かせた返事をしようとしたとき、アラリックの大きくあたたかい体がすばやくウィラにのしかかってきた。アラリックの下腹部のこわばりが腹部に当たったので、ウィラが身をくねらせると、彼の胸の奥からうなり声がもれた。

ラヴィニアと一緒に確かめた本の絵では、男性のその部分はサイの角みたいに無機質で、いささか愚かしく見えた。けれどもうれしいことに、今触れているアラリックのそれはあたたかく、生命力を感じさせる。

彼がキスをしようと頭をさげてきた。ウィラは肩の力を抜いて抱擁に身を預け、余計なことは考えず、ただその場にあろうとした。ギリシアの神殿を模した建物の中で枕の山の上に横たわるという現実離れした状況にあってなお、この瞬間をたしかに生きるのだ。ワイルド卿との結婚について深く考えたことはなかったけれど、それでもアラリックと一緒に、この場にしっかりと存在しなくてはならない。

息を乱して身を震わせる、何も考えられないひとりの女性になろう。こんな状況に当てはまるルールなどない――よしんばあったとしても、ウィラは知らなかった。できるのはただひとつ、感じることだけ。

キスは長く続き、アラリックがウィラの頭を押さえて口をむさぼりつづける。やがて彼女は身をのけぞらせ、喉から懇願のうめき声をもらしはじめた。脚がせわしなく震え、全身が強烈なほてりに襲われる。こんな感覚ははじめてだ。

「アラリック」あえぐように言った。

彼は応えずに、改めて目を見つめてきた。そこに何を見たにせよ、満足したに違いない。片方ずつまぶたにキスをし、妻がどうのとつぶやいたことからも、それは明らかだった。

続けて頰に唇を滑らせ、焼き印のように感じられるキスを何度も浴びせる。キスが喉に差しかかるのと同時に、彼が片方の手で胸のふくらみを包み込んだ。

ウィラは首をそらした。心を揺るがすほてりと悦びの中、ひとつの思いが頭に浮かんでくる。〝とても自由〟誰かに至高の悦びをもたらすことを許す――これほどの自由があるだろうか。

許す？

許しは一方的ではなく、双方向であるべきよ。ウィラは両手でアラリックの背中をまさぐり、片方の手をブリーチズの前へと向かわせた。

彼が喉の奥のほうでうなるような声を出す。

「いけなかった？」ウィラは恥じらいに指を丸め、あえぎにも似た声で言った。こんなふうに触れるのは許されぬ行為なのかもしれない。ああいうイタリアの本などに描かれているのは、身持ちの悪い軽薄な女性だけがする行為なのだろうか？

彼女は手を引いた。

「ひれ伏して願い出たら、またさっきみたいに触ってくれるかい？」

切迫したアラリックの問いかけに、ウィラは息を止めて微笑んだ。「じゃあ、いいのね？」

「決まりなどないんだ。ぼくたちのあいだにそんなものはないよ、イヴィー」アラリックがブリーチズの前を勢いよく開き、舌を彼女の舌に触れさせた。「頭から足まで、きみの体に舌を這わせたい」

ふたたびウィラの指がブリーチズの前に向かい、高ぶったものを包み込んだ。それは大きく、そして熱い。指に力をこめると、アラリックが息をのんだ。

「ぼくたちのあいだには礼節もない」下腹部をウィラの指に押しつけるようにして、彼はかすれた声で言った。「ぼくを好きにしてくれてかまわない。きみがしたいことなら、なんでもいい。ぼくの体はきみのものだ」

強烈な熱が胸から両脚へと広がっていく。彼女は震える息を吸い込んだ。「あなたをどうしたいかなんて、わたしにはわからない」

「きみは夫婦の営みについて知っているのかい？」

「ええ、でも、今この状況でわたしがすべきことがあるのかどうか、よくわからないわ」言葉に詰まりながら、ウィラは告白した。

愛らしく訴えかけてくるような彼女の口に、アラリックは身をかがめてキスをせずにはいられなかった。そうするあいだも、彼のものはウィラの手の中でずきずきと脈打っている。

何分、何時間経ったかもわからない。アラリックは身を引いて問いかけた。「本当にいいのかい？　レディ・アラリック・ワイルドになるのを待たずに、ぼくと関係を持っても」

彼女は目を輝かせて、こくんとうなずいた。「わたしの名前がウィラ・ワイルドになるっていうのを考えたことはある？」

答えるより先に、彼はキスでウィラの笑いをのみ込んだ。「イヴィー・ワイルド、引き返すなら、これが最後の機会だ」真剣な声で告げる。「ぼくがきみにふさわしくなくても、読者と頭のどうかした女性に囲まれているとしても、ぼくはきみと結婚する」

「わたしはあなたと結婚するわ」彼女はアラリックに負けないほどの必死さで応じた。「あなたが公爵閣下の息子でわたしがただの孤児でも、あなたが有名な作家でわたしがあなたの本を読んだことがなくても、あなたが猫を欲しがるわたしにスカンクをくれる人でも」

胸がどうしようもなく高鳴るのを、アラリックははっきりと自覚した。「きみは本気でぼくの妻になるつもりなんだね？」

しっかりと目を合わせたまま、彼女がうなずく。

際限のない欲望にのみ込まれた彼は、喉からうめき声をもらしながら、ウィラの肌着の襟を引き裂いた。すぐさま胸の先端に唇をかぶせる。

「もっと」ウィラが息をのんだ。

「スカートを脱がせても？」低い自分の声をこれほど耳障りに感じたことはない。

アラリックは膝を立て、シャツを脱いでウィラのもとへ戻った。そのまま反対側の胸を口に含むと、彼女が大きく背中をそらした。「もう一度！」

手をなめらかな脚に走らせ、腿の付け根に触れる。ウィラが今度は口をつぐんだ。

秘めやかな場所は熱く濡れている。アラリックはスカートをまくりあげた。腿は淡いピンク色だ。「きみは美しすぎる」声がかすれた。

頭をさげ、前触れもなくいきなり愛撫する。率直さこそ、ウィラの好みだからだ。じらしてやきもきさせる必要はない。

当然のように、彼女の指がアラリックの頭をつかみ、そこから動かないよう押さえつけた。

ウィラが悲鳴をあげるまで、彼は秘所へのキスを続けた。彼女の目が驚きに見開かれるのと同時に、指を通じて体の震えが伝わってくる。アラリックは口を離し、肘で体重を支えて、ウィラの上に覆いかぶさった。彼女の信頼に満ちた笑顔は、愛撫そのものだ。

「痛むかもしれない」彼はささやいた。

かたくこわばったものが、熱く濡れそぼった部分に入っていった。ウィラになった彼女は、恐れではなく好奇心をたたえた表情を浮かべている。アラリックが侵入するにつれて、彼女の指が肩に食い込んだ。ウィラの中はとてもきつく、彼はかすれた声をもらした。アラリックの動きに合わせて、彼女が腰を浮かせる。「まだ続きがあるの？」ウィラはあえぎながら尋ねた。

「あと少しだ」アラリックは認め、ごく少しずつ身を沈めていった。ようやく一番奥まで達すると、互いに溶け合うような感じがした。

ぐるぐるとまわる世界の中で、彼女の体の鍵を開ける瞬間はすべてが静止する。そんな感情を分かち合っているかのように、ウィラが大きく目を見開いた。彼女だけでなく、彼の肉体も変化する瞬間だ。アラリックが彼女の唇に軽くキスをしてゆっくり腰を引くと、ウィラが爪で彼の肩を引っかき、叫び声をあげた。「だめ！」

彼女が落ち着くまでキスを続け、アラリックはふたたび中に入っていった。あまりの快感に視界がかすんでいく。

「アラリック、だめよ」ウィラがせっぱ詰まった声で言った。アラリックは身を引いてふたたび突き入れる準備をしていたものの、ウィラは背中をそらして、彼を外に出すまいとしている。

声をあげて笑いたい心境だったが、できるだけ呼吸を辛抱しなくてはならない。「少し辛抱してくれ」アラリックは彼女の耳元でささやいた。ウィラが楽しめるように、悦びをもたらすダンスを身につけられるように願いつつ、なおもゆっくりと抜き差しをする。

「アラリック、もうちょっと速く動ける?」彼女が小声で訴えたのは、アラリックが自制心を失いそうな自分に気づいて不安を覚えはじめていたときだった。

胸の中で心臓が激しく打ち、呼吸すらままならない。彼はウィラに覆いかぶさって前腕でみずからの体重を支え、彼女が痛がっていないか注意しながら動きを速めた。

実際のところ、顔を紅潮させたウィラの目は夢を見ているみたいに焦点が合っておらず、両手は彼の体をまさぐっている。

最後にアラリックはウィラを連れて、快感以外に何もない、すさまじい熱と激情の中へと飛び込んでいった。

あるいは、彼女に連れられていったと言ってもいいかもしれない。

なぜなら、ウィラが荒い息をもらしながら腰を浮かせてアラリックの動きに合わせ、肌に小さな爪跡をいくつも残していったとき、彼は何も考えられなくなったからだ。そして快感にあえぐ彼女がアラリックの飢えたキスに応じたときには、完全にわれを忘れていた。

言葉がひとりでに口をつき、かつてないほどの悦楽にとらわれていたアラリックは自分でも驚いた。口からもれた言葉は宙に漂い、荒々しい悦びが彼を押し流していくのに拍車をかけた。

押し流されたのはアラリックだけではない。ウィラも一緒だ。

　しばらくしてから、彼は覚醒した。ふたりの脚は絡まり合い、ウィラの頭が心地よさげに肩にのせられている。「あのばかげた芝居の題名を知っているかい？」アラリックは尋ねた。

「『ワイルドの愛』？」かすかに棘のある口調だった。

「ぼくが愛しているのはきみだ」彼はささやいた。ウィラを仰向けにして、未来の花嫁を見おろす。「きみはぼくの心の中にいる、イヴィー。いや、きみはぼくの心そのものだ。ぼくはきみを愛していて、きみに恋をしている」

　彼女が驚きに口をぽかんと開き、アラリックを見あげた。

「返事はしなくていい」大いなる満足を覚えながら言う。「今のは返礼が必要なお辞儀とは違う。ぼくもこの感情に驚いているよ。根底から揺さぶられた気分だ」

　ウィラがゆっくりと笑みを浮かべた。「じゃあ、次の芝居は『ワイルドの調教』かしら？」

　彼女のようにくすくす笑ういたずらっ子たちを早くも思い描きながら、アラリックはまぶたにキスをした。

「ぼくはもう飼い慣らされている」厳粛な口調で告白する。

　その告白はひとつのキスを招いた。

　あるいは、一〇回のキスだったかもしれない。

29

その夜

晩餐に向かう途中、ウィラは階段のてっぺんで立ち止まり、落ち着きを取り戻そうとした。池での出来事が目に見える跡として残っていて、彼女がもう違う女性だということをみんながひと目で気づいてしまうような気がしたからだ。

堕落した女性だと。

自分が完璧な淑女の役割にどれだけしがみついていたか、ウィラははじめて気づいた。もちろん婚約した女性となった今は、それが新しい役割であり、じきに妻という役割が始まろうとしている。

一般的に、結婚までには三回の予告をするのだが、アラリックは彼女の気が変わらないよう、明日の朝になったら最初の予告をしたいと熱心に話していた。もし彼のやり方で通すなら、結婚はひと月以内に実現する運びとなりそうだ。

いきなり肩に手が触れ、ウィラは驚いて小さな声をあげた。「ごきげんよう」息を乱しながらも平静を装った口調で言う。

ほんの二時間前までこの男性と会っていたことは、隠さねばならない秘密だった。そのときに、またベッドに押し倒すと脅す彼を寝室から追い出したことも。

「イヴィー」低くくぐもった声で、彼女の婚約者が呼びかけた。アラリックは階下の玄関にいる従僕たちを含めて誰に見られるのも気にせず、キスしようと身をかがめた。

ウィラがいろいろと考えをめぐらせているとも知らず、アラリックは彼女を抱き寄せ、やさしさに満ちたキスをした。膝から力が抜けていき、彼女はアラリックの首に両腕をまわした。

彼がようやく唇を離したあと、ウィラは目がくらむのをこらえて立ち尽くし、ただ婚約者を見つめた。ウィルヘルミナ・エヴェレット・フィンチはアラリック・ワイルド卿と結婚する。それも彼女自身、想像すらしなかった理由で。彼がスィートピーをくれたからでも、ものすごく魅力的だからでもない。

彼女が結婚するのは、アラリックを愛したからだった。

考えにふけるウィラの耳に、礼儀正しい咳払いが飛び込んできた。左に目をやると、すぐ近くにリンドウ公爵が立っている。「申し訳ありません！」彼女はあわてて謝り、膝を折ってお辞儀をした。胸から額まで、たちまち赤く染まっていく。「失礼しました」

「こんばんは、父上」アラリックが声にみじんのやましさも感じさせずに言った。「公爵夫人は？」

「まだ生まれそうもない」公爵が答える。「医者が言うには、ベッドで安静にしているのが一番だそうだ。本人は不満そうだがね。それで？　ご機嫌はいかがかな、ミス・フィンチ？」公爵は取りたてて楽しそうでもなかったが、実のところは楽しんでいるのがウィラには感じられた。

「上々ですわ」どうにか答えた。恥ずかしさのあまり、必死で丸くなるダンゴムシにでもなった心境だ。

公爵が息子のほうを見た。「女性への熱烈な挨拶は、もっと静かなところですべきだと思うがね」

「覚えておきましょう」アラリックが陽気に応じる。

公爵は一礼し、階段をおりていった。

ウィラは公爵が客間に姿を消すのを待って、婚約者を叱りつけた。「こんなことをしてはいけないわ、アラリック。笑うのはやめて！」

肩を押し、もう一度キスをしようとする彼を退ける。「それは金輪際、お預けよ」

アラリックがまたしても声をあげて笑った。彼女の未来の夫は他人にどう思われようと歯牙にもかけないし、これからだって、それは変わらない。「人前でのキスは禁止します」ウィラは宣言し、彼の手から体を遠ざけた。

「だが、きみを見るたびにキスをしたいと思ってしまうんだ」アラリックが高価なヴェルヴェットを思わせるなめらかな声で、臆面もなく言う。

「それだけじゃないわ、ほかに人がいるときにおかしなことを言うのも禁止よ。その声で話しかけるのも」彼女はつけ加えた。

「やれやれ、ぼくが聞く耳を持つのはきみの意見だけだよ」

ウィラの口元に笑みが浮かぶ。こんなことを言われる女性が、いったいどれだけいるのだろう？　彼女はしかめっ面を装って告げた。「アラリック卿、今夜はワイルド卿になってもらうわよ」

彼もしぶい顔をしてみせる。「無理に人を喜ばせるのは、もういやなんだ。新しい本を書くつもりもない」

「ワイルド卿は誰に対しても礼儀正しく、魅力的だわ。いささか誠実さに欠ける面があるかもしれないけれど、どこまでも愛想がいい」

ウィラとしては珍しいことに、くすくす笑った。

力強い腕が彼女の体にまわされる。「その声は好きだ」アラリックが耳元でささやいた。「純粋にうれしくなる。きみの無邪気な面を見られるからね。ぼくだけが見られる一面だ」

ウィラはごくりとつばをのみ込んだ。「ええ、わかったから――」ささやきで返す。「ここからはまじめにいきましょう」

アラリックがため息をつく。「それはきみにとって大事なんだね？」

「ええ」彼が半信半疑な様子で見つめてくるので、ウィラは大きくうなずいた。「とても大事よ」

「それなら、あとできみの部屋に行ってもいいかな？　ダンゴムシを持っていって、きみを笑わせよう」

ウィラはためらってから答えた。「結婚するまで親密なふるまいはしないわ」

アラリックが悲壮な目で彼女を見た。だが、ウィラの言い分が正しいのは彼も承知している。「きみがそう言うなら」肘を差し出して言葉を続けた。「行こう、ウィラ。どう呼んだか気づいたかい？　ウィラだ」彼は不機嫌そうだ。

「ミス・フィンチと呼ぶべきではないかしら」

アラリックがにやりとする。「そこまで譲歩する気はないよ。ぼくはロンドンで一番魅力的な女性をつかまえたんだ、きみの洗礼名を呼ぶ権利は誇示させてもらう。ミス・フィンチと呼ぶのは、ほかの人に任せよう。おばだって張りきって、この城でかつてない規模の舞踏会を開くに違いない。ぼくが得た伴侶を自慢するために」

「レディ・ノウが？」

「ぼくの家族が、ぼくと同じくらいきみを好いているのに気づいていないのかい？」

ウィラは彼にキスしたい気持ちを抑え込み、深呼吸をして尋ねた。「あなたは舞踏会が嫌いではなかったの？」

「ぼくは、きみがぼくのものだと世界に知らしめたい。できることなら山の頂上で叫びたいくらいだ」

差し出された肘に腕を滑り込ませて、彼女は言った。「これからもずっと、今くらいやさしくしてくれるのかしら？」

アラリックが少し考えてから答える。「いいや」

彼の笑顔は罪そのものだった。

30

次の日の夜

「お茶の前にスィートピーを散歩に連れていくわね」ウィラはメイドに告げた。「バラと白い羽根飾りのついた大きな麦わら帽子をかぶるから、かつらも髪粉も必要ないわ」

散歩のときに着る彼女のお気に入りは、襟と腰まわりに襞飾りのついた、サクランボ色の縞模様のドレスだ。白いエプロンがついていて、丈が大胆なくらい短いので、歩くのに向いている。

それに足首を見せるデザインになっているから、塔の秘密の寝室から彼女を見かけたアラリックが出てくるかもしれない。

「飾りの締め具がある靴にしましょう」ウィラは言った。「琥珀色のブーツのほうが合うと思うけれど、あれは足が痛くなるから」

ドレスを着終えると、ウィラはスィートピーにハーネスをつけて籠に入れ、階段をおりてバラが咲く庭に出た。外はあたたかく、黄褐色のバラが重なり合って眠るライオンの群れのように密生している。

庭に出て数分が経ったとき、誰かの足音が聞こえてきた。かがみ込んでスィートピーを撫でていたウィラが身を起こすと、プルーデンス・ラーキンが走ってくるところだった。

彼女に背を向け、この場を立ち去ってしまおうかという考えが真っ先に浮かぶ。

プルーデンスには、ウィラの婚約者に思いを寄せているという単純な事実を別にしても、どこか好きになれないところがあった。たとえば、ウィラはプルーデンスがアラリックをおとしめるために――実際には反対の結果になったとはいえ――『ワイルドの愛』を書いたのではないかという疑念を捨てきれずにいた。

それにプルーデンスがアラリックとふたりきりになる機会をうかがっているのは、彼の体面を傷つけるためだと確信している。

最後に、やたらと祝福の言葉を口にするプルーデンスの癖を、かなりいらだたしく感じてもいた。ウィラの知るかぎり、人々に祝福を与えられるのは司祭を始めとする聖職者だけだ。プルーデンスの父親は宣教師なのかもしれないが、聖職は世襲ではない。

そうしたすべてをいったん頭の片隅にしまって、ウィラはかたい表情で駆け寄ってくるプルーデンスに向かって礼儀正しく微笑んでみせた。

「ミス・フィンチ、ミス・フィンチ！」声が届くところまで近づくと、プルーデンスが叫んだ。ウィラの前で立ち止まった彼女は、両手を握り合わせて荒い息をついている。

「ごきげんよう、ミス・ラーキン。何かあったの？」

「ミス・ベルグレイヴが――」あえぐような声で言う。「ミス・ダイアナが！」

ウィラは続きを待った。

「婚約をやめて、自分の家に戻ってしまいます！」

「ああ」ウィラはつぶやいた。前にラヴィニアからダイアナがこの決断をする心の準備を整えているとは聞いていたので、驚愕《きょうがく》するほどの知らせではない。

「書き置きもないし、メイドも連れていません」プルーデンスが肩で息をしながら言った。

「なんですって？」

「アラリックに伝えるようあなたに頼んでほしいと、ミス・ベルグレイヴに言われました」

礼儀知らずな物言いに、ウィラは眉をひそめた。

「その……アラリック卿に！」プルーデンスが言い直し、さらにつけ加える。「あの方からローランド卿にお伝えするようにと……」

ダイアナが婚約者に断りもなく城を出ていった？　一瞬、ウィラの頭が目まぐるしく働き、アラリックの兄が彼女に向ける切望や痛み、欲望を思った。

ダイアナは勇気を出し、自分でノースに告げるべきだったのだ。それが思いやりというものだろう。

ダイアナが去ったこと自体を責めるつもりはない。どれだけ都合を優先した婚姻であったとしても、妻は夫を愛することを求められる。それが無理なら……。ただ、こういう難しい問題に対処するのに、逃げるよりもましな方法はいくらでもあるはずだろう。

プルーデンスはまだ両手を握り合わせている。

「ミス・ベルグレイヴがあなたにそう言ったの？」ウィラは疑念を隠しきれない口調で尋ねた。

「出ていくところを見かけました」プルーデンスがためらいながら答える。「追いかけて、どこへ行くのかきいたんです。そのときに帽子の箱を持っていたので、執事に嘘をついているのがわかりました。村に行くなら帽子の箱は必要ないでしょう？」

話の筋は通っている。プルーデンスはいつも隅から周囲を見ているし、唐突に出しゃばって説明を要求しそうな質でもあった。

「わかったわ」ウィラはため息をついた。「アラリックを探したほうがよさそうね」スィートピーを抱えあげて籠に戻す。

「彼の居場所ならわかってます」プルーデンスがウィラの袖を引いた。

ウィラは思わず踏みとどまった。「どうしてわかるの？」

「アラリックがあの道を歩いていくのを窓から見たんです」プルーデンスが城から遠ざかる方向を指さす。「見ちゃいけないのはわかっているんですが、どうしてもやめられなくて……。でも、やめようとはしてるんです」彼女の頬がピンク色に染まり、口調に痛みがにじんだ。「実は、あたしもロンドンに戻ることにしました」

「じきにみな、ここを出ていくわ」ウィラはプルーデンスと歩きだし、話を合わせようとして言った。

「あたしは明日、発ちます」プルーデンスが進む方角に顎を向けたまま答える。「あなたには真実を話しておきます。アラリックに失望したんです。あたしは彼のために劇を書いた。夢に見るほど愛していたんです。それなのに、彼があたしに何をしてくれたっていうの？」

「わたしと婚約したのは、あなたとはなんの関係もないわよ」ウィラは嘘をついた。「アラリックはあなたが生きていることさえ知らなかった。忘れたの？」

プルーデンスが苦々しげな表情でウィラを見る。「もうじき彼に追いつくわ」

庭の東端に当たる石壁に差しかかったところで、ウィラは足を止めた。目の前ではきちんと整えられた砂利道が枝分かれして、バラの茂みで見えづらい分厚い木製の扉へと続いている。これまでは気づかなかった扉だ。

ウィラの腕を放したプルーデンスが扉を押すと、それは重さのわりに簡単に開いた。壁の向こうからは砂利道の代わりに木の板が渡してあり、まっすぐリンドウ・モスへと続いている。城の客たちはその沼地に入ってはいけないと、はっきり警告されていた。

ホレティアスが命を落としたのも、この沼地だ。

ふたたびプルーデンスがウィラの袖をつかむ。「行きましょう」

「わたしは戻るわ」ウィラはつかまれている腕を引いた。スィートピーが籠の中を走りまわってから小さくうなり、ちょこんと座って前足の爪を籠の端に引っかける。

「いいえ、それはだめよ」プルーデンスが言った。

「ばかを言わないで」ウィラは怒りに任せて応えた。「もう少し分別というものを身につけたらどう?」

「あたしが知らないとでも?」プルーデンスが低く震える声で問いかける。「あたしには、あなたのことがわからないとでも思ってたの?」

「わたしを罵っても、アラリック卿に対するあなたの印象はよくならないわよ」

「あなたがどうやってアラリックに取り入ったか、みんな知ってるんだから!」

「なんの話だか、さっぱりわからないわ」ウィラは言い返した。午後の太陽の光を受け、プルーデンスの目がガラス玉のようにぎらついている。

「あの人をたぶらかして寝室に引っ張り込んだのね」プルーデンスが押し殺した声を出す。

「あたしが知らないとでも? 次の劇の題材にしたっていいのよ? 『ワイルドの故郷』が舞台で上演されるのを楽しみにしているがいいわ。ロンドンじゅうの人たちが見ることになるでしょうね!」

まったく、ひどい展開になってきたようだ。

「そんな劇を書いたら、アラリックの名前に傷がつくわ」ウィラはどこまでも平静を保った声で言った。「あなたは彼を愛しているんでしょう? もう一度、名誉挽回《ばんかい》の機会を与えるべきかしら?」

「ええ、そうよ。もう一度、名誉挽回の機会を与えるべきかしら?」プルーデンスが首をひねって考える。「いいえ、だめ」そう言って、彼女は片方の手を灰色のドレスのスリットから出した。「さあ、歩いてもらうわよ。今すぐに」

プルーデンスの手には、まるで彼女の手に合わせて作られたかのごとく小さな拳銃が握られている。信じられないことに、今ウィラの頭に狙いを定めている武器を、ドレスのポケットに入れてずっと持ち歩いていたらしい。

「言わせてもらうけど、ウィルヘルミナなんて、あたしが耳にした中で一番醜い名前よ」驚きに言葉を失っているウィラに、プルーデンスが言った。「あなたを責めているわけじゃないの。ただ、あたしの中にある作家の感性と言葉への敬意が許さないだけ」

「わたしは城に戻るわ」ウィラはあとずさりした。

「あたしが撃ち損じると思ってるのね」プルーデンスの白い歯が光る。「あなたの思い違いを正してあげる。あたしは射撃が得意なの。離れていても的ははずさないわよ。これくらいなら離れているうちにも入らない。アフリカではね、定期的に練習をしていたの。襲ってくるワニを退治するには、両目のあいだに銃弾を撃ち込む以外にないのよ。知ってた？」

ウィラは首を横に振った。

プルーデンスが拳銃を振って合図を送る。「どうするか考えているなら、申し訳ないから教えておくわ。あたしのベルトには予備の銃弾と火薬も用意してあるのよ。さあ、行きましょう。あたしの前を歩いて。そこの扉から出て、先へ進んでちょうだい」

「どうしてこんなことを？」

プルーデンスが眉間にしわを寄せる。「説明が必要なの？　あなたがアラリックの心を盗んだからに決まっているじゃない。男性は肉欲の罪に弱いもの。彼も視界からふしだらな女が消えてしまわないかぎり、まともな決断などできないわ」

ウィラは必死で考えをめぐらせた。庭師や従僕、ほかの客たちはどこにいるのだろう？表情を見るかぎり、プルーデンスはためらいなく引き金を引くような気がする。しかたなく、彼女はしぶしぶ板の道を歩きはじめた。

頭の中でウィラが懸命に助かる道を模索するあいだ、ふたりは無言のままだった。プルーデンスを刺激しない程度に、できるだけゆっくりと歩く。

「清教徒たちが演劇を悪魔の所業だと思っているのはご存じ？」プルーデンスが早口で言った。「あたしの父もそう信じていたわ」抑揚をつけた、歌うような声音で続ける。「〝ああした見世物は汚らわしい病そのものだ。汚れなき心を変え、高潔なる人を堕落させて永遠の断罪へと導く〟」

「あなたのお父様は率直な方なのね」ウィラは言った。足元の木製の板はわりとかたい地面の上に置かれている。記憶が正しければ、点在する濃い緑色の部分は水がたまっているところだ。

「それは父を言い表すのにぴったりの表現だわ」プルーデンスが同意する。「父は不潔な文章の不快な言葉を憎んでいるの」

「語呂がいいわね」平静さを保とうと苦心しながら、ウィラは応じた。うしろに飛んでプルーデンスに体当たりし、大きな穴に突き落とそうか？　人をおぼれさせるなんて、そんなまねができる？

無理だ。

城に戻ってプルーデンスを引きあげる人たちを呼ぶにしても、間に合わなかったとしたら？　もがいているうちに彼女は沈んでしまうかもしれない。ホレティアスのように。

それなら、拳銃だけをどうにかして沼地に叩き落とせないかしら？

「スィートピーを下におろしてもいい？」ウィラは立ち止まるために足をゆるめた。これ以上進んだら、城を見失いかねない。

「父は神をも恐れぬ不浄でふしだらな言葉を軽蔑しているの」プルーデンスが押し殺した声で言った。「あたしの心に根づいている真実の言葉……あたしが父に伝えた言葉も、父はふしだらだと責めたわ」

どうやらその宣教師も、アラリックが彼の娘に対して恋心を抱いているという作り話を信じていないらしい。

「歩きなさい」プルーデンスが噛みつくように命じた。

ウィラはさらに足をゆるめて歩きつづけた。「本当にわたしを撃つ気なの？　この先にアラリックがいないのは、もうわかったわ。本気で殺人の大罪を犯すつもり？」

「まさか！」プルーデンスがはねつけた。「あなたは淫婦。娼館がお似合いの恥知らずよ。でも、あなたの命を奪うのはあたしじゃない」

「あなたの言うとおりなら、わたしたちはどこへ向かっているの？　そこへ行く理由は何？」

「あなたは沼地に落ちるの」プルーデンスが親しげな口調に戻して答える。「あたしはあなたみたいな汚らわしい女のそばにいるのも耐えられない。アラリックはあなたの言葉を受け入れ、体を味わった。あなたに毒されたのよ」

「もし城に戻してくれたら、わたしはその足でアラリックを置いてロンドンに戻るわ。それならあなたも、わたしの死に良心の呵責《かしやく》を感じずにすむでしょう」

「そんなものは感じないわ」プルーデンスは驚きをあらわにして言った。「あなたを撃たなきゃいけなくなれば、事情は変わるかもしれない。でも、あたしはあなたの運命を主にゆだねるつもりよ。あたしはライオンと同じくらい勇敢なの。主の道から逃げようとは思わない」

こうしたことを語りはじめると、プルーデンスの目は狂気じみた光を帯びてくる。

「神様が本当にわたしに怒っていらっしゃるなら、ロンドンへ向かう途中にでも罰をお与えになるかもしれないとは考えないの？　リンドウ城に戻らず、このままずっとこの道を進んでいくという手もあるわ」ウィラは言った。

プルーデンスが肩越しにうしろを振り返る。城は西の地平線の染み程度まで小さくなっていて、日暮れも近づいていた。「あなたの運命が試されるときが来たわ。板からおりなさい」ウィラに向かって拳銃を振りながら、プルーデンスは告げた。「最初にその小動物をおろすのよ」

「スィートピーをどうするつもり？」

「どうもしないわ」いらだった口調でプルーデンスは続けた。「動物は無垢《むく》だもの、主のお力で守られてしかるべきよ」

プルーデンスは今や完全にどうかしている。スィートピーにとっては、沼地に入らないほうがいいのは疑いようもない。ウィラは拳銃から視線をそらさず、ゆっくりと籠を下に置いた。

「板からおりなさい」プルーデンスがうんざりしたような口調で命じる。

スィートピーが座って頭をあげた。ウィラはスカンクが籠の中にとどまってくれるよう念じながら、小さな頭を指で撫でた。

「まさか、泣いてあたしの情けを乞うわけじゃないでしょう？」身を起こしたウィラに、プルーデンスが尋ねる。

「それで何かが変わるのかしら？」ウィラは問い返した。プルーデンスの指は引き金にかかっている。飛びかかったところで、撃たれてしまうだろう。

水がたまっているところに落ちることなく、沼地を渡らなくてはならない。それさえできれば、プルーデンスの視界からはずれたあとはじっとして、助けが来るのを待てばいい。

「変わらないわね。あなたの運命は主の手の中にあるのよ」プルーデンスが答える。「主のご意思がなされるわ。あたしたちはみんなこの肉体に宿った巡礼者であり、邪悪なものに汚されないよう、純潔を守らなくてはいけないの」

ウィラの足元で、スィートピーが前足を籠の端にかけた。「だめよ、そこにいなさい。ミス・ラーキンが城へ連れていってくれるわ」

鼻にしわを寄せたプルーデンスが空いているほうの腕を伸ばし、籠を拾いあげた。「ひどく匂う獣ね」文句を言われたスィートピーがバランスを崩し、横向きに転がった。「祈りなさいと言いたいところだけど、あたしが見るかぎり、あなたは世俗に染まりきっているわ。もし精神が満たされる生活を送りたいと望み、自分は精霊に動かされているのだと信じることができるのであれば、ひざまずいて祈ることね」

精霊の力で人が動くとは思えない。だからウィラは言った。「撃ちたければ撃つといいわ、プルーデンス。沼地に入るのは怖いもの」

「それではあたしの魂が危うくなるわ」プルーデンスが言う。「行きなさい。でないと、この獣の頭を撃つわよ」彼女はスィートピーに銃口を向けた。

「この子は無垢だと言ったじゃない！」ウィラは抗議した。

「獣はしょせん獣よ。それとは違って、あなたは冒瀆《ぼうとく》によって汚したとはいえ、魂を主の宮に宿している……なぜ帽子を取るの？」

「これはガーデンパーティー用よ。こんな大きな帽子をかぶったままで沼地には入れないわ」プルーデンスがあくまでも服装の問題だと受け止めるよう願いつつ、ウィラは言った。

「そんな悪趣味な帽子、まさに闇のなせる業ね」プルーデンスが陰鬱な顔で応じる。

午後も暮れてきて、沼地に伸びるふたりの影もだいぶ長くなってきた。あまり時間を無駄にすると、濃い緑の沼地と明るい緑の草地の区別がつかなくなってしまうだろう。それ以上に、時間が経つにつれてウィラを撃ったほうが簡単だということをプルーデンスに気づかれてしまう可能性が大きくなる。

プリズムから聞いた話では、沼地には泥炭を採取する者たちの小屋がいくつかある。そして、もしウィラの見間違いでないなら、ずっと遠くに低い屋根の小屋があった。

「行きなさい！」

ウィラは板からおり、踵で草の感触を確かめた。突然の銃声が静寂を破り、思わず悲鳴をあげる。空気を裂く音とともに、銃弾が彼女の右の濡れた草むらに突き刺さった。

「弾をこめるわ」プルーデンスの声は完全に落ち着いている。「早く逃げたほうがいいわよ。あなたの信心が本物なら、沼地から生還できるはず。主が道を示してくださるでしょうから。でも、もしあなたが道徳を知らない病のごとき存在なら、この沼地に沈んで果てることになる」

目の届くかぎりの足場になりそうな草の上を歩こうと決意し、ウィラは前方を見た。プルーデンスが弾をこめる前に、大きな帽子を開けている湿った地表に投げる。スカートをつかんで裾をあげ、帽子が沈まないよう祈りながら駆けだした。

全身の神経を研ぎ澄まし、できるだけ足場のしっかりとした草の上を進むように意識を集中する。泥炭のやわらかな感触が足の下に感じられ、一度ならずウィラの重さで草のかたまりがぐにゃりと動いたが、彼女はすでに次の草の上に足を移していた。

二度目の銃声はなく、プルーデンスが何かを叫んでいた。けれども集中しきっているウィラには、彼女が何を言っているのか聞き取れなかった。

ウィラが止まったのは、置き場所を間違えて泥に足を取られ、靴が脱げたときだけだった。

振り返り、ズブズブと沈んでいく靴を見て、荒い息をつきながら泣きたい気持ちを抑え込む。

そうこうしているうちに、太陽の光は黄金色に変わっていた。日が暮れるまで、あと一時間と少しというところだろうか。懸命に走ったせいで、板の道も地平線にあった城も、今は見えなくなっている。

日差しが変化したため、翡翠《ひすい》色に見えていた草むらがハイランドの川にのぞく岩のような緑がかった茶色に変わっていた。でも、ここは川ではない。ウィラの眼前には、泥炭の海が地平線に向かって広がっていた。

31

アラリックは食料品の記録を含む台帳を一時間ばかり眺めていたが、頭にあるのはホレティアスについてのウィラの問いかけだけだった。その質問自体は簡単だ。ホレティアスはどんな人物だったのか？　そういえば、信じられないことにワイルド家の年若のきょうだいたちは、長兄についてわずかに覚えているか、あるいはまったく知らないかのどちらかだった。

結局、アラリックは台帳を閉じて脇に押しやり、子どもの頃の記憶を書き記しはじめた。

ある一二月にリンドウ公爵が家族を連れ、ペナイン山脈にある狩猟のための山小屋を訪れたときのことだ。

ホレティアスはアラリックとパース、そしてノースのために、入り口がふたつと部屋が三つある大きな雪の家を作ってくれた。威厳などに頓着せず弟たちと遊び、自分の名前の由来となった偉大な戦士のように雄たけびをあげながら、外よりもいくらかあたたかい雪のトンネルの中を四つん這いになって弟たちを追いまわしたものだ。

アラリックにとっては真っ先に思い浮かぶ、人生最高のクリスマスだった。

ドアが勢いよく開いてノースが入ってきたとき、アラリックはちょうど手記を書き終えるところだった。

「彼女が出ていった」ノースが大きな声で言う。

「なんだって？」アラリックはドアを叩きつけるように閉めた兄を見あげた。

「ダイアナが逃げた。ぼくを捨てて出ていった」

「なんてことだ」鉛筆を置いて言う。「それはついてないな」むろん、運の問題でないのは承知していた。しかし兄はあの女性と一緒にならないほうがいいことも、もっとふさわしい相手が見つかるということも、今はまだ聞きたくはないだろう。

ノースは頭からかつらをはぎ取り、椅子に放り投げた。アラリックにとって衝撃的だったのは、兄が頭を剃りあげていたことだ。ノースは続けて上着を脱ぎ、同じように放り投げた。

「彼女はぼくを捨てたんだ」驚きもあらわに繰り返す。

アラリックは椅子の背に寄りかかった。「たった今の話かい？」

ずかずかと歩を進めた兄が、机に拳を叩きつける。「書き置きすらなかった。何もなしだ」

ダイアナ・ベルグレイヴへの怒りが、アラリックの胸にこみあげた。説明もなく姿を消すなど無礼だし、思いやりのかけらもない。それどころか冷酷とさえ言える。どんな愚か者だって、ノースがどれだけ彼女に尽くしていたかを知っているはずだ。

「誰がぼくに、泣き虫で臆病な婚約者がロンドンに逃げたことを教えたかわかるか？」兄が語気を強めてきいた。

「プリズムか？」

「プルーデンス・ラーキンだよ！」ノースが声を荒らげる。「あのいまいましくもおかたい清教徒の女が伝言をよこしてきたんだ。〝ミス・ベルグレイヴが結婚を思い直しました〟とな」

「あのふたりが、ただの知人以上のつながりだったとは知らなかった」

「そんなつながりはない」兄はがなりたてた。「ぼくが理解しているかぎりでは、もしプルーデンスが逃げるダイアナを見かけて説明を求めなかったら、彼女は結婚をやめるとぼくに告げることなく城を去っていたはずだ。彼女はプリズムにも、村へ行くと嘘をついていたんだぞ」

ノースは長椅子にどすんと腰をおろして両手で頭を抱え、顎に力をこめて歯を食いしばった。

「残念だよ」アラリックは言った。

「無理しなくていい。おまえはずっとダイアナを嫌っていたし、これでおまえの正しさが証明されたわけだ」

「嫌ってはいない。ただ、兄上ほど相手への思いが強くないと思っていただけだ」

「思いだって？　彼女はぼくを思ってなどいなかったんだよ。ぼくと結婚するより、自分の破滅を選ぶくらいだからな」

「ダイアナはもうおしまいだというのか？」アラリックは社交界のルールに関心を払ったことがない。兄がうなずいたので、さらにきいた。「兄上のもとを去っただけで？」

「彼女は公爵の跡継ぎを捨てたんだ」いくらか落ち着きを取り戻した声で、ノースが言う。「次の社交シーズンは、どんな催しにも声はかからない。下手をすれば、この先一生そうなるだろう」兄は両手を腿のあいだに落とし、天井を仰いだ。「何が最悪か知りたいか?」

アラリックはうなずいた。

「彼女がそれを気にしていないことだ。ぼくから離れるためなら、煙突の掃除夫とだって結婚するだろうよ。ぼくは全力を尽くした——思いつくかぎりのことは全部やったのに」

ノースの足元にはかつらが転がっている。兄が乱暴に蹴ると、かつらは宙を飛んで何もない炉床にばさりと落ちた。

「あれはパリ製のかつらだろう?」アラリックは言った。「一二月だったら、灰になってしまうところだ」暖炉まで歩いてかつらを拾いあげ、子犬を扱うみたいにぽんぽんと叩いて形を整える。

「そんなことをぼくが気にすると思っているのか?」ノースが胸の奥から絞り出すような低い声できいた。

「いいや」アラリックはかつらを暖炉の上に置くと兄の隣に座り、腕を肩にまわした。「ダイアナが本当の兄上を理解できなかったのが残念でならないよ」ためらって口をつぐみ、慎重に言葉を選んで尋ねる。「ほかに心を寄せた相手がいると思うかい?」

「思わない。何日か前にきいたんだ。結婚したあとの人生を思い描こうとして、客間ではっきりと尋ねた」

「嘘かもしれないぞ」婚約者がほかの誰かを愛しているのと、ただ条件のいい結婚から逃げ出したという不快感にさいなまれるのと、どちらがましかを考えながら、アラリックは言った。

「ダイアナと目が合って、ぼくに好意を持ちはじめていると感じられたときもたしかにあった。時間をかければ、彼女を勝ち取れると思っていたんだ。彼女はワイルド家の周辺の騒動を怖がっているだけだと、ぼくは自分に言い聞かせていた」

「ぼくの本のせいだと？」アラリックは心が沈んでいく思いで尋ねた。

「おまえの本だけじゃない」ノースが疲れをにじませて答える。「ぼくたち全員、一族丸ごとさ。ぼくたちのやることは、すべて監視されているようなものだ。常に脅しをかけられているのと同じだよ。ロンドンにいれば、次の日には醜聞として記事になってしまう。そういう媒体のせいで……」

「それも残念だ」

「やつらは公爵や公爵夫人だけでなく、ぼくも売り物にしているんだ。一族のこと、レオニダスがイートン校から放り出されて、同じ状況に陥ったおまえと肩を並べたこと、ベッツィーのこと、全部そうだ」

「ベッツィーだって！　あの子はまだ一六だぞ」

「ベッツィーは美しいからな」ノースが続ける。「ホレティアスが沼でおぼれている版画の原版は父上が処分させたが、数千枚が売られたあとだった」

あまりの不快さに、アラリックは口から出かかった悪態をのみ込まなくてはならなかった。

ノースが話題をもとに戻す。「ダイアナに求婚した夜、彼女はぼくにキスをしたんだ」まるで夢でも見ているかのように、彼は言った。「これほどの幸せは二度とあるまいと思ったよ。だが次の日に会ったとき、彼女はぼくの目を見ようとしなかった。今日もキスをしたら、今度は彼女がいなくなってしまった」

ノースは立ちあがった。「ダイアナを追いかけないと」

「それで状況が変わると思っているのか?」アラリックはきいた。

「彼女は破滅する。それを黙って見ていることはできない。表向きは、ぼくが婚約を破棄したことにするつもりだ」

「今からロンドンに行く気なのか?」兄がうなずき、アラリックはさらに尋ねた。「ぼくも一緒に行こうか?」

ノースは首を横に振った。顔は無表情で、黒いガラス玉のような目の下には紫色のくまができている。「とにかく彼女の安全を確かめなくてはいけない気がするんだ」

「彼女を愛したことは間違いじゃない」アラリックは兄をドアまで送りながら言った。

「愛して失うほうが、何もないよりましだと言いたいのか? ばからしい。わざわざヘビのいる草むらに入って嚙まれた気分だよ。文句も言えず、ただただ自分が愚かさを呪うしかない」

ノースは部屋を出ていった。アラリックは台帳の検分に戻ろうとする途中で、兄が暖炉の上にあるいささかくたびれたパリ製のかつらを置いていったことに気づいた。

ノースが出ていってから三〇分ほど経った頃、図書室のドアがふたたび開き、父が入ってきた。

「どうやらミス・ベルグレイヴは、ひとりで出ていったわけではなさそうだ」公爵は前置きもなしに言った。

アラリックは鉛筆を置いて立ちあがった。「メイドが一緒に出ていったのですか？」

「彼女のメイドは睡眠薬をのまされて、ベッドで眠っていた。かわいそうに、ダイアナの母親に責められるとおびえているよ。一緒に出ていったのはメイドではない。ミス・フィンチが、ミス・ベルグレイヴと連れ立って出ていったそうだ。一日で息子ふたりが婚約者を失うとは、まったく信じられんよ」

アラリックの頭の中で、さまざまな光景がよみがえった。彼に向かって笑うウィラ。睦《むつ》み合ったときに首をそらすウィラ……。

ばかな。彼女が出ていくはずがない。

「ミス・ベルグレイヴがウィラに逃亡の手助けを頼んだのかもしれません。だが、もしそうだったら、彼女はぼくに相談していたはずだ」

「おまえたちは本当に婚約していたわけではない」アラリックをじっと見据えて、父が言った。

「最初はそうでしたが、今は違う。ゆうべ父上もご覧になったとおり、ぼくたちの婚約は本物です」

父の目が明るくなった。「たしかにわたしもそう思ったよ」いったん言葉を切り、公爵は眉をひそめた。「つい先ほど、プルーデンス・ラーキンがわたしのところに来て、ウィラが婚約の解消を決めたと言ってきたんだ」

「彼女は嘘をついている」アラリックの全身に不安がこみあげた。「ウィラはどこです？」

「寝室にはいなかった。プリズムも探したが、城内にも庭にもいないようだ」公爵が重厚なドアを開けると、アラリックは父親よりも先に階段へと飛び出していった。

プルーデンスの寝室のドアを叩くと、中から声が聞こえてきた。「今はお客様のお相手はできません」

かまわずにドアを開けると、プルーデンスが椅子に腰かけ、水を張った大きなたらいに足をつけていた。アラリックが公爵を伴って入っていくと、彼女は悲鳴をあげてドレスで足首を隠そうとした。ドレスの裾が少しずつ水につかっていく。

「アラリック！」プルーデンスは叫んだ。「公爵閣下まで！」たらいに足を入れたまま立ちあがる。「このような身なりでお迎えすることをお許しください」

アラリックは彼女の足元に目をやった。ドレスの裾は濡れているだけでなく、泥で汚れている。「なぜ足を水につけている？」尋ねるのと同時に、その答えはおのずと理解できた。匂いが教えてくれている。「スィートピーをどうした？」

プルーデンスの表情がやわらいだ。「ミス・フィンチのペットのこと？　どこにいるのか、あたしには見当もつかないわ」

「嘘をつくな」アラリックは声を荒らげた。「この異臭は本物だ。それよりも大事なことをきく。ウィラはどこだ？」

「ミス・フィンチなら、ミス・ベルグレイヴと一緒に出ていったわ」ふつうの若い女性であれば恐れをなして泣いているであろう怒声を飄々《ひょうひょう》と無視して、彼女は陽気に答えた。「このひどい匂いのことだったら、庭でミス・フィンチのペットと同じ動物と行き合ったせいよ。あたしの靴をひどい目に遭わせてくれたの」

「スィートピーは北アメリカに生息する種だ」アラリックは指摘した。「同じ種がここの庭にいるはずがない」

「ローランド卿が馬でミス・ベルグレイヴを追った」公爵が威厳に満ちた目でにらみつつ、プルーデンスに告げる。「きみの言葉が真実かどうかは、すぐに明らかになる」

アラリックは父に向き直った。「地方官に使いを出してください」

「なぜ？」プルーデンスが甲高い声で問う。

「ミス・フィンチに対する傷害の疑いで、きみを逮捕するためだ」

公爵がうなずき、部屋をあとにした。

「どうしてそんなことを言うの？」プルーデンスが泣いて訴えた。「あの人はミス・ベルグレイヴと出ていったのよ」彼女の目に頑固な敵意が浮かぶ。「彼女はあなたを愛してなどいないわ、アラリック。あんな女はあなたにふさわしくない。あたしと違って」

プルーデンスの肩をつかんで揺さぶってしまわぬよう、アラリックは拳を握りしめて一歩前に出た。「きみは愛が何かを知らない、プルーデンス」

「あなたは知っているの？」プルーデンスが少しばかりむきになって反論する。「あたしは――いいえ、誰もがあなたとあのふしだらな女が寝ているのを知っているわ。それが愛だとでも？　違う！　欲望があなたを永遠の地獄の業火に突き落とすのよ！」

気がつくとアラリックは、彼女の骨張った肩をつかんでいた。揺さぶるのだけはどうにかこらえ、色の薄い目を見据えて告げる。「プルーデンス、ぼくの話を聞くんだ」

「あなたの話なら、いつだって喜んで聞くわ」プルーデンスは応えたが、顔には不安げな表情が浮かんでいる。ライオンの罠に入り込んでしまったことに気づいているのだ。彼女の甘ったるいばかげた理屈の下には狡猾《こうかつ》な悪魔が、そして計算高い頭脳が隠されている。正気でないかもしれないが、鋭い頭には違いない。

「ぼくはウィラと結婚する。ぼくには彼女しかいないんだ。何があっても、きみとは結婚しない。もしきみがぼくの将来の妻を傷つけたりすれば、ぼくは必ず正義が下されるようにしてみせる。きみは残りの人生を、この国で最も暗く湿った監獄で送ることになるぞ。さあ、ウィラがどこにいるか教えるんだ」

「あたしは殺してない！」プルーデンスが泣き、彼の手から逃れようと身をよじった。

アラリックが肩を放すと、プルーデンスはあとずさりしてたらいから出た。水が床を濡らし、明らかにスィートピーのものである悪臭が部屋を満たしていく。

「あの害獣のせいよ」彼女の声は、やかんから吹き出す蒸気にも似た金切り声になっていた。

「ウィラはどこだ？」アラリックは問いつめた。心臓が異常な速さで打っている。

「知らない」プルーデンスが素足を隠そうとドレスを整えた。

「最後に彼女を見た場所を教えるんだ」

「外よ、バラ園の中で見かけたわ。あたしは彼女に何もしていない。間違ったことだもの。あたしはただ、彼女を主の御手《みて》にゆだねただけよ」

「きみはたった今、ウィラがダイアナと一緒に出ていったというのは真実でないと認めたことになるぞ」アラリックは指摘した。

プルーデンスは耳につきそうなほどに肩をすくめ、思わせぶりな流し目で彼を見た。「彼女がいつでも隣にいて誘惑していなければ、あなたはもっとはっきりとものを考えられるかもしれないと思っていたわ」

「ウィラをバラ園に残してきたなら、今頃はもう城に戻っているはずだ」

「それほどあとを追いかけたいの？」プルーデンスはアラリックの顔をじっと見て、それから言葉を続けた。「足でもくじいたのかもしれないわね」

「彼女にけがをさせたのか？」

「まさか」いらだちがにじむ声で否定する。「彼女はペットと一緒にバラ園にいたの。あたしたちは、その……口論になった。そのときよ」プルーデンスの目が、かっと怒りに燃えた。

「あのいまいましい獣が尻尾をあげて、あたしに向かって排泄を始めたの！　足の上に！」

「スイートピーが身の危険を感じたからだろう」

「首を折ってやるべきだった」プルーデンスは悪意のこもった口調で言った。「ペットが逃げて、ミス・フィンチはあとを追いかけていったわ」

脅迫めいた険しい視線で、アラリックはプルーデンスをにらんだ。

「あたしはあの獣を蹴っただけよ」彼女が不機嫌もあらわに続ける。「そのあとで、汚らしい小動物を探すミス・フィンチを残してバラ園を出たの」

プルーデンスの言うことを信じる理由はない。それでもアラリックは、バラ園でウィラを探すつもりだった。「この部屋から出るな」プルーデンスに命じる。

「どのみち出られないわ」彼女はふたたび椅子に座り、足をたらいに入れた。「あのいまいましい獣のおかげで、ひどい匂いだもの！」

廊下に出たアラリックは従僕を呼び止めた。プルーデンスが外に出ないよう、ドアの外に立って見張るように命じる。それから階段を駆けおり、城外に出てバラ園へと向かった。

バラ園には誰もいなかった。客たちもそれぞれの寝室に戻り、晩餐のための身支度にいそしんでいるのだろう。

重要なのは、庭で変わった匂いがしないことだ。今のアラリックにとってはバラの香りも耐えがたいものだが、スイートピーがプルーデンスに向かって分泌液を噴射したのがここなら、匂いが残っているはずだった。

彼女は嘘をついている。

次にどこを探すか考えながら苗床のあいだを抜ける途中で、アラリックはリンドウ・モスへと通じる扉が半開きになっているのに気づいた。

破天荒な日々を過ごしていた子ども時代から少年期を通じて、アラリックときょうだいたちはどんなルールも受けつけなかった。だが、たったひとつ無視できなかった決まりがある。公爵家の子どもたちを危険から守るため、リンドウ・モスに通じる扉は必ず閉じておくという決まりだ。

それでアラリックたちが沼地の探検をあきらめたわけではない。しかしそんな彼らでさえ、通ったあとの扉は必ず閉めるようにしていた。その扉が半開きになっている。アラリックの心に言い知れぬ不安がこみあげてきた。

もちろん、スィートピーが沼地へ逃げたのだとしても、ウィラはあとを追って沼地へと続く道に入っていくような愚かなまねはしないだろう。

もしスィートピーを追っていたのだとして、砂利道を道なりに進んでいったのならば、ウィラの安全はほぼ確実だ。彼女はじきに見つかるに違いない。だが、もし枝分かれしている道をリンドウ・モスの方向に進んだのだとしたら、彼女の身は危険にさらされていく。無駄にできる時間はないということになる。アラリックが心を決めるのに一秒とかからなかった。扉を押し開き、表面が波打つ泥炭の海に視線を走らせる。

ホレティアスが命を落とす前、リンドウ・モスはアラリックの世界の一部として、ただ存在していた。しかし今となっては、沼地が不吉な影をまとって生きているようにも感じられる。

アラリックが歩いているあいだも、足の下の板はところどころで揺れた。視線をあらゆる方向に走らせ、ウィラの姿を探す。プルーデンスがスィートピーの奇襲のあとでウィラを追い、沼地に突き落としたのなら、そこの板が匂うはずだ。だが、漂ってくるのは泥炭の悪臭ばかりだった。

ウィラが自分から道をはずれるとは思えない。かたい地面の上に敷かれた木の道が曲がりくねって続いているのを目の当たりにして、アラリックの心臓が胸の中で暗い鼓動を刻んでいた。

やがて、彼はついにそれを感知した。わずかに吹く風に乗って届いた、かすかな匂いだ。匂いのする方向を見定めようと足を止め、ぐるりと周囲を見まわす。城はもう地平線の小さな点になり、その上に太陽が沈もうとしていた。

匂いが完全に消えてしまい、アラリックは次の風を期待しながら、さらに前へと進んだ。ふたたび風が吹き、さっきよりも強い匂いが漂ってくる。それをたどって悪臭が最も強くなったところで、道の端にいる白と黒の小動物を見つけた。

アラリックの鼓動が速くなる。身をかがめると、スィートピーが駆け寄ってきて両手の中に飛び込んだ。すさまじい悪臭を放っているものの、けがはないようだ。脚が泥で汚れているところを見ると、一度板からおりたのは間違いない。しかし賢明にも、ちゃんと戻って助けを待っていたのだろう。

タカに見つからなかったのは幸運だった。アラリックはそう思いながら、スィートピーをポケットに入れた。

ウィラはリンドドウ・モスで迷っている。今や彼はそう確信していた。厳しい現実が胸に爪を突き立てる。プルーデンスに頭をけがさせられていないだろうか？ 沼地に引きずり込まれていないだろうか？ これ以上、この非情な場所で命を失うのだけは絶対にごめんだ。

ホレティアスの亡骸は見つからず、兄の馬がはまっていた穴は、沼地の下を流れる急流につながっていた。そういう穴に人が沈んでしまった場合、ときに遺体が表面まで浮いてくることもあるが、ほとんどは沼地の下にとらわれて永遠に見つからない。

アラリックはさっきよりもゆっくりと周囲を見まわした。

五〇メートルほど離れたところで、麦わら帽子が水の上に浮いている。

気分が悪くなる一瞬のあいだ、彼は帽子をかぶったままのウィラを思い浮かべた。想像の中の彼女は、帽子を除く全身が沼地の水面の下に沈んでいる。

論理が想像を打ち消す前に、苦悶がアラリックの体をねじあげた。あの帽子の下にウィラがいるはずはない。彼女はプルーデンスになんらかの形で脅され、沼地へと逃げたのだ。

彼は板の道からおりた。

ウィラは賢い彼女らしく、手がかりとして帽子を残したのだろう。実際に沼地に身を置いてみると、アラリックの心拍がいくらか落ち着いた。ウィラはプルーデンスから逃げたのだろうが、冷静さは保っている。むやみに走るようなまねは絶対にしないはずだ。

彼女は追跡の開始地点として、帽子を置いていってくれた。つまり、次にどう行動するかをアラリックが理解していると信じていたのだ。目に見える泥炭の採取人の小屋へ向かって走ったであろうことは、疑う余地はない。

その場にかがみ込み、アラリックは小さなヒールの跡を確かめた。肺から安堵の息がもれていく。ありがたい、ウィラのヒールがついた靴の足跡だ。これであとを追うのも楽になる。

彼は苔と草の生えた地面を丁寧に確認しながら、先へ進んでいった。ウィラはどこかの時点では走るのをやめて慎重な足取りになっており、沼地を踏みしめる力が弱まったせいで、あとを追うのが難しくなっている。皮肉にも、慎重さがより大きな危険を呼ぶ結果につながったというわけだ。沼地を歩く者は、常に片足を浮かせていたほうがいいのだが……。

ウィラはしっかりとした足場を求めて、何度か引き返さなければならなかったらしい。アラリックはかすかに残る足跡を追っていき、その途中でハリエニシダの枝に白いレースの切れ端が絡まっているのを見つけた。ふたつ目、三つ目の切れ端を発見したとき、彼は確信した。ウィラが彼のために目印を残してくれたのだと。

レースの発見に気持ちは励まされたが、アラリックの血を凍りつかせている不安が消えたわけではなかった。ウィラが致命的な過ちを犯す可能性は、依然として大きいままだ。

彼女は明るい緑色のリボンのように見えるスゲに沿って動いていた。スゲを追って進めば、ウィラを追っていることになる。心の奥深くで、アラリックは自分がどこへでも彼女を追っていくのだと理解していた。生きているかぎり、ウィラの足の下で踏まれる草は、彼が踏む草と同じものだ。

ウィラは曲がりくねりながら進み、小屋に向かっている。あたりは徐々に暗くなり、アラリックは彼女の痕跡を何度も見失った。あとを追うのも、刻一刻と難しくなっていく。

だが、それと同時にアラリックの中では希望がふくらんでいた。泥炭の採取人が使う小屋の低い壁が、少しずつ大きく見えているからだ。

五分後、彼は小屋の苔に覆われたドアの前にたどり着いた。ノックもせずに、ドアを思いきり開ける。

中には誰もいなかった。

32

暗い小さな部屋を見まわすアラリックの心は沈んでいった。彼は膝をつき、壁際の寝床にあった粗末な毛布を巣の形にした。スィートピーをポケットから出し、毛布の中に置いてやる。

スィートピーがキラキラと光る眼で彼を見あげた。

「すぐ戻る」アラリックは約束した。「おまえのために戻ってくるからな」

甲高い声で鳴いたスィートピーが体を丸め、鼻の上で尻尾を動かす。アラリックは外に出てドアを閉め、暗さが増していく光景の中へと足を踏み出した。

なぜかはわからないが、ウィラを見失ってしまった。どこかで過ちを犯したのだ。アラリックは、彼女が沼地に落ち、痕跡もなくのみ込まれたために見失ったのだという可能性を断固として拒絶した。

ウィラにかぎって――彼のウィラにかぎってそれはない。酒に酔い、偉大な聖戦に挑む戦士のように馬を救おうとしたホレティアスとは違うのだ。

それでも、ホレティアスを奪い、ウィラを危険な目に遭わせている沼地に対する怒りと困惑が、アラリックの血管を伝って全身に広がっていった。

地平線に目をやって、ウィラの痕跡を探す。そのあいだ、二羽のタゲリが求愛のダンスを繰り広げながら沼地の上空を飛び、円を描いたり遠ざかったり、絡み合うように暗さを増す空に舞いあがったりしていた。

子どもだった頃、アラリックと兄たちはリンドウ・モスに入るのを禁じられていた。そのせいで彼とホレティアス、パース、そしてノースは自然と、この場所を自分たちだけの遊び場としてとらえるようになったのだ。この土地のことなら、よくわかっている。しかしホレティアスの死後、アラリックはリンドウ・モスに近寄りもしていなかった。

タゲリの舞を目で追っているうちに、アラリックはホレティアスが今の彼を認めないだろうということに気づいた。いずれ爵位を継ぐ長男として、ホレティアスはこの沼地を自分のものだと考えていたからだ。

それが存在しないふりをして、ひたすら避けているアラリックを、ホレティアスならあざ笑うに違いない。彼らの先祖である初代リンドウ公爵が沼地を征服した話を、ホレティアスは誰よりも愛していた。

メスクワキー族の賢者が語った言葉がアラリックの脳裏によみがえる。〝わたしたちは自分たちの土地を愛している。わたしたちはこの土地の一部なのだ。土地を恐れれば、のみ込まれるだけだ〟

アラリックは以前、アメリカ大陸で八カ月ほど生活して、原住民たちと一緒に狩りをし、踊り、食事をしていたことがある。そのときに彼らから、草の葉には草の葉があると学んだ。

けれども今この瞬間、アラリックはそれよりも重要な教えがあるのだと実感していた。ここが彼の土地であるという教えだ。アラリックはリンドウ・モスのワイルド家の一員であり、この土地は数世紀にわたって一族のものでありつづけてきた。彼には沼地の声が聞き取れるはずなのだ。だが、この沼地を愛する女性を亡きものにしようとする暴力的な存在だと見なしていては、それもできなくなってしまう。

大きく息をつき、泥炭と野生の花の匂いを肌に染み込ませる。わが土地。わが湿地。わが沼。

血管を通じて穏やかな気持ちが全身に広がっていき、アラリックはゆっくりと沼地に残る自分の足跡をたどっていった。それほど間を置かずに、どこで道をはずしたのかに気づいた。ウィラが南に向かったところで、彼はまっすぐ小屋を目指して北に向かってしまったのだ。

数分後、アラリックは長い植物に絡まったレースの切れ端が、夕暮れの風にたなびいているのを見つけた。

恐怖を頭から追い払い、自分の中にあるかぎりのリンドウ・モスの言葉に集中する。夕暮れの風が恥ずかしがり屋の精霊のように舞い、カモミールのかすかな香りを運んでいた。アラリックはぴたりと動きを止めた。シダとキイチゴ、それから焦げたような泥炭の匂いが圧倒的だが、その下に小さな歌声のようなカモミールの石けんのほのかな香りが混じっている。

ウィラだ。

さらに数分後、紫色の光がいくつもある沼地の穴に差し込む中、アラリックはついに彼女を見つけた。彼の未来の妻は、苔に覆われた沼地の大きな穴の縁で腹這いになっていた。腕の上に頭をのせた彼女は、まるで眠っているように見える。

アラリックは音をたてないように立ち止まった。ウィラが横を向こうとして転がれば、体が苔の上にのってしまう。いかに華奢《きゃしゃ》だとはいえ、そこは彼女の体重を支えきれないだろう。そして苔の下は……。こうした穴の中には、濃い紅茶と同じ色の水が満ちた深さ六メートルほどのものがいくつもあるのだ。

もし彼女の名を呼べば、急に起きようとして穴に落ちてしまうかもしれない。心臓の鼓動が速くなった。アラリックはいやな予感を頭から追い払い、その場にかがみ込んだ。ウィラはここにいて、たしかに生きている。息で髪がそよいでいるのがはっきりと見えた。

少しずつ、耳にとどろく血流の音がリンドウ・モスの音に変わっていく。ダイシャクシギのかすかな鳴き声がらせんのように立ちのぼり、周囲に夕暮れの歌を響かせていた。

自分の体を完全に安定させたあと、アラリックはウィラのほうへじりじりと近づいていった。目の前の地面が液状の泥を覆うやわらかな薄い苔の層になったときだけ、動きを止める。それから細心の注意を払いつつ、体勢を変えて腹這いになった。彼女はかたい地面が小さな島のようになっているところに横たわっているに違いない。穴に落ちなかったのは奇跡と言っていい。

泥炭の下を流れる水の音が聞こえるほど、アラリックは頭を表面に近づけた。目の前の苔は黒く、揺れる表面に手のひらで触れるまでもなく、彼の体重を支えられないことが想像できる。いったんうしろにさがり、別の角度から改めて近づこうとした。

また失敗だ。

もう一度接近を図り、アラリックはようやくウィラを安全に起こせると思えるところまでたどり着いた。もし必要なら、腕を伸ばせば彼女の手に届く位置だ。そのせいでふたりとも穴に落ちてしまうかもしれないが、それなら少なくとも一緒に死ぬことはできる。

「イヴィー」彼は小声で呼びかけた。その声が眠りにつこうとしているリンドウ・モスの音と混じり合う。ダイシャクシギもまどろんでいるのか、鳴き声がまばらになっていた。一方で、水が流れるゴボゴボという音は大きくなっている。

どうやら眠っているわけではなかったらしく、ウィラがぱっと目を開けた。戸惑いはないようだ。「ああ、アラリック――気づかなかったわ」彼女は微動だにしないまま、顔の筋肉だけを動かして微笑みを浮かべた。

本人が自分を上流階級の淑女だと思っていようがいまいが、ウィルヘルミナ・エヴェレット・フィンチは根っからの冒険者なのだ。

「ウィラ、そこから動くな」アラリックは言った。

「動けないの」ウィラが悲しげに応える。「動こうとすると、体の下が揺れるのよ。波の上で薄いマットレスに横たわっているみたい。今は大丈夫だと思うけど」

彼は内心で悪態をついた。ウィラはしっかりとした小島に横たわっているのではない。沼地の穴の真上にいるのだ。

「あなたが来てくれると思ってたわ」彼女がつけ加える。

頭を目まぐるしく働かせながら、アラリックは笑みを返した。ふたりのあいだの距離は三〇センチほどだ。苔の表面より上にとどめたまま、両腕を痛いほど少しずつ前方に伸ばしていく。「今からきみに近づいていくよ、イヴィー。ぼくが沈んでも絶対に動くんじゃない。わかったね？　父の配下の者たちが必ず見つけてくれる」

眉ひとつ動かさないまま、ウィラがあきれた表情を浮かべる。「あなたが助けを呼んできて。わたしはここで待っているから」

彼女をおびえさせたくはない。それだけはなんとしても避けたかった。

とはいえ真実を隠しておくわけにもいかず、アラリックは言った。「時間がないんだ。じきに暗くなる」

「朝まで待つのはどうかしら」ウィラが自信なさげに提案する。

「きみは、われわれが言うところの揺れる沼地の上に横たわっているんだよ。苔を生やしている泥が体温であたためられて、やわらかくなってしまうかもしれない」

目に恐怖がにじんだが、彼女は屈しなかった。「それなら何か行動を起こしたほうがよさそうね」

「ふつうの女性なら取り乱しているところだ、イヴィー。ぼくが相棒にしたいと思う人物は、きみ以外には思い浮かばないな」

「あなたが来てくれるのはわかっていたもの、取り乱す理由はないわ」

「そしてぼくは来た。ぼくの体の下はかたい地面になっているから、きみをこちらに引きあげることができる。ゆっくりでいい、ほんの少しでもいいから、腕をこっちに伸ばせるかい？」

ウィラがうなずいた。そのわずかな動きも体の下の泥を波打たせる。彼女はごくゆっくりと左腕を頭の下から出し、まっすぐに伸ばしていった。

「それでいい」アラリックはささやいた。

彼女は顔をゆがませて笑ってみせた。アラリックが腹這いのまま、ウィラの指をつかもうと手を出す。だが、彼の目の奥には……。

「わたしはホレティアスじゃないわ」ウィラは告げた。すでにかなりの時間、苔のマットレスの上で横になっているので、どのあたりが厚くなっているかはわかっている。体と流れる水とのあいだに、わずかな草しかないところも。

「わかっている」アラリックは励ますような声で言ったが、その目は殺伐としていた。

右腕を彼のほうに伸ばそうと、ウィラは少しだけ重心をずらした。片側の腰が沈み込んだので動きを止め、マットレスの揺れがおさまるのを待つ。

「きみはこの沼地で必要な本能を持っているらしいな」アラリックの声が彼女に向かって漂

ってきた。「リンドウ・モスの生まれだと言っても通るかもしれない」

「あなたの家も沼地のほとりにあるの？」ウィラは腕を前に伸ばしたが、ふたりの手のあいだにはまだ隙間が空いていた。

「きみがいやなら売ってもいい」彼がぶっきらぼうに言う。「きみは泳げるのかい、イヴィー？」

「ええ」彼女は答えた。「ラヴィニアと一緒にブライトンの海で泳いだわ」

「片方の腕をこちらへ動かしてくれ。水の上に横たわって浮いているふりをするんだ、こんな感じで」

ウィラはアラリックのまねをし、体の右側に力を入れて腕を伸ばした。とたんに体の下が大きく揺れる。

「止まって」彼が息を吐く程度の小さな声で指示した。「そのまま……体を水平にしたまま、少しずつ腰を左にずらすんだ」

「地面の感触がないわ」ウィラは言われたとおりにしてから言った。

「すぐに感じる」まるで意志の力で沼地の最後の数十センチを引き寄せられると思っているかのように、アラリックが切迫したまなざしで彼女を見つめる。

「ランプが引っかかったみたい」

「なんだって？」

「コルクのランプよ」どうにか笑ってみせた。「腰に巻いたランプのひもが、枝か何かに引つかかったんだと思うわ」

「コルクのランプか」彼が驚きを隠せない表情で続ける。「そのおかげで浮いていられるのかな?」

「そうなのかしら?　つまずいたとき、腕と脚が苔の中に沈んだのに、浮きあがったのよ。もっとも、前にもうしろにも動けないけれど」

アラリックが彼女に向かってゆっくりと体を動かす。

「苔の上にのってしまわない?」ウィラは気分が悪くなるほどの恐怖を感じながら尋ねた。

「ランプのないあなたは浮かないわよ!」

さらにアラリックが体を動かす。ほとんど表面が波立たない程度の、ほんのわずかな動きだ。彼が全身の筋肉を完璧に操っているのがウィラにもわかった。動いているあいだ、彼の重心は左右どちらにもまったくぶれていない。

「ぼくなら大丈夫だ」アラリックが低い声で言った。「膝で草をとらえているからね。理想的とは言えないが、じゅうぶんではある」

彼女には見えないほどゆっくりと、ふたたびアラリックが体を動かす。とうとう彼の手がウィラの指をしっかりとつかみ、彼女は笑みを震わせた。「本当にわたしのために来てくれたのね。すごくうれしいわ」

「きみのためなら、いつでも駆けつけるさ」当然と言わんばかりに、アラリックは淡々とした口調で告げた。「さあ、今からきみを浮いたまま引っ張るよ。膝を曲げて、足を表面より上に出せるかい？」

「そんなことをしたら——ああ！」彼女は大きな声を出した。「わかったわ」

「そうすれば足を引きずることもない。それにコルクのランプが、きみの体を浮かせておいてくれるはずだ。引っかかったランプの糸をどうにかするためには、強く引っ張らなくてはいけない。いいね？　ぼくがうなずくのが合図だ」

ウィラは彼の目を見つめつづけた。「もしわたしが水に落ちても、そこから動かずにいてね？」

「ぼくが同じ質問をしたとき、きみは答えなかったじゃないか」

「わたしの答えはノーよ」それは心の底からわきあがる真実の声だった。アラリックは彼女のもので、ウィラは彼のものだ。どちらかが死ぬのであれば、もうひとりも同じ道を選ぶ。

「ひょっとすると、一緒に死んだわたしの両親は幸せだったのかも」ふいに浮かんだ言葉をそのまま口にした。

「ぼくたちは死なない」アラリックが彼女とつないだ手に力をこめ、きっぱりと言った。

「いくぞ、今だ！」

ウィラが膝を曲げて足を浮かせるのと同時に、アラリックが彼女の手を強く引いた。ランプのひもが切れ、ウィラの体が芝の上を走らせる輪のように、沼地の波打つ表面を滑る。彼がうしろに体重をかけると、ふたりの体がいくらかしっかりとした地面に転がった。

アラリックがウィラをきつく抱きしめ、顔を彼女の髪にうずめる。驚きと衝撃でさっきよりも怖くなり、彼女は全身をぶるぶると震わせた。

少し時間を置いて、ウィラは彼の顔を両手ではさんだ。「わたしの命を救ってくれたのね、アラリック」

夕暮れの中、彼の苦悶の表情が浮かびあがった。「ぼくの読者がきみの命を狙った。イヴィー、きみを殺そうとしたんだ」

ウィラは首を横に振った。「プルーデンスは読者ではないわ。あの人は正気を失った雷みたいな人よ。どうすることもできないの。彼女のしたことは、あなたのせいじゃない」

アラリックが顔をしかめて立ちあがった。「きみはびしょ濡れだ、寒いだろう」彼女を立たせて言葉を続ける。「もっと暗くなる前に小屋へ行かないと」

「たしかに濡れているけれど、寒くはないわ」ウィラは言った。彼が草から草へと渡っていくのをまねして、あとについていく。「今日があたたかい日なのを感謝しないとね」

ふたりは小屋までたどり着き、アラリックが彼女を中へといざなった。最後の陽光が差し込むドアは開けたままだ。

「こいつはきみを待っていたんだ」

「スィートピー！」ウィラは叫び、床に膝をついた。「泥だらけじゃない」小さなスカンクを抱きあげて頬ずりをする。けれどもすぐに異臭に気づき、腕を伸ばして鼻から遠ざけた。

「ひどい匂いよ」大声で言い、アラリックに向き直る。「今までこんな匂いはしなかったのに！」

「プルーデンスに噴射したんだよ」彼が身をかがめて言った。「この匂いのおかげで彼女の嘘を見破れたし、きみを見つけられた。スイートピーがいなかったら、きみは夜の沼地にひとりで取り残されたままだったかもしれない。ところで、彼女はどうやってきみを道から追い立てたんだ?」

「拳銃よ」身を震わせて答える。

「なんてことを……それは怖かっただろう」アラリックが腕を彼女の体にまわした。「プルーデンスの部屋は従僕に見張らせている。明日、彼女を地方官に引き渡すよ、約束する」

スイートピーが床におりようと身をよじらせたので、ウィラは放してやった。小さなスカンクが尻尾を宙に浮かせて走りだす。「スイートピーが噴射したって、どういう意味なの?」

「分泌物が放つ悪臭がスカンクの武器なんだ」スイートピーがドアの外に走り出て、排泄をすませて戻ってくるのを、ふたりは目で追った。「あれをぼくのポケットの中でやらなくてよかった」

「スイートピーはとても行儀のいい子だもの」ウィラは頭を彼の肩にもたせかけた。

髪にキスをしたアラリックはそっと彼女から離れ、小屋の中を見てまわった。泥炭で火をおこすのは簡単だ。一瞬にして火が灯り、煙が室内に残っていたスイートピーの匂いを消していく。さらに見ていくと、獣脂のろうそくを何本かと、冷たくきれいな水の入った陶器の瓶が三本見つかった。水はおそらく、ふたりが落ちかけた地下を流れる川からとったものだろう。

「父の配下の者が、じきにぼくたちを見つけるはずだ」アラリックが言う。ドアを閉めると、それまで部屋に漂っていた煙が天井に開いた穴に向かって上昇していった。「この小屋はバーティという名の泥炭の採取人のものだ。彼は村で孫と一緒に暮らしている。誰もいないはずの小屋で泥炭を燃やしているんだ、誰かが匂いを嗅ぎつけたら、すぐに助けが来るよ」

ウィラは寝床の上に置かれた毛布の上に座って壁に寄りかかり、瓶の水を飲んだ。ドレスの前身頃が泥だらけになっているのを見ると、まだ心臓がどきどきする。下手をすれば、いとも簡単に沼地に沈んでいたかもしれなかったのだ。

でも、そうはならなかった。

アラリックはゆっくりと視線をウィラの体に走らせた。靴をなくした片方の足、濡れた袖、やわらかな線を描く顎、微笑みを宿した唇……そして幸せそうな瞳。灼熱《しゃくねつ》のアフリカで滝に打たれたかのように、彼の全身に安堵感が広がっていき、一瞬体が動かなくなった。

もうウィラは安全だ。アラリックにも、ようやくそのことが実感できた。

「あなたが来ると信じていたわ。そしてあなたは来てくれた」ウィラが彼に向かって瓶を差し出した。「こっちに来て水を飲んで。こんなに疲れたのは生まれてはじめてよ」

アラリックにしてみれば、これほどうれしいひとときは生まれてはじめてだった。あまりの幸福に言葉を発することもできないまま、一歩で寝床のかたわらに行き、ひざまずいてウィラを抱き寄せる。あまりにきつく抱きしめたので、彼女が笑い声をあげながら抗議した。

「わたしは大丈夫よ」ウィラが彼の顎に唇を寄せ、口にキスをする。「ふたりとも助かったわ」

喉が詰まって言葉にならない。だからアラリックはただ彼女を抱きしめ、前後に体を揺すった。ウィラも黙って、彼の胸に身をゆだねている。やがて彼はかすれた声でようやく言った。「きみを失うかもしれないと思うと、とても怖かった」

ウィラが首を横に振ると、やわらかな髪が彼の頰を撫でた。彼女を抱くアラリックの心臓が恐怖でずきりと痛む。「きみはぼくが来ると信じていてくれたんだね」締めつける喉から強引に言葉を絞り出した。

「もちろんよ」

これがぼくの愛した女性だ。ウィラは何が起きても、どんな運命に直面しても、最良の結果を導き出す。

「きみは泣いたことがあるかい？」アラリックは頭の位置をさげ、彼女の口に軽いキスをした。

「ほとんど泣かないわ」

「なぜ？」

「両親が亡くなったとき、いったん泣いたら、もう涙が止まらないんじゃないかと思ったの。だから、わたしは泣かなかった」ウィラが手で彼の頰を撫でる。「今日はあなたが来てくれるのがわかっていたから、両親が生きていた頃、何も怖いものがなかった頃と同じくらい安心していたわ」

「一度きみを見失いかけたんだ」アラリックは張りつめた声で言った。「われわれはホレティアスの亡骸も発見できなかった」

ウィラが眉根を寄せる。「それでもお兄様は亡くなったと確信しているのね？」

「ああ、兄は馬を救おうとして死んだ」

「英雄的な死だわ」ウィラはささやき、彼の顎にキスをした。

「いいや」かたくなな口調で応じる。「違う」

彼女が身を離そうとしたが、アラリックは腕に力がこめた。「あなたの目が見たいの」ウィラが不満をもらす。

彼は身をかがめ、こわばった笑みを浮かべた。「ぼくはきみを見ているよ」

ウィラの瞳を見て、心の内を探る。彼女が尋ねるよりも先に、アラリックは問いの内容を悟った。

「ホレティアスは酔っていたんだ。そんな状態で、どこかの愚か者と馬でリンドウ・モスを渡れるかどうかの賭けをした」彼はみじめな物語を告白した。「兄は沼地の道をすべて知っていたからね。馬に乗って無傷で沼地を渡れる者がいるとしたら、ホレティアスしかいない」

「つまり、お兄様はばかげた賭けのせいでなくなったのね、わたしの両親と同じように」

「それ以来、ぼくはあからさまな危険に対しては用心深くなった。だから人食い人種と関わるなどありえない」

「よかったわ」ウィラがささやいた。

彼女の唇が口に触れ、アラリックの全身が燃えるように熱くなった。頭をさげて、きちんとしたキスで返す。ウィラの開いた唇に舌を深く差し入れて甘い口を味わい、無言のうちに彼女が誰のものかを告げた。

同時に、胸の中でかたく絡み合った恐怖と安堵、そして喜びもウィラに告げる。アラリックは唐突に、自分の心が見られるものならその中心にはウィラが――聡明で毅然として愛情深く、生まじめな彼女が――いることを確信した。

あるいはイヴィーが。その名前で呼ばれるのは、彼だけが知るただひとりの女性。イヴィーはいつだってぼくを驚かせる。やきもきさせる。そしてぼくを含め、自分に関わる者すべてに心を配る。

彼女なら、ぼくを愛してくれる。

そして救ってくれるに違いない。

33

ウィラは目もくらむような喜びとともに、かつてないほどの疲れを感じていた。「気づいてる？　あなたはまだ、わたしに対して正式に結婚を申し込んでいないわ」彼女はアラリックに尋ねた。

彼が顔をしかめてみせる。「だめだ、イヴィー、心変わりは許さないぞ。この件に関しては絶対に」

どうやら、この態度そのものがアラリックなりの求婚らしい。一四人の求婚者の中で、彼女に手を差し出すよう要求し、結婚を強引に受け入れさせようとした者はいない。彼らからの申し込みはすべて礼儀にかなった、世辞に彩られた丁重なものだった。

それらと比べて、アラリックの求婚は品に欠けるとしか言いようがない。

それがウィラを笑顔にした。

「信じてほしいんだが、イングランドに戻ってきたとき、ぼくは結婚する気など毛頭なかった」怒りといらだちの混じった口調でアラリックがまくしたて、彼女はまた笑った。

「笑い事じゃない」彼がそう言って髪をかきあげる。もし帽子をかぶって出てきていたのなら、沼地に落としてしまったのだろう。「今では、きみなしの人生など想像もできないよ」

「あなたに想像力が欠如しているのはわかったわ。その悪い知らせと求婚を一緒くたにするつもり？」ウィラは尋ね、さらに笑みを大きくした。

ふたたび彼が髪をかきあげる。「いいや。きみのいない世界を想像することはできる――この数時間、その可能性が何度も頭をよぎったからね。ただ、そんな世界で生きていきたくないだけだ」

「わかるわ」彼女は静かに言った。「わたしの頭の片隅にも同じ思いがあるもの」

「ホレティアスが死んでからというもの、ぼくの想像力とやらは、愛する人々がいるべきところに穴が開いている光景ばかりを見せてくれる。継母は出産で命を落とすかもしれない。ベッツィーが猩紅熱《しょうこうねつ》にかかるかもしれない。ノースが酒を飲みすぎて自分を見失うかもしれない。そんな空想ばかりだ」

「そうはならないと思うけれど、言いたいことは理解できるわ」

「きみが死んだりしたら、ぼくの世界に穴が開くだけではすまないんだよ、ウィラ。すべてなんだ。すべてが……」

彼女が一番聞きたいところで、アラリックは言葉を失ってしまったようだった。そのままウィラを抱きしめてキスをする。あまりに切迫した様子に、ウィラは彼の両腕の中で溶けていき、何も考えられなくなった。

いつも頭の片隅にあって、観察と論評をやめない声――落ち着いていて、好奇心旺盛で、客観的なあの声は、いったいどこへ行ってしまったのだろう？

あきらめてしまったの？

声はやんでいる。

すっかり静まり返っていた。

ただひとつ大事なのは、この力強い両腕だけだ。アラリックは壊れやすいクリスタルの置き物みたいに彼女を抱いたりしない。思いきり体をぶつけ、むさぼるようにキスをする。ウィラもそれに応えた。

アラリックがウィラの下唇を舐め、彼女も同じようにして軽く嚙む。これほど魅惑的な下唇をした男性はほかにいない。彼の顎の線に沿ってキスを続けたあと、耳たぶに舌を這わせる。

彼はウィラの首にキスしていたが、彼女が耳たぶを舐めた瞬間、まるでそこから何かを送り込まれたかのように全身を震わせた。

「イヴィー」アラリックが苦しげに言う。

ウィラはうなり声で応じ、彼のブリーチズからシャツを引き抜いた。背中に指を走らせると、男らしい筋肉がぐっと収縮する。その感触に全身が震え、彼女は思わずアラリックに体を強く押しつけた。

「ぼくの質問に答えてくれ」

「質問？　なんの話かしら？」彼の腹部の浮き出た筋肉に両手を走らせる。

「ぼくと結婚してくれるかい？」張りつめた声がウィラの耳に響いた。

両手をアラリックの胃のあたりに置いて顔をあげ、視線を目を合わせる。「あなたと結婚するわ」思いもよらない感情の波が押し寄せてきた。「そしてあなたを守ってあげる、アラリック。プルーデンスみたいな人は二度と近寄らせない」

アラリックが片方の眉をあげた。

手を彼の首のうしろに滑り込ませて、ウィラは続けた。「あなたにはわたしが必要なの。のぼせあがってあなたの腿を追ってくる、おかしな女性たちを追い払わないと」

彼女がくすくす笑う。それはアラリックがこれまで聞いたことのない、なめらかで喜びに満ちた陽気な声だった。ウィラにキスをして、やさしく体を毛布の上に戻す。アラリックは彼女のまだ濡れている足首に——泥炭とカモミールの石けんの匂いがする足首に唇を押し当てた。

それから熱く秘めやかな部分にもキスをしようと、彼女の脚を開かせる。ウィラはかすれたあえぎ声で応じ、悦びの甘い吐息をもらした。

アラリックはスカートをウエストまでまくりあげ、ブリーチズの前を開いた。

「いいわ」ウィラが苦しげに言い、彼の体を引き寄せる。「来て、アラリック、今すぐに」

そう、今だ。アラリックにはわかっていた。

どう動けばいいのかも、どうウィラの中を満たせばいいのかも、わかっている。彼女がどんなふうに自分の下で身をくねらせるのかも、どんな懇願の声をもらすのかも。

汗に濡れ、悲鳴とともに首をそらして最後のキスを要求してから、ぐったりと脱力する幸福そうなウィラの顔。その顔を見たときに体じゅうに広がっていく深い感情を、アラリックはこれまで認識していなかった。

でも、今はわかりはじめている。

たしかにこれまでは経験のなかった感情かもしれない。それでも彼はこの先一生、その感情が自分のものでありつづけることをはっきりと理解していた。

34

二時間後、アラリックは沼地で男の叫び声があがるのを聞いた。眠っていた泥だらけのウィラを起こし、コルクのランプ以外のほとんどの服を着せる。スイートピーも彼のポケットに戻っていた。

叫び声が近づいてきたところで、彼はウィラをはっきり目覚めさせようとキスをした。彼女の反応は素直だったが、それもアラリックの言っていることを理解するまでだった。「もう沼地を歩きたくないわ」ウィラが首を横に振って訴える。

「ぼくが運んだとしても?」

いかにも重たそうな彼女のまぶたが閉じた。「明日にしましょう」

アラリックがドアを開けると、ぼんやりと数人の集団が見えた。三、四人の男たちが、小屋に向かってきている。たいまつの炎が、彼らの輪郭を照らし出していた。

男たちはゆっくりと進んでは数メートルごとに足を止め、全員が進む前に先頭の男が板を敷いて足元を確かめていた。地面がかたいことがわかると板の分だけ進み、それから最後の者が板を持って先頭に出るという流れを根気強く繰り返している。

救助にやってきた男たちの行動が、子どもの頃に好きだった馬跳びに似ていることにアラリックは気づいた。むろん真剣さでは比較の対象にもならないが、それなりに面白いと思わずにはいられない。

アラリックは土の壁に寄りかかり、肩に縄を担いだ彼の父親とふたりの従僕の姿がはっきり見えるようになるまで待った。三人のほかにバーティの姿も見える。

「やあ、バーティ」老いた泥炭の採取人を笑顔で迎え、アラリックは言った。「ぼくも婚約者も、あなたの小屋を使わせてもらって感謝しているよ」

バーティの顔がたいまつの明かりに照らされて光っている。「お嬢様をこの沼地から助け出すためなら、ため込んだろうそくを全部使っても惜しくはありませんよ」彼はそう言うと、歯のない口でにやりとした。

リンドウ公爵が板からおりる。「ウィラは無事か？」

「今は眠っています。ふたりとも、けがはありません」

公爵は押し殺したような声をもらし、アラリックを引き寄せて荒々しく抱擁した。ほんの一瞬、ふたりは互いの肩に腕をまわしながら、安堵と愛情のこもった静かな絆で結ばれていることを実感した。

「知らせがある」公爵が身を引いて言う。「おまえに妹ができたぞ。名はアルテミシアだ。おまえの継母が心配しないよう、できるかぎり早く戻ると約束している」

「それはいい知らせですね」アラリックは応えた。「こんな状況でリンドウ・モスにみずから来てくださったことを感謝します、父上」眠っている婚約者を起こそうと小屋に戻る。

「家に帰る時間だ」ウィラを抱きかかえようと、彼は身をかがめた。

「何をしているの?」アラリックが立ちあがるのと同時にウィラがささやき、頬を彼の胸にうずめた。

アラリックは深く息をして、彼女の甘美な匂いを吸い込んだ。泥と苔、そして濁った水の悪臭の中でも、ウィラの芳香は嗅ぎ分けることができる。「きみを城に連れて帰る」そう答えたとき、彼女はすでに眠っていた。そよとも動かない長いまつげが、白くなめらかな頬にかかっている。

小屋から城壁まで、足場のしっかりした地面をくまなく熟知しているパーティが一緒だったにもかかわらず、城に戻るまでおよそ一時間を要した。巣に落ち着いたムナグロたちの眠たげな鳴き声を聞きながら、アラリックは最も大切なものを両腕で抱き、重い足取りで歩いていった。

これから生まれてくる子どもたちには、父親となる彼と同じ程度に沼地の知識を身につけさせよう。この四方に広がる美しく危険な土地は、一族の財産なのだ。

近づくにつれ、城の壁が大きく見えるようになっていった。すべての窓には明かりが灯っていて、公爵の家族が眠れずにいることを示している。やがて一行の即席の道が沼地を横切る木の道に合流すると、しっかりした地面の上に戻ったことで、アラリックも速く歩けるようになった。

従僕が城内に全員の無事を伝えるため、たいまつを揺らして先に走っていく。

アラリックもようやく城の扉を抜け、目を開けたウィラを自分の脚で立たせた。

城の玄関には人が大勢集まっていた。ベッツィーが喜びの悲鳴をあげてアラリックたちに駆け寄り、ほかのきょうだいもそのあとに続く。

「やあ、みんな」アラリックは全員に笑いかけた。「みんな無事だ、けがもなく帰ってきたよ。祈ってくれた者たちには感謝する」

「見つかって本当によかった」レディ・ノウが叫び、ウィラを抱きしめる。「お祝いのシャンパンを、プリズム！」

明るい玄関にいるおかげで、アラリックは父がかつらをつけていなかったことに気づいた。短く刈り込んだ頭髪は、ところどころ白くなっている。父の表情は意外にもかたく、目も暗くよどんでいた。「危なかったか?」従僕に上着を渡した公爵は息子に尋ねた。

「想定していた以上に」アラリックは認めた。

「困ったものだ」公爵がぶっきらぼうに吐き捨てる。「あの沼地では息子をひとり失った。さらにもうひとり失ったら……アフリカにいても、ここにいるのと同じくらい安全だとずっと自分に言い聞かせていたんだが」父は手で顔をごしごしとこすった。

「向こうで危険な目に遭ったことはありませんでしたよ」アラリックは父を安心させようとして、きっぱりと言った。「子どもの頃、父上の言いつけを破ってリンドウ・モスで追いかけっこをしていた時間が役立ちました。ウィラについていえば、おしゃれのためのコルクを腰につけていたおかげで浮いていたようです」

最初に声をあげて笑ったのはスパルタカスだった。

「ランプに救われたんだ」アラリックはにやりとして言った。

一同が客間に入っても、ウィラはアラリックのそばを離れず、礼節を取り戻そうともしなかった。彼にしなだれかかり、腕の中におさまっている。アラリックは肩――だけでなく体じゅう――が痛んだが、それは彼にしてみれば最高の理由によるものだった。

バーティや従僕たちを含めた全員にシャンパンのグラスが配られると、まずウィラが執事に向かってグラスを掲げた。「あなたにはいくら感謝してもしきれないわ、プリズム。わたしが無事でいられたのは、あなたが沼地の危険性を教えてくれたおかげよ」

執事は称賛に恐縮してしまったのか、レディ・ノウから公爵まで全員が褒めそやしても、ただただ頭をさげるばかりだった。

「生まれてきた妹、アルテミシアに」続けてアラリックがグラスを掲げると、全員が声を合わせて唱和した。

その後、彼らはウィラの勇気とアラリックの雄々しさ、そしてバーティの小屋に祝杯を捧げた。

「最後は、とっておきの武器を賢く使ってくれたスィートピーに」アラリックはポケットから小さなスカンクを出した。「今日ミス・フィンチの命を救ったのは、このすばらしく大胆な生き物だ」

スィートピーの独特な匂いがすぐ室内に広がっていき、レディ・ノウが息を詰まらせた。

「誰かに言って、こいつを風呂に入れてやってくれるとありがたい。頼むよ、プリズム」アラリックは言った。「二回ほど入れたほうがいいだろうな」

「あたたかいお湯につからせて、カモミールの石けんで洗ってあげて」あとを受けてウィラが言う。「それから、わたしの部屋に連れてきてちょうだい。ハンニバルがひとりで寂しがっているはずだから」

プリズムが従僕に向かってうなずくと、従僕は鼻にしわを寄せてスィートピーを部屋の外に連れていった。

「そろそろ寝る時間ですよ」レディ・ノウが言った。「個人的には、オー・ド・トワレならぬオー・ド・スィートピーが即席の祝賀会をお開きにしてくれたような気もするけれど」

「用意できるのなら、ぼくは食事をとりたい」アラリックはプリズムに声をかけた。「プルーデンスはどこに?」父に向き直って尋ねる。

「ずっと二階にいる、監視付きでな」公爵が答えた。

「彼女は拳銃を持っています!」ウィラが勢い込んで警告する。

「もう取りあげた、明日やってくる地方官を撃つと脅したのでね」公爵は淡々と言った。

「彼女は寝室に閉じ込めて、荷物をまとめるよう命じた。もっとも、今どきの牢獄に殺人未遂犯の女性が何を持ち込めるのかは知らないが」

リンドウ公爵はその地位にふさわしい社交性やふるまいをすべて身につけている。しかし父もまた、心の内はワイルド家の一員なのだ。氷のような冷たい目が、それを物語っていた。

「彼女がきみの命を狙わなければ、自由の身にしていただろう、ミス・フィンチ。だが、こうなっては拘束せざるをえない」

アラリックはウィラが公爵に情けを乞うものと思っていたが、彼女はうなずいただけだった。「わたしたちの子どもが危険にさらされるかもしれませんから」

子ども。ウィラとのあいだの子どもたち。独特な感情がアラリックの胸にこみあげた。それが喜びというものであることは容易に理解できる。

「ありがとう」アラリックも父に感謝を伝えた。公爵は愛情や称賛を惜しみなく与えるイングランドの男とは違う。けれども彼は子どもの頃から、父親がいつでもそこにいてくれる、信頼に値する存在であることを知っていた。

「今夜の冒険は世間に広がってほしくないものだな」公爵がいつもの辛辣な口調に戻って言った。「おまえは今でもじゅうぶん有名だ。血に飢えた宣教師の娘の登場は、おまえを伝説にしてしまいかねない」

「ダイアナは?」ウィラがきいた。「プルーデンスから、お城を出たと聞きました」

「ノースが彼女を追ってロンドンに向かった」公爵が答える。「必ずや安全に母親のもとへ送り届けるはずだ」

プリズムが一礼して告げた。「ミス・フィンチ、アラリック卿、入浴のお支度が整いました。お食事はお部屋に運びます」

「ミス・フィンチはぼくが寝室まで送ろう」実際のところ、アラリックは今夜、ウィラのそばを離れるつもりはなかった。だが、体裁は整えておくに越したことはないだろう。彼女の腕を取り、泥炭を床に落としながら、ゆっくりと二階へ向かった。

「長い一日だわ」自分の寝室の前まで来ると、ウィラがささやいた。

アラリックはドアの彼女の頭上に手をつき、官能的な悦びを感じながら微笑みかけた。将来の妻はすっかり汚れ、髪や服も乱れている。これほど美しい彼女は見たことがない。

「きみと一緒にいたい。はじめてベッドできみと愛し合いたいんだ。もっとも、先に少し眠ったほうがいいかもしれないが」

一瞬、アラリックはウィラが拒絶するのではないかと思った。ふたりはもう城に戻ってきたのだ。誰かに見られるかもしれないし、そうなれば彼女の評判が汚される。

「そうだ、特別許可証が手に入り次第、きみと結婚することにしたよ。予告が終わるまで待つのはやめだ」

「お風呂に入らないうちは、誰ともベッドをともにするつもりはないわ」ウィラがきっぱりと言う。「あとであなたがこの部屋に来るというのはどうかしら」

彼はウィラの汚れた小さな手に口づけをした。「いい考えだな」紅茶の話でもするかのように、なめらかな口調で続ける。「ただ、きみが見えないところに行くつもりはない。ぼくは――」

アラリックはウィラの手を放した。

ありえないことに、プルーデンスが——寝室で監視されているはずのプルーデンスが——廊下をまっすぐ彼らのほうに歩いてくる。さらにありえないことに、その右手には拳銃が握られていた。

彼女と目が合い、アラリックはいつでも飛びかかれるよう体勢を整えた。

「動かないで」プルーデンスが厳しい口調で言う。「この拳銃はいつでも撃てる状態で、あなたの婚約者を狙っているわよ。一挺《ちょう》は公爵に取りあげられたけど、そもそもこの拳銃は二挺でひと組になっているの——少なくともこれはそうだった」彼女の燃えるような目はなんとも不気味な光を放っているが、銃を持つ手は安定していた。この距離なら、標的をはずすことはないだろう。

アラリックのかたわらで、ウィラは呆然と立ち尽くしている。

「あたしは純粋な愛情から、あなたのために劇を書いたのよ」プルーデンスが抑揚の激しい口調で言った。「でも、それはあなたが道を誤った罪人だと知る前だった。悔い改めなければ、あなたは真っ暗な地獄の黒い煙にまかれて苦悶することになってしまう」

「プルーデンス」彼は切り出した。

「あたしはあなたを愛しているの。あなたの魂を身持ちの悪い女の手にゆだねるわけにはいかないわ」まるで洗濯物の話でもしているかのように、プルーデンスはこともなげに宣言した。アラリックの本能が、これは彼女の意思表示だと告げている。

次の瞬間、彼はウィラの前に飛び出し、彼女を床に押し倒した。拳銃が耳をつんざく轟音《ごうおん》を発して、閃光《せんこう》が走った。火薬の強い匂いが廊下に広がっていく。

　しばらくのあいだ、混沌《こんとん》があたりを支配した。いくつものドアが勢いよく開かれ、ウィラの耳にも悲鳴と足音が飛び込んできた。アラリックがうつ伏せで彼女に覆いかぶさっている。恐ろしいことに、ウィラは生あたたかい血の感触に気づいた。彼の血だ。

「アラリック！」彼女は叫び、アラリックをこれ以上傷つけないよう、彼の下から出ようとした。

　アラリックの顔からは、すっかり血の気が引いている。「すまない」彼がささやいた。

　まるで守護天使のように、レディ・ノウの顔がウィラの上に現れた。「よかった、弾は貫通していますよ」レディ・ノウはそう言うと、慣れた動きでアラリックの体を抱えあげ、そっと仰向けに寝かせた。

　ウィラは膝をつき、本能的に彼の肩の傷に手を伸ばして、流れる血を止めようとした。かつてないほど懸命に祈り、震える息をつくたびにアラリックの無事を懇願する。

　レディ・ノウがやさしく、だが力強くウィラをアラリックから遠ざけた。従僕が身を乗り出してランタンを近づけると、彼女はアラリックのシャツを破って傷口を確認し、肩の上と下に布を当てて体重をかけた。

　リンドウ公爵はプルーデンスが動けないように両腕をつかみ、そのかたわらに立っている。彼女はアラリックを凝視し、何か叫んでいた。

　プルーデンスが同じ言葉を三度繰り返したとき、ウィラはようやく彼女が何を言っているのかを理解した。「彼はあの女を救った。あんな女のために自分を犠牲にするなんて！」

「担架を」公爵が命じる。その静かな口調には、ウィラが聞いたことのないほどの威厳がこもっていた。

「肩をけがしただけですよ」レディ・ノウが落ち着いた声で告げる。「命に別状はありません」

いまだにプルーデンスはひどく興奮し、泣き叫んでいた。

「プリズム、従僕を連れて彼女の荷物を調べろ。ほかに隠している武器がないか、入念に確認するんだ」公爵が指示を出した。「それから、そもそもなぜ彼女が部屋を出られたのか突き止めろ！」

プリズムはプルーデンスを引っ張り、三人の従僕を伴って廊下を歩いていった。

これは正解だった。なぜなら記憶にあるかぎり暴力的な衝動に駆られたことのないウィラが、あと少しでプルーデンスに飛びかかり、髪を引っこ抜いてやるところだったからだ。その代わり、彼女はレディ・ノウが銃創を覆った布をはずすところをじっと見つめた。血はまだ出ているものの、量はかなり少なくなってきたようだ。

レディ・ノウは満足げにうなり、布をふたたび傷口に押し当てた。「アラリックは昔から運がいいの」

「運がいい？」ウィラは問い返し、たった今起きた出来事とその言葉を一致させようとした。

「弾が体に残っていないし、わたくしの予想がはずれていないかぎり、腕を失わずにすみそうですもの」

　担架を持った従僕たちがやってきて、ウィラは立ちあがった。力なくうつむいて自分の姿を見ると、沼地の泥が血――それも大量の――と混じり合っていた。

　従僕たちの手で担架にのせられている途中、アラリックが目を開けてささやいた。「誰か特別許可証を手に入れてくれ」

「その必要はない――わたしが持っている」彼の父親が静かに言った。「ノースのために取ったものだが、使えるはずだ」

　アラリックはまぶたが閉じそうになるのを必死でこらえていた。「名前が兄上になっています」かすれた声で言う。

　公爵が口元に悲しげな笑みを浮かべて首を横に振った。「いや、違う。ホレティアスに感謝するんだな。ノースは遠慮して、ホレティアスの儀礼称号（貴族社会において当主の長男などが名乗る名目上の爵位）を継ぐのを拒否していただろう？　結婚に当たって、きちんと称号を継ぐかどうかを決めかねていたのだ。だから、枢機卿《すうききよう》に頼んで許可証の名前の欄は空白にしてある」

「持ちあげて」レディ・ノウが会話を無視して、従僕たちに命じた。

「もしぼくが錯乱しているなら、何日か待ったほうがいいかもしれない」アラリックは言った。まぶたが閉じていく。

「わたくしの患者には熱など出させませんよ」レディ・ノウが宣言した。従僕たちのうしろを歩き、湯とコンフリーの根を使った湿布を用意するよう大声で命じる。

それから二四時間以上、アラリックは目を開けなかった。ウィラは入浴して髪を三回洗い、食事をとった。そのあとで彼のベッドのそばに座り、使用人や家族の者たちを追い払った。レディ・ノウやアラリックの従者、弟のスパルタカス、そしてリンドウ公爵も含めて。最も強硬に抵抗したのはアラリックの父親だ。何を言ったところで、公爵が数時間もすれば戻ってくることはウィラにもわかっていた。とはいえ、これで少なくとも部屋が静かになったことは間違いない。

もし熱く焼けた鉛の弾丸で撃たれたのが自分だったら、快復のための静かな環境を望んでいただろう。

アラリックがふたたび目を開けたとき、彼女はすぐさま歩み寄って額に手を置いた。「ごきげんよう、アラリック」そっとささやく。

「おばが治療を？」彼は小声できいた。

ウィラはうなずいた。「大騒ぎの中、ご自分で傷を縫ってくださったわ」アラリックの額にキスをする。

彼はかすかに微笑んだ。「地所で狩りやアーチェリーをするからね。勉強したんだ」

狩りの危険性についてなど、これまで深く考えたこともない。「わたしたちの子どもには、絶対にけがなんてさせないわ」灰のような顔色のアラリックが肩を布で縛られ、じっと横たわっているのを見るのはとても恐ろしかった。

「ルールより先に、まずは子どもを作らないと」彼は口を曲げて笑みを浮かべ、今にも閉じそうな目でウィラを見た。

「具合はどう？」彼の額に手を置いて尋ねる。

「痛い」アラリックは小さく肩をすくめ、不服そうにこぼした。「だが熱さえ出なければ、じきに起きあがれる」

「起きあがるですって？」ウィラは思わず大声を出した。「とんでもないわ」

「ぼくたちは結婚するんだ」彼はわずかに肩をあげ、顔をしかめてもとに戻した。「この部屋で誓いの言葉を述べなくてはならなくなるとしても、ぼくはきみと結婚する」

彼女は笑顔でアラリックを見つめた。「断るわけにもいかないようね。あなたの弟さんのレオニダスが特別許可証にレディ・グレイの署名をもらうため、ゆうべ馬でマンチェスターに向かったもの。あと数時間で戻るはずよ。せっかくの許可証を早く使わないのは、それこそ分別に欠けるというものだわ。もちろん、あなたが熱を出さなければの話だけれど」

「ぼくなら大丈夫だ」

「またわたしの命を救ってくれたわね」ささやいて身をかがめ、アラリックの眉にキスをする。

「きみは何も恐れる必要はない」彼は言った。「何度でも救ってみせるさ。きみはぼくのものだからね、イヴィー」

涙がウィラの頬を伝い、アラリックの手に落ちた。「あなたを愛しているわ。それを伝える機会を失うかもしれないと思うと、とても怖かった」

「口に出す必要のない言葉もある。ぼくは愛され、そして愛している」

彼女は涙を流しながら微笑んだ。

「あの頭のどうかした女だって、ぼくがいつでも愛する者の面倒を見ることは知っていたはずだ。そういえば、彼女はどこにいる？」

「あなたのお父様が厳重な監視をつけてウェールズに送ったわ。もし殺人未遂で有罪になったら——もちろんなると思うけれど——一年の重労働が科されることになるそうよ。誰もそんなことは望んでいないから、公爵閣下は彼女をレディ・ノウが知っている施設に入れることにしたの。施設で正気を取り戻したら、帰還を禁じたうえでアフリカに帰されることになるでしょう。向こうで閉じ込められて、一生を送ることになるかもしれないわね」

アラリックがうなずく。

「ラヴィニアがあなたの本に夢中になっていたとき、わたしはあなたを英雄だと思っていなかった」ウィラは声を詰まらせながら言った。「でも、あなたは英雄よ。わたしが間違っていたわ」

「ぼくは英雄などではなかった」

「いいえ、あなたは——」

「そうならなくてはいけなくなるまではね」アラリックがさえぎる。「きみに出会って変わったんだ。泣かないでくれ、イヴィー。きみは涙を流したことがないんだろう？」ウィラに強く手を握られたまま、彼は目を閉じ、すぐに眠りに落ちた。

太陽がのぼってくる中、ウィラはベッドのかたわらを離れなかった。数分ごとにアラリックの額に触れて熱があるかを確かめ、神に祈る。幸い、手のひらに不自然な熱を感じることはなかった。やがてアラリックが彼女に顔を向け、いかにも眠そうな笑みを浮かべた。

ウィラも彼の隣で横になって眠った。

さらに二四時間後、アラリックは新しいリネンのシャツとベストを着て、結婚式に臨んだ。ただし上着は着ていない。包帯を巻いて三角巾をつけていたので、上着は論外だったからだ。ウィラはお気に入りのドレスの中から、彼のシャツと釣り合う簡素なものを選んで身につけた。

アラリックには、リンドウ城の教会の通路を歩く義務はなかった。けれども、彼はしっかりとした足取りで通路を歩いた。花嫁を抱いて東の塔にある彼の寝室に入ることはできなかったものの、彼女にキスはできた。

何度でも。

ようやくふたりでベッドに入ると、アラリックは仰向けになって妻に笑顔を向けた。「ぼくは未知の土地《テラ・インコグニータ》だ」

「まだ開拓されていないということかしら？」

「そのとおり。すべてきみのものだよ」

35

二日後

「こんなにいろいろとあったのに、ボンネットを買いにマンチェスターへ行っていたなんて、本当に面白くないわ」ラヴィニアがこぼした。彼女の不満はこれがはじめてではない。「ダイアナは逃げてしまうし、あなたは沼地で沈みそうになるし、しかもわたしが三年以上も片思いしていた男性をあなたが盗むなんて！」

「でも、あなたは彼を崇めるのをやめたはずよ」ウィラは指摘した。今はラヴィニアの新しい帽子を試しているところだ。帽子は八つあり、かぶるたびに前よりもすてきなものが出てくる。「バラのついた麦わら帽子を沼地でなくしたことは話したかしら？」

「そのあとに起こったことを考えれば、価値ある犠牲だったわね」

「このヴェール、すてき」ウィラが掲げたのは、つばに下向きの角度のついた夏用の帽子だ。白とラベンダー色の羽根飾りと、うしろには腰まであるヴェールがついている。

「あげるわ！　わたしからの結婚祝いよ。ああ、もう、わたしも式に出たかった」

ウィラは身を乗り出し、ラヴィニアの頬にキスをした。「レオニダスはひと晩で戻ってこられたけれど、あなたには無理だったわ。そのレオニダスだって長椅子で眠ってしまっていたから、式を見逃したも同然よ」ボンネットの位置を直し、つばがしゃれた感じで片目の上にかかるようにする。「すてきな贈り物をありがとう!」

「あなた、変わったわね」ラヴィニアが目を細めて言った。

「どこが?」ウィラはふたたびボンネットを直し、今度は羽根飾りが顔の横に来るようにした。羽根に鼻をくすぐられ、くしゃみが出る。

「男性とベッドをともにしたからかしら」ラヴィニアが考え込みながら言う。「それとも、レディ・アラリック・ワイルドになることと関係があるの? 今のあなたは本来のあなたにずっと近いわ。どこにいても、わたしとふたりきりでいるときみたい」

「ああ」納得したというふうに、ウィラは微笑んだ。「結局のところ、わたしたちのルールは狩猟の季節に備えて作ったものですもの」

「この国で一番すてきで裕福な男性と結婚したから、あなたの狩猟の季節は終わったというわけね。お母様が言っていたわ、パースがアラリックとノースの受け取った遺産を四倍にしたんですって」

「そんなに優秀なら、あなたも彼を〝単細胞〟と呼ぶのをやめないとね」ウィラは楽しげに言った。

ラヴィニアが肩をすくめる。「お母様は、ダイアナの気が変わる前にわたしがノースをつかまえるべきだと思っているの。ここに残るか、ロンドンに戻るか、決めかねているみたい。ロンドンに戻ったらダイアナのシャペロンとして責められるだろうから、たぶん残るんじゃないかしら」

「わたしの知るかぎり、ダイアナもノースもどこにも連絡をしていないようね」ウィラは言った。

「ダイアナがもっとわたしを信頼してくれればいいのに」ラヴィニアは指のあいだでリボンをもてあそんだ。「だって親戚なのよ。助けることだって、できたかもしれない。彼女を見捨てたような気分になるわ」

「ダイアナはひとりで考える性格だから」ウィラは指摘した。

「今回の件で、お母様はすっかり舞いあがっているわ。結婚のためにノースを誘惑するよう、わたしをけしかけるくらいだもの。覚えてる？　ふたりで二度目の社交シーズンが終わるまで、誰の求婚も受けないと決めたわよね」

「それはわたしがアラリックと会う前の話でしょう」ウィラにしてみれば、それは完全に筋の通った理屈だった。

「わたしなんて、一週間以上一緒にいられそうな男性にすら出会えていないのに」ラヴィニアが言う。

「ダイアナが愛想を尽かしたせいで、あなたはノースを歯牙にもかけなかったものね。でも、わたしは彼のことが好きよ」

「ダイアナがあの結婚話を台なしにしたのよ、そうでしょう？　どうしてもっと文明人らしくふるまえなかったのかしら？　逃げ出すなんて、あまりにも芝居じみているわ」

「芝居じみているだけじゃなくて、わざわざ不快な思いまでしているのよ。ダイアナは乗合馬車に乗ったんですって」ウィラは同意した。「ノースがプリズムを怒鳴りつけたらしいわ、ダイアナをここの馬車に乗せてロンドンに送り出さなかったことで。プリズムも気の毒に、ダイアナが村に行きたがる理由もわからなかったから、言われるがままにポニーの馬車を貸したそうなの。想像できる？　あのダイアナが乗合馬車に乗るなんて！」

「彼女が乗合馬車にこっそり乗れるような目立たないドレスを持っているなんて、信じられないわね。でも、やっぱりノースは悲しみに暮れさせておいてあげることにするわ。ダイアナのお古には、どうしたって関心が持てないもの」

「アーチェリー場に行くとき、この帽子をかぶってもいい？」

「もちろんよ」ラヴィニアが別の帽子を手にして頭にのせる。紫色の縞模様のリボンで飾られた帽子をかぶった彼女は、帆を派手にふくらませていても洗練されて見える船のようだ。

「パース・スターリングが戻っていることは話したかしら？　お城に入るなり、わたしを侮辱したのよ」

「今夜の結婚を祝う舞踏会にも来るわ」ウィラはすまなそうに言った。

「わたしが買ってきた帽子のことは言わないで！」

「どうして？」驚いて尋ねる。

「彼にお金目当ての強欲な人間だと言われたの。買い物しかしない、ほかには何もできないって」

「彼は間違っているわ」ウィラは帽子を置き、ラヴィニアを抱きしめた。「とんでもない勘違いをしているのよ。わたしからもそう言っておくわね」

ラヴィニアが顔をしかめる。「矢を射るときに手が滑って、彼に当たってしまうかもしれないわ。わたしはアーチェリーが苦手だから」

あいにく、ウィラはラヴィニアが実際にパースを射るような状況にどれだけ近づいたか確かめられなかった。新しい帽子をかぶって階段をおりてすぐ、アラリックがけがをした肩がひどく痛むと言ってきたからだ。

そのため、ふたりはすぐに東の塔の寝室へ戻らなくてはならなくなった。

ウィラはそもそも、大人というのは頻繁に、あるいは長々と感情があふれ出てくる状態にふけるべきではないと考えている。それではパーティーや人形劇に興じる子どもと、たいして変わらなくなってしまう。

それでも、今の自分がまさに感情がとめどなくあふれてくる状態にあることが、ウィラにも完璧に理解できた。たとえば今の彼女は、何をしようとも笑みを抑えられない。こんな状態が続けば、ラヴィニアのように陽気なふるまいをするようになるかもしれなかった。

でも、笑わずにいられる人がいるだろうか？

ウィラはアラリックのキスにおぼれて午後を過ごした。言うまでもなく、おぼれたのはキスだけではない。彼の胸の筋肉や長い指、まつげ、それに……そのほかの部分にも。

リンドウ公爵夫人は、チェシャー州の紳士階級の大半を今夜の舞踏会に招待している。ウィラは以前の寝室に戻って服を着替え、そのあいだ彼女の夫は本を手に座っていた。

スィートピーがアラリックに駆け寄って匂いを嗅ぎ、すぐに自分の仕事に戻った。ウィラの巾着袋に入ったクルミを出し、ベッドの下に運ぶという仕事だ。朝になれば、メイドがベッドの下のクルミを袋に戻すことになっている。

アラリックはひとりで座っていたわけではなく、膝の上には痩せたオレンジ色の猫が寝そべり、喉をゴロゴロと鳴らしていた。ハンニバルの毛並みは前よりもよくなってつやが出はじめ、浮き出ていたあばら骨もほとんど見えなくなっている。

「きみはこの城で一番優雅な淑女だ、イヴィー」本から顔をあげたアラリックが言った。「そのサテンの襞飾りがついたアプリコット色の服を着ているきみは、王女のように見える」

ウィラは下を向き、お気に入りのドレスに目をやった。アプリコット色ではなく淡いバラ色だし、サテンではなくコットンのオーガンジー、それに服ではなくドレスだ。

「特にそのボディスは、ぼくの好みにぴったりだ」アラリックがつけ加えた。

コルセットが胸を持ちあげ、ボディスはぴったりしたデザインのせいもあり、うまい具合に胸の先端のすぐ上にとどまっている。ウエストから下を飾るレースとシルクは、あらゆる方向へ踊るように広がっていた。

アラリックが立ちあがり、ハンニバルが床に飛びおりた。夫はドレスが乱れるほど近くまで寄ってきたが、ウィラは遠ざかってほしいとは思わなかった。それどころか、とてもいい香りがしてきて、胸の中で心臓が暴れはじめた。

　夫を見るたびにこみあげてくる熱い気持ちを裏切り、平静でいようと努めている——そんなはっきりとした自覚がウィラにはあった。口を隠してアラリックにささやこうと扇を開くときも、彼の腕に手を置いて周囲を見渡し、近寄ってくる崇拝者の女性たちに挑むような視線を送るときもそうだ。

　数日かかって、ウィラは今回のハウスパーティーを掌握することに成功していた。客たちがアラリックをふつうの男性として扱うようになったのは、歓迎すべき変化だろう。

　今夜はまた別の挑戦が待ち受けているが、この先しばらくはそれもなくなるはずだ。明日になればウィラとアラリック、そしてハンニバルとスィートピーは城から一時間ほどの距離にある自分たちの家に移ることになっていた。

　この数時間ほど、馬車が中庭に次々と到着する音がウィラの耳に聞こえていた。舞踏室からもれてくる音も、かすかなざわめきからムクドリの群れが騒々しく鳴く声くらいにまで大きくなっている。

　これから始まる舞踏会ではかなりの時間を割いて、チェシャー州の淑女たちにアラリック卿と作家のワイルド卿は別人なのだと教えることになるだろう。それだけでなく、彼になれなれしく触れたり、不適当な質問をしたり、あるいは言い寄ったりしてはいけないことも知らしめなくてはならない。

「そろそろ階下《した》に行かないと」アラリックの愛撫が激しくなりすぎる前に、ウィラは言った。「遅れるわけにはいかないわ」息をのみ、甘いキスから逃れようと身をよじる。「あなたのお父様の……」

アラリックの舌が巧みに下唇をなぞり、彼女の言葉が途切れた。夫に身をゆだねたいという思いで頭がいっぱいになる。「お父様の贈り物があるのよ」ウィラはどうにか言葉を口にできたことに安堵した。「結婚のお祝いの」

彼は不満そうにうなったが、ようやくウィラを放した。「いったいなんだって父は、こんな大騒ぎが必要だと思ったんだろう?」

「お父様にとって、わが子が結婚するのははじめてですもの」彼女は鏡の前に移動し、かつらを使わないですむよう髪を整えはじめた。「どんな贈り物なのか知っているの?」

アラリックは答えない。

ウィラは肩越しに振り返った。「知っているのね!」

「きみは楽しめるだろうね」

「あなたは楽しめないの?」鏡の中の夫と目を合わせる。

「きみも今や家族の一員だ、父のユーモアの感覚を思い知るときが来たんだよ」

彼女は眉をひそめた。「公爵閣下は道化師を呼んだの?」

「それだったらどれだけいいか。昔、二番目の公爵夫人が愛人を連れて国を出たのは父のユーモアの感覚に我慢ならなかったからだと、子ども部屋でよく話していたものだ」

「冗談が今ひとつということかしら？」あの公爵が愉快な話をして笑っているところなど、ウィラには想像もできない。

「いいや。父の中には、ワイルド家の人間は自分の行いの結果に浴してはいけないという強い信念と、変わったものへの関心が同居しているんだ。困ったものだよ」

変わったものが好きなのはウィラも同じだった。義理の父親に対するあたたかな気持ちが、じんわりと胸に広がっていく。

「そうだな、きみは父に似ている」アラリックが彼女の心を読んで言った。「官能的な外見以外はね。こうしていると、きみをベッドに押し倒さなくてはいけないような気がしてくる。ぼくがおかしなまねをしないうちに、階下に向かったほうがよさそうだ」

「アラリック！」ウィラは顔を赤くして、ほとんど駆けだしそうになりながらドアへと向かった。うしろから夫の笑い声が追いかけてくる。

舞踏室に通じるドアまでやってくると、ウィラは前を向いて背筋を伸ばした。ある意味では、彼女が生まれたのはこのためだったと言ってもいい。

アラリックをワイルド卿という重荷から解放し、すべてのイングランド人が得て当然の個人としての人生を彼に与える。それができる人物がいるとすれば、ウィラだけだった。夫が少女たちの理想の英雄譚を書き散らすおかしな人物ではなく、貴族社会の立派な一員として認められ、社会の中でふさわしい場所へ戻れるよう全力を尽くさねばならない。

これからメヌエットを踊るかのように、ウィラは彼の腕に指をのせた。

アラリックが彼女を見つめる。「ともに戦いへ出るなら、きみ以外は考えられない」

「わたしの頭の中を読む力が、日々高まっているみたいね」ウィラは声をあげて笑った。

「よき夫はみな、そういうものだ」淡々と言うアラリックは、ふたりが結婚したという事実にも平然としているように見える。一方、ウィラはほんの二週間前にロンドンから来たばかりなのが信じられないという心境が続いていた。少し前まで、ラヴィニアのあこがれの対象だったワイルド卿について、面白おかしい疑念しか感じていなかったのに。まわりの環境が変わる速さといったらどうだろう！

今やウィラはその悪名高き探検家と結婚し、夜は一緒に眠っている。そしてそれは何年も、何十年も、生きているかぎり続くはずだ。

これまでとはあまりにも違う生き方なので、受け入れるにはラヴィニアが持っているような陽気な想像力が必要なのかもしれない。思いもよらぬ物事を思い描くことができる力が。

アラリックがうなずいて合図を送ると、プリズムが舞踏室のドアを開けた。

楽器の演者や踊る客たちの代わりに、室内の大部分はずらりと並んだ椅子で占められていた。一番前の列には金箔を張った椅子が並べられ、椅子と椅子のあいだには女性のスカートがおさまる程度の隙間が空いている。それはワイルド一族のための席らしく、子どもたちの何人かはすでに興奮に顔を輝かせて座っていた。アラリックとウィラが入ってきたのを見た子どもたちが歓声をあげ、すぐさまふたりの子守によっておとなしくさせられた。

そのうしろには客間から運び込まれた椅子が並んでおり、ハウスパーティーの客たちと舞踏会のためにやってきた近隣の紳士階級の人々が座っている。一番後方にはメイドや執事、従僕たちが肩を並べて席につき、何人かは壁に寄りかかって立っていた。

「いかにも父らしい」アラリックが小声で言った。「冗談をできるだけ大勢と分け合いたいんだ」

ウィラは息をのみ、その場で足を止めた。「あの劇ね、そうでしょう！」

「ぼくが理解しているかぎりでは最後の上演になる。父が上演をやめさせて、解散の前に役者たちを城に呼んだんだ。残忍な劇作家の断末魔といったところだな」そう言って苦笑する夫を見て、キスしたいという衝動がウィラの胸にこみあげた。

けれども当然ながら、礼儀作法はそうした行為を許さない。

ふたりが最前列の席に向かうあいだも、観客の熱気は増していった。集まった客たちが交わす会話の断片が、ウィラの耳に流れ込んでくる。みな、ふだんはただの隣人ではなく王族のために取ってある下世話な好奇心をむき出しにして、ふたりに無遠慮な視線を浴びせてきた。

「あの人よ」がっしりした体格の女性が、アラリックの姿形を見分けられずに潤んだ目をしばたたいている連れの老婦人に言った。「きちんとした人に見える――」

そのあとに続いた言葉は、前方に座っている若い女性の叫び声にかき消された。「ここで『ワイルドの愛』が見られるなんて、信じられない幸運だわ！　ペトラのお父様なんて、ふつうの四倍の値段で――」

「あの腿を見て」また別の女性が息をのんで言った。

そう、腿よ。ウィラはまんざらでもない気分で思った。夫の腿はたしかにたくましく、とりわけノースの衣装を着た今夜は、すばらしいお披露目の機会となっている。正装をするため、彼自身が適当な服を求めて兄の衣装をあさったのだ。

アラリックはノースのブリーチズがきつすぎると文句を言っていたけれど、実際のところ、彼の両脚はそれをこの寸法で作った仕立屋の仕事を引き立たせていた。

「もう気絶しそう」アラリックが席の近くを通り過ぎると、レディ・ボストンがうめくように言った。ワイルド卿は気絶した女性を男らしい胸に抱いて覚醒させたりしないということをはっきりさせようと、ウィラは彼女に視線を送った。

「きみは恐ろしいな」アラリックがウィラに耳打ちする。

ふたりが最前列までやってくると、レオニダスが跳ねるように立ちあがった。幼いきょうだいたちは劇のあとで子ども部屋に戻されることになっている一方、彼とベッツィーは舞踏会のための衣装を身につけている。

「失恋した英雄のご到着だ、これで劇を始められるね」レオニダスはそう言うと、自分の冗談に腹を抱えて大笑いした。

ウィラを席に案内していたアラリックが弟の肩を殴るふりをする。それから彼はできるだけ妻の近くに腰をおろした。彼女のドレスのシルクとクリーム色のレースが贅沢に山を作り、椅子の両側にたまっている。

ふたりの前には、床から十数センチほど高くなっている幅広の舞台が作られていた。舞台の奥と両側には、ジャングルの光景が描かれたキャンバス地の布がつりさげてある。絵の中では豊かなたてがみのライオンが二本の木のあいだから顔をのぞかせ、右下には大きく口を開けて歩くワニも描かれていた。布のさらに奥には緑色のヴェルヴェット地の幕がさげられており、うしろで何が起きているのか完全に見えないようにしてある。幕の向こう側からは目まぐるしい動きの気配と、低く不明瞭な役者たちの声が伝わってきた。

「公爵閣下はどうやって舞台を丸ごとチェシャー州まで持ってきたのかしら？」ウィラはきいた。

アラリックが肩をすくめる。「上演をやめさせたのが結婚祝いだそうだ。一座がここまで来たのは、それに見合うだけの金を払ったからだろうな」

実際、アラリックがけがをしてからの数日間、ウィラは彼の世話以外のことはまったく注意を払っていなかった。それでも舞台の一座が到着していたのに気づかなかったとは、われながら驚きだ。

「ごきげんよう」男性の声がして、ウィラは顔をあげた。

そこに立っていたのはノースだったが、以前と同じ彼ではなかった。たとえば、あの派手なパリのかつらはつけておらず、医者や流行に無関心な男性がつけそうな地味なものを頭にのせている。黒い上着も簡素で、目の下のくまがやたらと目立ってしまっているが、それでもノースのお辞儀はほかの貴族たちと比べて遜色のない、上品なものだった。

「あなたがロンドンから戻っていたのは気づかなかったわ。よかったらお隣へどうぞ」ウィラは椅子を勧めた。「今しがた、プリズムから公爵閣下が上演開始に間に合わないかもしれないと聞いたところなの」

「オフィーリアは大丈夫なのか？」ノースが椅子に腰をおろしてきく。

「かりかりしている」アラリックがウィラをはさんで話そうと、身を乗り出して答えた。

「医者の寝ていろという指示が気に入らなくて、父上をいいようにこき使っているよ」

「それでいいのよ」ウィラは指摘した。出産は女性だけという自然のルールは理不尽だと、彼女は強く信じている。

「いつもそうあるべきなのかな？　それとも特別で微妙な状況においてだけ？」ノースが恐ろしいほど魅力的な笑みを浮かべて尋ねた。

「公平な世界だったら、女性が女の子を、男性が男の子を産むことになっているはずだわ」ウィラはきっぱりと言った。「男の子の中には、女性が安全に産むには大きすぎる子もいるもの」

ノースが笑みをこわばらせ、彼女の向こうにいる弟を見た。

「わかってる、ぼくは幸運な男だ」アラリックがにやりとする。

ダイアナを失った不運を自覚してしまったのか、ノースの顔色が瞬時に変わった。

「参ったな」アラリックは言った。「そういう意味じゃない。ダイアナは見つかったかい？」

「いいや。それに彼女の母親に、もう娘とは関わるなと言われたよ」

緑色の幕の向こうから、ヴァイオリンの調律の音が聞こえてくる。アラリックが身を乗り出し、励ますように兄の膝をつかんだ。

上機嫌のレディ・ノウがやってきて、ノースの隣に座った。「このお芝居はもう二回、観ているの。三回目が観たくて、うずうずしていたんですよ！」

「この劇を書いたのが正気を失った女性であることをお忘れですか？」アラリックが尋ねる。

「しかも大きな事件を起こした女性です」ウィラは彼の腕をつかんで割って入った。現に今も夜中に目を覚まし、恐怖で震えることがあるのだ。

レディ・ノウが肩をすくめる。「シェイクスピアが正気だなんて言う人はいないでしょう？妻に〝二番目にいいベッド〟しか残さなかった男なんですよ？」

「それはシェイクスピアの正気に関することではなくて、結婚についての話だと思います」ウィラは指摘した。

少しして、幕の反対側から少年が現れた。彼は大きな厚紙を掲げて舞台を横切りはじめ、舞踏室がしんと静まり返る。厚紙には文字が書かれていた。


〝『ワイルドの愛』野生の獣と宣教師の娘の悲しい恋の物語〟

あまりのばからしさにウィラは噴き出しそうになったが、どうにかこらえてアラリックの膝を叩いた。夫婦の苦境にあっては、妻は夫に救いの手を差し伸べなくてはならないのだと、自分に言い聞かせる。

少年は舞台の反対側まで行って厚紙を交換し、来た道を戻っていった。今度の厚紙には簡潔な文句が記されている。

〝最終上演〟

この文句で観客がまたしてもざわめき、クレッシェンドのヴァイオリンの音色が響くまで、それはおさまらなかった。

幕のうしろから紳士が登場して、舞台前方まで進み出た。

「なんてことだ、まさかあれがぼくじゃないだろうな」アラリックがうなるように言う。

「そんなにひどくはないわよ」ウィラはささやいた。

その役者は彼女の夫にまるで似ていない。細面でいかにも貴族らしい顔つきの男性は、丁寧に粉をまぶしたラベンダー色のかつらをつけている。そして、ウエストを絞った流行りの服装のためにあつらえたような体形をしていた。

「あのぼくはコルセットをつけているぞ」アラリックが怒りに満ちた声で、ウィラの耳にささやく。

「しいっ!」彼女は小声で返したが、笑わずにはいられなかった。

役者の演じる紳士――やはり〝ワイルド卿〟だった――が野生への情熱について長々と演

説をするあいだ、アラリックは両腕を組んでふんぞり返り、彼をにらみつけていた。

本物のワイルド卿の存在が役者を緊張させているらしく、彼は〝どこよりも野性的なアフリカ〟への旅を説明する長い台詞を、かなりの早口でまくしたてている。

劇の中のワイルド卿は気障な言葉で、人は野生の動物とともに生きないかぎり、本物の人生を経験したとは言えないと主張した。その時点でアラリックの表情はもはや凶暴と言ってもいいものになっており、哀れな役者はまさに逃げるように退場していった。

ノースが身を乗り出して言う。「こいつがどれだけ楽しい劇か忘れていたよ。おまえもフィッツボールに服の相談をするべきだな、アラリック」

「フィッツボール？」

「あの役者だよ」ノースの表情はいかにも楽しそうだ。「結構なスターだぞ。彼の魂のこもったワイルド卿の演技で、おまえの名前は売れたんだ」

アラリックが下品な仕草で応じたので、ウィラは彼をそっとつつき、この場に子どもたちがいることを思い出させた。今や家族なのだから遠慮は無用だ。さらにノースを足で蹴って言う。「行儀よくなさって！」

「痛いな」ノースがもごもごと言った。

そのとき宣教師の娘が舞台上に飛び出し、やがて第一幕が終了した。劇が進むにつれ、ウィラは自分の下す作品への評価がノースと違うことに気がついた。第一にあまりにも大仰な台詞に頼りすぎているし、第二には宣教師の家族が手当たり次第に互いを祝福する傾向がどうにも気になって、見ていてうんざりしてしまう。

ただ、宣教師の娘が深い川（青い布を揺らしてうまく演出している）に落ちた場面は、ウィラも大いに楽しんだ。娘の母親が悲鳴をあげて嘆き、おぼれているわが子の頭に祝福を投げかける。

そしてワイルド卿が自分の胸を叩いて川岸を右往左往しながら、おのれの水への恐怖が〝サバンナの地で最も美しい乙女〟を救うことを妨げていると嘆いた。

この劇的な危機の場面に対する観客の反応は、最前列のワイルド家の面々とそれ以外で見事に分かれた。ワイルド家の人々が手を叩いて大爆笑する一方で、そのほかの観客たちは恐怖と不安に悲鳴をあげている。

幸い、若い娘は泳ぎ方を知っていたらしい。青い布の向こうを身をよじりながらじりじりと移動していき、彼女が川岸までたどり着いたところで第二幕が終わった。

「信じられない、めちゃくちゃじゃないか」第三幕の前の休憩時間になると、アラリックが言った。

「たしかにいいお芝居とは言えないわね」ウィラも同意する。「でも、母親役の演技には魂がこもっていたと思うわ」

「〝死んだ！　死んでしまった！　もうわたくしをお母様と呼んでくれないのね！〟」ノースがまじめくさった顔でまねをする。

最前列のレディ・ノウの向こうには、なぜかラヴィニアとパースが隣り合って座っていた。

ラヴィニアのいらだった声が、ウィラのところまで届いた。「あなたが芸術をまったくわかっていないからって――」

ラヴィニアが言い終わる前に、第三幕の幕が開いた。

宣教師の娘が危うく死にそうになったことで、ワイルド卿はようやく彼女こそ自分にとって最も大切な宝であることに気づく。ふたりの奪われた〝喜びのひととき〟には情熱的なキスの場面もあり、観客の喝采を呼んだ。とりわけワイルド家の子どもたちには好評だったようで、礼儀正しい拍手喝采の中、子どもたちの威勢のいいかけ声が響き渡っていた。

意味ありげなロケットが登場し、ヒロインがそれをボディスの胸の谷間に落とす。ウィラはなかなかいい趣向だと皮肉交じりに感心した。

そのあとは感情を高ぶらせた熱狂的な場面が続いた。宣教師とその妻がワイルド卿の不実な誘惑に気づき、歯ぎしりをして神の摂理を嘆いた。「醜聞を刻まれた！　孤立し、堕落してしまった！　ああ、娘よ！　娘よ！　おまえはどうなってしまうのだ！」

その問いに誰かが答える前に、人食い人種が襲いかかる。この場面は舞台の裏側で繰り広げられ、観客には音だけが届けられた。舞台上では、愛する女性が両親に見放され、血に飢えた人食い人種に襲われ、そして彼らの朝食になり果てようとしていることも知らず、ワイルド卿がゆっくりと朝食をとっている。

耳をつんざく悲鳴があがって幕が揺れ、舞台の上に巨大な張り子の壺《つぼ》が登場した。その下には作り物の〝炎〟がくべられている。壺の縁には女性の手がかかっていて、指からロケットが痛々しくぶらさがっていた。

今や子どもたちも息をのみ、ワイルド卿がハムと卵を食べ終えて振り返り、悲劇を発見するのを待ち構えている。

ワイルド卿が怒りの雄たけびをあげて立ちあがった。もはや彼にできるのは人食い人種と戦い、愛する人の遺体を取り戻して家族のもとに返すことだけだ。すべてが終わり、ロケットだけを手元に残したワイルド卿が膝をついて叫んだ。「わたしは生涯、ほかの女性を愛さない！」

決め台詞を受けて、観客の満足げなため息が舞踏室に響く。

その雰囲気をぶち壊したのは、アラリックの高らかな笑い声だった。

フィッツボールがアラリックを恨みがましくにらみ、舞台から退場していった。

「プルーデンスもひとつだけは真実を書いていたようだ」アラリックが立ちあがって言う。

ウィラは問いかける視線で彼を見あげた。

「ぼくは決してほかの女性を愛さない」彼はそう宣言するとウィラの手を引いて立ちあがらせ、きつく抱きしめてキスをした。観客からいっせいに歓声があがる。

礼節を無視すべき機会など、そうあるものではない。今こそがその機会だった。ウィラはアラリックにキスを返した。「愛しているわ」そのささやきは彼の唇に吸い込まれ、ふたりの耳に届くのがやっとだった。「あなたは？」

「言うまでもない」アラリックがささやき返す。

ウィラはこみあげてくる笑いをこらえた。結局のところ、わざわざ指摘するまでもなく、〝ワイルドの愛〟はここにある。

そして、城じゅうがそのことを知っていた。

36

三カ月後

ランカシャー州のとある別荘

ノースはまるで信じられない心境で、物寂しげな小さな家のドアを叩いた。あの飛び抜けて流行に敏感な婚約者が、本当に部屋がせいぜいふたつしかなさそうなこの家で暮らしているのだろうか？

草ぶきの屋根は荒れていて、ぼろぼろの柵は手綱を少し引きさえすれば、彼の馬でも打ち壊せてしまいそうだった。窓からのぞくカーテンも、小麦粉の袋を縫ったのかと思うような粗末なものだ。目がくらむほど真っ白な小麦粉の袋ではあるが、それにしても……。

ありえない。

彼女のお気に入りのかつらは、この小さなドアを通り抜けることすらできないだろう。

聞いてきた案内が間違っていたとしか思えない。しかしミセス・ベルグレイヴの執事をかなりの金額で買収して聞き出した住所は、たしかにここだった。そんな手段に出るしかなかったのは、何度頼み込んでも、ミセス・ベルグレイヴが相続の権利を取りあげた娘の居所を教えることを拒絶したためだ。

それも未来の公爵を捨てた罪ゆえだった。

すべての責任はノースにあった。もしダイアナが彼を愛していない――それどころか嫌っている――ことを察するだけの客観的な視点を持っていたら、そもそも求婚などしなかった。

彼女はまだロンドンの舞踏室にいて、愛せるかもしれない男性と踊っていたはずだ。

そしてノースは？

黄色い踵の靴や巨大なかつらを身につけることはなかっただろう。彼はかれこれ一年以上も、ダイアナの優雅さと釣り合う男になろうと、一族が飼っている孔雀のフィッツィーのようにみずからの華美な服装をひけらかしてきたのだった。

もう一度、今度はさらに力をこめてドアを叩く。

「はい、ただいま！」

彼女の声を耳にして、ノースは突然のめまいに襲われた。いろいろあった中で最悪なのは、ダイアナが彼との結婚よりも追放を選んだかもしれないというのに、彼女を愛する気持ちが消えないということだ。

そんな希望のない愛に駆りたてられ、ノースはこの家までやってきた。彼の求愛がダイアナの人生を台なしにしてしまった以上、戦争に赴く前に事態を修復しておかねばならない。

まずはこの粗末な家からダイアナを連れ出し、二度と貧困と直面せずにすむよう手配しよう。そのためには、彼女が救いの手を受け入れられる方法で——なんのしがらみもないと理解できる形で——伝えなくてはならない。もう彼女を煩わせるつもりはないことをわかってもらうのが重要だ。

ドアが開き、彼女が現れた。

舞踏室の壁際で笑うダイアナ・ベルグレイヴをはじめて見たとき、ノースはこれほど美しい生き物は見たことがないと思った。

でも、今は？

ダイアナは顔の輪郭を覆う流行遅れのボンネットをかぶっていて、両目はコール墨ではなく、長いまつげだけに縁取られている。唇も紅を差しておらず、本来のバラ色のままだった。このうえなく美しい。

ノースは言葉を失い、ただ彼女を見つめた。

かわいらしく眉根を寄せたダイアナが言った。「ローランド卿？　いったいどうしてここに？」彼女の視線がさがり、ノースの服を見て凍りついた。「その格好は？」

彼も視線を落とす。数カ月の軍隊での訓練を経て、立て襟の深紅の上着や地味なブリーチズ、それに丈夫なブーツという軍人の服装がまるで気にならなくなっていた。気にしたとしても、もうダイアナを感心させるために細身で派手な上着に肩を無理やり突っ込まずにすむのを、神に感謝するときだけだ。

「士官になったんだ」ノースは淡々とした声で答えた。「これからアメリカの戦場に行く」

驚いたことに、ダイアナが恐怖に目を見開いた。「だめよ！」腕を伸ばして彼の袖をつかむ。「行ってはいけないわ、ノース。もうどうにもできないの？」

愚かにも、ダイアナに触れられてノースの胸が高鳴った。そっと彼女の手を離させる。「じきに出発する連隊の指揮をとるんだ。お別れを言いに来たのだが、それよりもます、きみに謝りたい」

ダイアナの顔はすっかり血の気を失っていた。まるで彼を心配しているかのような驚きようだ。

「先週、きみの母上と何度か話し合った」話題を彼女の境遇に移そうとして、ノースは切り出した。

ダイアナが首を横に振る。「時間の無駄よ」

それは事実だ。彼女の母親は、娘の美しいドレスを売って得た金について詳しく説明する、冷酷な女性だった。「きみを娘として受け入れるよう、ミセス・ベルグレイヴを説得するのはぼくには難しいかもしれない」ノースは言った。「だが、ぼくの求婚のせいできみが苦しまずにすむようにすることくらいはできる。なぜ――」

口から出かかった問いをのみ込んだ。なぜダイアナがノースの求婚を受け入れたのか、そのあとでどうして彼を捨てたのか、今となってはどうでもいいことだ。もし可能なら、彼女は血の気の引いた顔をさらに蒼白《そうはく》にしていただろう。「母から聞いていないのね」

「何を？」

太陽の光もダイアナを愛していると、ノースは頭の片隅で思った。陽光が完璧なクリーム色の頬を照らし、まつげが影を作っている。なすすべもなく戸惑うばかりの彼だったが、自分が今、戦場へ持っていけるよう、すべてを記憶に焼きつけていることだけは理解できた。

ダイアナは彼を欲してもいないし、愛してもいない。しかし彼女の軽蔑をもってしても、ノースの愚かな情熱を殺すことはできなかった。

彼女が口を開きかけて、首を横に振る。「なんでもありません、ローランド卿」

「少し前までノースと呼んでくれていたのに――」

そのとき、ダイアナの背後の陰になっている家の中から物音がした。誰かが何かを落としたような音だ。

彼女は目を見開き、立つ場所を移して家の中がノースに見えないようにした。

真実が彼の体を貫いた。ダイアナには愛人がいるのだ。彼女はいないと言っていた――そして彼はそれを信じた――が、それが嘘なのは明らかだ。

彼女の母親が絶対に受け入れない誰かと、郊外に逃げてきたのだろう。従僕か、あるいは祖父と同じ商人だろうか？ ミセス・ベルグレイヴはこの罪のせいでダイアナを見捨てた。ノースとはなんの関係もなかったのだ。

ダイアナは彼の助けを必要としていない。ほかの男性を選んだだけだ。今まで彼女がついてきた嘘は……ただの嘘だった。ノースと結婚すると約束したときに発した言葉と、何も違わない。

ノースの中に虚無感が広がっていった。うすら寒い吐き気がこみあげてくる。「すまない」彼はあとずさりした。「きみの邪魔をするつもりはなかったんだ」

またしても家の中で物音がした。木でできた何かがテーブルから落ち、床を転がっている。

「もう行かないと」

ダイアナがごくりと息をのんだ。彼女の喉につかえているものが、ノースの目にも見えたような気がした。「あなたを傷つけるつもりはなかったの」彼女がためらいながら言う。

ノースは頭を低くして一礼した。こんなとき、何を言えばいいのだろう？　わずかばかりの安らぎをありがとう、とでも？　馬にまたがる彼を、ダイアナは無言で見つめていた。別れの挨拶をしようとしたまさにそのとき、彼女の背後でまたしても物音がして、泣き声がそのあとに続いた。甲高く幼い泣き声だ。

赤ん坊。

ダイアナは赤ん坊と暮らしていた。

エピローグ

一一年後
西インド諸島、地図にもない名もなき島

男の子がふたり、白い砂の上を駆け、オットセイのように楽しげにターコイズブルーの水に飛び込んだ。

ミス・カテリーナ・ワイルドは本から顔をあげ、目を細めて少年たちを見た。母親譲りで目が悪いのに加え、涼しいヤシの木陰と照りつける太陽の光とのあいだで明るさの差があまりにも大きく、ほとんど何も見えない。眼鏡をかけているせいもあるだろう。「遠くへ行っちゃだめよ!」弟のベンジャミンとショーに声をかける。

従僕のひとりに夢中の子守の姿は、どこにも見当たらなかった。

ここ西インド諸島では、従僕というのは奇妙な生き物にしか見えない。それでもカテリーナ――ケイティの母親がきちんとした夕食にこだわっているので、ワイルド家はどこへ行くのも従僕やテーブルクロス、銀器や陶器と一緒だった。もちろん料理人や執事も。

この四カ月、弟たちはナッツみたいに真っ黒になり、カリブ海のぬるい海水の中で浮かれ騒いでいる。ケイティはいつでも海に向かって駆けだせるようにブリーチズをはき、木の下で寝そべっているのが好きだった。子どもたちの母親は日々ウミガメの研究にいそしみ、繊細な筆致で卵の水彩画を描いている。

父親はといえば、もちろん新しい本を執筆していた。

毎晩、一家はきちんとした服を着て、銀製の食器で羊のシチューなどを食べる。母親がそれ以外のやり方を許さないからだ。

ケイティは本を地面に置き、両手を頭の下にして寝転がった。大事にしている猫のスィートピーが隣で丸くなり、ゴロゴロと喉を鳴らしている。スィートピーは父親がかわいがっている猫の子どもで、母親が愛した――といっても、母が世界で一番愛しているのはケイティだ――ペットの名を継いだ猫だ。

波打つヤシの葉を見あげて、ケイティは確信した。そう、わたしは世界で一番幸運な一〇歳の女の子よ。

今朝は父に、もうじゅうぶん大きいのだから、父が書いた彼女の登場する場面を好きなように直していいと言ってもらえた。消したいのであれば消してもいいそうだ。

もちろん消したいとは思わない。ケイティはイングランドのほとんどの人々と同じで、一家の冒険を描くワイルド卿の物語が大好きだった。今では読者がイングランドだけでなく、フランスやアメリカにまで広がっているらしい。父は最近、次の旅先をニューヨークにしよ

う と母を説得中だった。

ヤシの葉を見あげたまま、ケイティはにっこりした。彼女も父親のような大きくてハンサムな男の人と結婚するつもりでいる。ふたりで世界じゅうを旅して、ときおりイングランドに戻るのがいい。

母親のような動物の研究はあまりやりたくなかった。それよりも父親みたいな作家になりたい。眼鏡を取ると、水平線にぼんやりとした緑色のかたまりが見えた。ほかの島だ。このあたりの海には島がたくさんあって、人がやってくるのを待っている。ミス・ケイティ・ワイルドに描かれるのを待ち望んでいるのだ。

今いる島はきれいだけれど、生き物といえばウミガメと野生の羊、それに鳥くらいしかいない。もし選ばせてもらえるのなら、ケイティは人のいる島を選ぶだろう。そうすれば知らない言葉を勉強できる。でも残念なことに、父は執筆に集中すると、いつも静かなところに行きたがるのだった。

名前もなく、人も住んでいない島ほど静かなところはないというわけね。

ケイティはため息をついて眼鏡をかけ、本を手に取った。これはお気に入りの一冊で、プリニウスという名の昔の人が書いた本だ。プリニウスのおじさんはまっすぐ噴火している火山に向かい、犠牲になった人たちを助けようとしたらしい。

彼女もまったく同じことをするだろう。でも、その途中で死んだりはしない。プリニウスのおじさんだって、そう思ってくれるに決まっている。おじさんはもっと慎重になるべきだったのだ。ケイティはいつの間にか眠りに落ち、自分の船を指揮する夢を見た。舵を(慎重に)取り、偉大な運命ともっと偉大な冒険に向かって進んでいく夢だ。

しばらくするとココナッツが落ちてきて、ケイティの顔に砂をまき散らした。驚いて口を開けたまま身を起こす。その横に別のココナッツがまた落下し、彼女は咳をして、口に入った砂を吐き出した。

スィートピーが逃げていき、ケイティも跳ねるように立ちあがった。ベンジャミンとショーを追いかけ、大声で叫びながら島の砂浜を駆けていく。あまりにも元気のいい大声に、子どもたちの両親が目を覚ました。

両親は組み立て式の家の中で眠っていた。建物の資材の丸太は、出費を惜しまずに建造した最高の大型船〈リンドウ号〉の倉庫におさめられ、いろいろな土地をめぐってきたものだ。この船はワイルド卿の一番新しい本にも登場しており、場所から場所へと航海するイングランドの一部と表現されている。

そのとき、イングランドの小さな一部の王と王妃は、雪のように白いシーツをかぶせたベッドに横たわっていた。叫び声を聞いたアラリックが頭をもたげ、その声が幸福な気分の高揚によるものだとわかって枕に戻す。「もう一度しよう」彼は胸の底から響くような声で言った。

ウィラは息も絶え絶えに、夫に覆いかぶさっていた。体は汗で輝き、髪が絡まったシルクさながらに彼の胸に広がっている。

「疲れたわ」彼女がささやいた。

アラリックは声をあげて笑った。妻が疲れるはずがない。彼と同じく、新しい旅、新しい島、新しい冒険から活力を得る質なのだ。

このような人生を、彼はまったく予想していなかった。ウィラが望むなら喜んでイングランドで暮らすつもりでいたし、そこでも幸せに過ごせただろう。ワイルド卿として本を書くのをやめ、父親の地所を手伝っていたはずだ。

だが幸運が味方し、こうしてここにいる。アラリックはウィラを抱く腕に力をこめた。魅惑的で美しい妻、賢くて好奇心旺盛な子どもたち……そして自分の人生を、彼は愛していた。

まさに『ワイルドの愛』、そのものだ。

訳者あとがき

人気ロマンス作家、エロイザ・ジェームズが贈る、ワイルド家の面々にまつわる新シリーズをここにお届けいたします。チェシャー州のリンドウ城に住む子だくさんの公爵一家、ワイルド家は、綴りがWILDにEを足したWILDE。なかなか波乱万丈の一族のようです。

一八世紀末のイングランド。アラリック・ワイルドは冒険好きが高じて、世界各地を旅してめぐり、紀行文を出版していました。ところが五年ぶりに帰国すると、貴婦人たちが群れをなして彼の出迎えに波止場まで押し寄せているではありませんか。街では彼の著作からの一場面を絵にした版画絵が売られ、劇場では、なんと彼を主人公にしたお芝居が大人気となっていました。アラリックは知らぬ間に時代の寵児《ちょうじ》となっており、すっかり困惑します。

兄の婚約披露のために父の居城で開かれているハウスパーティーで、アラリックはウィラという愛らしい淑女と出会い、心を惹かれます。聡明で心やさしく、それでいて自分を表に出さないウィラにはミステリアスな魅力があり、これが彼の冒険心をくすぐるのです。でも、彼女のほうは冒険の対象にされるなどまっぴらごめん。軽率で衝動的だった両親のせいで悲しい思いをしているウィラは、結婚には平穏を求めています。つまりアラリックは、彼女が心に描く花婿候補とは正反対なのです。

アラリックには、ウィラとの恋愛に加えて、もうひとつ気がかりなことが。久しぶりに再会した兄のノースは、人が変わったようなめかし屋になっており、巨大なかつらに高いヒールの靴と、まるで仕立屋の看板から出てきたみたいな姿に。おしゃれな婚約者、ダイアナの影響なのは明らかですが、彼女はどう見てもこの婚約に乗り気でなく、ノースを疎んじている様子。アラリックとノースの恋の行方はいったい……。

シェイクスピア研究の教授であるジェームズらしく、本作でも『真夏の夜の夢』からの引用があり、ウィットの利いた会話で楽しませてくれます。

お城はありませんが、作中で公爵家の領地となっているリンドウ・モスは実在する広大な沼地です。ウィキペディアにも載っており、今も泥炭が採取されています。一九八四年には沼の中からミイラ化した遺体が発見されたことで話題になりました（遺体はリンドウマンと命名され、現在は大英博物館に展示されています）。作者のジェームズはロンドンから離れた場所を舞台にしたいと考えてリサーチし、何も知らない旅人をのみ込んでしまいそうなリンドウ・モスを見つけ、大喜びしたそうです。

作中でウィラがペットにするスカンクは、アメリカの絵本作家、ロバート・マックロスキーの『ゆかいなホーマーくん』で主人公の男の子が飼っているスカンク、その名も〝アロマ〟から発想を得たのだとか。作中でも、ホーマーくんと一緒に強盗をつかまえる〝アロマ〟に負けない活躍ができたようです。また、〝アメリカクロテンを育てて襟巻きに〟というのは作者の創作ではなく、実際に行われていたことで、スカンクをペットとして飼い、あとで毛皮にするのが過去に流行ったのだそう。日本ではスカンクは見ることすらほとんどありませんが、アメリカではどこにでもいる野生生物で、賢く、人なつこいため、ペットにする人も多いようです。

ここから先は少々ネタバレになりますので、未読の方はご注意ください。

作者は三六章の終わり方に関して、「一部の読者の方々はわたしに殺意を抱かれるでしょうね」と書いています。ですがワイルド家のシリーズは、どれもいわゆる〝クリフハンガー〟で終わるとのこと。この一族は「わたしたちふつうの人間が息をのむしかない速さで困難を飛び越えてゆく」のだそうです。二〇一八年夏に刊行された第三弾〝Ｂｏｒｎ　ｔｏ　ｂｅ　Ｗｉｌｄｅ〟は『ニューヨーク・タイムズ』のベストセラー・リストで八位に入り、ますます好調です。

二〇一九年一月

ライムブックス

社交界《しゃこうかい》デビューは誘惑《ゆうわく》とともに

著　者　　エロイザ・ジェームズ
訳　者　　岸川由美《きしかわゆみ》

2019年2月20日　初版第一刷発行

発行人　　成瀬雅人
発行所　　株式会社原書房
〒160-0022東京都新宿区新宿1-25-13
電話・代表03-3354-0685　http://www.harashobo.co.jp
振替・00150-6-151594
カバーデザイン　松山はるみ
印刷所　　図書印刷株式会社

落丁・乱丁本はお取替えいたします。
定価は、カバーに表示してあります。
 ISBN978-4-562-06520-2 Printed in Japan